Zum Buch:

Brydie braucht einen Neuanfang! Sie muss ihr Leben wieder in die Hand nehmen und genießen, hat sie beschlossen. Nach dem Ende ihrer Ehe und dem Aus der Bäckerei, die sie gemeinsam mit ihrem Mann geführt hat, hat Brydie sich bei ihrer besten Freundin einquartiert. Aber die hat ein eigenes Leben und wird bald ein Kind bekommen, und allmählich fühlt Brydie sich fehl am Platze. Was für ein Glück, dass sie ausgerechnet jetzt das Angebot bekommt, mietfrei in eine große gemütliche Wohnung zu ziehen. Die Sache hat nur einen Haken: Brydie muss sich dafür um den depressiven Mops der Besitzerin kümmern und diese jeden Sonntag gemeinsam mit ihrem Liebling im Altersheim besuchen. Ihr neuer Mitbewohner und seine Eigenheiten überfordern Brydie erst einmal. Doch nach und nach merkt sie, was für ein super Team sie beide sein können, dass es gemeinsam viel leichter ist, neue Freundschaften zu knüpfen, und welche wunderbar kreativen Ideen der kleine Mops in ihr wecken kann.

Zur Autorin:

Annie England Noblin lebt mit ihrem Sohn, ihrem Ehemann und drei Hunden in Missouri. Sie hat ihren Master in kreativem Schreiben an der Missouri State University gemacht und unterrichtet inzwischen Englisch und Kommunikationswissenschaften. In ihrer Freizeit spielt sie gern Rollenspiele, kümmert sich um streunende Katzen und unterstützt ehrenamtlich Tierheime, die Straßenhunden ein neues Zuhause geben.

Annie England Noblin

Sitz, Platz, Plätzchen

Roman

Aus dem Amerikanischen von
Inken Kahlstorff

MIRA® TASCHENBUCH

1. Auflage: Oktober 2018
Deutsche Erstausgabe
Copyright © 2018 für die deutsche Ausgabe by MIRA Taschenbuch
in der HarperCollins Germany GmbH, Hamburg

© 2017 by Annie England Noblin
Originaltitel: »Pupcakes«
erschienen bei: William Morrow,
an imprint of HarperCollins *Publishers*, US

Published by arrangement with
HarperCollins *Publishers* L.L.C., New York

Umschlaggestaltung: bürosüd, München
Umschlagabbildung: Lexi The Monster/iStock, www.buerosued.de
Lektorat: Christiane Branscheid
Satz: GGP Media GmbH, Pößneck
Printed in Germany
Dieses Buch wurde auf FSC®-zertifiziertem Papier gedruckt.
ISBN 978-3-95649-836-7

www.mira-taschenbuch.de

Werden Sie Fan von MIRA Taschenbuch auf Facebook!

*Für Emilia, die perfektesten drei Pfund,
die ich je in meinen Armen halten durfte,
und für Nikki, der nun im Himmel auf sie aufpasst.*

Oktober

1. Kapitel

DER HUND GEHÖRTE zum Haus. Vielleicht auch das Haus zum Hund. Wie auch immer, beides gehörte auf jeden Fall zusammen.

Brydie Benson sah auf das dicke Fellknäuel zu ihren Füßen, das gerade den Parkettboden vollsabberte. Sie trat einen Schritt zurück. »Sicher, dass er nicht bei einem Verwandten oder Bekannten unterkommen kann? Ich bin kein großer Hundefreund.« Dabei war sie sich nicht einmal sicher, ob das keuchende Etwas zu ihren Füßen überhaupt ein Hund war.

»Es gibt keine Verwandten«, erwiderte Elliott Jones, ihre beste Freundin. Sie ging in die Hocke und streichelte dem Tier den Kopf. »Und auch leider keine Bekannten. Armer Teddy Roosevelt.«

»Heißt er etwa so? Teddy Roosevelt?«

»Ja, das ist sein Name.«

Brydie musste kichern. »Im Ernst?«

»Ja, im Ernst«, antwortete Elliott und sah sie an. »Willst du das Haus jetzt oder nicht? Ich mein' – nicht dass ich was dagegen hätte, dass du bei uns wohnst. Aber jetzt ist schon ein halbes Jahr um!«

Sie hatte recht. Es ist Zeit, sich ein eigenes Dach über dem Kopf zu suchen, dachte Brydie. Ihre beste Freundin hatte genug um die Ohren mit Leo, der vierjährigen Mia und ihrem Babybauch. Irgendwann im Januar sollte ein kleiner Junge geboren werden.

Am Anfang war es wie in alten Zeiten gewesen, wie damals zu Hause in Jonesboro, Arkansas. Damals, bevor Elliott nach Memphis in Tennessee zu Leo gezogen war, dem erfolgreichen Anwalt für Schadensrecht. Mittlerweile war Oktober, und Brydie konnte nicht ewig bei ihrer Freundin im Untergeschoss wohnen. Sie brauchte endlich eine eigene Bleibe!

Sie hatte Elliott gesagt, dass sie jedes Haus nehmen würde, solange sie es sich leisten konnte. Leider konnte sie sich nicht viel leisten. Sie sah sich um. Die Villa war wunderschön und in makellosem Zustand. Der zwei Stockwerke hohe Altbau aus braunem Sandstein lag in Germantown, einem der wohlhabenderen Viertel von Memphis. Sie war begeistert gewesen, als Elliott ihr erzählt hatte, dass sie hier mietfrei wohnen könnte, es gäbe da nur einen Haken, hatte sie gesagt: Die ältere Dame, der das Haus gehörte, war mit dem Chef der Immobilienfirma befreundet, in der Elliott arbeitete. Sie war kürzlich in ein Altersheim gezogen und wollte das Haus noch nicht verkaufen. Also hatte Elliotts Chef ihr versprochen, für einen Haussitter zu sorgen, solange die Villa noch nicht zum Verkauf stand.

»Und was ist das bitte schön für eine Rasse?« Brydie zog eine Augenbraue hoch und zeigte auf den Hund.

Elliott zuckte mit den Schultern. »Ein Mops, glaub' ich. Ein ziemlich alter. Als sein Frauchen ins Altersheim gezogen ist, hat man ihn in einer Hundepension untergebracht. Ich glaube, er ist echt froh, jetzt wieder zu Hause zu sein.«

»Aha. Und woran erkennst du das?« Brydie war schleierhaft, wie irgendwer aus diesem zerknautschten Hundegesicht Gefühle ablesen sollte.

»Er ist wirklich pflegeleicht.« Elliott strich sich über den Bauch. »Wenn du das Haus nicht willst, sag's jetzt. Ich musste meinen Chef förmlich anflehen, eigentlich wollte er seinen Nichtsnutz von Sohn hier einquartieren.«

»Okay«, seufzte Brydie. »Einverstanden.«

Elliott zog einen Stapel Papiere aus ihrer Ledertasche: »Hier, der Vertrag. Er gilt jeweils einen Monat, und Mrs. Neumann muss zustimmen.«

»Wer ist Mrs. Neumann?«

»Die Dame, der das Haus gehört.«

Brydie runzelte die Stirn. »Ich dachte, die ist im Pflegeheim?«

»Ist sie auch.« Elliott deutete auf eine Stelle im Vertrag. »Du wirst sie kennenlernen, wenn du sie mit Teddy Roosevelt sonntags im Heim besuchst.«

»Moment mal«, sagte Brydie. »Heißt das, ich soll nicht nur auf das dicke Fellknäuel aufpassen, sondern es auch noch jeden Sonntag zu seinem Frauchen kullern?«

»In der Not frisst der Teufel bekanntlich Fliegen«, befand Elliott, ganz die Maklerin.

So groß ist die Not nun auch nicht, dachte Brydie. Andererseits hätte sie auch nie erwartet, dass ihr Leben mit vierunddreißig einmal so aussehen würde. Vorteilhaft war ihre Lage zurzeit jedenfalls gewiss nicht. Sie sollte dankbar sein für diese Chance! Leider war Dankbarkeit eine Haltung, die ihr dieser Tage nicht leichtfiel. Ihr Leben war alles andere als rosig, tatsächlich sogar derart durcheinandergeraten, dass sie kaum wusste, wo oben und unten war. Ich bin hier, in diesem Haus, dachte sie. *Und ich werde das Beste daraus machen.* Sie musterte den Hund auf dem Parkettboden. Der kleine Kerl war wieder eingeschlafen, die Lider flatterten leicht, die Zunge hing ihm aus dem rechten Mundwinkel.

Vielleicht war dieser Deal gar nicht mal so übel. »Wo muss ich unterschreiben?«

Elliott blätterte durch den Mietvertrag. »Hier«, sie deutete auf die entsprechende Stelle, »und hier.«

Brydie unterschrieb. »Glaubst du, ich könnte sogar heute schon einziehen?«

»Das hatte ich gehofft. Deshalb hab ich Roosevelt vorhin von der Hundepension erlöst und mitgebracht.«

»Dann holen wir nachher meine Klamotten und den anderen Kram bei dir ab«, schlug Brydie vor. »Das wird nicht lange dauern, ist ja nicht viel.«

»Ich rufe nur noch Mrs. Neumann an.« Schon war Elliott zum Telefonieren nach draußen geeilt.

Na toll, dachte Brydie. *Allein in einem großen Haus, und meine einzige Gesellschaft ist ein schlafender Mops.* Erstaunt stellte sie bei einem Rundgang fest, dass das Haus vollständig möbliert war. In allen vier Schlafzimmern standen Himmelbetten, und in den drei Bädern lagen dicke Wannenvorleger. Sie hatte keine nennenswerten Habseligkeiten mehr, nur ein paar Kleider und andere Sachen, die sie bei Elliott im Untergeschoss verstaut hatte. Sie würde also nicht auf dem Fußboden schlafen müssen, stellte sie erleichtert fest.

War es wirklich erst ein halbes Jahr her, dass sie eine eigene Firma gehabt hatte? Und einen Ehemann, ja, sogar ein eigenes Haus? Wo war das alles hin? Über Nacht abhandengekommen, einfach so? Der Gedanke versetzte ihr einen Stich. Am liebsten hätte sie sich auf das apricotfarbene Sofa im Wohnzimmer sinken lassen und wäre eingeschlafen, doch stattdessen sah sie sich weiter um.

Die Wohnung war blitzblank, offenbar ein perfekt geführter Haushalt. Bestimmt beschäftigte die alte Dame eine Putzfrau – ein Luxus, den sie selbst sich nicht leisten konnte. Brydie wurde mit einem Mal klar, dass sie selbst von nun an für dieses Haus verantwortlich sein würde. Langsam schlenderte sie zurück in den Flur, wo sie vorsichtig über den schlafenden Mops stieg. Als Elliott ihr vorhin das Haus gezeigt hatte, hatte sie kaum hingesehen, ihre Gedanken hatten sich wie eine riesige Würgeschlange um ihr früheres Leben gelegt, das Leben, das sie noch vor nicht allzu langer Zeit geführt hatte.

Sie schaltete das Flurlicht an in der Erwartung, Bilder an den Wänden zu erblicken, aber da waren keine. Ebenso wenig im Schlafzimmer und in den anderen Räumen. Keine Fotos, nicht mal irgendeine Deko, die etwas über die Besitzerin des Hauses oder darüber, wie sie wohl aussehen mochte, verraten hätten. Die großen Schränke und sämtliche schwere Eichenholz-Kommoden waren leer, genau wie die Spiegel- und Waschbeckenschränke in den Badezimmern. Immerhin war die Küche voll ausgestattet, und die Küchenregale waren voller Kochutensilien. Das alles kann ich nun für mich nutzen, dachte sie glücklich. In einer der Vorratskammern fanden sich ein Beutel Hundefutter, je ein Fress- und Trinknapf und sogar Leine, Halsband und ein Geschirr.

Brydie füllte einen der Näpfe mit Wasser, in den anderen gab sie ein wenig Hundefutter. Mit den vollen Näpfen hockte sie sich zu Teddy Roosevelt. »Hier«, sagte sie, »iss!«

Der Hund öffnete kurz die Augen, sah sie misstrauisch an und schnupperte an den Näpfen. Dann ließ er ein leises Niesen ertönen und schlief augenblicklich wieder ein.

»Wie du meinst.« Brydie zuckte mit den Schultern. Sie hatte nie einen Hund gehabt, auch als Kind nicht, und sie wusste nicht recht, was sie mit dem Tier anfangen sollte. In dem Jahr vor der Scheidung, als sie sich ein Baby gewünscht hatte, hatte ihr Mann stattdessen den Vorschlag gemacht, einen Hund anzuschaffen, damit sie sich schon mal »einspielen« könnte, wie er sagte, bevor sie an die Familienplanung dachten. Sie hatte ihm erklärt, dass ein Hund ganz und gar nicht dasselbe war wie ein Kind. Aber er meinte nur, er hätte bislang weder das eine noch das andere gehabt, weshalb sich das nicht beurteilen ließe. Daraufhin war ein Streit entbrannt, der erste von vielen über dieses Thema.

Allan würde sicher dumm aus der Wäsche schauen, wenn er sehen könnte, wie sie hier vor dem seltsamen kleinen Kerl hockte. Sie strich dem Hund zögerlich übers Fell. Eigentlich hatte sie sich ihre Zukunft so nicht vorgestellt, aber wenigstens führte sie jetzt wieder ihren eigenen Haushalt.

2. Kapitel

In ihrem früheren Leben war Brydie Konditorin gewesen. Allan und sie hatten eine Bäckerei geführt, »Bake Me A Cake«. Der Tag der Eröffnung war der schönste Tag in Brydies Leben gewesen, obwohl die Bäckerei schon immer eher der Traum ihres Mannes gewesen war.

Sie hatte Allan während ihrer Ausbildung an der Kochfachschule kennengelernt. Sie war neunzehn gewesen, er neunundzwanzig und ihr Lehrer im Fach Backwaren. Trotz der Warnung von Familie und Freunden – Allan war als Junggeselle stets ein gewisser Ruf in der Stadt vorausgeeilt – hatte Brydie ihn ein Jahr darauf geheiratet. Fünf Jahre später eröffneten sie die Bäckerei, und sie war überzeugt, von nun an stünde sie auf der Schokoladenseite des Lebens. Doch nur acht Ehejahre später kam Brydie eines Morgens früher als sonst zur Arbeit und ertappte ihren Mann dabei, wie er sozusagen mit einer anderen den Teig rührte.

Nur ein knappes Jahr war seitdem vergangen. Nachdem sie damals monatelang während des nervenzerreibenden Scheidungsprozesses bei ihrer Mutter gewohnt hatte, hatte Brydie schließlich ihre Siebensachen gepackt und war in ihrem Honda Civic zu Elliott nach Memphis gefahren, was nur eine Dreiviertelstunde entfernt lag. Sie hatte gehofft, den Schmerz hinter sich lassen und von vorn beginnen zu können, doch sie konnte die trübseligen Gedanken nicht abschütteln.

Und obwohl ihre beste Freundin ihr nun bei der Wohnungssuche geholfen hatte, kam sie sich doch ein wenig verlassen vor, als Elliott und Leo jetzt die Kartons aus dem Auto ins Wohnzimmer trugen. Und als die beiden sich auf den Rückweg machten, verspürte Brydie sogar so etwas wie Neid auf ihre Freundin, die Frau mit dem Ehemann, dem Kind und dem Schwangerschaftsbauch. Es erinnerte sie daran, dass sie all das nicht hatte und wahrscheinlich auch niemals haben würde. Sie ließ sich zwischen all den Kisten auf den Fußboden plumpsen.

Auf dem Küchentisch klingelte ihr Handy. Sie sah auf. Eigentlich sollte sie rangehen. Ihre Mutter hatte heute schon dreimal angerufen, bestimmt war das ein neuer Versuch. Aber ihr fehlte schlicht die Kraft zu reden. Ihre Mutter wollte sie jedes Mal davon überzeugen, sich einen neuen Mann zu angeln. Oder einen Job. Oder sich wenigstens eine neue Frisur zu gönnen. Wenn es nach Ruth Benson ging, gab es nichts, was sich nicht mit einem anständigen Haarschnitt wieder in Ordnung bringen ließ, und natürlich machte sie aus ihrer Meinung keinen Hehl, dass *so einiges* in Brydies Leben in Ordnung gebracht werden müsste.

Als das Telefon aufhörte zu klingeln, stieß Brydie den angehaltenen Atem aus. Wenn es eines gab, was sie wirklich wollte, dann ein Gespräch mit ihrem Vater. Er hätte sie nicht gedrängt, irgendetwas in Ordnung zu bringen, er hätte ihr einfach nur zugehört. Danach wäre es ihr besser gegangen, sie wäre innerlich ruhiger und zuversichtlicher. Doch der Wunsch, mit ihrem Vater zu reden, war genauso sinnlos wie der Wunsch nach einer Familie, wie Elliott eine hatte. Denn Gerald Benson war vor zwei Jahren gestorben.

Und weil es jetzt selbst fürs Haareschneiden zu spät war, machte sich Brydie schließlich ans Auspacken des ersten Umzugskartons.

3. KAPITEL

Teddy Roosevelt wollte partout nicht sein Geschäft verrichten. Eigentlich wollte er gar nichts. Er wollte nichts essen, nichts trinken. Er wollte sich noch nicht einmal bewegen. Brydie kannte sich mit Hunden nicht aus, aber so viel wusste sie: dass ein Hund zumindest irgendetwas tun sollte. Letzte Nacht hatte sie ihn in der Küche zurückgelassen, und als sie heute Morgen aufgestanden war, hatte er immer noch auf den Fliesen gelegen. Brydie hätte noch nicht einmal sagen können, ob er überhaupt ein einziges Mal aufgewacht war.

Sie beugte sich zu ihm, legte ihm sein Geschirr an und befestigte daran die Leine. »Komm«, sagte sie aufmunternd, »lass uns Gassi gehen.«

Als er das Wort »Gassi« hörte, stellte der Vierbeiner eins seiner kleinen Ohren auf, bequemte sich aber nicht dazu, aufzustehen.

»Willst du nicht raus?«

Teddy regte sich nicht.

»Also gut.« Brydie bückte sich, um ihn hochzuheben. »Dann trag' ich dich eben.«

Er war schwerer als gedacht. Mit Ach und Krach gelang es ihr, die Tür zum Hinterhof zu öffnen, den Hund noch immer auf dem Arm. Als sie sah, dass der Hof eingezäunt war, setzte sie den Mops ab und löste die Leine vom Geschirr. »Geh und mach dein Häufchen«, bat sie.

Teddy legte sich ins Gras und fing an zu schnarchen.

Brydie stemmte die Hände in die Hüften. »Schön, mach doch, was du willst.« Sie ging zurück auf die Veranda und ließ sich auf einen der gusseisernen Stühle fallen. »Du machst mich noch zum Idioten! Jetzt red' ich schon mit einem Hund!«

Einen Augenblick lang sah sie ihn an, als erwarte sie eine Antwort. Dann ließ sie den Blick über den Hof schweifen. Alles wirkte sehr gepflegt, genau wie im Haus. Sie wünschte, es wäre schon Sommer, dann könnte sie einen Garten anlegen. Aber es war erst Oktober, eine Jahreszeit, in der man kaum etwas anderes machen konnte, als die kommenden Feiertage zu planen. Eigentlich ihre liebste Zeit des Jahres. Voller Vorfreude dachte sie an die festlich geschmückten Wohnungen vor Halloween, Erntedank und Weihnachten. Jedes Jahr stach sie Plätzchen in der Form von Geistern und Hexen aus und machte den leckeren Eierpunsch für ihre Freunde. Meine alten Freunde, dachte sie, Allans Freunde.

Sie liebte die Weihnachtszeit. Obwohl Brydie sonst eher zurückhaltend war, brachten die Feiertage ihre besten Seiten zum Vorschein – oder ihre schlechten Seiten, je nachdem, wen man fragte. Weihnachten mochte sie besonders gern. Sie fing schon im Oktober an, die Tage zu zählen, ihre Lieblingsweihnachtsfilme aufzunehmen und Eierpunsch zu trinken, sobald er erhältlich war. Allan hatte immer die Augen verdreht über so viel Vorfreude auf die Feiertage. Das Einzige, was er an den Feiertagen mochte, war das Geld, das die Bäckerei dann einbrachte. Brydie war das immer einerlei gewesen. Sie behielt einfach nur ihren Weihnachts-Countdown im Auge und sagte ihrem Mann jeden Morgen, dass Heiligabend wieder einen Tag näher gerückt sei.

Da kam Brydie eine Idee. Sie würde auch dieses Jahr wieder die Tradition des Weihnachts-Countdowns ausgraben, aber dieser sollte ein bisschen anders ausfallen. Anstatt einfach nur die Tage bis Weihnachten zu zählen, wollte sie den Countdown nutzen, um über Allan hinwegzukommen. Bis zu den Feiertagen wollte sie über seinen Seitensprung und die Trennung hinweg sein, koste es, was es wolle. Genau! Pünktlich zum Fest der Liebe.

Entschlossen und mit neuer Kraft sprang sie auf und eilte zu Teddy, der sich natürlich nicht bewegt hatte. »Vielleicht sollte ich wieder mit dem Backen anfangen«, überlegte sie laut und hob ihn auf die Arme. »Vielleicht sollte ich für dich backen!«

Sie ging hinein, setzte den schweren Vierbeiner auf dem Küchenboden ab und ging ins Bad, um sich fertig zu machen. Elliott wollte später vorbeikommen und ihr zwischen zwei Besichtigungsterminen beim Auspacken helfen. In dieser Straße standen viele Häuser zum Verkauf, was laut Elliott daran lag, dass die Besitzer alle wie Mrs. Neumann waren: alte Leute. Sie zogen in Seniorenheime oder fanden auf dem Friedhof von Germantown ihre allerletzte Ruhestätte.

So war es auch in Jonesboro gewesen, als sie und Allan ihr erstes Haus gekauft hatten. Ihre Mutter hatte entdeckt, dass es zum Verkauf stand, und einen guten Deal für sie beide ausgehandelt, aber für das Ehepaar war die Küche ausschlaggebend gewesen. Sie mussten viel Arbeit in die Renovierung stecken, die Schränke und den Boden ersetzen und einen neuen Herd einbauen. Aber die Küche war groß und geräumig, ganz anders als die kleine in der Mietwohnung, in der sie zuvor jahrelang gehaust hatten.

Nach der Scheidung hatten sie das Haus mit Verlust verkauft. Außerdem musste Brydie ihren geliebten Umluftherd dort lassen, weil sie ihn nirgendwo unterbringen konnte. Tatsächlich hatte sie fast ihre gesamte Habe verkauft oder Allan überlassen, eine Tatsache, über die ihre Mutter und Elliott verständnislos den Kopf geschüttelt hatten. Aber Brydie wollte nichts behalten. Das gemeinsame Leben mit Allan war vorbei, und all die Sachen erinnerten sie nur an die alte Zeit. Aus dem Grund hatte sie auch auf den Hausverkauf bestanden, selbst als Allan angeboten hatte, es ihr zu überlassen. Andernfalls wäre er mit seiner neuen Freundin dort eingezogen, das war ihr sofort klar. Und wenn sie in dem Haus wohnen bliebe, wäre sie unweigerlich an das alte Leben gefesselt, ihr gemeinsames altes Leben, während er sich mit seiner Neuen vergnügte.

Ein Geräusch ließ sie aufhorchen. Barfuß rannte sie in die neue Küche und schaute fassungslos auf den umgekippten Mülleimer und dessen Inhalt, der über den ganzen Boden bis zum Wohnzimmer verteilt war. »Ist das etwa dein Werk?«, tadelte Brydie und sah Teddy Roosevelt vorwurfsvoll an.

Der Hund schien den Blick einen Augenblick lang zu erwidern, bevor er ein Bein hob. Ein Urinstrahl ergoss sich über Mülleimer und Boden.

»Aus!«, rief Brydie. Sie hastete zu ihm, verlor den Halt, rutschte über die glatten Fliesen und landete mit dem Hintern direkt in einer stinkenden Pfütze.

»Igitt!« Hastig rappelte sie sich auf. »Du ungezogener Hund! Pfui!« Sie schlüpfte aus der Jeans und warf sie in eine Ecke.

Nachdem sie erfolgreich alle Schränke nach Feudel und Putzlappen durchforstet hatte, machte sie sich daran, nur in Shirt und Unterwäsche auf allen vieren den Boden zu schrubben.

Als Elliott ein wenig später als geplant eintraf, waren sämtliche Entschlusskraft und Energie von vorhin verflogen. »Was ist denn hier los?«

»Er ist los!«, blaffte Brydie und deutete auf Teddy.

Verwirrt blickte Elliott von der Jeans auf dem Küchenboden zu ihrer Freundin. »Ach Gott!«

Ihr breites Lächeln war so strahlend, dass es oft mit dem einer jüngeren und weniger blassen Ausgabe von Julia Roberts verglichen wurde. Mit perfekten weißen Zähnen.

Darauf war Brydie wahnsinnig neidisch, sie sah beim Lächeln immer aus, als wenn sie schmollte. »Er nervt!«

»Hatte mich schon gefragt, wie's bei dir läuft. Jetzt hab' ich die Antwort.« Elliott hielt sich den Bauch vor Lachen.

»Ich weiß einfach nicht, was der Kerl will«, rief Brydie. »Ich muss ihn sogar nach draußen tragen, er bewegt sich kein Stück! Macht nichts außer schlafen und schnarchen und … pupsen.«

Elliott rümpfte die Nase. »Vielleicht vermisst er sein Frauchen«, meinte sie. »Ich hab' sie ein paar Mal getroffen. Wirklich eine liebenswerte alte Dame.«

»Schwer vorzustellen, dass eine liebenswerte alte Dame diesen Fiesling hält.«

»Du wirst schon sehen. In ein paar Tagen, wenn du sie kennenlernst.«

Brydie verdrehte die Augen. »Na toll.«

»Warum gehst du mit ihm nicht in den Hundepark am Ende der Straße?«, schlug Elliott vor. »Frische Luft täte euch beiden gut.«

»In diesem Geschirr will er offenbar nirgendwohin *gehen*«, erwiderte Brydie. »Wir waren vorhin draußen, da lag er nur faul im Gras.«

Elliott musste sich auf die Lippen beißen, um nicht laut loszuprusten. »Im Hundepark braucht er das Geschirr nicht. Außerdem ist wunderbares Wetter.«

Das Wetter war wirklich wunderbar. Es war Anfang Oktober und immer noch recht warm, selbst für Memphis. »Ja, sollte ich vielleicht wirklich mal versuchen.« Brydie klemmte sich eine widerspenstige braune Haarsträhne hinters Ohr. Der Kurzhaarschnitt, den sie sich vor einem Jahr hatte verpassen lassen, war mittlerweile in einer ungünstigen Übergangsphase, das Haar ließ sich noch nicht wieder zu einem Zopf binden. Sie sah an sich hinab. Auf ihre knappen eins siebzig hatten sich stets wohlgeformte weibliche Rundungen verteilt, eine Bäckerinnenfigur, wie Brydie selbst fand. Mittlerweile schlabberte das Shirt. Die Monate voller Sorgen hatten bewirkt, was sie in all den Ehejahren nicht hinbekommen hatte: Sie hatte einige Kilos verloren. »Ich seh' unmöglich aus!«

»Unsinn«, sagte Elliott, »du siehst großartig aus.«

»Und ich will nirgends hingehen.«

Aus zusammengekniffenen Augen sah Elliott sie an. »Du kannst dich nicht von Couch zu Couch hangeln«, befand sie. »Du musst rausgehen, an die Luft! Du musst dir einen Job suchen!«

»Ja, mach' ich schon noch.«

»Wirklich?«, bohrte Elliott. »Das sagst du schon seit einem halben Jahr. Bei aller Liebe, aber du solltest aufhören, dich selbst zu bemitleiden, und dein Leben wieder auf die Reihe bekommen.«

»Ich weiß, ich weiß!« Brydie winkte ab und blinzelte, um die aufsteigenden Tränen zu unterdrücken.

»Der Hundepark ist doch schon mal ein guter Anfang.« Elliott klang nun ein wenig sanfter. »Ich weiß, wie schwer das ist. Aber du darfst dich nicht so abschotten, du *musst* raus.«

»Gut«, willigte Brydie ein, schluckte den Kloß hinunter und tappte hinüber ins Schlafzimmer, um in eine saubere Hose zu schlüpfen. »Aber du trägst Herrn Von-und-zu-Roosevelt zum Auto.«

Der Hundepark von Germantown lag nur zwei Ecken entfernt. Brydie war noch nie in einem Hundepark gewesen, aber Elliott hatte ihr erklärt, dass man hier seine Vierbeiner ohne Leine herumtollen lassen konnte. Brydie fand es bedenklich, dass die Hunde alle frei herumrannten und niemand aufpasste, aber ihre Freundin meinte, das sei völlig in Ordnung. Sie parkte den Wagen und drehte sich zu Teddy um, den sie auf den Rücksitz verfrachtet hatte. Er stand tatsächlich auf seinen Hinterbeinen und schaute hechelnd aus dem Fenster. »Willst du raus?«, fragte sie erfreut.

Teddy tapste mit der Vorderpfote gegen das Fenster und gab einen wimmernden Laut von sich.

»Na, dann mal los!« Brydie stieg aus, öffnete die Hintertür und hob ihn hoch, um ihn wenig später bis zum Eingang des Parks zu tragen. Sie entdeckte ungefähr zehn weitere Leute, doch niemand schien Notiz von ihnen beiden zu nehmen. Die Besucher des Parks ließen ihre Hunde weiter Bälle apportieren, unterhielten sich oder saßen auf einer der Bänke im Park und tranken aus mitgebrachten Kaffeebechern. Die Sonne schien, und der Rasen war frisch gemäht. Brydie sog den süßlichen Geruch ein. Ja, hier gefiel es ihr.

Sie setzte Teddy Roosevelt auf den Boden und sah ihm nach, als er davondackelte und gleich am ersten Baum ein Hinterbein hob. Erstaunt stellte sie dann fest, dass er wie verwandelt wirkte. Vielleicht war es doch keine so schlechte Idee gewesen, herzukommen. Rechts von ihr stand eine Frau, sehr gedrungen, mit sehr kurzem Pony und einer Strickjacke, und fütterte ihre große schwarz-weiß gefleckte Dänische Dogge mit Leckerlis. Als die Dogge auf die Hinterpfoten sprang, um das Leckerli zu schnappen, überragte sie ihr Frauchen sogar. Nachdem der Hund die Belohnung für was-auch-immer verschlungen hatte, sagte die Fremde wie zu einem Kleinkind: »Gut gemacht, Thor. Braver Junge!« Daraufhin leckte der Hund ihr mit seiner Riesenzunge das Gesicht ab.

Ein Mann warf einen Ball, dem ein schon etwas betagt aussehender Beagle hinterherlief. Genau genommen waren Mann und Hund womöglich im selben Alter. Beide hatten graue Haare und humpelten leicht.

Brydie war so damit beschäftigt, die Dänische Dogge und den Beagle zu beobachten, dass sie nicht bemerkte, dass Teddy Roosevelt davongetrabt war. Erst als sie den Blick löste, sah sie, dass der Mops nicht mehr am Baum stand. Sie spürte Panik aufsteigen und suchte den Park mit den Augen ab. Der Hund war nirgends zu sehen. »Teddy!« Sie sprang suchend umher und zog damit die Blicke der anderen Parkbesucher auf sich. »Teddy Roosevelt! Wo zur Hölle bist du?«

Dann entdeckte sie ihn – am anderen Ende der Wiese beschnupperte er einen großen zotteligen Hund, der dreimal so groß war wie er. Ein Mann stand daneben, beugte sich herab und tätschelte beiden Vierbeinern den Kopf. Atemlos eilte Brydie zu dem Fremden hinüber.

»Ist das Ihr Hund?« Der Mann mit dem Dreitagebart sah Brydie an. Er hatte dichte schwarze Locken, und seine Augen schienen fast dieselbe Farbe zu haben.

»Ich ...« Brydie wusste nicht, was sie erwidern sollte. Genau genommen war Teddy ja eigentlich nicht ihr Hund.

Der Unbekannte richtete sich auf und strich sich eine widerspenstige Locke hinters Ohr. Erwartungsvoll sah er sie an.

»Äh, ja«, sagte Brydie schnell. »Das ist mein Hund.«

»Er scheint meine Sasha zu mögen.«

»Tut mir leid.« Brydie bückte sich nach Teddy Roosevelts Halsband. »Wir sind zum ersten Mal hier.«

»Kein Problem«, sagte er. »Sie mag andere Hunde.« Er streckte Brydie eine Hand entgegen. »Ich heiße übrigens Nathan.«

»Brydie.«

»Schön, Sie kennenzulernen.«

»Danke.« Sie lächelte ihn an. Er musste ungefähr in ihrem Alter sein, vielleicht ein bisschen jünger, eher dreißig. Und er sah ziemlich gut aus, ein freundlicher, netter Typ in dunklen Jeans und einem offenen Flanellhemd, unter dem ein hellweißes Shirt hervorlugte. Bestimmt roch er auch ziemlich gut ...

»Was für eine Rasse ist Sasha? Sie ist so groß wie ein Pferd«, beeilte sich Brydie, das Gespräch am Laufen zu halten.

Nathan lachte. »Eher wie ein Pony. Aber Sie haben recht, sie ist tatsächlich sehr groß. Ein Irischer Wolfshund. Fast noch ein Welpe. Und so tollpatschig!«

Brydie fiel in sein Lachen ein. »Ach, das scheint Teddy Roosevelt nichts auszumachen.«

Die Hunde lagen auf dem Rasen, und der Mops beschnupperte eingehend eins von Sashas Ohren.

»Ihr Hund heißt Teddy Roosevelt?«

Brydie lief rot an. »Der Name kommt nicht von mir.«

»Von Ihrem Ehemann?«

»Nein, nicht von meinem Ehemann.« Brydies Wangen glühten. »Das ist ... ein alter Familienbrauch, Hunden die Namen von Präsidenten zu geben.«

»Verstehe.«

Die Sonne ging bald unter, Wind kam auf. Es wurde merklich kühler. Brydie war nicht darauf vorbereitet gewesen, jemanden zu treffen, der ... etwas von ihr wissen wollte. *Von mir und meinem Leben*, dachte sie. *Tja, wissen Sie, ich bin geschieden und pleite und daher genötigt, den Hundesitter für diesen launischen, müllfressenden alten Mops zu spielen, denn meine beste Freundin konnte mich, niedergeschlagen, wie ich bin, nicht länger in ihrer Nähe ertragen.*

Sie blickte zu Teddy hinab. Er hatte von Sashas Ohren abgelassen und beschnüffelte nun Nathans Schuhe. Und dann gab ihr Leihhund ein Geräusch von sich, das wie trockener Husten oder umgekehrtes Niesen klang. Bevor Brydie reagieren konnte, musste sie entsetzt mit ansehen, wie Teddy Roosevelt sein Mäulchen öffnete und sich erbrach.

Er traf nicht nur den Rasen und seine eigenen Pfoten, sondern – und das war am allerschlimmsten – auch Nathans Schuhe.

Unfähig, sich zu bewegen, konnte Brydie nur tatenlos zusehen, bis das Elend beendet war. »Ach du meine Güte!«, rief sie. »Das tut mir schrecklich leid!« Sie beugte sich vor und schnappte sich den Hund. »Er hat vorhin im Müll gewühlt. Da muss er ... etwas gegessen haben, was ...« Sie sprach nicht weiter, sondern starrte bloß auf die Schuhe des Mannes, zumindest das, was man davon noch sehen konnte. Ohne ein weiteres Wort drehte sie sich um und rannte, den zappelnden Teddy Roosevelt wie eine Bowlingkugel unter den Arm geklemmt, aus dem Park.

Auf dem ganzen Heimweg verfluchte sie ihre beste Freundin Elliott.

4. KAPITEL

»Du bist wirklich ohne ein weiteres Wort gegangen? Unglaublich!«, rief Elliott entgeistert, während sie den Einkaufswagen durch ShopCo, einen der größten Supermärkte in Memphis, schob. »Also, du hast den Mops geschnappt und bist auf und davon?«

Brydie nickte. »Ich hatte Panik!«

»Du hättest ihm wenigstens anbieten sollen, ihm neue Schuhe zu kaufen.«

»Die sahen ziemlich teuer aus.«

Elliott lachte. »Vielleicht kannst du's ja wiedergutmachen, wenn ihr euch das nächste Mal in dem Hundepark trefft.«

»Da geh' ich nie wieder hin!«, schnaubte Brydie.

»Hab' ich mir fast gedacht, dass du das sagst.«

Brydie griff nach einer Flasche Weißwein, die im Sonderangebot war, und betrachtete sie eingehend. »Ich bin aus dem Haus gegangen, ganz wie du wolltest. Und es war ein Desaster. Also brauch ich jetzt ausreichend Lebensmittel, um über den Winter zu kommen. Dann verkriech' ich mich ins Bett und bleibe dort bis Ostern.«

»Warum müssen diese Weinflaschen immer so riesig sein?« Elliott tat, als hätte sie Brydie nicht gehört. »Wer soll das denn schaffen?«

Brydie nahm ihr die Flasche aus der Hand und legte sie in den Wagen. »Ich nehme zwei, sicher ist sicher.«

»Du willst mir was vortrinken? Obwohl du genau weißt, dass ich grad nicht trinken darf?«

Brydie konnte sich ein Grinsen nicht verkneifen und nickte.

»Na, gut«, stimmte Elliott zu. »Aber zu dem Weißen brauchen wir Cupcakes!«

»Ich werde nicht für dich backen, falls du darauf hinauswillst«, sagte Brydie.

»Du hast *so* lange nicht mehr für mich gebacken!«

»Ich hab' schon echt lange schon für niemanden mehr gebacken«, erwiderte Brydie seelenruhig. »Wir finden hier bestimmt irgendwo Cupcakes, die so groß sind wie die Weinflaschen.«

ShopCo erinnerte sie an einen Supermarkt in Jonesboro, ein Megastore wie dieser hier, vielleicht nicht ganz so riesig. Die Eröffnung des Supermarkts hatte es ihrer kleinen Bäckerei nicht gerade leicht gemacht, da Backwaren dort deutlich günstiger gewesen waren als bei ihr und Allan. Als sie die Backabteilung erreicht hatten, erblickte Brydie ein Schild, das über zwei Plastiktorten prangte. *Aushilfen gesucht,* stand darauf.

»Guck mal«, Elliott knuffte sie schelmisch in die Seite, »du könntest glatt hier anfangen!«

Brydie sah sich den Aushang genauer an. »Die suchen sowohl jemanden für Feinkost als auch fürs Backen.«

»Dein Ernst?«

»Warum eigentlich nicht?«

»Erstens, weil der Laden eine gute Stunde mit dem Auto von deiner Haustür entfernt liegt«, antwortete Elliott. »Und zweitens, weil es fürchterlich hier ist! Wir kaufen hier doch auch nur, weil der Wein so billig ist.«

»Hattest du mir nicht erst von den Fliegen erzählt, die der Teufel in der Not frisst?«

»Damit hab' ich aber nicht gemeint, dass du *hier* arbeiten sollst!«

Brydie zuckte mit den Schultern. Klar, ihr Traumjob war das sicher nicht. Aber das, was einmal ihr Traumjob gewesen war, hatte sich nun mal als Albtraum entpuppt. »Es wär' doch sowieso nur befristet ...«

»Vermutlich ist ein Job besser als kein Job«, meinte Elliott. »Und immerhin, wenn sie dich in der Bäckerei nehmen, kannst du wieder genau das tun, was du am liebsten machst.«

»Ja, vielleicht.« Brydie war sich nicht sicher, ob Backen wirklich noch immer das war, was sie am meisten liebte. Sie hatte keinen Kuchen mehr in den Ofen geschoben, seit sie Allan und seine Gespielin damals dabei erwischt hatte, wie sie sich im Mehl in *ihrer* Backstube wälzten. Als sie damals entsetzt durch das Café geflohen war, hatte Allan noch nicht einmal versucht, sie aufzuhalten. Seitdem erinnerte Backen sie immer an ihr früheres Leben – und daran, dass es sozusagen zu Mehl zerfallen war.

»Hier steht, man soll sich über deren Homepage bewerben.« Elliott deutete auf das Schild. »Wenn du willst, kannst du zu mir kommen und die Bewerbung abschicken. Bei Mrs. Neumann gibt's nämlich keinen Internetanschluss.«

»Du müsstest mir dann aber auch beim Lebenslauf helfen«, bat Brydie. »Seit der Bäckereieröffnung hab' ich keinen mehr geschrieben.«

Elliott nickte. »Okay. Aber eins nach dem andern. Erst Cupcakes. Dann Bewerbung.«

Von dem Sofa aus sahen die beiden Freundinnen auf Teddy Roosevelt herab. Der Mops hatte sich nicht bewegt, seit sie es sich gemütlich gemacht hatten.

»Womit könnte man ihn wohl aus der Reserve locken?« Brydie hatte die Stimme zu einem Flüstern gesenkt.

Elliott unterdrückte einen Lacher und stieß die Freundin in die Seite. »Deine tierliebe Seele möcht ich haben!«

»Ach komm schon!« Brydie stieß den Arm der Freundin von sich. Dabei schwappte ein Schluck Wein aus ihrem Glas, was sie in der Hand hielt, und landete auf dem Boden – direkt neben einer Hundepfote. Teddy hob den Kopf und schnupperte an der kleinen Pfütze, dann hob er die Lider und blickte die beiden Frauen voll Unverständnis an.

»Wie wär's mit einem Cupcake?«, schlug Elliott vor. Mit einem Finger strich sie über die Glasur und hielt den kleinen Kuchen Teddy Roosevelt vor die Nase.

Bevor Brydie protestieren konnte, hatte der Hund seine Zunge ausgefahren und beinahe Elliotts Hand mit verschlungen. »Nein, nicht so ein süßes Zeug!«, schalt Brydie. »Das ist nicht gut für ihn!«

»Ein klitzekleines bisschen Zucker wird ihm schon nicht schaden.« Elliott verdrehte die Augen und wischte sich die Hand an ihrer Bluse ab. »Außerdem ist es Vanille, keine Schokolade.«

»Trotzdem.« Brydie ließ sich nicht erweichen. »Ich wohne noch keine Woche hier, da will ich den Hund nicht gleich umbringen.«

»Er frisst Müll«, warf Elliott ein. »Oder hast du den Vorfall im Park schon vergessen, nachdem er sich deinem Abfalleimer gewidmet hat?«

Brydie spürte, wie sie rot anlief. »Wie könnte ich!«

»Er scheint sich hier irgendwie nicht wohlzufühlen«, mutmaßte Elliott.

»Was?«, fragte Brydie irritiert. Eben hatte sie an Nathan denken müssen. Und an seine dunklen Augen. Und seine Locken. »Wer fühlt sich nicht wohl?«

»Der Hund! Irgendwie scheint er fehl am Platz. Er ist alt, er muffelt und frisst Müll. Dabei ist dieses Haus …«, Elliott ließ den Blick durch das große Wohnzimmer schweifen, »… makellos.«

Brydie nickte. Elliott hatte recht. Der Mops passte nicht in dieses Haus. In einem Haus wie diesem sollte ein anderer Hund leben … ein Irischer Wolfshund wie Sasha vielleicht, ein Hund, der mehr hermachte oder wenigstens größer war. Sie schaute auf den kleinen Vierbeiner herab, als ein Gedanke sie durchzuckte: Teddy war nicht der Einzige, der hier nicht so recht hinpasste. Beinahe zögerlich beugte sie sich vor und kraulte ihm das Kinn. Vielleicht, dachte sie, während sie ihn weiter mit Streicheleinheiten bedachte, vielleicht bin ich ja doch bald nicht mehr so einsam. Bevor sie die Hand zurückziehen konnte, nieste Teddy Roosevelt laut.

»Jepp.« Elliott steckte demonstrativ einen Zeigefinger in die Cupcake-Glasur. »Ein echt toller Hecht bist du!«

5. KAPITEL

BRYDIE STAND VOR der Seniorenresidenz von Germantown. Das große schöne Gebäude mit den weißen Säulen und den gepflegten Backsteinmauern wirkte überhaupt nicht wie ein Altenheim. Es sah auch völlig anders aus als das Heim in Piggott in Arkansas, in das ihre Großeltern damals gekommen waren. Diese Einrichtung hier wirkte eher wie eine hochherrschaftliche Villa, und auch mit der Grünanlage, die sich um den Gebäudekomplex zog, hatte man sich offenbar größte Mühe gegeben. Überall auf dem Gelände lachten und plauderten Pfleger in blütenweißen Kitteln mit älteren Menschen, als seien sie auf einer Party.

Brydie war mehr als erstaunt. Sie hatte ein düsteres, miefiges Altenheim erwartet. Doch als sie jetzt mit Teddy den Eingangssaal betrat, stieg ihr der Duft von süßlich-sattem Mahagoni und einem unbekannten Gewürz in die Nase. Das ist das echte Germantown, sagte sie sich, während sie den Hund auf den Marmorfliesen absetzte, Reiche lebten nun mal nicht in den hintersten Löchern.

Die Frau hinter dem Empfangstresen lächelte sie an.

»Guten Tag. Wie kann ich Ihnen helfen?«

»Ich möchte ...« Brydie stockte. »Ich möchte zu Mrs. Pauline Neumann.«

Die Frau runzelte die Stirn. »Sind Sie eine Verwandte?«

»Nein«, sagte Brydie. »Ich wohne in ihrem Haus und habe ihren Mops.«

Die Frau sah sie immer noch fragend an.

»Ich meine ...«, beeilte sich Brydie zu sagen, »ich passe auf ihr Haus auf, und ich soll ihren Hund einmal die Woche zu Besuch bringen. So ist das vereinbart.«

»Einen Moment, bitte. Ich muss erst in meiner Liste nachsehen.« Die Frau schien noch nicht überzeugt. »Und ich bräuchte Ihren Ausweis, bitte.«

Brydie kramte den Führerschein aus ihrer Handtasche hervor. Die Frau sah ihr ins Gesicht, dann verschwand sie in dem Büro hinter dem Empfangstresen. Brydie umklammerte Teddys Leine. Ob die Frau dachte, sie würde etwas im Schilde führen? Oder dass sie Lügen erzählte? Schließlich war ihr selbst nicht ganz klar, warum man ein Seniorenheim besuchen sollte, wenn man nicht unbedingt hinmusste. Allerdings war dies das schönste Heim, das sie je zu Gesicht bekommen hatte. Vielleicht versuchten die Leute ja andauernd, sich hier reinzumogeln und Bewohner zu besuchen, die sie gar nicht kannten.

Während Brydie den Hund ansah, der sich auf dem Boden lang ausgestreckt hatte, beschlich sie das Gefühl, beobachtet zu werden. Wahrscheinlich die Empfangsdame, die ihr gleich den Zutritt verweigern würde. Sie wandte sich um und wollte gerade etwas sagen, als sie in ein bekanntes Gesicht sah und verstummte.

Nathan.

Der Mann aus dem Hundepark.

Er stand vor ihr, und auf seinem Gesicht spiegelten sich zugleich Erstaunen und Freude über das Wiedersehen. Er verschränkte die Arme vor dem Karo-Hemd. Nach einer kleinen Ewigkeit sagte er: »Hier hätte ich Sie beide nun wirklich nicht vermutet.«

Brydies Wangen wurden heiß. »Ich will nur jemanden besuchen«, sagte sie rasch, weil das das Einzige war, was ihr einfiel. Herrje, es gab doch gar keinen Grund, peinlich berührt zu sein! *Er* war hier fehl am Platz!

Nathan sah sie über den Rand seiner Drahtgestellbrille hinweg an. Er wirkte elegant und gepflegt, abgesehen von den ungebändigten Locken, die ihm offen in die Stirn fielen, fast bis zu den Augenlidern. Einen Moment lang schien er verwirrt, dann erhellte sich sein Gesicht. »Ich weiß, wen Sie besuchen wollen!« Und mehr zu sich selbst sagte er: »Dass ich da nicht früher drauf gekommen bin!«

»Worauf?«, fragte Brydie. »Besuchen Sie auch jemanden?«

Mittlerweile war die Empfangsdame zurückgekehrt. Sie beobachtete die beiden eine Weile und unterbrach sie dann. »Ms. Benson«, sagte sie mit einem Blick auf Brydies Führerschein, »ich würde Sie jetzt zu Mrs. Neumann bringen.«

»Sparen Sie sich die Mühe, Sylvia«, sagte Nathan und winkte ab. »Ich werd' sie auf der Visite dort hinbringen.«

Die Frau schenkte Brydie ein dünnes Lächeln. Brydie war sich nicht sicher, aber sie meinte, einen Anflug von Missgunst auf dem Gesicht der Dame namens Sylvia zu entdecken, als sie sagte: »Wie Sie meinen, Dr. Reid.«

Brydie traute ihren Ohren kaum. Doktor? War er Arzt? Etwa hier?

Sie versuchte ihr Erstaunen zu kaschieren und zog an Teddys Leine. Aber der Vierbeiner bewegte sich nicht, sodass sie sich seufzend bückte und ihn hochnahm. Genervt fragte sie sich, warum sie ihm überhaupt immer die Leine und das Geschirr anlegte.

»Kommen Sie?«, fragte Nathan und drehte sich zu ihr um. Und dann bat er schmunzelnd: »Aber halten Sie ihn bitte von meinen Schuhen fern.«

Mit dem Hund unterm Arm eilte sie ihm hinterher. »Was das angeht«, sagte sie, als sie ihn eingeholt hatte, »es tut mir wirklich leid. Ich hätte nicht einfach weglaufen sollen. Das Ganze war mir *so* peinlich! Ich werde natürlich für Ihre Schuhe aufkommen, die sind jetzt bestimmt hinüber.«

»Das war nicht das erste Mal, dass Erbrochenes auf meinen Schuhen gelandet ist, glauben Sie mir«, erwiderte der Doktor. »Allerdings passiert das normalerweise auf der Arbeit.«

»Sie arbeiten also hier? In einem Altenheim? Sind Sie Arzt?«

Er nickte. »Eigentlich bin ich in der Notaufnahme im Baptist-Memorial-Krankenhaus. Aber wir Ärzte haben abwechselnd hier im Heim Dienst, gewissermaßen als Erholung von der stressigen Notaufnahme. Bis nächstes Jahr bin ich hier.«

»Oh«, war alles, was Brydie dazu einfiel.

»Sind Sie mit Mrs. Neumann verwandt?« Endlich hielt der Doc vor einer weißen Tür am Ende des Ganges inne, die nur angelehnt war.

Brydie starrte die Tür an. Dahinter würde eine Frau sitzen, die sie nicht im Mindesten kannte, eine Frau, deren Leben sie jetzt führte, schoss es ihr durch den Kopf. Neugierig sah Reid sie an. »So was in der Art«, gab sie zurück und sah ihm in die Augen. »Darf ich?«

»Natürlich.« Er nickte und grinste dann. »Als sie mir vorhin gesagt hat, dass Teddy Roosevelt heute zu Besuch käme, hab ich schon an ihrem Verstand gezweifelt.«

Brydie spähte durch den Türspalt, doch bevor sie sich versah, war Teddy auf den Boden gesprungen und ins Zimmer gehechtet. Mit einem Satz sprang er auf den Schoß der Frau, die dort am Fenster saß und las, und stieß ihr dabei das Buch aus der Hand.

»Oh, das tut mir leid.« Brydie huschte ins Zimmer, hob das Buch auf und reichte der lächelnden Dame das Buch. »Er ist mir einfach entwischt.«

Die Frau schwieg, vollauf damit beschäftigt, ihren Hund zu begrüßen, der ihr unzählige Hundeküsschen gab. Nach einer Weile wandte sie sich zu Brydie. Das Lächeln war verschwunden. Während sie Teddy Roosevelt auf ihrem Schoß weiter streichelte, fragte sie: »Passiert das öfter? Dass Sie ihn entwischen lassen?«

Brydie richtete sich auf. Sie musste daran denken, wie Teddy Roosevelt ihr im Hundepark ausgebüxt war. Unwillkürlich sah sie zur Tür, wo Nathan eben noch gestanden hatte. Jetzt war er nicht mehr da.

»Hallo? Junge Frau?« Die Dame holte mit einem Fuß aus und trat ihr gegen das Schienbein. »Ich rede mit Ihnen!«

»Au!«, rief Brydie und trat einen Schritt zurück. »Tut mir leid, nein, das passiert natürlich nicht öfter. Teddy Roosevelt entwischt mir nie.«

Aus zusammengekniffenen Augen sah die Frau sie an. »Setzen Sie sich«, befahl sie. »Sie wissen wahrscheinlich schon, dass ich Pauline Neumann heiße. Von Ihnen habe ich auch schon einiges gehört, bloß an Ihren Namen kann ich mich nicht erinnern.«

»Ja, richtig. Ich bin Brydie Benson.«

»Der Hund riecht nach Abfall.«

»Er, äh, wühlt immer wieder im Mülleimer«, druckste Brydie herum. »Manchmal vergesse ich, ihn nachts außer Reichweite zu stellen.

»Wie alt sind Sie?«, fuhr Pauline sie scharf an. »Man sagte mir, eine junge Frau würde sich um Teddy kümmern. Sie sind doch mindestens dreißig.«

»Vierunddreißig, um genau zu sein.«

»Sind Sie verheiratet?«

»Nein.«

Pauline räusperte sich leise und bohrte dann weiter: »Kinder haben Sie dann wahrscheinlich auch keine?«

Brydie zog sich die Brust zusammen. Wie oft in ihrem Leben hatte sie schon sagen müssen: »Nein, ich habe keine Kinder«? Stattdessen antwortete sie: »Nicht jeder braucht heutzutage ein Kind.« Dann huschte ein warmes Lächeln über ihr Gesicht und ließ ihre Züge weicher werden. »Manchmal sind Hunde aber auch ein bisschen wie Kinder.« In aller Ruhe musterte sie die Dame, die in einem makellosen Leinenkleid, die Füße übereinandergeschlagen, vor ihr saß, das geflochtene schlohweiße Haar oben auf dem Scheitel zu einem Dutt hochgesteckt. Aus dem faltigen Gesicht leuchteten Brydie fröhlich zwei helle blaue Augen entgegen. Der Hund schien hier genauso verkehrt zu sein wie in dem Haus, aber aus unerfindlichen Gründen vergötterte Mrs. Neumann ihn. »Sie haben auch keine Kinder, oder?«, gab sie die Frage zurück.

»Ich war vier Mal verheiratet, Kleines«, erwiderte Pauline. »Meine Ehemänner waren mir kindisch genug.«

Brydie musste lächeln.

»Teddy«, fuhr die alte Dame fort, »war ein Geschenk meines vierten Ehemannes, der vor vier Jahren verstarb. Dieser Hund ist alles, was mir noch von ihm geblieben ist. Als ich den Schlaganfall hatte und herziehen musste, dachte ich schon, ich würde Teddy nie wiedersehen.«

»Ich werde dafür sorgen, dass Sie ihn regelmäßig sehen«, versprach Brydie gerührt.

Pauline nickte. »Oh, ich bin sicher, dass Sie das tun werden, meine Liebe.«

»Nur dass ...« Brydie zögerte. Sie wollte nicht, dass die alte Dame sie für unfähig hielt und den Eindruck bekam, sie würde nicht gut auf Teddy aufpassen. »Nur dass es schwer ist, ihn zum Essen zu bewegen. Oder mit ihm an der Leine Gassi zu gehen. Und überhaupt ...«

»Jaja, er mag es, getragen zu werden.« Mrs. Neumann kraulte ihren Liebling zwischen den Ohren. »Das Geschirr habe ich erst vor Kurzem besorgt, als ich ihn nicht mehr tragen konnte. Die Verkäuferin in der Tierhandlung meinte, das sei das Beste. Aber wie Sie sehen, macht er sich nichts daraus.«

»Und sein Futter?«

Pauline zuckte mit den Schultern. »Ich gebe ihm meistens Essensreste. Das Hundefutter habe ich mit dem Geschirr zusammen gekauft. Mittlerweile ist es wohl abgelaufen.«

»Dann werde ich neues besorgen«, versicherte Brydie.

»Ich weiß, dass Essensreste nicht gut sind. Davon kriegt er Blähungen.« Pauline rümpfte die Nase. »Aber irgendwie kann ich nicht anders.«

»Vielleicht schmecken ihm die Essensreste besser als das Hundefutter?«, sagte Brydie.

»Wahrscheinlich haben Sie recht«, erwiderte Pauline. »Und

wenn Sie mich das nächste Mal besuchen, sollte er nicht wie eine Müllhalde stinken.«

»Ich werde mich bemühen«, sagte Brydie, zögerte einen Moment und gestand dann: »Ich hatte noch nie einen Hund, er ist mein erster.«

»Keinen Mann, keine Kinder, keinen Hund?« Die alte Dame legte den Kopf schief und sah in dem Moment aus wie Teddy. »Wie kommt man als Frau in seinem Leben dann überhaupt so weit?«

»Ich bin geschieden«, sagte Brydie knapp und verstummte.

»Seit Kurzem.«

Das war keine Frage gewesen. Brydie fragte sich, woher die Dame das wissen konnte, und beschloss, etwas mehr ins Detail zu gehen. »Seit einem halben Jahr.«

»Also frisch geschieden«, kommentierte Pauline schulterzuckend. »So lange hat in etwa meine erste Ehe gehalten.«

»Wir waren über ein Jahrzehnt lang verheiratet«, erklärte Brydie und verspürte leichten Unmut. Sie wusste selbst nicht genau, warum, aber sie wollte sichergehen, dass die alte Dame verstand, dass es sich bei ihrer Ehe nicht um *so* eine Ehe gehandelt hatte.

»Manche Menschen brauchen eben etwas länger, um herauszufinden, dass sie nicht füreinander geschaffen sind«, befand Pauline.

Brydie schluckte. Sie wollte etwas entgegnen, konnte aber nicht. Offensichtlich waren sie beide, nachdem Allan seine neue Gespielin Cassandra getroffen und die Scheidung eingereicht hatte, nicht füreinander bestimmt. Das war allerdings eine Erkenntnis, die sie sich noch immer nicht wirklich eingestehen mochte – und schon gar nicht jemand anderem. Vielmehr war es doch so, dass sie nicht für ihn geschaffen war.

Aber weil sie erst vor Kurzem beschlossen hatte, diesen Teil ihres Lebens hinter sich zu lassen, lenkte sie ein: »Wahrscheinlich haben Sie recht.«

»Verzeihen Sie«, unterbrach Pauline den kurzen Moment des Schweigens. »Ich wünschte, ich könnte behaupten, immer das zu sagen, was mir durch den Kopf geht, wäre eine Marotte des Alters. Leider ist dem nicht so. Ich habe schon immer frei heraus gesagt, was ich denke.«

»Das wollte ich auch immer«, gestand Brydie. »Stattdessen drehe und wende ich jedes Wort in Gedanken, bis mich die Angst überflutet, dass es sowieso die falschen Worte sind.«

»Dann passen wir ja hervorragend zusammen.« Pauline sah sie offen an. »Sie sorgen dafür, dass ich mehr nachdenke, bevor ich rede. Und ich dafür, dass Sie weniger überlegen.«

Brydie schenkte ihr ein herzliches Lächeln. »Abgemacht!«

Nach dem ausgiebigen heißen Bad in dem großen Badezimmer erwartete sie, Teddy am Mülleimer zu finden, den sie wieder einmal nicht außer Reichweite geschoben hatte, wie ihr in der Wanne eingefallen war. Aber der Hund befand sich genau dort, wo sie ihn zuletzt gesehen hatte. Dabei machte es ihm doch offensichtlich eine Menge Spaß, die Abfälle nach Leckereien zu durchwühlen. Und Mrs. Neumann hatte recht – er stank tatsächlich.

Brydie tappte ins Schlafzimmer und zog sich ein übergroßes Shirt über – eins von Allans T-Shirts, die sie einfach nicht wegwerfen konnte. Und dann ließ sie noch einmal Wasser ein. Dass sie darauf nicht schon früher gekommen war! Danach roch Teddy bestimmt deutlich angenehmer. Und vielleicht fühlte er sich dann auch wohler.

Eigentlich hatte sie erwartet, dass der kleine Vierbeiner protestieren würde. Doch stattdessen saß er mit halb geschlossenen Augen in der zentimeterhohen Pfütze und ließ Brydie warmes Wasser mit einem Becher aus der Wanne schöpfen und über ihn gießen. Brydie konnte kein Hundeshampoo finden, deshalb nahm sie ihr eigenes Shampoo mit Erdbeerduft – besser als nichts. Sie seifte ihn ein und achtete darauf, dass kein Schaum in seine Augen oder Ohren kam. Als sie fertig war, rieb sie den Hund mit einem Handtuch trocken, mit sanften Kreisbewegungen rubbelte sie ihn vom Kopf bis zu den Pfoten ab. Wie brav er das mit sich machen ließ! So geduldig und aufmerksam, wie er da saß, erinnerte sie das an ihre frühe Kindheit, als ihr Vater sie nach dem Baden aus der Wanne gehoben, sorgfältig abgetrocknet und ihr einen Schlafanzug angezogen hatte.

Ihre Mutter hatte oft bis spät abends gearbeitet, daher hatte der Vater sich um sie gekümmert. Ruth und Gerald Benson waren beide Immobilienmakler und hatten sich in jungen Jahren bei der Arbeit kennengelernt. Als Ruth immer erfolgreicher und wenig später dann Brydie geboren wurde, war ihr Vater zu Hause geblieben, bis sie eingeschult worden war. Wie sehr hatte sie die Zeit mit ihm genossen! Er war warmherzig und sanftmütig gewesen, und ein guter Geschichtenerzähler. Im Sommer gingen sie in den Park und ins Freibad, im Winter ins Kino oder in Museen. Manchmal fuhren sie nach Memphis, um dort etwas Spannendes zu unternehmen.

Ihre Mutter war nie mitgekommen.

Noch bevor Brydie in den Kindergarten kam, hatte sie verstanden, dass ihre Mutter arbeitete, oder besser: arbeiten musste, um die Familie zu ernähren. Als junges Mädchen hatte ihr das nichts ausgemacht, und sie hatte es Ruth nie zum

Vorwurf gemacht. Nein, sie hatte damals keinen Groll gehegt, wenn sie nach dem Bad frisch gewaschen im Pyjama auf dem Sofa gesessen hatte und ihre Mutter an ihr vorbei ins Arbeitszimmer im hinteren Teil des Hauses gegangen war, ohne einen Blick, eine Umarmung oder gar einen Gutenachtkuss. Sie hatte auch keine Enttäuschung gespürt, wenn der Vater sich nach dem Abendbrot mit einer Rum-Cola vor den Fernseher gesetzt hatte und auch noch dort geblieben war, bis es längst Schlafenszeit gewesen war – obwohl Ruth wieder einmal vergessen hatte, dass sie mit dem Zubettbringen dran gewesen wäre.

Nein, es war kein Groll, es war etwas anderes, das an Brydie nagte, seit sie denken konnte. Ein Gefühl, das immer noch da war, selbst dreißig Jahre später. Ein Gefühl, gegen das sie seit der Scheidung von Allan ankämpfte. Wenn sie einen Finger darauflegen und es benennen sollte, hätte sie gesagt, es fühlte sich an wie Einsamkeit.

Vielleicht fühlte sich auch Teddy Roosevelt einsam.

Von sich selbst genervt, schüttelte sie den Kopf. Wie albern, menschliche Gefühle auf einen Hund zu projizieren! Aber als sie in das faltige Gesicht sah, entdeckte sie dort einen vertrauten Zug. Sie hockte sich neben ihn, um seinen Kopf trocken zu rubbeln. Wenn sie beide schon einsam waren, dann wenigstens gemeinsam.

6. Kapitel

AM NÄCHSTEN VORMITTAG saß Brydie in ihrem Wagen auf dem Parkplatz vor ShopCo. Eine Frau namens Bernice hatte sie am frühen Morgen angerufen und sie überraschend zu einem Vorstellungsgespräch eingeladen. Als Brydie verschlafen aufgelegt hatte, war es ihr so vorgekommen, als hätte sie das womöglich nur geträumt. Zum Glück konnte Elliott kurzfristig einspringen und war mit Mia zu ihr gekommen, um auf den Hund aufzupassen, den sie nur ungern hatte allein lassen wollen. Das kleine Mädchen hatte das Beste von Elliott und Leo geerbt, der ausdrucksstarke Mund und das Lachen ähnelten der Mutter, die dunklen Haare und Augen dem Vater.

»Passt du auf Teddy auf, während ich weg bin?«, hatte Brydie gefragt, und Mia hatte eifrig genickt.

»Du fängst noch an, ihn zu mögen, was?« Elliott hatte Teddy Roosevelt das Fell gestreichelt. Er lag noch immer am liebsten faul herum und fraß auch kaum, obwohl Brydie ihm extra neues Futter besorgt hatte. »Gib ihm Zeit. Er wird sich schon noch fangen.«

Brydie stieg aus dem Auto, trat ins Sonnenlicht und strich ihren schwarzen Bleistiftrock glatt. Sie wusste nicht, wo sie hinmusste. Die Frau am Telefon hatte gesagt, sie solle sich beim Kundenservice melden. Leichter gesagt als getan in diesem riesigen Supermarkt.

Als sie endlich, leicht verschwitzt und außer Atem, vor dem Servicetresen ankam, presste sie hervor: »Mein Name ist Brydie Benson. Ich bin mit einer Frau namens Bernice verabredet.«

»Sind Sie wegen der freien Stelle in der Backwarenabteilung hier?«

Brydies Bestätigung klang eher wie eine Frage, ohne dass sie das beabsichtigt hatte.

Der Mann hinter dem Tresen musterte sie auf diese schmierige Art, die einige Männer draufhatten. Dann sagte er: »Scheint, als würde die Backabteilung sich machen.«

Brydie folgte ihm in die Geschäftsräume im hinteren Teil des Ladens. ShopCo war riesig – eine dieser großen Einzelhandelsketten, die Waren in Big Packs verkauften. Ihr war schleierhaft, wer ein Zehn-Kilo-Glas Mixed Pickles brauchte. Noch viel weniger hätte sie von sich gedacht, dass sie jemals in einem Supermarkt anfangen wollte, der diese Riesengläser verkaufte. Wie wohl die Backwarenabteilung aussah?

Der Mann führte sie durch eine schwere Doppeltür in eine Art Pausenraum. Dort saß eine Frau, den Rücken ihnen zugewandt. Ihr lilafarbenes Haarnetz glitzerte im Licht der Leuchtstoffröhre. »He, Bernie, hier ist eine Frau, die dich sprechen will.«

Aha, das musste Bernice sein. Sie drehte sich um und schenkte den beiden ein kurzes Lächeln.

»Setzen Sie sich«, sagte sie zu Brydie. »Hab' grade Mittagspause gemacht.«

Brydie setzte sich gegenüber an den Tisch. Sie zog ihren Lebenslauf aus der Tasche und reichte ihn der Frau. »Hallo, ich bin Brydie Benson.«

»Interessanter Name«, sagte Bernice tonlos und leckte sich ein paar Erdnussflips-Krümel von den Fingern.

»Das ist die gälische Variante von Bridget.«

»Ah, hallo, Bridget. Ich bin Bernice. Aber alle nennen mich Bernie. Ich hab mir Ihren Lebenslauf angesehen. Bin beeindruckt.«

»Danke.«

»Sie hatten eine eigene Bäckerei?«

»Ja.« Brydie rutschte nervös auf dem Stuhl hin und her. »Zusammen mit meinem Mann.«

»Lief sie gut? Ihre Bäckerei?«

»Ja, es lief gut«, sagte Brydie und fügte hinzu. »Eine Zeit lang.«

Mit stumpfem Bleistift kritzelte Bernice etwas auf einen Zettel vor sich. »Wie lange hatten Sie die Bäckerei?«

»Etwa fünf Jahre«, antwortete Brydie. »Bis ...«

»Bis ... wann?«

»Bis zur Scheidung.«

Bernices Miene blieb unverändert ausdruckslos. Sie warf einen Blick auf Brydies Lebenslauf. »Also, Bridget, ich such' jemanden, der dafür sorgt, dass die Torten gebacken werden und rechtzeitig fertig sind. Der Vorarbeiter für die Nachtschicht braucht 'nen zuverlässigen Mitarbeiter.«

»Nachtschicht?«

Bernice nickte. »Vollzeit. Nach drei Monaten Probezeit. Ist sozialversichert. Aber am Anfang will ich Sie als Aushilfe für die Feiertage. Garantie auf Festanstellung nach den Feiertagen gibt es nicht. Die Schicht fängt abends um zehn an und dauert bis morgens um sechs. Vier Tage beziehungsweise Nächte Arbeit und drei Tage frei.«

Brydie ließ sich gegen die Stuhllehne sinken. In der Anzeige hatte nichts von einer Nachtschicht gestanden. In ihrer Bewerbung hatte sie genauso wenig erwähnt, dass sie dazu bereit wäre. »Ich soll also die Nachtschicht übernehmen?«

»Is' die einzige Stelle, die im Moment offen ist. Die anderen Aushilfsjobs hab ich gestern vergeben.« Bernice leckte sich die letzten Krümel von den Fingern. »Zehn Bewerber hab' ich noch für heute. Wenn Sie nich' wollen – kein Problem.«

»Nein, nein«, sagte Brydie und wählte ihre folgenden Worte mit Bedacht. »Es ist nicht so, dass ich nicht will. Ich wusste nur nicht, dass es um die Nachtschicht geht.«

»Jetzt wissen Sie's ja.«

»Wann kann ich anfangen?«

»Sobald die Personalabteilung das absegnet und Sie eingearbeitet sind.«

»Gut«, sagte Brydie.

»Schön«, sagte Bernice und lehnte sich zurück. »Joe wird Sie in ein paar Tagen anrufen, um mit Ihnen den Schichtplan durchzugehn.«

»Wer ist Joe?«

»Der Dienstleiter für die Nachtschicht in der Backwarenabteilung.«

Brydie wusste, dass sie besser nicht allzu viele Nachfragen stellen sollte, da sie gerade erst angeheuert worden war. Aber sie konnte nicht anders. »Und warum ist Joe nicht beim Gespräch dabei?«

»Vorstellungsgespräche liegen ihm nicht«, antwortete Bernice unbekümmert. »Und zu 'ner unchristlichen Zeit wie dieser ist Joe noch nicht auf.« Damit stand sie auf und nahm sowohl Unterlagen als auch die restlichen Erdnussflips vom Tisch. »Er macht meistens keinen guten ersten Eindruck. Sehr gesprächig ist er nicht grade.«

Brydie sah Bernice hinterher, die grußlos abgerauscht war, und fragte sich, ob sie sich freuen oder sich fürchten sollte. Wahrscheinlich eine Mischung aus beidem. Es kam ihr wie eine Ewigkeit vor, dass sie zuletzt irgend woanders gearbeitet hatte, sie war bestimmt völlig aus der Übung. Vielleicht war es an der Zeit, mal wieder zu backen. Schließlich wollte sie Joe, ihrem zukünftigen Chef, lieber keinen Grund geben, sie sofort wieder zu feuern.

7. KAPITEL

AM SPÄTEN NACHMITTAG lehnte sie sich gegen die geschlossene Tür im Flur und ging das vor ihr liegende Telefonat Schritt für Schritt in Gedanken durch, während sie dem Tuten in der Leitung lauschte. Sich innerlich zu wappnen, nahm ihr ein wenig Nervosität.

»Immobilienmakler Benson.«

»Hi, Margie.« Brydie atmete aus, unbewusst hatte sie die Luft angehalten. »Ist meine Mutter da?«

»Hi, Liebes«, flötete Margie in ihrem Arkansas-Südstaaten-Akzent. »Warte, ich stelle dich zu ihr durch. Wie schön, deine Stimme zu hören!«

Brydie lächelte in den Hörer. Sie hatte die fröhliche, warmherzige Margie schon immer gemocht, die schon seit ihrer Highschoolzeit in Ruths Agentur arbeitete.

»Ah, das wurde auch Zeit«, tönte ihr da schon ihre Mutter ins Ohr. »Ich dachte schon, ich erfahre Neuigkeiten jetzt nur noch über Elliott.«

»Tut mir leid«, brachte Brydie zerknirscht hervor. Sie hätte wissen müssen, dass ihre Mutter Elliott anrief, wenn sie ihre

Tochter nicht an die Strippe bekam! »Ich hatte viel um die Ohren.«

»So viel, dass du deine Mutter nicht anrufen konntest?«

Brydie seufzte. »Ich hab' mich jetzt hier eingerichtet«, erzählte sie, »in ein paar Tagen fange ich eine neue Arbeit an.«

»Ich habe schon gehört, dass du dich bei diesem ShopCo beworben hast«, sagte ihre Mutter lediglich. Ihr Tonfall machte deutlich, dass Ruth Benson diese Entscheidung alles andere als befürwortete.

»Es wird mir guttun, wieder zu arbeiten«, erwiderte Brydie. »Auch wenn es Nachtschichten sind.«

»Oh, davon hat Elliott mir gar nichts gesagt«, empörte sich ihre Mutter. »Was ist das für eine Bäckerei, dass die nachts aufhat?«

»Das sind die normalen Vorbereitungen für den Verkauf tagsüber«, erklärte Brydie. »Allan und ich waren doch auch in den Nachtstunden zugange, um Torten zu backen.«

»Mag sein«, pflichtete Ruth bei, »aber das war dein eigener Laden in Jonesboro, kein Billigschuppen in einer der abgelegensten Ecken von Memphis!«

Brydie verdrehte die Augen, froh, dass ihre Mutter das nicht sehen konnte. »Womöglich habe ich in dem *Billigschuppen* aber mehr Glück.«

»Warum kommst du nicht einfach nach Hause?«

Diese Reaktion ihrer Mutter hätte Brydie nicht überraschen sollen. Nachdem ihr Vater gestorben war, hatte diese plötzlich eine Phobie vor dem Alleinsein entwickelt. Und seitdem verwendete Ruth viel Zeit darauf, ihrem einzigen Kind ein schlechtes Gewissen einzuflüstern, weil es nicht anrief und nicht zu Besuch kam.

Während ihrer Scheidung hatte sich Brydie überreden lassen, zu Ruth zu ziehen. Das war nicht gut gegangen. Und sie fragte sich, ob sich ihre Mutter noch daran erinnerte. »Das wird lustig.« Damals hatte sie mehr als überzeugend geklungen, »nur wir beide, wir werden unseren Spaß haben!«

Aber Brydie hatte es überhaupt nicht lustig gefunden, mit ihrer Mutter zusammenzuwohnen. Was sie gebraucht hätte – und sie hatte angenommen, Ruth würde verstehen, was sie brauchte –, war Ruhe. Stattdessen gab es jeden Abend Cocktailpartys mit den etwa fünfzigjährigen Arbeitskollegen ihrer Mutter. Zu der Zeit hatte sie ihren Vater mehr denn je vermisst. Wäre er noch da gewesen, hätte er gewusst, wie er seine Tochter hätte trösten können. Er hätte ganz bestimmt nicht versucht, sie mit Ralph, einem Immobilienmakler im fortgeschrittenen Alter, zu verkuppeln, ihr stattdessen auch einen Drink eingeschenkt, sich neben sie auf das Sofa fallen lassen und einträchtig mit ihr geschwiegen.

Brydie gab sich die größte Mühe, sich auf das Telefongespräch zu konzentrieren, und sagte zu ihrer Mutter: »Du weißt, dass das nicht geht.«

»Also ich weiß nicht«, nörgelte Ruth, »ich *verstehe* nicht, warum du in Memphis sein musst und dort auf einen übergewichtigen Hund aufpasst!«

Brydie sah zu Teddy Roosevelt hinunter, der auf dem Boden vor dem Sofa lag und schlief. »Er ist nicht übergewichtig … jedenfalls nicht sehr. Wie auch immer, das ist doch lächerlich und tut nichts zur Sache! Du weißt genau, warum ich nicht nach Hause kommen will und warum ich damals weggegangen bin.«

»Ich hab' Allan letzte Woche gesehen«, streute ihre Mutter wie nebenbei ein.

Brydie bekam einen Knoten im Hals. »Oh?«

»An der Tankstelle, in der Nähe des Büros, auf der Caraway.«

»Hast du mit ihm gesprochen?«

»Nein. Er hatte seine Gespielin dabei.«

Brydies Hals zog sich enger zu. »Gespielin« – so nannten sie und ihre Mutter Cassandra Burr, die Frau, mit der Allan ein Verhältnis hatte. Mittlerweile war es allerdings kein Verhältnis mehr, sondern offenbar eine Beziehung, die sie in aller Öffentlichkeit pflegten, was Brydie nur noch ungehaltener machte. »Ich sollte besser auflegen«, murrte sie schließlich, »und mit Teddy Gassi gehen.«

»Im Hundepark?«

»Ja, vielleicht.«

»Du könntest ruhig ein wenig freundlicher zu diesem Doktor sein«, ermahnte ihre Mutter sie. »Wäre bestimmt eine bessere Partie als dein Exmann.«

»Ich ruf' dich später noch mal an, Mom.«

Brydie ließ das Handy zurück in die Hosentasche gleiten und drehte sich zur Tür, gegen die sie sich die ganze Zeit gelehnt hatte. Sie war schon sämtliche Schlüssel durchgegangen, die sie im Haus hatte finden können, aber keiner passte.

Frustriert trat sie dagegen. Die Tür, hinter der es wohl in den Keller ging, ächzte, als ihr nackter Zeh auf das Holz traf. Teddy sah zu ihr auf und legte den Kopf schief, als wolle er sagen: Warum bist du auch so dämlich! »Weißt du, wieso die verschlossen ist?«, fragte sie ihn.

Teddy bettete das Kinn wie gewohnt auf den Boden.

»Ich werd' noch verrückt«, schnaufte Brydie, »jetzt fang' ich schon Gespräche mit einem Hund an!« Hastig ging sie zu dem Abstellschrank und holte Teddys Geschirr und die

Leine. Sie musste jetzt mit irgendeiner Menschenseele reden. Vielleicht war das mit dem Hundepark gar keine so schlechte Idee.

8. Kapitel

Sosehr sie es auch versuchte, Brydie konnte sich einfach nicht an das wärmere Klima in Memphis gewöhnen. Der Wettergott hatte offenbar verpasst, dass Jonesboro nur siebzig Meilen von der Stadt entfernt lag, also kaum mehr als eine Stunde Fahrt auf der Interstate 55.

Oder vielleicht waren auch nur die Menschen hier so anders. Brydie stand mit Teddy im Hundepark, der heute völlig verwaist schien. Obwohl sicher noch über zehn Grad herrschten – und das im Oktober! –, waren alle Menschen auf der Straße warm eingepackt, bliesen Trübsal und beschwerten sich über den Wintereinbruch. In Jonesboro hätten die Leute sich einfach einen dünnen Pullover übergezogen und getan, als wäre nichts.

Stadtvolk! dachte sie.

Teddy schien das Wetter nicht zu kümmern, er rannte fröhlich los und erkundete den Park. Sie hatte sich gefreut, dass er heute Morgen voller Energie gewesen war, gleichzeitig befürchtete sie, dass ihn der Besuch bei Pauline in zwei Tagen wieder in die alte Lethargie versetzen könnte. Er schlief jetzt nicht mehr auf dem Küchenfußboden, sondern im Flur vor der Tür zum Gästeschlafzimmer. Immerhin ein Fortschritt. Sie schlief in dem Raum gegenüber dem eigentlichen Schlafzimmer. Es kam ihr irgendwie falsch vor, in Pauline Neumanns Zimmer zu schlafen, auch wenn diese es gar nicht sehen konnte. Komisch genug, sich zu benehmen, als wäre das ihr Haus, aber irgendwie befürchtete sie auch, dass sie eines Morgens aufwachen würde und in Paulines strenge Miene blickte, wenn sie in deren Bett schlief.

»Ist Ihnen nicht kalt, Miss?«

Gedankenverloren sah Brydie auf, in ein mittlerweile bekanntes Gesicht. Der alte Mann in dem Overall lächelte sie an. Sein Beagle trabte ihm mit einer Plüschente hinterher, die ihm zu beiden Seiten aus dem Maul hing.

»Schon Pullover-Wetter«, Brydie lächelte, »dabei ist erst Oktober.«

»Meine Rede, und Arlows auch.« Der Mann deutete auf den Hund, der jetzt hechelnd neben ihm stand, die Ente zu seinen Pfoten. »Ich bin Fred.«

»Und ich Brydie.« Sie streckte ihm eine Hand entgegen. »Und der kleine Fellball da hinten heißt Teddy Roosevelt.«

»Is' ja groß geworden, der Kleine.« Er rieb sich das Kinn. »Hab' ihn ewig nicht mehr gesehen. Zuletzt als Welpen, als Talbert Neumann mit ihm zum Toben herkam.«

»Ich bin die Hundesitterin«, erklärte Brydie, »oder eher die Haussitterin. Sein Frauchen ist ins Pflegeheim gezogen, und da brauchte sie jemanden, der auf Teddy aufpasst.«

»Hab' davon gehört, tat mir leid für sie.« Fred hatte ein freundliches, leicht gerötetes Gesicht. Er schnäuzte sich kurz und steckte das Taschentuch zurück in die Brusttasche seines Overalls. »Schön, Sie kennenzulernen. Normalerweise sind bei diesen kalten Temperaturen nur der Doc und ich unterwegs. Is' immer gut, wenn mal jemand Neues hier auftaucht.«

»Oh!« Brydies Herz machte einen Satz. Meinte er Nathan? Waren die beiden befreundet? Sie hoffte nur, dass der alte Mann ihm nicht berichtete, warum sie in Pauline Neumanns Haus wohnte. Es war natürlich vorstellbar, dass Pauline ihm das bereits erzählt hatte, trotzdem wollte sie nicht, dass er es wusste. Zumindest noch nicht.

»Und wenn man vom Teufel spricht!«, rief Fred und deutete mit dem Kopf auf etwas oder irgendjemand hinter Brydie. »Wenn das mal nich' der Doktor is'!«

Sasha erreichte die beiden als Erste. Sie spurtete an Brydie vorbei, sprang hoch, trommelte mit den Vorderpfoten an Freds Brust und versuchte, ihm das Gesicht abzulecken.

Schon erklang Nathans Stimme: »Runter, Sasha!«

Jaulend gehorchte der Hund und machte mit hechelnder Zunge neben Fred Platz.

»Tut mir leid.« Nathan klopfte ihm auf die Schulter.

»Macht nichts«, gab der alte Mann zurück. »Arlow weckt mich jeden Morgen so.«

Nathan stand mit dem Rücken zu ihr. Einen Augenblick lang dachte Brydie, dass er sie absichtlich nicht beachtete. Sie spürte, wie ihr bei dem Gedanken die Röte in die Wangen schoss, und sah sich nach Teddy um. Vielleicht sollte sie besser gehen, solange das noch unbemerkt möglich war, und sich so das peinliche Eingeständnis ersparen, dass sie gehofft hatte, ihn hier zu treffen.

Noch bevor sie einen Entschluss gefasst hatte, drehte sich Nathan zu ihr. »Hallo, Brydie!«

Seine Stimme ergoss sich über sie wie warme Butter, und ihr Wunsch, zu verschwinden, war vergessen. »Hi!«

»Sie haben also Fred und Arlow kennengelernt.«
Brydie nickte. »Ja.«

»Offenbar kommen Sie auch regelmäßig her, wie Sasha und ich«, erklärte Nathan. »Wir sind ziemlich oft hier – immer wenn wir freihaben.«

»Wir sind erst zum zweiten Mal hier«, gestand Brydie. »Na ja: Ich jedenfalls bin zum zweiten Mal hier. Teddy kennt den Park wahrscheinlich schon in- und auswendig.«

»Vor einem halben Jahr bin ich in das Haus meiner Großeltern gezogen«, erzählte Nathan. »Erst wollte ich es verkaufen, aber jetzt gefällt mir die ruhige Gegend.«

Brydie beobachtete, wie Sasha sich auf den Rücken schmiss und Arlow und Teddy begannen, ihr abwechselnd übers Gesicht zu lecken. Fred sah ebenfalls amüsiert zu. »Ich muss sagen, mir gefällt's hier auch.«

»Mrs. Neumann hat mir erzählt, dass Sie auf ihr Haus aufpassen?«

»Das stimmt«, antwortete Brydie. »Und auf Teddy natürlich.« Sie hoffte inständig, dass er nicht weiter nachbohrte.

»Ich hab' sie erst kennengelernt, nachdem sie ins Heim gezogen ist. Dabei müssen unsere Häuser nur wenige Straßen voneinander entfernt liegen.« Nathan tätschelte Sasha den Kopf, als die Hündin sich aufgerappelt hatte und sich an sein rechtes Bein schmiegte. »Die Arme war nach dem Umzug wirklich niedergeschlagen. Ich glaube, Ihr Besuch mit Teddy hat ihre Stimmung deutlich gehoben.«

»Sie und Teddy waren vor Wiedersehensfreude ganz aus dem Häuschen.« Brydie war froh, dass sich das Gespräch nun nicht mehr um sie, sondern um Mrs. Neumann drehte.

»Sie bekommt nur wenig Besuch«, sagte Nathan. »Aber die Pfleger tun ihr Bestes, um die Bewohner aufzumuntern und bei Laune zu halten. Und in ein paar Wochen veranstalten wir eine zünftige Halloweenfeier, wie sich's gehört.«

»Klingt gut.«

Nathan nickte. »Ist ein bisschen wie Fasching. Es gibt Spiele, ein paar Kleinigkeiten zu essen und einen Wettbewerb um das einfallsreichste Kostüm. Ich verkleide Sasha jedes Jahr.«

Brydie musste schmunzeln. »Sie verkleiden Ihren Hund?«

Jetzt grinste auch der Doc. »Ja, klingt komisch, oder?«

»Ein bisschen.«

»Ich bilde sie gerade zum Therapiehund für Senioren aus, und ich erzähl' den Leuten, die Verkleidung sei Teil der Ausbildung«, erzählte er, und im Flüsterton fuhr er fort: »Aber in Wahrheit macht's mir wahnsinnig viel Spaß, Sasha zu verkleiden.«

Brydie musste immer noch grinsen. »Und wo findet man ein Kostüm für seinen Hund?«

»Eigentlich überall.« Nathan strich seiner Hündin erneut über den Kopf, die es sich zwischen ihm und Brydie bequem gemacht hatte. »Aber sie ist so groß, dass ich ihr Kostüm online bestellen oder ihr eigens etwas anfertigen lassen muss.«

»Ich könnte Teddy als Gremlin verkleiden«, überlegte Brydie.

»Kommen Sie doch auch zur Feier«, schlug Nathan vor. »Ich bin sicher, Mrs. Neumann wäre hocherfreut, Teddy in Verkleidung zu sehen.«

»Ach, ich weiß nicht«, grübelte Brydie. »Ich fange demnächst einen neuen Job an. Ich weiß nicht, ob ich da Zeit habe.«

»Glückwunsch!« Nathan sah sie an. »Was für eine Arbeit ist das?«

»Ich bin Bäckerin.« Die Antwort war automatisch aus ihr herausgesprudelt. Das war es, was sie dann immer sagte, ohne darüber nachzudenken.

»Wirklich?«, fragte Nathan. »Wo arbeiten Sie? Vielleicht kenne ich den Laden. In der Altstadt gab es eine tolle kleine Bäckerei, die hat letztes Jahr dichtgemacht.«

Brydie wurde nervös. Da stand sie nun und unterhielt sich mit einem gut aussehenden Arzt, der einen Therapiehund besaß und dem die ruhige Gegend seiner Großeltern gefiel. Sie hingegen versuchte, so gerade eben ihren Kopf über Wasser zu halten, sie wohnte in einem Haus, das ihr nicht gehörte, mit einem Hund, der ihr nicht gehörte und außerdem im Müll wühlte. »Ich, äh, glaube nicht, dass Sie ihn kennen«, sagte sie schließlich. »Er liegt eine Dreiviertelstunde entfernt von hier.«

Nathan wollte gerade etwas sagen, als ein Summen aus seiner Tasche drang. Er zog sein Handy hervor und sah kurz auf den Bildschirm. »Ich muss los.« Schon legte er Sasha die Leine an. »Ein Notfall im Krankenhaus, bei dem alle Hände gebraucht werden.«

»Klingt nach was Ernstem.«

»Überlegen Sie sich das mit der Halloween-Feier? Ja?«

»Ja, mach' ich.«

Brydie sah ihm nach, wie er mit Sasha zügig dem Ausgang des Parks zustrebte. Sie war erleichtert, dass sie ihm nicht erzählen musste, wo genau sie arbeitete, oder ihm andere Details aus ihrem Leben preisgegeben hatte. Trotzdem musste sie bei dem Gedanken an Nathans Einladung zur Halloween-Feier lächeln. Das versprach lustig zu werden. Vielleicht sollte sie wirklich mit Teddy hingehen.

»Der Junge ist wie ein Wirbelwind«, sagte Fred und gesellte sich mit Arlow im Schlepptau zu ihr.

»Wie meinen Sie das?«

»Kaum hier, und schon wieder weg. Und man weiß nie, ob er es wirklich war.«

»Er ist Arzt«, erinnerte sie ihn.

»Bei den Notärzten ist alles immer so ein Drama«, meinte Fred. »Die mögen die Hektik, das Unvorhergesehene. Is' wahrscheinlich der Grund, warum er noch keine Frau gefunden hat.«

»Vielleicht rettet er einfach nur gern das ein oder andere Leben«, gab Brydie zu bedenken. Wenn sein Südstaatenakzent und seine Art nicht so charmant gewesen wären, hätte sie sich über Fred geärgert. »Außerdem arbeitet er ja auch im Seniorenheim.«

»Stimmt auch wieder«, räumte der alte Kerl ein. »Aber sei'n Sie trotzdem auf der Hut. Der is' mit seiner Arbeit verheiratet, der Doc.«

Brydie kannte sich mit Workaholics bestens aus. Ihre Mutter war ein Workaholic und sie selber auch, zumindest vor langer Zeit gewesen. Vor dem Seitensprung, vor der Scheidung, da war Brydies Ehrgeiz in Sachen Job das Thema gewesen, über das Allan und sie am meisten gestritten hatten. Er fand immer, sie arbeitete zu viel. Mehrmals hatte er ihr gesagt, dass er seine Arbeit als Dozent an der Kochschule deshalb so gemocht hatte, weil er da zu regelmäßigen Zeiten und außerdem nicht so viel arbeiten musste. Allan wollte geregelte Arbeitszeiten. Er wollte am Wochenende mit Freunden ausgehen. Und er wollte seine Arbeit nach Feierabend nicht mit nach Hause nehmen.

Brydie hingegen kannte es nicht anders. Sie wusste nicht, ob sie das geerbt hatte oder ob es daran lag, dass sie als Kind ihre Mutter jeden Abend mit einem Stapel Arbeit hatte nach

Hause kommen sehen. Jedenfalls hatte sie sich damals nicht vorstellen können, die Bäckerei abends einfach abzuschließen und bis zum nächsten Morgen keinen weiteren Gedanken daran zu verschwenden. Im Nachhinein war ihr erst klar geworden, dass sie Verdacht hätte schöpfen sollen, als Allan plötzlich auch sehr spät noch gearbeitet hatte. Doch während sie begeistert von seinem Einsatz gewesen war, hatte er sich mit Cassandra vergnügt.

9. Kapitel

Shopco beleuchtete nachts das gesamte Viertel. So kam es Brydie jedenfalls vor, als sie geblendet mit der Hand die Augen abschirmte und den Laden betrat. Sie war aufgeregt und – wie sie sich eingestehen musste – erschöpft. Das Anlernen am Tag zuvor hatte lediglich in einem zweistündigen Video bestanden, das sie und die anderen neuen Aushilfen geduldig hatten ansehen müssen, ihren Chef in der Bäckerei oder andere Kollegen hatten sie nicht kennengelernt. Am Nachmittag hatte sie versucht, noch eine Mütze Schlaf zu bekommen, es war ihr aber nicht gelungen, abzuschalten. Stattdessen hatte sie sich den Kopf darüber zerbrochen, ob sie nach über einem Jahr Pause noch in der Lage war, ihren Beruf fachmännisch auszuüben, ob sie die ganze Nacht lang würde wach bleiben können und es trotzdem am Sonntag zu dem Treffen mit Mrs. Neumann schaffte.

Teddy schien es verwirrt zu haben, als Brydie abends aus dem Haus gegangen war. Zum Glück hatten sich Elliott und die kleine Mia bereit erklärt, wenigstens die erste Nacht bei ihm zu verbringen, damit Brydie sich keine Sorgen zu machen brauchte. Der kleine Kerl würde sich schon daran gewöhnen. Sie beide würden sich daran gewöhnen müssen.

Erstaunlich, wie viele Leute um Mitternacht noch einkaufen gehen, dachte Brydie. Ihre Schicht ging von zehn Uhr abends bis sechs Uhr morgens. Sie hatte angenommen, der Laden sei zu der Zeit menschenleer, aber weit gefehlt. Sie versuchte, die Menschenmenge nicht zu beachten, und bahnte sich ihren Weg zur Backwarentheke. Unsicher blieb sie davor stehen. Ein Mann hatte ihr den Rücken zugewandt und hantierte vor einer Torte mit etwas, das wie Zuckerguss aussah.

»Entschuldigen Sie!« Brydie stellte sich auf die Zehenspitzen, um über die Theke sehen zu können. »Entschuldigen Sie, sind Sie Joe?«

Der Mann reagierte nicht.

Brydie starrte weiter auf den Rücken des Mannes. Bernice hatte ihr gesagt, sie solle direkt zu Joe in die Backabteilung gehen. Tja, obwohl der Mann dort womöglich Joe war, beachtete er sie keinen Deut. Sie sprach ihn noch ein paar Mal an, dann ging sie genervt um die Theke herum, drückte die gelbe Doppeltür auf und betrat die Bäckerei.

In dem schmalen Raum hinter den Regalen voller Brot roch es nach Teig und Zuckerguss. Brydie sog den Duft tief ein und schloss die Augen. Es war lange her, sehr lange her, seit sie diesen Duft das letzte Mal in der Nase gehabt hatte. Unwillkürlich musste sie lächeln, als mit dem Geruch die alten Erinnerungen an ihre eigene Backstube wiederauflebten. Das war der einzige Ort gewesen, an dem sie sich rundum wohlgefühlt hatte, an dem sie sie selbst gewesen war. Jedenfalls eine Zeit lang, dachte sie. Bis zu *jenem* Tag.

Sie schüttelte die Erinnerungen ab und trat wieder vor die Theke, wo der Mann noch immer mit der Torte stand. Erst jetzt bemerkte Brydie, dass er Ohrstöpsel trug. Selbst ein paar Schritte entfernt konnte sie die Musik hören.

»Entschuldigung?«, rief sie, diesmal lauter als zuvor, und trat so nah an ihn heran, wie sie nur konnte, ohne ihn zu berühren.

Er rührte sich immer noch nicht!

»*Entschuldigung?!*« Jetzt streckte Brydie eine Hand aus und tippte ihm von der Seite auf die Schulter. »Entschuldigung?«

Erschrocken sprang der Mann zurück und zog dabei eine Spur lilafarbenen Zuckerguss über die weiße Tortenglasur. »Verfluchter Mist!«

»Tut mir leid!«

»Was soll das? Warum schleichen Sie sich an?« Barsch griff er sich ins Gesicht und zog sich das Haarnetz von seinem langen Bart, der zu einem Zopf gebunden war. »Was haben Sie hier zu schaffen? Kunden dürfen nicht hinter die Theke!«

»Ich ... ich bin kein Kunde«, stammelte Brydie und starrte fasziniert auf seinen Bart. »Ich bin Brydie Benson. Ich bin die Neue.«

»Bernie hat Sie mit keiner Silbe erwähnt.«

»Aber ich bin hier eingestellt worden!«

Der Mann runzelte die Stirn. Dann leuchteten seine Augen auf. »Sie sind Bridget!«

»Brydie.«

»Na ja, Bernie hat Ihr Namensschild machen lassen. Ich bin Joe. Nennen Sie mich Joe, und um Himmels willen nicht Joseph oder Joey.« Er eilte an ihr vorbei nach hinten. Als er zurückkam, gab er ihr ein Namensschild. »Sie müssen das tragen, bis wir ein neues machen lassen.«

»Ich hab' ihr gesagt, dass mein Name gälisch für ›Bridget‹ ist. Ich habe nicht gesagt, dass ich Bridget heiße«, erklärte Brydie gereizt, steckte sich das Schild aber trotzdem an den Kittel.

»Und Sie haben meine Torte verschandelt, wie auch immer Sie heißen!«

Brydie sah auf die Torte. »Das kann ich wieder in Ordnung bringen.«

»Ich hab' Sie noch nicht mal angelernt!«

»Ich weiß, wie ich diese Torte retten kann«, gab Brydie selbstsicher zurück. »Das ist ganz einfach.«

»Na dann …« Joe sah sie misstrauisch, aber abwartend an. »Waschen Sie sich die Hände. Ich hol' Ihnen ein Haarnetz.« Und schon verschwand er nach hinten.

Brydie schrubbte sich die Hände, trocknete sie ab und ging zurück zu der Torte. Ohne groß nachzudenken, nahm sie die Zuckergusstube und spritzte eine hübsche Blume an die Stelle, wo versehentlich der Strich entlanglief. Als sie fertig war, betrachtete sie zufrieden und atemlos ihr Werk. Zum ersten Mal seit Monaten hatte sie eine Torte angefasst, ohne sie zu essen.

»Gut gemacht«, lobte Joe. Er stand plötzlich wieder neben ihr, den Bart hatte er wieder verdeckt.

»Danke.« Brydie lächelte ihn an. Vielleicht war dieser Nachtjob doch nicht so übel.

Joe reichte ihr ein Haarnetz. »Aber wenn Sie jemals wieder ohne Haarnetz arbeiten, feuere ich Sie auf der Stelle.«

»Achten Sie gar nicht auf ihn«, sagte eine Stimme von der anderen Seite der Theke. »Er hat nur eine große Klappe.«

»Pass auf, was du sagst, Rosa!«, warnte Joe, ohne sich umzudrehen. Er klang grob, lächelte aber, was er bestimmt nicht oft tat, wie Brydie vermutete, denn sein Gesicht verzog sich dabei so komisch. »Sonst bist du als Nächste dran.«

Brydie beobachtete, wie die zwei kleinen Frauen um die Theke herumgingen und sich dann durch die Doppeltür zu ihr und Joe gesellten. Zuerst dachte sie, die beiden seien Schwestern. Dann sah sie, dass die Wortführerin, zugleich die größere der beiden, die andere an der Hand hielt wie ein Kind.

»Ich arbeite schon seit fünf Jahren für dich«, murrte die Frau. »Wie oft wolltest du mich schon feuern?«

»Jeden Tag.«

»Tut er aber nie.« Die Fremde grinste Brydie an. »Ich bin Rosa. Und das ist meine Tochter Lillian.«

»Hallo«, erwiderte Brydie, froh, nicht mehr mit Joe allein zu sein. »Schön, Sie kennenzulernen. Ich bin Brydie.«

Rosa ließ die Hand ihrer Tochter los und deutete auf Brydies Namensschild. »Da steht aber, du heißt Bridget.«

»Bernie hat 'nen Fehler gemacht«, erklärte Joe. »Mal wieder.«

Rosa lachte. »Machen Sie sich nichts draus«, sagte sie. »Wir wollten, dass sie ›Lillie‹ auf Lillians Schild druckt. Und als wir zu unserer ersten Schicht erschienen, stand ›Billie‹ drauf.«

»Hat ein halbes Jahr gedauert, bis sie's verbessert hatte«, warf Joe ein.

»Dabei hört Lillie eh nicht so gut«, meinte Rosa. »Wie Sie sich vorstellen können, hat sie auf ›Billie‹ erst recht nicht reagiert.«

Brydie betrachtete die jüngere Frau, die hinter Rosa stand und irgendwie abwesend schien. Sie hatte sich ein Baseball-Cap der St. Louis Cardinals tief in die Stirn gezogen und sah Rosa sehr ähnlich, beide waren klein und zierlich, hatten einen karamellfarbenen Teint und die gleiche Nasenform. Aber etwas an Lillian war anders, ohne dass Brydie sagen konnte, was. Die junge Frau schien nicht im Geringsten daran interessiert, mit ihnen zu reden, stattdessen starrte sie unablässig die Torte auf der Theke an.

»Aber sie ist die beste Konditorin in den Südstaaten«, beendete Rosa ihre Vorstellungsrunde im Flüsterton. »Seit fünf Jahren arbeiten wir hier, und nie hat sich jemand beschwert.«

»Freut mich, Sie beide kennenzulernen«, sagte Brydie.

»Genug geschwafelt.« Joe klatschte in die Hände »Wir haben fünf Bestellungen und müssen die Neue einarbeiten.«

»Sehen Sie?«, raunte Rosa. »Die große Klappe?«

Brydie grinste. Ja, die Arbeit bei ShopCo würde wohl ganz anders werden als in ihrer alten Bäckerei. Sie war nicht mehr ihr eigener Chef und musste lernen, Anweisungen zu befolgen. Aber jetzt war ihr der Boss mit der großen Klappe erst mal egal. Jetzt war sie nur glücklich, dass sie endlich wieder das tun konnte, was sie für ihr Leben gern tat.

10. Kapitel

Eigentlich hätte sie gleich ins Bett schlüpfen sollen, als sie nach Hause kam. Aber Brydie war viel zu wach, so aufgeweckt wie schon lange nicht mehr. Wach und gleichzeitig erschöpft, sie fühlte sich geradezu beschwipst. Obwohl ihr erster Tag oder besser: ihre erste Nacht im neuen Job ein wenig holprig begonnen hatte, war die restliche Schicht besser gelaufen als erwartet. Joe und Rosa hatten ihr gezeigt, wie sie die Bestellungen bearbeiteten und die Auslage auffüllten, damit es für die Kunden ansprechend aussah. Anschließend hatte sie mindestens zwei Stunden lang Lillian dabei zugesehen, wie sie Torten äußerst kunstvoll verzierte, ohne den kleinsten Fehler zu machen oder zwischendrin abzusetzen. Joe musste sie am Ende der Schicht praktisch von den Torten loseisen und sie zur Stechuhr schicken.

Alles, was Brydie wollte, war backen. Und obwohl Teddy etwas verstimmt war, als sie früh am Morgen zu Hause eintrudelte, ließ er sich bei ihr in der Küche auf den Boden plumpsen und beobachtete aufmerksam, wie sie sich an die Arbeit machte. Er neigte den Kopf von einer Seite zur anderen, während Brydie den Teig für die Cookies verrührte und Schokoladenstreusel hinzugab.

Sie hatte direkt nach der Schicht eingekauft, sämtliche Zutaten, die sie fürs Backen brauchte. Spontan hatte sie auch ein paar Hundekekse für Teddy besorgt. »Hier«, sagte sie zu ihm, »probier mal.«

Teddy schnupperte an dem Keks, wich fast im selben Moment zurück und nieste.

»Magst du nicht?« Brydie hielt sich den Hundekeks unter die Nase und roch nun selbst daran. »Uh!«, entfuhr es ihr, und sie nickte zustimmend. »Ja, riecht echt eklig.«

Sie wandte sich wieder ihrem Teig zu und fragte sich, ob sie jemals etwas finden würde, das diesem Hund schmeckte. Er verweigerte fast sein ganzes Hundefutter, und auch die Leckerlis mochte er nicht, obwohl das die teuren waren, die sie ihm bei der Arbeit gekauft hatte. Sie starrte in die Rührschüssel, da kam ihr die Idee, ihm ein paar Cookies zu backen, ohne Schokolade. Alle anderen Zutaten würden ihm nicht schaden. Vielleicht ließ sich mit den Cookies das Eis brechen. Sie kannte jedenfalls niemanden, den sie nicht mit ihren wunderbaren Cookies auf ihre Seite gezogen hätte.

So waren sie und Allan überhaupt erst auf die Idee mit der Bäckerei gekommen. Für eine Wohltätigkeitsveranstaltung für die Immobilienfirma ihrer Mutter hatte sie vier Dutzend Cookies gebacken, und schon nach einer Viertelstunde waren sie alle verkauft gewesen. Nachdem man ihr unzählige Male gesagt hatte, sie solle unbedingt eine eigene Bäckerei aufmachen, hatte Allan gesagt: »Ehrlich, das ist gar keine so schlechte Idee. Warum sollen wir uns für jemand anderen abrackern, wenn wir ebenso gut unsere eigenen Chefs sein können?«

Auf den Gedanken war Brydie vorher noch nie gekommen. Vielmehr hatte sie einen Job an der Kochschule angestrebt. Ihr gefiel die Vorstellung, anderen das Backen beizubringen. Aber die Vorstellung, jeden Tag Seite an Seite mit Allan zu arbeiten, gefiel ihr auch. Die Chemie zwischen ihnen, wenn sie zusammen in der Küche standen, war einfach unschlagbar. Schon eine Woche später hatte Allan seine Kündigung eingereicht, und sie beide steckten bis über beide Ohren in den Planungen für ihr eigenes Geschäft.

Mit »Bake Me A Cake« hatten sie in der Küche ihrer Mietwohnung angefangen, sie versuchten sich an Geburtstagstorten, Cookies, allem Möglichen. Mit Erfolg, denn nach zwei Jahren lief ihr Geschäft so gut, dass sie nicht länger in den beengten Verhältnissen weitermachen konnten. Also suchten sie ein Ladengeschäft.

Aber die Mieten waren unerschwinglich, überall häuften sich die Probleme. Allans Einnahmen von der Dozententätigkeit waren überschaubar gewesen, und Brydie hatte auch keine Ersparnisse von der Zeit vor der Hochzeit. Wenn der Traum mit der Bäckerei also wahr werden sollte, würde Brydie ihren Nebenjob als Verkäuferin aufgeben, den sie beide brauchten, um über die Runden zu kommen, und in Vollzeit für die Bäckerei arbeiten. Und sie würden sämtliche Ersparnisse der letzten zwei Jahre zusammenkratzen müssen. Alles, was sie hatten, müssten sie in den Laden stecken, und es blieben ihnen kaum Rücklagen.

»Ich hab' *die* Lösung für euch«, hatte ihre Mutter ihnen eines Tages entgegengeflötet, als sie sich an einem Wochenende zum Mittag trafen. »Meinem Büro gehören doch ein paar Läden in der Einkaufsstraße am Caraway, ihr wisst schon, bei der Elephant-Autowaschanlage. Einer der Mieter konnte nicht mehr zahlen, und der Laden steht mittlerweile leer. Das ist schlecht für die Geschäfte nebenan, und außerdem«, betonte sie, »erst recht schlecht für mich.«

Ihre Tochter hatte ihr versichert, das Angebot zu überdenken. Zu Hause besprachen sie und Allan dann, ob sie den Laden von Ruth mieten sollten.

»Auf keinen Fall«, hatte Brydie gesagt. »Sie wird sich ständig einmischen! Uns vorschreiben, was wir tun und lassen sollen. Sie wird uns nicht in Ruhe lassen!«

»Aber deine Mutter hat noch keinen einzigen Kuchen in ihrem Leben gebacken«, entgegnete Allan.

»Genau«, sagte Brydie, »umso schlimmer!«

Selbstverständlich konnte Allan nicht nachvollziehen, warum seine Frau das Angebot nicht annehmen wollte. Er hatte nie verstanden, warum es Brydie so schwerfiel, auch nur irgendetwas von ihrer Mutter anzunehmen. Und ehrlich gesagt verstand Brydie das selber nicht so ganz. Es war ja keineswegs so, dass Ruth ein Ungeheuer gewesen wäre. Es war wirklich nett, dass sie ihnen ihre Hilfe angeboten hatte. Aber Brydie befürchtete immer, dass ihre Mutter Bedingungen daran knüpfen würde, dass sie hereinrauschen und alles selbst in die Hand nehmen wollte, wie es damals schon immer mit ihrem Vater gewesen war und mit allem, was mit Ruth Bensons Leben zu tun hatte.

Schlussendlich mieteten sie den Laden. Ruth machte ihnen trotz der zentralen Lage einen guten Preis, deutlich weniger, als die zwei woanders gezahlt hätten. Brydie war ihrer Mutter zugegebenermaßen für deren Geschäftssinn dankbar.

Gerald Benson war nach Brydies Geburt nicht mehr arbeiten gegangen, sondern bei ihr zu Hause geblieben. Ihre Mutter brachte in den ersten Jahren die Familie durch. Als Brydie eingeschult wurde, hatte ihr Vater halbtags in der Immobilienfirma angefangen. Und gerade als er wieder zu Vollzeit gewechselt hatte, war der Unfall passiert. Eigentlich nur ein kleiner Unfall, fast schon komisch. Brydies Vater fiel beim Christbaumschmücken von der Leiter, da war Brydie gerade erst sechzehn. Er saß fortan häufig in seinem Lehnstuhl und scherzte jedes Mal, wenn er von dem Unfall berichtete, er sei Clark Griswold aus »Schöne Bescherung«, immer und immer wieder machte er sich darüber lustig, bis ins neue Jahr hinein.

Die Wahrheit war weniger komisch. Ein Bandscheibenvorfall, eine kaputte Lendenwirbelsäule und chronische Schmerzen. Im darauffolgenden Jahr kam er an Weihnachten nicht mal mehr aus dem Bett, vom Christbaumkugeln-Aufhängen ganz zu schweigen. Die Witzelei hatte ein Ende. Alles hatte ein Ende, bis auf das Whiskeytrinken, all die Arztbesuche und die Streitereien mit Brydies Mutter.

Als Brydie und Allan einige Jahre später ihre Bäckerei eröffneten, hatte Gerald Benson mehr als ein Dutzend Operationen über sich ergehen lassen. Er schluckte jeden Tag Medikamente und bekam jeden Monat eine Spritze in den Rücken. Er hatte Schmerzen beim Gehen. Schmerzen im Sitzen. Schmerzen beim Schlafen. Im Grunde genommen hatte er immer Schmerzen. Aber er beklagte sich nicht, jedenfalls nicht vor anderen.

Am Ende war es sogar Gerald Benson, der die meiste Zeit bei ihnen in der Bäckerei verbrachte, nicht seine Frau. Morgens erschien er dort mit der »Jonesboro Sun« unterm Arm, setzte sich an den kleinen Tisch am Fenster und wartete auf seinen Kaffee und seinen Cranberry-Scone. Er kippte einen Schuss Whiskey in seinen Kaffee und plauderte mit Brydie, während sie sich für den allmorgendlichen Ansturm der

Arbeiter und Angestellten auf die Frühstücksbrötchen rüstete. Und ihr kam es vor, als wären das Verlassen des Hauses und sein morgendlicher Besuch in der Bäckerei eine viel bessere Medizin für ihn als die ganzen Pillen, die er schlucken musste.

Zu der Zeit fing er auch an, Brydie und Allan zu fragen, wann sie ihn denn endlich zum Großvater machen würden.

»Du weißt ja, ich liebe Kinder«, hatte er immer wieder betont. »Ich hätte gern selber mehr Kinder mit deiner Mutter gehabt, aber immer kam die Arbeit dazwischen.«

»Ich bin froh, dass ihr nicht mehr Kinder habt«, hatte Brydie oft erwidert und ihm Kaffee nachgeschenkt. »Ich teile nämlich nicht gern.«

»Stimmt«, hatte Allan hinter der Theke gegrummelt. »Sie glaubt, der ganze Laden gehört ihr.«

Es war nicht so, dass Brydie nicht über die Familienplanung nachgedacht hätte, das war sehr wohl ein Thema. Sie und Allan waren sich immer einig gewesen, dass sie irgendwann einmal Kinder bekommen wollten. Aber sie wollten warten, bis das Geschäft lief und sie mehr Geld verdienten. Sie wollten warten, bis sie ein größeres Haus und mehr freie Zeit haben würden. Es gab immer einen Grund, warum es gerade nicht richtig passte.

»Den richtigen Zeitpunkt für Kinder gibt es nicht«, hatte Brydies Vater gedrängelt. »Wenn ihr zu lange wartet, rennen euch die Jahre davon!«

Sosehr Brydie ihren Vater auch liebte, seine Beharrlichkeit hatte sie immer irritiert. Sie konnte damals nicht ahnen, dass ihnen beiden nicht mehr viel Zeit zum Diskutieren blieb. Sie konnte damals nicht ahnen, dass er sterben würde, bevor sie ihm einen Enkel schenken konnte. Und auch nicht, dass die

Schuldgefühle sie bis hierher, bis in einen anderen Bundesstaat, bis ins grell flimmernde Memphis verfolgen würden.

Nachdem sie ausgiebig geduscht hatte, fühlte sich Brydie etwas frischer. Obwohl sie zuvor fast eine ganze Kanne Kaffee getrunken hatte, fiel es ihr schwer, einen wachen Eindruck zu machen, als sie das Seniorenstift betrat. Die Aufregung der Nacht davor und vor allem, dass sie am frühen Morgen wie von Sinnen einem Backrausch verfallen war, hatten ihr keine Zeit für Schlaf oder Erholung gelassen.

Teddy hingegen war quicklebendig. Als sie dieses Mal das Gebäude betraten, wand er sich aus Brydies Armen und zockelte geradewegs zum Empfang.

»Guten Tag«, begrüßte sie die Empfangsdame, dieselbe Frau wie beim letzten Mal. »Mrs. Neumann wartet schon auf Sie.«

»Es tut mir leid, wir sind spät dran«, sagte Brydie.

»Macht doch nichts«, befand die Dame und reichte ihr einen Stift. »Gehen Sie nur durch. Sie müssten nur hier unterschreiben.« Sie deutete auf das Buch, in das Brydie sich schon beim ersten Besuch eingetragen hatte.

»Danke.« Brydie gab ihr den Stift zurück und befestige die Leine an Teddys Halsband. Er trabte fröhlich voran. Sie lächelte in sich hinein, obwohl sie hundemüde war. Teddy schien sich genau zu erinnern, wo es langging. Vielleicht spürte er, dass sie gleich sein Frauchen besuchten.

Als sie angeklopft hatten und in Mrs. Neumanns Zimmer traten, saß sie auf demselben Platz wie beim letzten Mal. Diesmal hatte jemand ihr eine Wolldecke über die Beine gelegt, und statt in einem Buch zu lesen, schaute sie aus dem Fenster.

Teddy zerrte an der Leine. Sein Frauchen drehte sich zu ihnen um, als sie eintraten, klopfe auf ihren Schoß, und der

Mops sprang hinauf. »Ich habe die ganze Woche auf dich gewartet!«

»Tut mir leid, dass wir spät dran sind«, sagte Brydie und setzte sich, nachdem Mrs. Neumann auch sie begrüßt und ihr einen Platz direkt neben sich angeboten hatte. »Ich habe heute Morgen etwas länger gebraucht als gedacht.«

Die alte Dame betrachtete Brydie aus klaren blauen Augen. »Sie sehen erschöpft aus, Liebes.«

»Ich bin todmüde«, gestand Brydie.

»Dabei sind Sie um einiges jünger als ich. Aber Sie sind nicht mehr so jung, als dass Sie auf Ihren Schönheitsschlaf verzichten sollten.«

»Ich hab' einen neuen Job angefangen«, erklärte Brydie. »Es sind Nachtschichten. Daran muss ich mich erst gewöhnen.«

»Haben Sie etwa die ganze Nacht nicht geschlafen?«

»Nein«, antwortete Brydie. Als die alte Dame ein besorgtes Gesicht aufsetzte, versicherte sie ihr schnell: »Aber Teddy kommt nicht zu kurz, versprochen. Wir beide werden sicher bald besser damit klarkommen. Ich hab' auch nicht jeden Samstag vor unserem Besuch hier Dienst. Nur in der Probezeit.«

»Mein erster Mann war Fahrer für Milchprodukte in Stuttgart, Arkansas«, erzählte Pauline. »Er musste morgens um drei raus. Ich bin jeden Tag um zwei aufgestanden, habe ihm Frühstück zubereitet und ihm sein Lunchpaket fertig gemacht. Manchmal ist er von der Arbeit nach Hause gekommen, und ich lag schlafend auf dem Sofa, eine Illustrierte auf dem Schoß, und auf dem Herd in der Küche brannte gerade das Essen an.«

»Das kann ich gut nachvollziehen«, sagte Brydie. »Ich hatte Angst, ich schlafe direkt auf dem Tresen ein, gegen vier war das.«

»Nach einem halben Jahr war ich fix und fertig«, erinnerte sich Pauline. »Ich hab' ihn fortan selber sein Frühstück machen lassen und bin nach Jackson, Mississippi, gezogen, zusammen mit Ehemann Nummer zwei.«

Brydie erinnert sich, dass Mrs. Neumann beim ersten Besuch von insgesamt vier Ehen gesprochen hatte. Jetzt fragte sie sich, was mit Ehemann Nummer zwei, drei und vier passiert war. Die Seniorin, die hier vor ihr saß, sah aus wie jede andere Seniorin, aber Pauline Neumann hatte gewiss ein sehr interessantes Leben geführt. Sie fragte sich, wie die alte Dame wohl als junge Dame gewesen sein mochte.

»Wie auch immer«, sagte Pauline streng, »Sie brauchen Ihren Schönheitsschlaf.«

»Mach' ich.« Brydie musste lächeln.

In dem Moment gab Teddy ein lautes »Wuff« von sich und sprang von Paulines Schoß. Brydie drehte sich zur Tür und sah dort Dr. Nathan Reid stehen. Er bückte sich und streichelte Teddy.

»Ich mache Visite«, sagte er. »Ich habe Sie und Teddy hier gesehen, da wollte ich Hallo sagen und mich entschuldigen, dass ich letztens so schnell gehen musste.«

»Ach, das macht nichts.« Brydie versuchte, nicht auf das Kribbeln in ihrem Bauch zu achten. »Ich hoffe, dass es gut ausgegangen ist.«

»Eine ganze Hochzeitsgesellschaft kam mit einer Lebensmittelvergiftung in die Notaufnahme«, erzählte Nathan. »Die hatten sie sich gleich bei den Kanapees geholt. Zum Glück ist niemand gestorben. Aber romantisch war das bestimmt nicht.«

»Na, mit Ihnen wird doch alles romantisch, Dr. Sexy«, mischte sich Pauline ein und zwinkerte Nathan zu.

Fragend sah Brydie von der älteren Dame zu Nathan. »Dr. ... Sexy?«

»Ein Spitzname«, erklärte Nathan, der noch immer im Türrahmen stand, mit geröteten Wangen. »Und ich habe Mrs. Neumann bereits mehrmals gebeten, ihn nicht zu benutzen.«

»Er ist nun mal so ein Leckerbissen«, erklärte Pauline seelenruhig. »Wir alle hier nennen ihn so.« Sie beugte sich zu Brydie. »Auch die Schwestern.«

Vergebens versuchte Brydie, ein Kichern zu unterdrücken.

»Finden Sie nicht auch, dass er ein Leckerbissen ist?« Pauline zwickte Brydie in den Arm.

Die hörte auf zu kichern und räusperte sich. Das Kribbeln in ihrem Bauch fühlte sich jetzt an wie ein ganzer Schwarm saltoschlagender Schmetterlinge. Ohne Nathan anzusehen, antwortete sie: »Doch.«

»Sehen Sie?« Die alte Dame reckte das Kinn in die Höhe. »Einstimmig beschlossen.«

»Na gut.« Nathan hob die Hände. »Sie haben gewonnen, Mrs. Neumann.«

Pauline lächelte, und Teddy sprang zurück auf ihren Schoß. »Oh, mein Liebling«, säuselte sie. »Wie ich dich vermisst habe!«

»Ich habe Brydie und Teddy zur Halloween-Feier eingeladen«, sagte Nathan und trat ein.

Pauline klatschte in die Hände: »Oh, wie wunderbar!«

»Ich weiß noch nicht, wie meine Schichten liegen«, sagte Brydie. Eine glatte Lüge, und sie wusste nicht einmal, weshalb sie log. Sie *wollte* doch zu der Feier, und es täte Mrs. Neumann bestimmt gut. Aber es war so lange her, seit sie das letzte Mal ausgegangen war, dass der bloße Gedanke daran sie nervös werden ließ. »Aber ich werd versuchen, es einzurichten.«

»Bitte tun Sie das«, bettelte Pauline. »Das würde mich wirklich freuen.«

»Ich muss auch schon weiter«, sagte Nathan. »Dann genießen Sie beide mal noch die Besuchszeit.«

Als er gegangen war, sagte Pauline zu Brydie: »Dr. Sexy sagt, er sieht Sie ab und zu im Hundepark.«

»Beim ersten Mal hat Teddy sich direkt über seine Schuhe erbrochen«, beichtete Brydie. »Ich dachte, ich würde Dr. Reid nie wiedersehen, aber dann traf ich ihn hier, als ich Sie das erste Mal mit Teddy besuchen kam.«

»So klein ist Germantown«, meinte Pauline. »Memphis ist eine Großstadt, aber hier kommt man sich vor wie auf dem Dorf.«

»Ich komme aus Jonesboro«, erzählte Brydie. »Keine Kleinstadt, aber ich verstehe, was Sie meinen. Es kommt einem so vor, als kenne jeder jeden.«

»Dann kommen wir ja beide aus Arkansas«, bemerkte Pauline erfreut. »Und unter uns: Ich glaube, der Doktor hat ein Auge auf Sie geworfen.«

Jetzt wurde Brydie rot. »Er ist einfach nur freundlich.«

»Liebes, ich hatte vier Ehemänner. Ich sehe sofort, wenn ein Mann ein Auge auf eine Frau wirft.«

Brydie fragte sich, wie oft Mrs. Neumann die Tatsache, dass sie vier Ehemänner verschlissen hatte, noch erwähnen würde. »Na ja, ich hatte nur einen Mann, und der hatte zehn Jahre lang ein Auge auf mich geworfen – und eines Tages nicht mehr.«

»Genau deshalb ist er nicht mehr Ihr Mann.«

»Jetzt hat er eine andere im Blick.«

Die alte Dame nickte. »Es klappt nicht immer gleich beim ersten Mal.«

»Oder beim zweiten oder dritten«, scherzte Brydie mit einem schiefen Lächeln.

»Sie haben recht.« Pauline lachte. »Obwohl es mir leidtut. Mit Ehemann Nummer zwei habe ich so ähnliche Erfahrungen gemacht wie Sie. Wir hätten gar nicht erst heiraten sollen.«

»Warum haben Sie dann?« Das musste Brydie einfach fragen.

»Genau genommen bin ich geflüchtet, weil ich ihn traf«, gestand Pauline und hob kaum merklich eine ihrer sorgsam gezupften Augenbrauen. »Ich war noch nicht mal von Nummer eins geschieden, als ich ihn kennenlernte. Aber die Chemie zwischen uns!«, rief sie und hob die Hände in anbetungsvoller Begeisterung. »Da konnte ich beim besten Willen nicht widerstehen.«

»Sie sind vor Nummer eins geflohen?«

»Er war nicht gewalttätig, falls Sie das glauben«, erklärte Pauline und zog die Wolldecke auf ihrem Schoß glatt. Teddy war hinuntergesprungen und schnoberte unterm Bett nach Krümeln vom Frühstück. Als er nichts fand, nickte er direkt unter dem Bettrand ein. »Ich bin aus Stuttgart geflohen, vor seiner Familie, vor meiner, vor den ewigen Kleinstadtgeistern.«

Brydie nickte. Sie wusste, was die alte Dame meinte. Jonesboro war zwar genau genommen keine Kleinstadt, aber das hieß nicht, dass die Leute nicht über Allan und Cassandra geredet hätten. Denn das taten sie ausgiebigst – besonders ihre eigene Mutter. »Kann ich verstehen«, sagte sie.

»Das Kleinstadtleben war nichts für mich«, sagte Pauline. »Ich wollte etwas erleben. Über den Tellerrand hinaussehen. Ich wollte leben!«

»Ich bin in Jonesboro aufgewachsen«, erzählte Brydie. »Ich hab' in Jonesboro gelebt, bis ich hergezogen bin.«

»Immerhin besser als Stuttgart«, erwiderte Pauline. »Aber heißt das, dass Sie nie irgendwo anders gelebt haben?«

»Bis jetzt nicht.«

»Und Ihr ehemaliger Ehemann ...«

»Allan.«

»Dieser Allan, war er auch Ihr erster Freund?«

Brydie überlegte. Bevor sie Allan kennenlernte, hatte sie ein paar feste Freunde gehabt, aber nichts Ernstes. »Ich war neunzehn, als ich ihn kennenlernte. Er war älter als ich, und ja, das stimmt schon, er war meine erste feste Beziehung.«

»Und er war auch der erste ...?«

Brydie brauchte eine Weile, bis sie verstand, worauf Pauline hinauswollte. Als der Groschen fiel, lief sie erneut rot an. »Ich, also ...«

»Ach, Gottchen!«, rief Pauline so laut, dass Teddy aufschrak, sich den Kopf am Bett stieß und aufjaulte. »Wir reden doch nur von Sex! Kein Grund, peinlich berührt zu sein.«

Brydie stieß einen Lacher aus, der mehr wie ein Husten klang, und gab zu: »Meine Großmutter hätte gewiss niemanden über sein Sexleben ausgefragt, sie hätte nicht mal gewagt, das Wort auch nur auszusprechen!«

»Du meine Güte!« Pauline sah sie entrüstet an. »Ich bin doch keine Großmutter!«

»Na ja«, meinte Brydie und erholte sich langsam von dem Schreck. »Gut. Also, er war auch mein Erster. Also ...« Sie suchte nach den richtigen Worten. »Er war einfach vollkommen.«

»Niemand, schon gar kein Mann, ist vollkommen.«

»Ich weiß«, sagte Brydie.

»Wirklich?«, hakte Pauline nach. »Das klang nicht sehr überzeugt.«

Brydie seufzte. Sie wusste, dass ihr Gegenüber recht hatte. Ganz offensichtlich war Allan nicht vollkommen. Aber manchmal nagte doch noch die Frage an ihr, ob sie sich all das nicht doch selbst zuzuschreiben hatte. Und ob das alles nicht passiert wäre, wenn sie anders, irgendwie *besser* gewesen wäre. »Doch«, presste sie schließlich hervor und bemühte sich, selbstbewusster zu klingen. »Doch, das weiß ich.«

Paulines blaue Augen verengten sich zu Schlitzen, und mit einer flinken Geste erklärte sie das Thema für erledigt: »Wenigstens sind Sie jetzt in Memphis.« Ihre Augen schienen zu leuchten. »In der Stadt, die niemals schläft.«

»Das ist doch New York«, wandte Brydie ein. »Außerdem gibt's in Germantown bestimmt eine Ausgangssperre.«

»Papperlapapp«, knurrte Pauline. »Diese Stadt ist perfekt für Menschen, die Trost suchen.« Die alte Dame ergriff Brydies Hand und drückte sie. »Glauben Sie mir. Ich weiß, wovon ich spreche.«

Auf dem Nachhauseweg ließ Brydie das Gespräch mit Mrs. Neumann Revue passieren. Sie hatte vorher noch nie darüber nachgedacht, dass Allan in so vielerlei Hinsicht ihr erster Mann gewesen war. Sie war gerade mal neunzehn gewesen, als sie ihn kennengelernt hatte, neunzehn und unerfahren. Bei Elliott war es genauso gewesen, als sie Leo getroffen hatte. Aber viele ihrer Freundinnen hatten schon auf der Highschool eine Menge Erfahrungen mit Männern gesammelt. Brydie war schon immer eher die Ruhige, Schüchterne gewesen, nicht die Sorte Frau, denen die Jungs scharenweise hinterherliefen. Deshalb hatte sie sich auch Hals über Kopf in Allan verliebt. Er war erfahren, ein richtiger Mann – und er stand ausgerechnet auf sie! Er hatte ihr Zeit gelassen und sie nie gedrängt, etwas zu tun, wofür sie noch nicht bereit gewesen war. Allein dafür hatte Brydie ihn geliebt.

Sie hatte immer angenommen, dass Allan auf immer und ewig ihr Ehemann sein würde. Bis zu dem Moment, als sie die Scheidungspapiere unterzeichnete. Sie hatte nie infrage gestellt, ob es richtig gewesen war, ihn überhaupt zu heiraten. Bisher war sie eher davon überzeugt gewesen, dass ihre Ehe zuerst gut und erst später schlecht gewesen war. Jetzt kam ihr der Gedanke, dass das Ganze womöglich von Anfang an falsch gewesen war. Und falls das stimmte, dann bot sich ihr jetzt vielleicht endlich die Chance, herauszufinden, was wirklich richtig für sie war.

11. Kapitel

Der rest der Arbeitswoche verging erstaunlich schnell, und bevor Brydie sich versah, hatte sie ihre letzte Nachtschicht vor den drei freien Tagen angetreten.

»Ich kann keine Cookies in Gespensterform mehr sehen«, grummelte Joe und drückte den letzten Zuckerguss aus der Spritzpistole.

»Das sagst du jedes Jahr«, erwiderte Rosa und füllte seine Pistole nach. »Nächsten Monat sagst du dasselbe über Truthähne.«

»Also, ich mag Halloween«, murmelte Brydie. »Ich mag alle Feiertage. Weil man dann ausreichend Gelegenheit hat, zu Hause zu backen.«

»Dazu brauchst du doch keine Gelegenheit«, befand Joe. »Du arbeitest in einer Bäckerei!«

»Aber ich backe sonst keine Gespensterkekse im Juli.«

»Stimmt, im Juli machen wir hier die verdammten amerikanischen Flaggen.«

»Keine Schimpfwörter!«, mahnte Rosa und wedelte mit dem Zeigefinger. »Du weißt, welche Strafe dir jetzt droht.«

»Nee, ich schmeiß' kein Geld in das verdammte Schimpfwortschwein!«

»Ha! Das macht zwei Dollar!«, freute sich Rosa und griff unter die Theke, um einen Tontopf mit der Aufschrift »Fluchbüchse« hervorzuholen.

»Nein!«

»Joe!«

»Rosa!«

Sie schüttelte das Gefäß vor Joes Nase. »Das war aber so ausgemacht!«

»Na gut«, seufzte Joe. Er zog seine Gummihandschuhe aus, griff in eine Hosentasche und zog sein Portemonnaie hervor. »Bitte sehr.«

»Wir haben vor ein paar Monaten diese Fluchbüchse aufgestellt«, erklärte Rosa und schmiss die zwei Ein-Dollar-Scheine in die Büchse. »Joe flucht wie ein Seemann, und Lillian ahmt alles nach. Beim Gottesdienst in der Kirche letzten Monat hat sie den Pfarrer Schweinepriester genannt.«

Brydie brach in schallendes Gelächter aus. Sie sah zu Joe, der seine Gespensterkekse anlächelte. »Ich verstehe, warum ihr das Ding aufgestellt habt. Geholfen hat's anscheinend nicht.«

»Stimmt«, pflichtete ihr Rosa bei. »Mein Lieblingsfest ist übrigens Weihnachten. Das war schon immer so.«

»Meins auch!«, rief Brydie. »Ich liebe es, einen Baum auszusuchen, ich liebe die ganzen Weihnachtslieder und den Plätzchenduft.« Sie hielt inne. »Also, wie ihr seht: Ich liebe sämtliche Weihnachtsklischees!«

»Meine Eltern sind aus Venezuela herkommen, bevor ich geboren wurde«, erzählte Rosa. »Sie waren lammfromme Katholiken. Wir hatten eine wunderschöne Krippe, die meine

Mutter aus ihrer Heimat mitgebracht hatte, sorgfältig verpackt in einem der zwei Koffer, mit denen sie gekommen waren. Sie hat mir erzählt, dass sie die Hälfte ihrer Klamotten zurücklassen musste, damit die Krippe mitkonnte. Jetzt hab ich das gute Stück. Die Krippe ist immer das Erste, was Lillie und ich vor Weihnachten aufstellen, schon zum ersten Advent. Wir räumen sie auch erst nach dem Dreikönigstag wieder weg.«

»Wow«, sagte Brydie. »Meine Krippe kommt aus einem Kaufhaus.«

»An Weihnachten mag ich am liebsten die ganze Schlemmerei«, schwärmte Rosa. »Am sechsten Januar feiern wir El Dia de los Reyes Magos, an dem Tag machen wir Hallacas, mein Lieblingsgericht.«

»Erzähl mal, was ist das?«

»Oh, Brydie, das muss ich dir mal kochen!« Rosa war hellauf begeistert. »Eine Mischung aus Rinder- und Schweinefleisch, Huhn, Kapern, Rosinen und Oliven. Das wickeln wir dann in Maisblätter, binden es zusammen und kochen das. Es schmeckt unvergleichlich!«

»Das würd' ich gern mal probieren«, gab Brydies ernst zurück. »Meine Mutter hat nicht groß gekocht. Seit mein Vater tot ist, und besonders nach meiner Scheidung, kocht niemand mehr für mich, nur ich selber.«

»Oh, Liebes«, Rosa strich ihr über eine Wange. »Das mit deinem Vater tut mir leid.«

»Schon in Ordnung.« Brydie spürte die Wärme auf ihrem Gesicht. »Ist schon ein paar Jahre her.«

»Und jetzt lebst du allein«, stellte Rosa fest und sah zu Lillian hinüber. »Niemand sollte allein sein.«

Brydie folgte ihrem Blick und sah zu Lillian, die mit dem

Rücken zu ihnen stand. Seit fast zwei Stunden schon stand sie so da und bearbeitete eine Torte nach der anderen. Brydie staunte immer noch darüber, dass Rosa ihr nur die Bestellung vorzulesen brauchte und Lillian dann genau das zauberte, was der Kunde wünschte, jede Torte schöner als die zuvor. Wenn sie ehrlich war, musste sie sich eingestehen, dass sie ein wenig neidisch auf Lillians Geschick war.

Sie stellte sich neben sie. »Das sieht großartig aus«, lobte sie.

Lillian sah nicht auf. Stattdessen wippte sie vor und zurück, von einem Fuß auf den anderen. Dabei flüsterte sie, als wäre es ein Mantra: »Vier Tulpen. Rot, gelb, rosa, lila. Glückwunsch zum Geburtstag, Jessica. Vier Tulpen. Rot, gelb, rosa, lila. Glückwunsch zum Geburtstag, Jessica. Vier Tulpen. Rot, gelb, rosa, lila. Glückwunsch zum Geburtstag, Jessica.«

»Hast du die Hexenhüte aus dem Ofen geholt?«, fragte Joe und wandte sich von seinen Gespensterkeksen ab. »Es riecht angebrannt.«

»Mist!«, rief Brydie, spurtete nach hinten und riss die Ofentür auf. »Oh nein!«

»Wenigstens haben sie jetzt die richtige Farbe.« Rosa war ihr gefolgt und deutete auf das angebrannte Gebäck in Hutform.

»Na toll!«, knurrte Joe hinter ihr. »Echt toll. Hundert Kekse, die wir jetzt noch mal machen müssen.«

»Tut mir leid, ehrlich«, sagte Brydie. »Ich hab' den Wecker gestellt, aber ihn wohl nicht gehört.«

»Keiner von uns hat den gehört«, versuchte Rosa, sie zu trösten, und klopfte ihr auf die Schulter.

»Zwei unbezahlte Überstunden. Klasse.« Joe war der Frust anzuhören.

»Ich mach' das schon, ich bleib' hier«, schlug Brydie vor. »Ich bleibe und sorge dafür, dass die Kekse fertig werden.«

»Ich weiß nicht, ob ich dir da vertrauen kann.« Joe schien nicht überzeugt.

Brydie war den Tränen nahe. So ein dämlicher Anfängerfehler! Sie war doch Profi! »Es tut mir echt leid.«

Joe wollte gerade etwas erwidern, als Rosa ihn unterbrach. »Geht in Ordnung«, sagte sie. »Lillian und ich helfen dir. Ist ja nur eine Fuhre Kekse. Kein Weltuntergang.«

Joe schnaubte, sagte aber nichts. Stattdessen drehte er sich um und ging zurück nach vorn zu Lillian.

Als er draußen war, atmete Brydie auf und bedankte sich bei ihrer Kollegin. »Ich dachte schon, er würde mich rauswerfen.«

»Ach, so schnell kann er das nicht«, sagte Rosa. »Na ja, theoretisch schon, er ist ja unser Chef. Aber man muss lernen, wann man sich seine Worte zu Herzen nehmen muss und wann man ihn einfach nicht beachten sollte. Er lässt auch immer mal Kekse anbrennen. Er macht es am Anfang niemandem leicht.«

»Du brauchst nicht zu bleiben, um mir zu helfen«, sagte Brydie. »War ja nicht dein Fehler.«

»Das macht mir und Lillian nichts aus. Und die Leute aus der Morgenschicht werden dir bestimmt nicht helfen wollen.«

»Danke«, sagte Brydie noch einmal und spürte Tränen aufsteigen. »Ich war heute irgendwie abgelenkt.«

»Wegen deiner Familie? Oder ist es ein Mann?«

Brydie lächelte, obwohl ihr das Ganze unangenehm war. »Das zu erklären würde länger dauern, als die Kekse zu backen.«

»Hey, wir haben notfalls noch bis zum Morgen Zeit.«

»Ich bin zu einer Halloween-Feier eingeladen«, sprudelte es aus Brydie heraus. »Von dem Typen, den ich vor Kurzem getroffen habe.«

Rosa klatschte in die Hände. »Geht's also doch um einen Mann.«

»Aber nicht so«, erwiderte Brydie. »Die Feier findet in einem Altenheim statt.«

»Der Typ lebt in einem Altenheim?« Rosa rümpfte die Nase. »Stehst du auf ältere Männer? Und ich dachte, du hättest von einem Ex erzählt, nicht von einem halb toten Mann.«

»Ach, du verstehst das ganz falsch!«, rief Brydie. »Der Typ ist Arzt in einem Seniorenstift. Und ich passe auf den Hund einer Dame auf, die dort wohnt. Letzte Woche hat mich der Doc auf die Feier im Heim eingeladen.«

»Aha.« Rosa schien sichtlich erleichtert. »Und du magst diesen Kerl?«

Brydie zuckte mit der Schulter. »Glaub' schon.«

»Glaubst du oder *weißt* du?«

»Es ist so lange her, seit ich das letzte Mal mit einem Mann verabredet war.« Brydie seufzte. »Ich weiß nicht mal, ob ihm etwas an mir liegt oder ob er einfach nur nett ist.«

»Liebes, ein Mann lädt keine Frau zu einer Feier ein, wenn ihm nichts an ihr liegt«

Brydie schöpfte neuen Mut. »Okay, wenn ich dort hinwill, brauche ich aber eine Verkleidung für mich und Teddy.«

»Wer ist Teddy?«, fragte Rosa. »Der Arzt?«

»Der Hund«, antwortete Brydie. »Und ich hab' keinen blassen Schimmer, wo ich ein Kostüm für einen Mops herbekomme.«

»Na, wo schon? Hier!« Rosa grinste. »Es gibt hier einen ganzen Gang voller Kostüme für Haustiere, im hinteren Teil, wo auch der ganze andere Halloween-Kram ist. Ich zeig's dir, wenn wir mit den Keksen fertig sind.«

»Ihr zwei verschwendet eure Zeit!«, brüllte Joe von der Theke aus. »Hört auf zu quatschen!«

»Ich halt' mich besser ran.« Brydie verdrehte kaum merklich die Augen. »Danke für deine Hilfe!«

Rosa lächelte. »Nichts zu danken. Ach, und übrigens: Du musst noch einen Dollar in die Fluchbüchse werfen.«

12. KAPITEL

Im Grossen und Ganzen schien sich Teddy an den neuen Tagesablauf zu gewöhnen. Brydie mutmaßte allerdings, dass das eher daran lag, dass er dreiundzwanzig Stunden am Tag schlief, und weniger an irgendetwas, das sie sich einfallen ließ, um ihn bei Laune zu halten. Sie behielt die Gewohnheit bei, nach der Arbeit noch zu backen. Und Teddy war mit seinen Hundekuchen so zufrieden, dass er nicht mehr im Müll wühlte.

»Dir gefällt die Arbeit also?«, fragte Elliott am Samstagmorgen. Sie ließ sich auf einen Küchenstuhl fallen und legte sich die Hände auf den Bauch. »Ich hab' Leo gesagt, dass wir Mias Geburtstagstorte bei dir bestellen sollten.«

»Mias Geburtstag ist erst in einem halben Jahr«, gab Brydie zurück. Sie schielte auf das Rezept für die Erdnussbutter-Hundekekse, das sie sich ausgedruckt hatte. In der vergangenen Woche hatte sie einige Rezepte für die anstehende Feier im Heim ausprobiert. Bisher war dieser hier Teddys Lieblingskuchen. Wahrscheinlich lag das an der Kombination aus Erdnussbutter und Bananenpüree. »Ja, der neue Job gefällt mir. Tut gut, endlich wieder zu backen. Aber daran, die ganze Nacht lang wach zu bleiben, musste ich mich wirklich gewöhnen.«

»Krieg erst mal ein Kind«, scherzte Elliott. »Dann weißt du, was es heißt, vierundzwanzig Stunden am Tag wach zu bleiben.« Als ihr bewusst wurde, was sie da gesagt hatte, lief sie rot an. »Tut mir leid, war nicht so gemeint.«

»Ich weiß. Ist schon in Ordnung.«

»Ach, ich könnte Allan ohrfeigen«, echauffierte sich Elliott. »Für das, was er dir angetan hat!«

»Es ist nicht sein Fehler, dass ich kein Kind bekommen hab'«, sagte Brydie, aber sie wusste, was die Freundin meinte. Sie hätte Allan am liebsten auch eine verpasst.

»Ich glaube, am Ende war's am besten so.«

Brydie zuckte zusammen. Das hatten alle gesagt, als sie erfuhren, dass sie und Allan sich scheiden ließen. Hätte sie jedes Mal einen Dollar bekommen, wenn jemand sagte, wie glücklich sie sich schätzen könnte, dass sie und Allan keine Kinder hatten, dann wäre sie jetzt steinreich. Alle hatten etwas gemurmelt wie »Das macht die Trennung einfacher« oder »Immerhin eine saubere Trennung«. Aber nichts an der Scheidung fühlte sich »einfach« oder »sauber« an. Sie hatte ihren Mann verloren. Ihren Ehemann. Sie musste nicht nur ihr bisheriges Leben aufgeben, sondern auch ihre Zukunft. Stimmt, sie hatte keine Kinder mit ihm – und so, wie es aussah, würde sie auch nie welche haben. Brydie trauerte um das Leben, das sie verloren hatte – und das sie nie haben würden. »Tja, wahrscheinlich«, murmelte sie.

»Er ist ein Idiot, Brydie. Ich hätte echt ein paar miese Schimpfwörter für ihn in petto, aber ich will nicht, dass das Baby mich fluchen hört.«

Brydie beugte sich zu Elliotts Bauch und flüsterte: »Schöne Scheiße!«

»Brydie!«

»Tut mir leid, das musste einfach sein.« Brydie kicherte.

»Na, du wirst eines Tages eine ganz tolle Mutter«, sagte Elliott. »Lass dir das wegen Allan nicht vermiesen.«

»Danke. Aber ... Ach, keine Ahnung. Ich bin schon vierunddreißig! Vielleicht sollte ich einfach realistisch sein.«

»Komm schon, das ist doch nicht alt«, wandte Elliott ein. »Klar, du bist jetzt älter als vor zehn Jahren, aber selbst Frauen, die älter sind als du, bekommen alle naslang Kinder. Gib bloß nicht auf!«

Brydie blinzelte auf das Rezept vor sich, um bloß nicht ihre Freundin ansehen zu müssen. Den Traum vom Kinderkriegen hatte sie mit Allan geteilt. Es kam ihr zu schwer vor, diesen Traum nun allein weiterzuträumen. »Ich geb mein Bestes.«

»Ich weiß, dass es schwer ist, ein Kind zu wollen und keins zu bekommen«, sagte Elliott.

Brydie nickte. Da war er wieder, der Kloß in ihrem Hals. Ihr war klar, dass Elliott genau wusste, wie sich das anfühlte. Sie hatte eine Fehlgeburt gehabt, zwischen Mia und ihrer jetzigen Schwangerschaft. Eine wirklich schlimme Erfahrung. Leo und sie hatten schon allen von den guten Neuigkeiten erzählt. In den sozialen Netzwerken hatten sie ein niedliches Bild von Mia gepostet, die ein Ultraschallbild und ein Schild mit der Aufschrift »große Schwester« in der Hand hielt. Ein paar Wochen später hatte Elliotts Mutter Brydie angerufen und etwas von »da läuft was schief mit der Schwangerschaft« gesagt.

Brydie hatte in der Bäckerei alles stehen und liegen gelassen und war sofort nach Memphis gefahren. Als sie dort ankam, war die »Prozedur«, wie Elliott die Ausschabung nannte, bereits vorbei. Das Baby war weg. Elliotts Baby war tot. Die Ärmste hatte unter Tränen zu Brydie gesagt, dass sie und Leo so etwas nicht noch einmal durchstehen würden. Und sie wüsste nicht, ob sie jemals wieder ein Kind kriegen würde. Das zu erleben, sei das Härteste, was sie je erlebt hatte.

Aber zwei Jahre später war ihre Freundin wieder schwanger. Ein gesunder Junge. Ein Regenbogenkind, wie Elliott sagte. Brydie googelte den Ausdruck. Ein Regenbogenkind war ein Kind, das nach einer Fehlgeburt, einer Stillgeburt oder einem anderen Verlust eines Sohnes oder einer Tochter geboren wurde. Das Baby, das nun das Licht der Welt erblickte, wurde mit einem wunderschönen hellen Regenbogen verglichen, der auf einen Sturm folgt und die Hoffnung schenkt, dass alles gut wird.

»Freust du dich schon auf die Halloween-Feier heut Abend?«, fragte Elliott in die Stille hinein, die sich zwischen ihnen ausgebreitet hatte.

»Ja, und wie«, sagte Brydie, dankbar für den Themenwechsel. »Ich hab ein total süßes Löwenkostüm für Teddy gefunden. Das wird großartig!«

Rosa hatte Wort gehalten und ihr nach ihrer letzten Schicht die Halloween-Kostüme gezeigt. Die Auswahl war überwältigend. Sie hatte sich vor Lachen ausgeschüttet bei der Vorstellung von Teddy als fettem Hummer, als Hummel oder Hotdog. Das Löwenkostüm war ihr jedoch sofort ins Auge gefallen. *Perfekt für meinen Hund,* hatte sie gedacht. *Meinen Hund.* Das hatte sie vorher noch nie von Teddy gedacht. Wahrscheinlich war er das nun tatsächlich erst mal: ihr Hund.

»Als was verkleidest du dich?«, wollte Elliott wissen.

»Ich dachte, ich geh' als Löwenbändigerin«, antwortete Brydie. »Bloß dass ich noch kein Kostüm fertig hab'.«

»Was fehlt dir denn dafür? Das kriegen wir doch bestimmt zusammen.«

Brydie schob das Backblech mit den Hundekuchen in den Ofen und ging ihrer Freundin voran in das Schlafzimmer. »Komm, ich zeig dir mal, was ich mir zurechtgelegt habe.«

»Hatten die kein Kostüm bei ShopCo?«

»Nein«, sagte Brydie. »Ich hatte gehofft, eins zu finden und es ein bisschen aufpeppen zu können. Aber die saßen alle so knapp.«

»Jaja«, rief Elliott. »Die Kostüme für Frauen sind entweder sexy Krankenschwester, sexy Feuerwehrfrau oder sexy Stinktier. Ich bitte dich, wie sexy ist ein Stinktier?«

Brydie kicherte. »Gegen sexy hab' ich ja nichts. Aber deswegen binde ich mir doch kein Stück Stoff in der Größe eines Pflasters um den Leib.«

Elliott betrachtete die Kleidungsstücke, die auf dem Bett ausgebreitet waren. »Also, ein schwarzes Schlauchkleid, Netzstrümpfe und schwarze Stiefel.«

»Das Schlauchkleid ist ziemlich kurz«, befand Brydie. »Deshalb hab' ich die Strümpfe gekauft. Mir fehlt noch so was wie ein Jäckchen. Und eine Peitsche, ich brauch' eine Peitsche.«

»Ich habe eine zu Hause«, fiel Elliott ein.

»Wirklich?«

»Ja.« Elliott errötete. »*Nicht so eine!* Leo hat sie letztes Jahr in Disney World auf der Indiana-Jones-Rutsche bekommen. Ihm macht's bestimmt nichts aus, wenn ich sie dir leihe.«

»Und das Jäckchen?«, fragte Brydie. »Ohne sehe ich wie eine Domina aus!«

»Die alten Leutchen sollen ja schließlich keinen Herzinfarkt bekommen«, pflichtete Elliott ihr bei. »Aber immerhin wär' dann der sexy Doc zur Stelle und kann ihr Leben retten.«

»Ich bezweifle, dass er es gut fände, wenn ich als Domina verkleidet an seinem Arbeitsplatz auftauche«, erwiderte Brydie.

»Glaube mir, das fänden alle Männer gut.«

»Allan nicht.«

»Dr. Reid ist aber nicht Allan«, erinnerte Elliott sie. »Dein Exmann hätte deshalb nicht gewollt, dass du was Gewagtes anziehst, weil er befürchtet hätte, dass dann alle Welt sieht, wie gut du aussiehst.«

Brydie verdrehte die Augen. Aber eigentlich war sie gerührt. »Danke. Aber ich möchte trotzdem gern eins tragen.«

»Schon Mrs. Neumanns Schrank durchsucht?«

»Nein. Ich hatte gehofft, du hast eins.«

Aber Elliott hatte bereits den Schrank geöffnet. »Sie hat bestimmt was Passendes.«

»Es kommt mir nicht richtig vor, ihre Sachen zu durchwühlen«, protestierte Brydie.

»Hier ist kaum was drin«, murmelte Elliott hinter der Schranktür. »Wahrscheinlich hat sie das meiste mitgenommen.«

»Vielleicht hab' ich ja selbst was«, schlug Brydie vor, obwohl sie wusste, dass diese Idee eher aussichtslos war. »Komm jetzt aus dem Schrank raus!«

Elliott achtete nicht auf sie. »Komm schon, hilf mir!«, befahl sie. »Du bist größer als ich, ich komm' an das Regalfach da oben nicht ran.«

»Sie merkt doch, wenn ich etwas von ihr trage«, warf Brydie ein, trat aber auch vor den Kleiderschrank.

»Sie ist uralt!«, sagte Elliott. »Sie sollte froh sein, wenn sie ihren eigenen Namen noch weiß.«

»Elliott!«

»Was ist?«

Brydie stellte sich auf die Zehenspitzen und griff nach den Sachen, die ordentlich zusammengefaltet auf dem obersten Boden lagen. Unter dem Stapel lag etwas Kaltes, Hartes. Neugierig zog sie den Gegenstand hervor. *Ein Schlüssel!* Ihr Herz machte einen Sprung. Passte der vielleicht zu der verschlossenen Tür zum Keller?

»Ich hab' was!«, rief Elliott vom anderen Ende des großen Schrankes. »Das hatte ich fast übersehen.«

Brydie schob den Schlüssel, der merkwürdige Zacken hatte, in die Hosentasche. »Zeig mal!«

Triumphierend hielt Elliott ein rotes Strickjäckchen hoch. »Das passt perfekt!«

»Ich weiß nicht …« Brydie beäugte die Jacke skeptisch. »Sieht recht klein aus.«

»Zieh sie mal an.«

Brydie nahm Elliott die Jacke aus der Hand und zog sie über ihr Shirt. »Zu eng«, fand sie. »Und oben bekomme ich sie nicht zugeknöpft.«

»Na und? Deine Möpse werden schon nicht gleich rausspringen!«

»Das passt doch nicht zu einem Löwenbändiger!«

»Natürlich passt das.« Elliott baute sich vor Brydie auf. »Die Knöpfe sind sogar golden. Ich hab' noch ein paar goldene Quasten von Mias Tanzvorführung, du weißt schon, solche Fransendinger. Die nähen wir da dran. Ich hol sie, wenn ich auch die Peitsche hole. Du willst doch schließlich gut aussehen! So. Du bleibst hier und machst Teddy ausgehfertig. Ich bin gleich zurück.«

Wenige Stunden später stand Brydie auf dem Parkplatz des Seniorenheims von Germantown. Elliott hatte sie regelrecht aus der Tür geschubst und ihr gesagt, dass sie perfekt aussah, und dennoch kam sich Brydie lächerlich vor. Sie hatte sich seit Jahren schon nicht mehr für Halloween verkleidet. Abgesehen von dem Hexenhut, den sie immer getragen hatte, wenn sie den Kindern aus der Nachbarschaft in Jonesboro die Süßigkeiten überreichte.

Aber Teddy Roosevelt sah großartig aus. Als Elliott ihn zum ersten Mal in dem Kostüm erblickt hatte, musste sie Tränen lachen. Überraschenderweise liebte auch Teddy seine Verkleidung, nur seine Löwenmähne nicht. Er hatte mehrmals auf der Autofahrt versucht, sie abzuschütteln und kaute an den Fransen.

Um sie herum strömten eine Menge Menschen zum Eingang. Ganze Familien in Verkleidung, Hundehalter und so viele Ärzte und Krankenschwestern, dass Brydie nicht hätte sagen können, welche echt waren und welche verkleidet. Es waren auch viele »sexy Krankenschwestern« darunter. Herrje, sie wünschte, Elliott wäre hier und könnte das sehen. Sie wünschte vor allem, Elliott wäre hier, damit sie nicht allein hineingehen musste.

Neben ihr kaute Teddy auf seiner Mähne. Gut, sie war also nicht ganz allein. »So, mein Mopslöwe«, sagte sie und umklammerte die Plastikdose mit den selbst gebackenen Hundekuchen. »Auf geht's.«

Das Heim war in reinster Halloweenmanier geschmückt, gleich am Eingang hingen Spinnenweben, die sich in Brydies Haar verfingen. Sie setzte Teddy auf dem Fliesenboden ab und schlang sich das Leinenende um die Hand. Unsicher sah sie sich nach Mrs. Neumann und Nathan um, aber sie entdeckte niemanden, der ihr bekannt vorkam. Vielleicht ist die alte Dame auf ihrem Zimmer, dachte Brydie und bahnte sich mit Teddy einen Weg durch die Menge.

Mrs. Neumann war nicht auf ihrem Zimmer. Brydie drehte um und führte Teddy zurück in den Flur. Der Eingangsbereich füllte sich mit Pflegern und Familienangehörigen, die den Bewohnern in die große Cafeteria halfen. Brydie hörte jemanden sagen, dass sich jetzt fast alle versammelt hätten. Neugierig folgte sie der Menge.

»Du meine Güte!«, sagte eine Frau zu Brydie. »Ihr Kostüm ist herrlich! Und Ihr Hund erst!«

»Danke«, sagte Brydie und entspannte sich langsam.

»Ist das ein Mops? Ich hatte als kleines Mädchen mal einen Mops. Ein toller Hund.«

»Ja. Er heißt Teddy.«

Die Frau bückte sich und streichelte Teddy die Mähne. »Der ist ja süß!«

Völlig unerwartet überkam sie der Stolz einer Hundebesitzerin. »Er ist ein ganz Lieber.«

Als sie die Cafeteria betraten und sich die Leute verteilten, entdeckte Brydie Mrs. Neumann. Sie saß in einem Rollstuhl an einem Tisch, zusammen mit einigen anderen, sicher ebenfalls Heimbewohner. Als Teddy sie sah, begann er sehnsüchtig zu winseln, und Brydie enthakte die Leine, sodass er zu ihr konnte.

»Brydie!«, rief Pauline und klatschte in die Hände. »Sie sind hier!«

»Ich dachte, Sie freuen sich vielleicht, Ihren Hund heute zu sehen«, sagte Brydie.

»Ich freue mich, Sie *beide* zu sehen«, sagte Pauline und stellte sie der Runde vor.

»Schön, Sie kennenzulernen«, wurde Brydie von einer Frau mit Brille und kurzem weißem Haar begrüßt.

»Ist das der Hund, von dem Pauline so viel erzählt?«, fragte der Mann neben Mrs. Neumann. Seine Augenbrauen erinnerten Brydie an zwei flauschige Raupen, die an seiner Stirn klebten. »Das ist der hässlichste Hund, den ich je gesehen habe.«

»Halt lieber den Mund, George«, ermahnte ihn die Frau mit dem weißen Haar und schlug ihm mit ihrem Gehstock liebevoll auf den Arm. »Schauen Sie doch mal in den Spiegel und sagen Sie uns noch mal, *wer* hier hässlich ist.«

Brydie unterdrückte ein Kichern.

»Hat Dr. Sexy Sie schon gefunden?«, wollte Pauline wissen. »Er hat Sie vorhin gesucht.«

»Nein.« Brydie spürte schon wieder ein Flattern in ihrem Bauch. »Ich hab' ihn nicht gesehen.«

»Hey«, rief der Mann mit den buschigen Augenbrauen. »Sie sind noch jung und frisch. Holen Sie uns einen Punsch!« Er deutete auf das Buffet am anderen Ende der Cafeteria.

»George!«, rief die weißhaarige Frau. »Wo sind Ihre Manieren?«

»Das geht schon in Ordnung«, sagte Brydie. Sie gab Pauline Teddys Leine und stellte die Plastikdose mit den Hundekuchen auf den Tisch. »Sonst noch jemand Punsch?«

»Ja, ich«, sagte Pauline. »Und von diesen Haferflocken-Rosinen-Keksen hätte ich auch gern ein paar, wenn noch welche da sind.«

Brydie nickte und ging zum Buffet. Die Menschen um sie herum unterhielten und amüsierten sich. An einem Tisch wurde Bingo gespielt, an einer Ecke saß eine Wahrsagerin, es gab Spiele für Kinder. An der Wand war ein Buffet voller

Köstlichkeiten und einem großen Topf Punsch aufgebaut. Sie nahm sich die Kelle und füllte zwei Tassen.

»Amüsieren Sie sich?«, fragte jemand hinter ihr.

Brydie drehte sich um. Eine weiße Maske bedeckte Nathans Gesicht zur Hälfte. »Keine Ahnung«, erwiderte sie und lächelte. »Kommt darauf an, wer fragt.«

Nathan nahm die Maske ab. »Soll ich Ihnen mit den Tassen helfen?«

»Gern.« Brydie drückte ihm die Tassen in die Hand und begleitete ihn zurück zu dem Tisch mit den alten Leuten.

»Wer wollte Punsch?«, fragte er.

»Ich!«, rief Pauline. »Danke, Doktor.«

»Sehen Sie, meine Dame«, George zeigte auf Brydie und Nathan, »Sie haben Konkurrenz bekommen um unseren Doktor ...«, er machte eine Kunstpause und räusperte sich, »... Sexy.«

»George, Sie wollten auch Punsch?«, fragte Nathan.

»Ja, immer doch.« Er nahm Nathan die Tasse aus der Hand, dabei schwappte ein Schwall Punsch über den Tisch.

»George, so pass doch auf!«, rief die Frau neben ihm. »Meine Güte!«

Der alte Mann tat, als hätte er nichts gehört. »Müssen Sie nicht arbeiten, Dr. Reid? Anstatt mit dünn bekleideten jungen Frauen rumzuflirten?«

Brydie sah an sich herab. Dünn bekleidet war sie nun wirklich nicht.

»Heute arbeitet hier niemand mehr, George«, sagte Nathan. »Heute wird gefeiert.«

»Und was, wenn ich einen Herzinfarkt hab'?«, entgegnete George. »Was, wenn ich jetzt, hier an diesem Tisch, einen Herzinfarkt hab'?«

»Wäre zu schön«, nuschelte die Frau neben ihm.

»Das ist mein Ernst!«

»George, wenn Sie einen Herzinfarkt bekommen sollten, wird die Feier mich nicht davon abhalten, Ihr Leben zu retten«, sagte Nathan. »Ehrenwort.«

George grummelte leise vor sich hin, sagte aber nichts mehr.

»Oh, Mrs. Neumann, ich hab' Ihre Haferflocken-Rosinen-Kekse vergessen! Kleinen Moment, ich hole gleich welche.« Brydie wollte umdrehen.

»Macht nichts, Liebes«, sagte Pauline. »Ich nehm' einen von Ihren Cookies. George meint, die seien wirklich lecker. Er hat einen probiert, als Sie den Punsch holen gegangen sind.«

Brydie schlug die Hand vor den Mund. Nach einer Weile fand sie den Mut, zu gestehen: »Die sind nicht unbedingt für Menschen.«

»Was soll das heißen?«, fragte George und zog seine buschigen Brauen zusammen. »Wer sonst isst Cookies?«

»Das sind Hundekuchen«, erklärte Brydie im Flüsterton »Ich ... ich habe sie für Sasha gemacht.«

»Wer ist Sasha?«

»Der Hund von Dr. Reid.«

Alle am Tisch japsten nach Luft, dann brachen sie in lautes Gelächter aus. Pauline lachte, bis ihr Tränen die Wangen herunterrannen. Georges Gesicht hatte eine grünliche Farbe angenommen, er stand auf und schlich ohne ein weiteres Wort davon.

»Das tut mir so leid«, sagte Brydie, als sich die Runde beruhigt hatte. »Ich hätte vorher sagen sollen, dass das Hundekuchen sind.«

»Machen Sie sich nichts draus«, sagte die Frau mit dem

kurzen weißen Haar. »Er ist ein mürrischer alter Mann. Er verdient das.«

»Teddy jedenfalls scheint diese Dinger zu mögen«, sagte Pauline. Der Mops auf ihrem Schoß sah interessiert zu der halb leeren Plastikdose auf dem Tisch. »Er hat schon sechs Stück gegessen.«

»Wegen der Banane«, meinte Brydie stolz. »Ich habe mehrere Rezepte ausprobiert, dieses mochte er am liebsten.«

»Sasha mag auch Bananen«, mischte sich Nathan ein.

»Wo ist sie denn?« Brydie fiel erst jetzt auf, dass sie die Hündin noch gar nicht gesehen hatte. »Ich dachte, sie wär' heut auch hier.«

»Sie hat sich die Pfote beim Hundetraining verstaucht«, erzählte Nathan. »Sie darf ein paar Wochen lang nicht trainieren und soll sich Ruhe gönnen, sie muss also die meiste Zeit in ihrem Körbchen bleiben. Ich hatte Angst, dass die Feier für sie zu aufregend ist und die Verletzung schlimmer wird.«

»Das tut mir leid.«

»Aber Sie haben ihr Hundecookies gebacken?« Nathan sah sie erstaunt an. »Jetzt tut's mir leid, dass ich sie nicht mitgebracht habe.«

»Na ja, genau genommen hab' ich für sie gebacken und für alle Hunde, die heute hier sind«, sagte Brydie. Alle am Tisch beobachteten sie beide, und ihre Wangen glühten. »Aber es sieht so aus, als würde Teddy alle gern allein aufessen, bevor die anderen zuschlagen können.«

»Oh, schauen Sie«, rief Pauline und deutete auf eine Traube an Leuten am anderen Ende der Cafeteria. »Der Wettbewerb um die beste Verkleidung fängt an!«

»Gehen Sie rüber, natürlich mit Teddy!«, sagte Nathan.

»Und Sie?«, fragte Brydie zurück.

»Die Angestellten dürfen nicht teilnehmen. Aber ich kann Sie ja begleiten und mit rüberkommen.«

Pauline reichte ihr Teddys Leine. »Sie beide haben die beste Verkleidung, finde ich«, sagte sie.

Am liebsten hätte Brydie die alte Dame umarmt, die so freundlich zu ihr war. Einen Moment lang wünschte sie, Mrs. Neumann wäre ihre Großmutter. Zu schade, dass die Ärmste keine Kinder hatte.

Als Teddy auf den Boden befördert worden und angeleint war, sagte sie: »Na, dann mal los, Freundchen.«

Teddy sah zu ihr hoch und gähnte. Er wollte augenscheinlich nirgendwohin. Brydie langte in die Tasche ihres Jäckchens. Sie war gut vorbereitet. »Bitte sehr«, sie reichte ihm ein selbst gemachtes Leckerli.

Teddy schnappte es sich, kaute genüsslich darauf herum und folgte ihnen dann hinüber.

»Guter Trick«, sagte Nathan.

»Ein bisschen Training täte ihm auch gut.« Brydie seufzte. »Immerhin bewegt er sich, wenn er Leckerlis bekommt.«

»Sasha war ein Jahr alt, als ich sie bekam«, erzählte Nathan. »Ein Kollege hatte sie vom Züchter gekauft, hatte aber keine Ahnung von Irischen Wolfshunden. Er dachte, er könnte sie gut in seiner Wohnung halten.«

»Echt?«, fragte Brydie ungläubig. »Aber sie ist riesig!«

»Es gibt durchaus große Hunde, die man in der Wohnung halten kann«, sagte Nathan. »Aber Wolfshunde nicht. Er wollte sie schon einschläfern lassen, weil sie sein teures Ledersofa angebissen hat.«

»Um Gottes willen!«

»Genau.«

»Und da haben Sie den Hund genommen?«

»Jepp«, sagte Nathan. »Und sie war in einem richtig miesen Zustand. Sie war nicht stubenrein, und wenn ich Feierabend hatte, hat sie sich aus ihrer Hütte freigebissen, hechtete auf meinen Esstisch und fraß die Reste vom Brathähnchen.«

Brydie sah auf Teddy herab und war plötzlich heilfroh. »Dagegen ist ein bisschen Rumwühlen im Müll gar nicht so schlimm.«

»Das Training hat ihr geholfen. Ihr Verhalten hat sich wirklich verbessert«, erzählte Nathan. »Ich hab' mich über Wolfshunde informiert und herausgefunden, dass sie mehr Abwechslung und Förderung brauchen als andere Hunde. Deshalb gehen wir so oft in den Park.«

»Sie findet's wohl nicht sonderlich lustig, wenn sie sich jetzt nicht bewegen darf«, meinte Brydie.

»Überhaupt nicht. Aber nächste Woche ist sie hoffentlich wiederhergestellt.«

»Dann drück' ich die Daumen.«

»Ich würde Sie gern ...«, setzte er an und blieb stehen. »Ich würde Sie und Teddy nächste Woche gern zum Essen bei mir und Sasha einladen.«

Da war es wieder, das Flattern in ihrem Bauch. Nur mit Mühe konnte sich Brydie konzentrieren. »Sind Sie sicher, dass Teddy Ihren Hund dann nicht unabsichtlich verletzen kann?«, war alles, was ihr einfiel.

Nathan lachte und zeigte auf den Mops, der die Pause gleich für ein Nickerchen nutzte. »Ich glaub' nicht, dass er Probleme macht.«

»Also ...« Brydie zögerte die Antwort so lange hinaus wie möglich. Sie wusste selbst nicht, warum sie nach einer Ausrede suchte, wo sie doch eigentlich zusagen wollte. Am liebsten hätte sie sich mit ihren Stiefeln in den Hintern getreten. »Okay. Ich komme.«

»Passt Ihnen Samstag?«

»Ja, klingt gut.«

»Schön.« Nathan berührte sie kurz am Ellenbogen. Schon kam die Ansage, dass der Wettbewerb beginnen sollte. »Ich verdrück' mich jetzt lieber. Sonst heißt es nachher noch, ich hätte den Wettbewerb beeinflusst.«

Er setzte sich seine Phantom-der-Oper-Maske auf und verschwand in der Menge. Brydie stellte sich ans Ende der Schlange, hinter zwei Frauen, die als Katze und als Krankenschwester verkleidet waren. Jede Wette: sexy Katze und sexy Schwester.

»Haben Sie gerade Dr. Reid gesehen?«, raunte die Katze der Krankenschwester zu.

Die Schwester nickte. »Das attraktivste Phantom der Oper, das ich je gesehen habe.«

Die Katze neigte sich nach vorn, sodass Brydie die Ohren spitzen musste, um sie weiter zu verstehen. »Glaubst du, dass er was mit ihr hat … mit der hinter uns?«

»Mit der?«, flüsterte die Krankenschwester. Sie blickte an der Katze vorbei, um einen Blick auf Brydie zu werfen, die so tat, als widme sie sich ihrem Hund. »Das glaub' ich kaum. Sie sieht älter aus als er.«

»Hoffentlich hat er keine Freundin. Ich weiß nicht, was ich dann machen würde«, murmelte die Katze. »Der Doc ist der einzige Grund, warum ich meine Tante hier besuche.«

»Du hast *so* recht. Und in ein paar Wochen ist er nicht mehr hier. Dann kommt wieder diese schreckliche Frau. Wie heißt sie doch gleich?«

»Dr. Sower.« Die Katze kicherte.

»Genau. So heißt sie. Sower!«

Die beiden Frauen brachen in Lachen aus. Dann stieß die Krankenschwester der Katze in die Seite und sagte: »Achtung, halt den Mund, die Jury kommt.«

Brydie war froh um die Ablenkung, als die drei Wertungsrichter auf der Bildfläche erschienen und begannen, herumzugehen und nacheinander die Kostüme zu begutachteten. Sie zog an Teddys Leine, damit er aufsah, und gab ihm ein Leckerli. Der Mops schnappte danach und war jetzt ganz Ohr.

»Was für ein niedlicher Hund!«, sagte einer der Gutachter. »Oh, und er ist ein Löwe! Wie süß!«

»Und Sie sind der Löwenbändiger?«, fragte ein anderer Richter und betrachtete Brydie von oben bis unten. »Zeigen Sie uns mal, was für Kunststücke der Löwe kann!«

Brydie hatte nicht damit gerechnet, dass sie etwas vorführen sollte. Die drei würden wohl kaum von Teddys Fähigkeiten beim Schnarchen oder Mülldurchwühlen beeindruckt sein. Außerdem war sie sich nur allzu bewusst, dass die zwei Tratschmäuler vor ihr, die sie säuerlich ansahen, jede ihrer Bewegungen genau unter die Lupe nahmen.

Brydie angelte das letzte Leckerli aus der Tasche und hielt es Teddy hin, einen halben Meter über dem Boden. Er starrte sie einen Augenblick lang verwirrt an. Brydie brach der Angstschweiß aus. Sie machte sich hier zum Idioten, wie sie hier stand und dem Hund das Leckerli hinhielt, noch dazu einem Hund, der eine Kunsthaarperücke trug! Kurz überlegte sie, ob sie es zurückstecken, Teddy schnappen und die Flucht ergreifen sollte, bevor das alles noch peinlicher wurde. Stattdessen senkte sie die Hand ein Stückchen und sagte noch mal: »Nimm! Komm!«

Zu ihrer eigenen Überraschung, und zur Überraschung aller Zuschauer, da war sie sich sicher, ging Teddy auf die Hinterläufe und machte hechelnd Männchen.

»Wie niedlich ist das denn?!«, rief einer der Richter. »Ich geb Ihnen die Bestnote für Ihre Hundeshow!« Die beiden anderen nickten. Er übergab Brydie einen Umschlag, und die Jury zog weiter.

Brydie gab Teddy, der noch immer tänzelte, das Leckerli. »Ich backe dir den größten Erdnussbutter-Bananen-Kuchen, den du je gesehen hast«, flüsterte sie ihm zu.

Als sie sich wieder aufrichtete, starrten die Katze und die Krankenschwester sie immer noch an. Ob es an der Aufregung und der Bestnote lag oder daran, dass Dr. Reid sie zum Essen eingeladen hatte, wusste Brydie in dem Moment nicht, aber als sie an den beiden vorbeiging, konnte sie nicht anders: Gerade laut genug, damit nur die zwei es hören konnten, murmelte sie: »Tja, manchmal beißen auch die Hunde, die bellen.«

November

13. Kapitel

B RYDIE BENSONS LETZTES Date war lange her. Ihre Ehe mit Allan hatte über zehn Jahre gedauert, und vermutlich hatten die Gepflogenheiten, was erste Treffen betraf, sich verändert, seit Allan sie einst zum ersten Mal ins Kino ausgeführt hatte.

Nach dem Tod von Brydies Vater hatte sich Ruth mit Haut und Haar in die Partnersuche gestürzt. Sie hatte sogar eine Gruppe für alleinstehende Frauen um die fünfzig gegründet, die sie »Fabelhafte Fünfziger« nannte. Sie trafen sich einmal die Woche bei ihr daheim, tranken Cocktails und unterhielten sich über die Männer, die sie so trafen. Als ihre Mutter eines Tages eine eben dieser Männerbekanntschaften mit in die Bäckerei brachte, nur einen knappen Monat nach dem Tod ihres Vaters, war das für Brydie wie ein Schlag ins Gesicht.

»Du triffst dich schon wieder mit Männern?«, hatte Brydie ihre Mutter an dem Abend am Telefon vorwurfsvoll gefragt. »Dad ist vor nicht mal vier Wochen gestorben!«

»Wir trauern alle auf unterschiedliche Art und Weise, Brydie«, hatte Ruth erwidert.

Brydie verdrehte am Hörer die Augen. »Und deine Art und Weise des Trauerns besteht darin, einen sechzigjährigen Investmentbanker namens Collin vormittags in meine Bäckerei zu bringen?«

»Collin ist ein guter Fang«, versuchte ihre Mutter es mit einem anderen Argument. »Gib ihm eine Chance.«

»Bring ihn bitte nicht wieder mit in meine Bäckerei.«

»Die Bäckerei in dem Gebäude, das mir gehört?«

»Dann müssen wir wohl dort ausziehen.«

Ihre Mutter seufzte hörbar. »Lass uns nicht streiten. Du verstehst nicht, was ich durchmache.«

Am liebsten hätte Brydie das Telefon in die Fuhre Schokoladenbrownies gepfeffert. Sie hatte gerade ihren Vater verloren. Ihren Vater! Der Mensch, der ihr immer am nächsten gestanden hatte. Das Letzte, was sie jetzt wollte, war eine Mutter, die sich mir nichts, dir nichts einen neuen Mann suchte.

Aber schon bald wurde ihr klar, dass ihre Mutter keinen neuen Mann suchte. Sie suchte einfach nur Zerstreuung. Und als Brydie nach der Scheidung zu ihr zog, glaubte Ruth, ihre Tochter bräuchte auch dringend Abwechslung.

»Ich hab' den perfekten Mann für dich gefunden«, sagte sie, wenige Tage nachdem Brydie bei ihr eingezogen war. »Er heißt Steve Landon und ist Geschäftsführer in meiner Immobilienagentur.«

»Nein danke«, blaffte Brydie. »Kein Bedarf.«

»Aber du wirst ihn mögen«, flötete ihre Mutter und tat, als hätte sie Brydie nicht gehört. »Er sieht gut aus, er hat ein Haus und noch seine eigenen Zähne und Haare. Was willst du mehr?«

»Die Tinte auf den Scheidungspapieren ist noch nicht mal getrocknet, Mom«, sagte Brydie genervt. »Du solltest mir wenigstens ein paar Wochen Zeit lassen, bevor du mich verkuppelst.«

Ihre Mutter lenkte widerwillig ein, und Brydie kam zum ersten Mal seit Monaten zur Ruhe. Einige Monate später schmiss Ruth eine Party. Als Brydie nach Hause kam, war die Wohnung voll mit Immobilienmaklern, die Cocktail um Cocktail in sich hineinschütteten und sich gierig über die Croissants hergemacht hatten, die sie fürs Frühstück am nächsten Morgen gebacken hatte. Schnell versteckte sie die restlichen Croissants in ihrem Zimmer und wollte gerade aus dem Haus fliehen, als ihre Mutter sie im Flur abfing.

»Hier bist du, Liebes. Ich möchte dir jemanden vorstellen«, sagte ihre Mutter. »Das ist Steve, der Kollege, von dem ich dir erzählt habe.«

Brydie schluckte schnell den Happen Croissant hinunter, den sie gerade im Mund hatte. Sie brachte immerhin ein »Hallo« heraus und wollte sich an den beiden vorbeidrängeln und zurück in ihr Zimmer flüchten.

»Sei nicht unhöflich«, fauchte ihre Mutter sie leise an. »Er ist nur deinetwegen gekommen!«

»Ich hab' ihn nicht darum gebeten«, fauchte Brydie zurück. »Und jetzt lass mich durch. Ich will in mein Zimmer und mich hinlegen.«

»Du kannst noch genug schlafen, wenn du tot bist.«

Aus irgendeinem Grund trafen die Worte ihrer Mutter sie bis ins Mark, und überrumpelt sagte Brydie: »Okay, ich red' mit ihm.«

»Brav.« Ihre Mutter deutete auf das angebissene Croissant. »Aber iss das erst auf.«

Brydie folgte ihr und Steve ins Wohnzimmer. Er war älter, als sie gedacht hatte. Grau meliertes Haar verriet, dass er wohl älter war als sie selbst, aber einige Jahre jünger als ihre Mutter, also irgendwo zwischen fünfunddreißig und fünfundvierzig. »Meine Mutter hat erzählt, dass Sie Geschäftsführer in ihrer Firma sind?«, versuchte sie, Interesse zu heucheln.

»Ja, seit Kurzem«, antwortete Steve.

»Glückwunsch.«

»Warum hab' ich Sie denn noch nicht kennengelernt?« Er tippte mit der Bierflasche an ihren rechten Arm. »Warum besuchen Sie nicht Ihre Mutter in der Firma?«

»Ich hab' eine Bäckerei zu führen«, erwiderte Brydie.

»Ach, wirklich?«, fragte Steve. »Das hat Ihre Mutter gar nicht erwähnt.«

»Das überrascht mich nicht.«

»Wo liegt die Bäckerei?«

Ausweichend trat Brydie von einem Fuß auf den anderen. Die Antwort kam so automatisch, sie hatte ganz vergessen, dass sie in Wahrheit keine Bäckerei mehr hatte. »Sie war auf dem Caraway«, sagte sie. »Vor ein paar Monaten musste ich sie schließen.«

»Oh?«

»Nicht wegen Insolvenz oder so«, beeilte sich Brydie zu sagen. Aus unerfindlichen Gründen fiel es ihr leichter, ihre gescheiterte Ehe zu erwähnen als das Ende ihrer Bäckerei. »Ich hab' mich scheiden lassen, und mein Mann und ich haben die Bäckerei aufgegeben, weil keiner von uns sie dem anderen überlassen wollte.«

»Ein bisschen wie bei König Salomo und dem Kind, das entzweigeschnitten werden sollte«, sagte Steve. »Besser, keiner hat es, als dass einer alles bekommt.«

Brydie nickte. So hatte sie das nie gesehen, aber wahrscheinlich war das ein ganz guter Vergleich. »Ja.« Sie musste lächeln, obwohl sie doch eigentlich abweisend hatte sein wollen. »So in der Art.«

»Ich bin seit fünf Jahren geschieden«, erzählte Steve. »Mit der Zeit wird's leichter.«

»Danke.«

Steve stellte seine Bierflasche auf den Kaffeetisch. »Irgendwie ist das hier nicht mein Ding. Sollen wir woanders hin?«

Brydie überlegte. Sie kannte diesen Mann gar nicht. Er konnte ebenso gut der neue Buffalo Bill sein, der ihr nur an die Wäsche wollte. Aber um ehrlich zu sein, wollte sie gerade nichts lieber als fort von hier, und wenn es sein musste, auch zusammen mit einem potenziellen Serienmörder. »Warum nicht?«, sagte sie.

Am nächsten Morgen wachte Brydie in Steves Haus auf, in seinem Bett, am anderen Ende von Jonesboro. Als sie sich davonschleichen wollte, wachte er auf und sagte, wie schön sie doch sei und wie viel Spaß er mit ihr gehabt hätte. Ihr kamen die Tränen. Er musste denken, dass es Glückstränen waren und dass seine Worte ihr schmeichelten, aber in Wahrheit fühlte sie sich innerlich tot. Oder noch schlimmer: Sie fühlte sich, als hätte sie ihren Mann betrogen.

Ihre Mutter wollte alles ganz genau wissen. »Erzähl mir alles«, forderte sie. »Seht ihr euch wieder?«

»Nein«, knurrte Brydie. »Ich will ihn nicht wiedersehen.«

»Warum nicht? Dabei ist er so nett.«

»Er ist tatsächlich nett«, pflichtete Brydie ihr bei, »aber ich bin noch nicht so weit.«

»Mit dieser Haltung wirst du niemals so weit sein«, sagte ihre Mutter. »Ich weiß, wie schwer es ist ...«

»Ja, es *ist* schwer«, fiel Brydie ihr ins Wort. »Sehr hart. Wie kannst du so kurz nach Dads Tod etwas mit einem Mann wie Collin anfangen?«

»Ich hab' deinen Vater geliebt«, sagte ihre Mutter nachsichtig. »Aber ich mag Collin. Wir haben viel Spaß zusammen. Und es ist wahrlich nicht so, dass dein Vater perfekt war. Er hatte auch seine Fehler.«

Da war Brydie anderer Meinung. »Jeder Mensch hat Fehler«, brauste sie auf. »Aber er war ein guter Vater! Der beste Vater der Welt!«

»Ja, er war ein guter Vater«, lenkte Ruth ein. »Aber ein schlechter Ehemann.«

Brydie starrte an die Zimmerdecke und überlegte, wie sie der unangenehmen Unterhaltung ein Ende setzen konnte. »Mom«, sagte sie schließlich, »ich will darüber nicht reden.«

»Dein Vater war Alkoholiker«, fuhr diese jedoch unbeirrt fort.

»Mom!«, rief Brydie. »Hör auf!«

»Nein«, widersprach ihre Mutter, »du solltest das hören. Damit du aufhörst, deinen Vater auf einen Sockel zu stellen. Er war nicht so perfekt, wie du denkst.«

»Mom!«, flehte Brydie. »Hör bitte auf!«

»Er ist von der Leiter gefallen, als du sechzehn warst, weil er *besoffen* war, Brydie. Unter der Woche war er schon vormittags sturzbetrunken. Er wollte schon im Oktober Weihnachtskugeln aufhängen!«

Brydie hatte immer gewusst, dass ihr Vater trank. Und dass er manchmal zu tief ins Glas schaute. Aber so schlimm, wie ihre Mutter es nun darstellte, war es garantiert nicht gewesen. Auf keinen Fall. »Ich muss jetzt los.« Brydie stand auf.

»Liebes«, sagte Ruth, ergriff die Hand ihrer Tochter und drängte Brydie, sich wieder zu setzen. »Dein Vater war ein guter Mensch, ein sehr guter Mensch, aber er war auch ein schlechter Ehemann. Genau wie Allan. Der ist auch kein guter Ehemann gewesen. Er war nun mal nicht der richtige Mann für dich.«

Brydie zog ihre Hand zurück und rannte aus dem Zimmer. Sie schloss sich im Badezimmer ein, bis sie hörte, wie ihre Mutter das Schlafzimmer und schließlich das Haus verließ. An dem Tag hatte Brydie ihre Sachen gepackt und war nach Memphis zu Elliott gezogen.

Die Unterredung war der Grund, warum das Verhältnis zwischen ihnen beiden zuletzt so belastet gewesen war. Deshalb nahm sie auch nicht mehr ab, wenn ihre Mutter versuchte, sie telefonisch zu erreichen, und deshalb besuchte sie sie auch nicht mehr.

Morgen würde sie auf das erste richtige Date seit der Scheidung gehen, ein Date mit einem Mann, den sie wirklich mochte. Sie hoffte, dass es kein Reinfall werden würde. Am Sonntag nach der Halloween-Feier hatte sie Nathan gesehen, als sie zu Besuch bei Mrs. Neumann gewesen war. Sie hatten Telefonnummern ausgetauscht und verabredet, dass Brydie und Teddy um sieben Uhr bei ihm sein sollten.

Sie hatte niemandem von der Verabredung erzählt, weder Elliott noch ihrer Mutter. So würde sie keine Fragen beantworten müssen. Sie wollte es lieber für sich behalten. Und einen Grund zum Lächeln haben, wenn sie ein Tief hatte oder wider Erwarten Zeit für Tagträume.

Bei der Arbeit gab es nahezu keine freie Minute. Kaum war Halloween vorbei, fingen sie zum ersten November mit den Thanksgiving-Vorbereitungen an. Gespenster-, Hexen- und Mumien-Plätzchen wurden ersetzt durch Truthahn- und Pilgerväter-Plätzchen und Maismehlbrote – nebenher gingen die üblichen Bestellungen für Hochzeiten, Taufen und andere Feiern ein.

»Wer heiratet denn bitte schön im November?« Rosa befüllte für Lillian eine Spritztüte mit der roten Glasur, die gerade eine mehrstöckige Hochzeitstorte mit roten Rosen verzierte. »Man heiratet doch im Sommer! Wenn man in der kalten Jahreszeit heiratet, fängt die Ehe in der Kälte an, ich bin da abergläubisch.«

Brydie zuckte mit den Schultern. »Ich hab' im Juli geheiratet. Meine Freundin hat im Februar geheiratet, an dem Tag gab's einen Eissturm. Die Hälfte von uns musste in der Kirche übernachten.«

»Und deine Freundin ist immer noch verheiratet?«

»Jepp.«

»Freut mich für sie«, sagte Rosa.

»Bist du verheiratet?«, wollte Brydie wissen. Normalerweise fragte sie das niemanden, den sie kaum kannte. Aber es kann nicht schaden, wenn wir schon mal bei dem Thema sind, dachte sie.

Rosa schüttelte den Kopf. »Nein, ich war nie verheiratet.« Sie warf einen Blick über die Schulter zu Lillian und fuhr leise fort: »Lillians Vater ist mein jüngerer Bruder. Er und seine Freundin haben Lillian bekommen, als sie selbst noch Teenager waren. Sie konnten sich nicht um die Kleine kümmern, und unsere Eltern lebten schon damals nicht mehr. Deshalb hab' ich sie zu mir genommen. Ich war erst zwanzig.«

»Wow!« Brydie war baff.

»Ich hab' da nicht groß drüber nachgedacht, sie gehört nun mal zur Familie. Außerdem kann ich selbst keine Kinder kriegen«, erzählte Rosa ganz offen. »Ich hab' sie adoptiert. Und als sie drei war, stellte sich heraus, dass sie Autistin ist.«

Brydie sah zuerst Rosa an und warf dann einen Blick auf Lillian, die immer noch konzentriert die Torten verzierte. »Haben ihre Eltern ... haben sie Kontakt zu ihr?«

»Nein«, sagte Rosa. »Sie sind nach Florida gezogen und kommen auch nicht zu Besuch. Sie haben geheiratet, wir telefonieren und mailen. Mittlerweile haben sie drei Kinder. Es wäre zu kompliziert, Lillian das zu erklären.«

»Verstehe«, murmelte Brydie, obwohl sie das in Wirklichkeit alles andere als verstand. Wie konnte man ein Kind in die Welt setzen und es dann doch nicht um sich haben wollen! Sie war fast schon ein bisschen neidisch auf Rosas Bruder und dessen Frau. Drei weitere Kinder – drei weitere Male Eltern sein! Offenbar starrte sie Lillian an, denn nach ein paar gedankenverlorenen Augenblicken spürte sie Rosas Hand auf der Schulter, warm und tröstlich.

»Nimm's dir nicht zu Herzen«, bat Rosa. »Wir beide, Lillie und ich, wir sind wie füreinander gemacht. Wir haben alles, was wir wollen und brauchen.«

»Oh, nein, nein«, sagte Brydie schnell. »Ich freu' mich für euch, für euch beide.«

Rosas Lächeln schien sogar ihre Augen zu erhellen. Brydie wollte gerade etwas sagen, als Joe mit mürrischer Miene auf sie zukam, im Schlepptau einen Mann, den Brydie nicht kannte, der aber aussah, als hätte er hier eine Menge zu sagen.

»Tu so, als wärst du beschäftigt«, flüsterte Rosa.

Brydie schnappte sich den Zuckerguss und setzte schwarze Farbe in die noch hellen Hüte der Pilgerfiguren. Sie machte es wie Rosa und hielt den Kopf gesenkt, obwohl sie wusste, dass Joe und der andere Mann direkt hinter ihnen standen.

»Ich sagte ja schon«, sagte Joe auf der anderen Seite der Theke, »ich brauche mindestens zwei Aushilfen. Zurzeit arbeiten hier nur halb so viele Mitarbeiter wie sonst in dieser Jahreszeit.«

»Und ich sagte ja schon, dass es zurzeit nicht anders geht«, kläffte der Mann. »Wir haben kein Geld, um neue Leute einzustellen!«

»Das kann ich nicht glauben.« Joe ließ hörbar eine Hand auf die Theke sausen. »Die Bestellungen haben um fünfzehn Prozent im Vergleich zum Vorjahr zugenommen! Sie können nicht erwarten, dass wir das mit der Hälfte der Leute schaffen!«

»Da kann ich nichts machen«, bekam er zur Antwort.

»Können Sie nicht ein paar Leute aus der Nachtschicht abstellen«, schlug Joe vor. »Das haben Sie schon mal gemacht, hat gut funktioniert.«

»Wir brauchen alle genau da, wo sie sind.« Der Mann lehnte sich ein Stück über den Tresen, sodass Brydie aufsah. »Wie lange sind Sie schon hier?«, fragte er an Brydie gewandt.

»Sie ist neu«, sagte Joe knapp. »Noch in der Probezeit.«

»Und die da?«, fragte er und sah zu Lillian. »Sie steht noch am selben Platz wie vor zwei Stunden, als ich hier vorbeigekommen bin. Kein Wunder, dass ihr mit den Bestellungen hinterherhinkt.«

Brydie sah, wie Rosa rot anlief, und setzte zum Sprechen an. Doch Joe warf ihr einen warnenden Blick zu und warf ein: »Kent, sie ist der Grund, warum wir so viele Bestellungen bekommen! Mann, Sie haben doch selber Ihre Hochzeitstorte bei uns bestellt. Sagen Sie jetzt nicht, Sie hätten ihre Torte von irgendjemand anderem als von ihr machen lassen.«

Kent zuckte mit den Schultern. »Wir müssen uns halt mit dem begnügen, was wir haben. Wir können niemanden einstellen.«

»Das ist völliger Blödsinn, Kent, und das wissen Sie genau.«
»Passen Sie auf, wie Sie mit mir reden!«, drohte Kent. »Noch mal so eine Entgleisung, und Sie können gehen.«

»Kommt nich' wieder vor«, presste Joe zwischen zusammengebissenen Zähnen hervor. »Okay ... Wir schaffen das schon.«

»Gut«, sagte Kent und schlug ihm auf den Rücken, bevor er davonrauschte.

Brydie sah hinüber zu Joe, der wie angewurzelt dastand. Sein Gesicht war tomatenrot, es sah fast so aus, als würde er gleich platzen. Stattdessen holte er jedoch tief Luft und eilte um die Theke herum. Brydie und Rosa beachtete er nicht, sondern ging direkt zu Lillian, die gerade seelenruhig wunderschöne rote Rosen auf den Rand der Torte spritzte.

Brydie zuckte zusammen. Sie musste daran denken, wie Joe sie gerügt hatte, als sie die Gespensterkekse hatte anbrennen lassen. Wollte er jetzt Lillian ermahnen, schneller zu arbeiten? Sie wusste zwar, dass Kent im Grunde richtig lag – ein paar Aushilfen, oder sogar nur eine, wären gewiss schneller als Lillian. Aber Joe hatte auch recht. Sie kannte niemanden, der ein größeres Talent fürs Tortenverzieren hatte als das Mädchen.

»Du machst das wirklich gut«, sagte Joe zu ihrer Überraschung. »Die Rosen sind perfekt.« Er legte eine Hand auf Lillians Schulter.

Lillie hielt einen Moment lang inne, dann wand sie sich wortlos aus Joes Hand und fuhr fort.

Rosa lächelte Joe an, doch ihr Blick verriet die Sorge. »Tut mir leid, dass wir hinterherhinken«, sagte sie. »Vielleicht sollten wir ...«

»Nein«, unterbrach Joe sie. »Vergiss Kent. Du weißt, dass

der Kerl mich hasst. Er konnte mich noch nie ausstehen. Das darf er aber nicht an euch oder irgendjemand anderem auslassen.«

»Wir müssen noch ein paar Bestellung nacharbeiten«, sagte Rosa. »Du weißt, was er gesagt hat: Noch eine Ermahnung von ihm, und er feuert dich.«

»Das wird er nicht machen.« Joe war sich seiner Sache sicher. »Ihr tut, was ihr könnt, und vertieft euch in die Arbeit, wenn er vorbeikommt, okay?«

Rosa nickte. »Okay.«

Brydie wandte sich wieder den Hüten der Pilgerer-Kekse zu. Wenn sie daran dachte, wie Joe mit Lillian umging, wurde ihr ganz warm ums Herz, und sie fing an, ihn zu mögen, obwohl er sie wegen der verbrannten Gespensterkekse so gescholten hatte. In ihrer eigenen Bäckerei hatte sie selten die Fassung verloren, selbst dann nicht, wenn sie unter Zeitdruck stand. Und sie hatte es noch jedes Mal geschafft, rechtzeitig zu liefern. Allan allerdings war oft laut geworden. Sie hatten es mit mehreren Aushilfskräften versucht und schließlich Cassandra gefunden. Eine alte Bekannte aus der Kochschule hatte sie empfohlen.

Anfangs war Brydie sehr zufrieden mit der Neuen und ihrer guten Arbeit gewesen. Allan schien selten unzufrieden mit Cassandra, obwohl Brydie ihr oft auf den letzten Drücker unter die Arme greifen musste. Erst zu spät war ihr aufgegangen, weshalb er zu Cassandra so nett gewesen war.

Sie schüttelte den Gedanken ab. Dies hier war nicht ihre Bäckerei! Sie war nicht in Jonesboro, die beiden würden hier nicht auftauchen. Das hier war ihr eigenes Leben. Zum ersten Mal seit Langem hatte Brydie das Gefühl, angekommen zu sein und ihren Platz im Leben gefunden zu haben.

14. Kapitel

Am nächsten Abend stand Brydie vor Dr. Reids Tür und hob die Hand, um zu klingeln. Sie hatte es geschafft, Teddy dazu zu bewegen, ihr an der Leine die gesamte Strecke die zwei Häuserblocks entlang zu folgen, und zwar mit nur minimaler Bestechung durch Leckerlis. Jetzt wünschte sie, sie hätte das Auto genommen. Unablässig fiel kalter Nieselregen, und die Straße sah aus, als hätte man den Memphis River über ihr geflutet. Nicht nur die Straße sah so aus, sondern auch sie selbst und der Hund.

Brydie überlegte, umzukehren und sich umzuziehen, aber es war bereits spät. So nervös, wie sie war, würde sie wahrscheinlich die Verabredung ganz absagen, wenn sie erst mal zu Hause ankam. Obwohl das Haar ihr auf der Stirn klebte und Teddy nach nassem Hund müffelte, klingelte sie an der Tür.

Nathan öffnete. »Ich hab' wirklich gehofft, dass Sie nicht umkehren«, begrüßte er sie.

Sofort begannen Brydies Wangen zu glühen. »Haben Sie mich … uns beobachtet?«

»Wenn Sie das so sagen, klingt das irgendwie unheimlich.«

»Ich, äh, hatte nicht mit dem Regen gerechnet.« Brydie bückte sich, um Teddys Leine zu lösen. Bevor sie noch etwas sagen konnte, war Sasha schon bei ihr und sprang an ihr hoch.

»Sasha, aus!«, rief Nathan. »Runter mit dir!«

»Ist in Ordnung«, murmelte Brydie an Sashas Fell.

Nathan zog den großen Hund von ihr herunter, und Sasha sprang mit Teddy zusammen davon.

»Entschuldigung«, sagte er.

»Sieht so aus, als geht's ihr besser?«

»Ja, in der Tat. Sie bekommt noch was gegen die Schmerzen, aber anstatt sie ruhigzustellen, machen die Tabletten ein Energiebündel aus ihr.«

Sie sahen sich an, und es entstand ein unangenehmes Schweigen. Brydie spürte, wie ihre Wangen immer heißer wurden, also sah sie an sich hinab und begann, die langen weizenblonden Fellhaare von Sasha von ihrer Strickjacke zu zupfen. Ihr kam der Gedanke, dass Nathan und sie sich eigentlich gar nicht kannten.

»Ihr Haar ist tropfnass«, sagte er schließlich und beendete somit das Schweigen. »Warten Sie, ich hol' Ihnen ein Handtuch.«

Damit ließ er Brydie im Flur stehen. Von außen sah das Haus aus wie das von Mrs. Neumann. Alle Häuser in der Nachbarschaft sahen so aus. Aber Nathans Haus war frisch renoviert, hier drinnen roch es sogar noch ein wenig nach Farbe. Der gefliese Flur führte in die Küche, dem appetitanregenden Geruch von weiter hinten nach zu urteilen. Im Sommer waren die Fliesen bestimmt angenehm kühl und das Haus luftig und hell. Aber jetzt im November fröstelte Brydie.

Sie tappte den Flur entlang bis zu einem bodenlangen Spiegel mit goldenem Stuckrahmen. Die goldenen Ballerinas waren vollgesogen und schmatzten bei jedem Schritt. Das Wasser tropfte von ihren Haaren auf die Strickjacke. Haarsträhnen hingen ihr platt ins Gesicht. Auch ihre Hose war pitschnass. Immerhin war ihr Make-up nicht verlaufen, wie sie erleichtert bei einem Blick in den Spiegel feststellte.

»Bitte schön.« Nathan, der hinter ihr aufgetaucht war, reichte ihr ein flauschiges weißes Handtuch.

»Danke.« Brydie nahm das Handtuch entgegen und trocknete sich die Haarspitzen. »Was immer Sie gekocht haben, es riecht köstlich.«

»Oh, Mist! Das Hähnchen!«

Sie folgte ihm in die Küche. Hektisch griff er sich einen Topflappen, riss die Ofentür auf, zerrte eine dampfende Auflaufform hervor und stellte sie mittig auf die Ablage. »Sieht jedenfalls nicht verbrannt aus«, stellte sie fest.

»Nein, ist es auch nicht.« Nathan war sichtlich erleichtert. »Aber das passiert mir öfter, dass ich das Essen vergesse und anbrennen lasse. Im Essen aus dem Ofen holen bin ich nicht so gut, muss ich gestehen.«

Brydie lächelte. »Kochen Sie viel?«, fragte sie. »Kochen Sie viel für andere Frauen?« war die Frage, die sie eigentlich stellen wollte. Sie musste an die zwei Klatschdamen auf der Halloween-Feier im Altenheim denken.

»Ich koche mehrmals in der Woche, nur für mich«, antwortete Nathan. »Auch wenn ich nach der Schicht echt erledigt bin. Irgendwie ist Kochen ...«

»Entspannend?« Brydie beendete den Satz für ihn.

»Genau!«

Nathan bedeutete ihr, sich auf einen der Barhocker an die Kücheninsel in der Mitte des Raums zu setzen. Aber Brydie wollte sich nicht setzen. Sie war viel zu beschäftigt damit, den

Ofen und die Kücheneinrichtung zu bewundern. »Wie schön Sie's hier haben!«, rief sie begeistert. »Sie haben sogar einen Kitchen-Aid-Ofen!« Sie fuhr mit der Hand über den Griff. »So einen hab' ich mir immer gewünscht. Aber nachdem wir die Bäckerei eingerichtet hatten, konnten wir uns das nicht mehr leisten.«

»Bäckerei?« Nathan zog die Augenbrauen zusammen. »Und wer ist wir?«

Brydie sah auf, und ihr wurde erst jetzt klar, was sie gerade gesagt hatte. »Vor meinem Leben als Hundesitter besaß ich eine Bäckerei«, erklärte sie. »Zusammen mit meinem Ehe...« Sie unterbrach sich und setzte erneut an: »... meinem Exmann.«

Nathan holte zwei Weingläser aus dem Regal. Erst schenkte er Brydie ein, dann sich. »Das erklärt, warum Sie so auf meinen Ofen reagieren.«

»Ich mag gute Öfen!« Brydie nippte am Wein. Er schmeckte einfach köstlich!

»Die Küche geht allerdings nicht auf mein Konto«, sagte Nathan. »Meine Verlobte wollte die haben. Oder besser: Ex-verlobte.«

Brydie sah ihn über ihr Weinglas hinweg an. Das hatte sie nicht erwartet. »Sie muss einen guten Geschmack gehabt haben.«

»Ja, hatte sie«, sagte Nathan. »Aber sie konnte die Gegend nicht ausstehen. Sie hat die Ostküste vermisst. Sie hat sich bemüht, aber der Matsch und der Mississippi River sind nicht jedermanns Geschmack.«

»Und Sie sind nicht mit ihr mitgegangen?«

Nathan stellte Geschirr und eine große Schüssel mit Salat auf die Kücheninsel. »Mein Leben ist hier«, sagte er. »Selbst wenn meine Großeltern nicht gestorben wären und mir alles hinterlassen hätten, wäre ich trotzdem irgendwann nach Memphis zurückgekehrt.«

»Ich stamme aus Jonesboro«, erzählte Brydie und setzte sich nun doch. »Da hatte ich eine Bäckerei mit meinem Ehemann. Exmann.«

»Mein Großvater ist im Sommer oft mit mir dahingefahren, als ich noch ein Kind war«, erinnerte sich Nathan. »Wir haben dort zu Mittag gegessen, auf dem Weg nach Hardy, wenn wir ins Angelwochenende wollten.«

»Jonesboro ist eine nette Stadt«, sagte Brydie. »Aber mir ist sie irgendwann zu eng geworden, Allan, seine neue Freundin, das gescheiterte Geschäft ...«

Nathan setzte sich ihr gegenüber an die Kücheninsel. »Hoffentlich halten Sie mich nicht für einen schlechten Koch. Ich hätte mit dem Thema unserer gescheiterten Beziehungen bis nach dem Essen warten sollen.«

»Ich könnte Sie höchstens für einen schlechten Zuckerbäcker halten, Ihre Kochkünste beurteile ich ganz bestimmt nicht.«

»Das ist Fajita-Chicken«, sagte Nathan. »Dazu gibt's Mais, wenn Sie mögen.«

»Danke.« Brydie schob sich ein Stück Hähnchen in den Mund. »Das schmeckt genauso gut, wie es riecht.«

»Und«, begann Nathan, nachdem sie eine Weile schweigend gegessen hatten, »wie sind Sie auf Teddy und Mrs. Neumann gestoßen?«

Brydie senkte den Blick auf den Teller vor sich und rang nach Worten. Sie wollte nicht so armselig erscheinen, wie sie sich vorkam. »Meine beste Freundin ist nach ihrer Hochzeit vor fünf Jahren hergezogen«, erzählte sie. »Sie ist Maklerin und ihr Mann Anwalt. Ich dachte, auch hier zu leben wär' eine nette Abwechslung nach meiner Scheidung. Der Chef meiner Freundin bei der Immobilienfirma kennt Mrs. Neumann. Sie hat das für mich geregelt.«

»Scheint eine gute Freundin zu sein.«

»Ja, das ist sie«, sagte Brydie. »Sie ist die beste! Ich hab' fast ein halbes Jahr bei ihr gewohnt. Aber sie bekommt im Januar noch ein Kind und braucht Platz.«

»Haben Sie und Ihr Exmann …?«

Brydie schüttelte den Kopf. »Nein, wir haben keine Kinder.« Sie musste fast lachen, weil sie ahnte, was er als Nächstes fragen würde. Nämlich die folgerichtige Frage. Warum auch nicht, dann hatten sie das Thema gleich am Anfang vom Tisch.

»Wollen Sie denn welche?«

»Ja«, sagte Brydie. »Das wollte ich. Und das will ich noch immer. Aber ich bin schon vierunddreißig.«

»Das Alter ist doch nicht der einzige ausschlaggebende Faktor.« Nathan klang ganz wie ein Arzt. »Auch Frauen, die noch älter sind, bekommen noch Kinder.«

»Ich weiß«, erwiderte Brydie unsicher. Langsam trank sie einen Schluck Wein. »Mein Exmann wollte keine Kinder. Wir haben's lange aufgeschoben. Und als wir es versuchen wollten, war unsere Ehe zerrüttet. Und jetzt bin ich hier«, sagte sie und trank noch einen Schluck. »Vierunddreißig, und ich muss noch mal von vorn anfangen.«

»Das passiert manchmal«, sagte Nathan, »das Noch-mal-Anfangen, mein ich.«

»Wahrscheinlich war's dumm von mir, zu denken, dass mir das nie passieren würde«, murmelte Brydie.

»Meine Eltern mussten öfter von vorn anfangen, als ich für möglich gehalten hätte«, erzählte Nathan und spießte das letzte Stück Hähnchen auf seine Gabel. »Als ich ein Kind war, hat mein Vater mit Vorliebe Unternehmen gegründet, die er sich nicht leisten oder aufrechterhalten konnte. Meine Großeltern mussten ihm oft aushelfen, so wie sie's auch für meine Mutter immer gemacht hatten. Als ich aufs College ging und zu Hause auszog, hörte die Unterstützung meiner Großeltern auf. Ich glaube, meine Mutter hat sich davon nie erholt.«

»Hat das dem Verhältnis zwischen Ihren Großeltern und Ihrer Mom geschadet?«, fragte Brydie. Sie musste an ihre eigene Mutter denken, die ihr angeboten hatte, ihr nach der Scheidung zu helfen. Sie hatte ihr Geld leihen und ihr sogar ein Haus kaufen wollen, beides hatte Brydie abgelehnt. Sie wollte nicht, dass Ruth ihr aushalf. Ihre Mutter war wütend gewesen nach der Absage. Aber Brydie fand es leichter, diese Wut zu ertragen, als Geld von ihr anzunehmen, an das Bedingungen geknüpft waren.

»Das hat der Beziehung schon sehr geschadet«, gab Nathan unumwunden zu. »Meine Mutter hat von da an nicht mehr mit ihnen geredet.«

»Oh, tut mir leid«, sagte Brydie.

»Jetzt, da sie gestorben sind, tut's ihr leid«, fuhr Nathan fort. »Und die Schuldgefühle lässt sie an mir aus.«

»Also kein gutes Verhältnis zwischen Ihnen beiden?«

Nathan zuckte mit den Schultern. »Jetzt, da ich in Memphis lebe, gibt's weniger Anlässe für Streitereien. Aber es kommt selten vor, dass sie anruft und wir uns nicht zoffen.«

»Mit mir und meiner Mutter ist es genauso. Aber das war schon immer so, seit ich mich erinnern kann.«

»Familie kann ganz schön anstrengend sein«, meinte Nathan. »Deshalb hab' ich einen Hund anstelle von Frau und Kind.«

Ob er grundsätzlich keine Familie wollte? Brydie mochte sich kaum vorstellen, wie schwierig es wohl wäre, den anspruchsvollen Beruf als Arzt mit einem Familienleben zu vereinbaren. Sie wusste noch, wie schwierig es für sie und Allan gewesen war, neben dem Geschäft Zeit füreinander zu finden. Aber darüber wollte sie jetzt nicht nachdenken. Vor allem wollte sie nicht über Allan nachdenken. Sie wollte da sein, wo sie gerade war – genau hier, und Wein trinken und zufrieden sein mit dem Leben, das sie gerade führte.

Nach dem Essen schenkte Nathan ihnen Wein nach und führte sie ins Wohnzimmer. Die Hunde hatten es sich hier bereits gemütlich gemacht. Als Nathan ein Feuer im Kamin anzündete, streckte sich Teddy auf dem Boden davor aus und fing an zu schnarchen. Sasha tat es ihm nach.

»Im Wohnzimmer von Mrs. Neumann gibt es auch einen Kamin«, erzählte Brydie. »Vor Kurzem wollte ich ihn anzünden, aber er ist lange nicht benutzt worden.«

»Es wäre ihr bestimmt nicht recht, wenn Sie beim Versuch, den Kamin anzuzünden, ihr Haus abfackeln«, scherzte Nathan.

»Nein, das würde sie bestimmt nicht begeistern.«

»Übrigens ...« Nathan setzte sich neben ihr aufs Sofa. »Es tut mir leid, wenn ich vorhin zu viele neugierige Fragen gestellt hab'. Small Talk ist nicht so meins, und wenn ich nervös bin, falle ich schnell in den Arztmodus. Ich wollte Sie wirklich nicht ausquetschen.«

»Das macht nichts«, gab Brydie zurück. »Es tut gut, mit jemandem darüber zu reden, der mich nicht aus meinem vorherigen Leben kennt.«

»Wie gefällt Ihnen Memphis?«

»Immer besser.« Brydie lächelte vielsagend. Mit dem Gläschen Wein in der Hand, hier vor dem prasselnden Kaminfeuer, war ihr wohlig warm.

»Freut mich.«

Brydie fing seinen Blick auf. Sie mochte, wie ihm sein lockiges schwarzes Haar in die Stirn fiel. Ihr gefiel, wie sich sein Shirt an seinen Körper schmiegte, und die Art, wie er ihr Fragen stellte – sanft, neugierig, aber nicht aufdringlich. Wenn er so fragte, hätte sie ihm alles erzählt, alles Mögliche, nur damit er sie weiter so ansah.

Sie spürte eine Vertrautheit wie lange nicht mehr, bei ihm fühlte sie sich wohl. Sie wusste nicht genau, warum, aber – abgesehen von den Schmetterlingen in ihrem Bauch – in seiner Gegenwart war sie die Ruhe selbst. Sie verstand, warum die Menschen sich ihm als Arzt anvertrauten. Sie verstand sogar, warum die Frau ihre alte Tante im Heim besuchte, nur um in seiner Nähe zu sein.

Nathan rutschte näher und strich ihr eine widerspenstige feuchte Haarsträhne hinters Ohr. Bei der Berührung durchzuckte es sie wie ein Stromschlag. Als er die Hand zurückzog, umschlang Brydie ihn instinktiv und zog ihn zu sich heran, bis ihre Lippen auf seinen landeten, die nach Wein schmeckten.

Sie ließ sich rücklings aufs Polster sinken und zog Nathan über sich. Er ließ seine Hände unter ihr Shirt gleiten. Verlangen flammte in ihr auf, ein Verlangen, dessen Intensität sie bis zu diesem Augenblick nicht gekannt hatte.

»Willst du …?«, raunte Nathan zwischen wilden Küssen. Noch bevor er den Satz zu Ende bringen konnte, klingelte das Handy in seiner Hosentasche.

»Lass es klingeln«, murmelte Brydie.

»Geht nicht.« Er rückte seufzend von ihr ab und stand auf. »Ich hab' heute Rufbereitschaft im Heim.«

Brydie stützte sich auf einen Ellenbogen, während er das Gespräch annahm. Mit dem Telefon am Ohr ging er in die Küche. Hoffentlich kein Notfall! Plötzlich fiel ihr ein, dass der Notfall ja Mrs. Neumann sein könnte. Sie rappelte sich auf und ging zur Tür, um sie hören, was er sagte. Da klingelte ihr eigenes Handy.

Und es klingelte noch einmal.

Und noch mal.

Genervt, dass sie nun nicht mehr Nathans Gespräch belauschen konnte, zog sie das Handy aus der Handtasche und schaute aufs Display. Drei Nachrichten von ihrer Mutter ploppten auf, die erste mit der kurzen Bitte um Rückruf, die zweite schon drängender, mit derselben Bitte. Die dritte Nachricht, die sie öffnete, war eine MMS, ein Screenshot der »Jonesboro Sun«. Brydie sah genauer hin. Es dauerte eine Weile, bis sie die Menschen auf dem Bild erkannte: Allan und Cassandra. Sie las den ersten Satz: *Susan und Ira Burr aus Jonesboro verkünden die Verlobung ihrer Tochter...*

Weiter konnte sie nicht lesen. Sie schob das Handy zurück in die Tasche. Die Schmetterlinge, die eben noch durch ihren Bauch geflattert waren, fühlten sich jetzt an wie Kieselsteine und drückten schwer auf ihren Magen, bis ihr übel wurde.

Am anderen Ende des Flurs hörte sie, wie Nathan das Gespräch beendete. Er kam zurück ins Wohnzimmer. »Doch das Krankenhaus. Ich muss hin«, sagte er.

Brydie versuchte, das Bild vom Handy zu verdrängen. »Kommt das oft vor?«

»Was?«

»Dass du so spontan ins Krankenhaus musst.«

Nathan zuckte mit den Schultern. »Ich bin eigentlich immer auf Abruf, auch wenn ich Dienst im Heim habe.«

»Das kommt mir ungerecht vor, dass du immer auf Abruf bist.«

»Mir macht es nichts aus«, erwiderte Nathan. Dann korrigierte er sich: »Ich meinte, gerade jetzt macht es mir etwas aus, aber nicht generell.«

Fred hatte gesagt, Nathan sei ein Workaholic. Sie fragte sich, ob das stimmte. Sie dachte an Allan und Cassandra und an Allans Überstunden in der Bäckerei. Unwillkürlich fragte sie sich, ob Nathan eine Kollegin wie Cassandra hatte und letztlich auch nur wie Allan war. »Ich glaube, mir macht so was schon etwas aus«, sagte sie schließlich.

»Wie, gibt's denn bei dir keine Backnotfälle? ›Alle Mann anpacken, die Hochzeitstorte muss fertig werden‹?« Ein Lächeln überzog sein Gesicht.

Brydie wusste nicht, wieso, aber seine Bemerkung ließ sie aufhorchen. Machte er sich über sie lustig? »Wenn ich Workaholic hätte werden wollen, wäre ich Ärztin geworden.«

»Brydie«, sagte Nathan. »In meinem Beruf kann ich nicht einfach freimachen. Es geht nicht darum, ob ich gehen *will* oder nicht. Es geht um Leben und Tod! Das musst du doch verstehen!«

»Na, und wie ich das verstehe«, sagte Brydie kühl, hastete mitsamt ihrer Tasche in den Flur und griff nach Teddys Leine. »Mit Kuchen rettet man eben kein Leben.«

»Das hab' ich nicht gesagt!«, entgegnete Nathan, der ihr gefolgt war. »Du hast mich falsch verstanden!«

»Sicher nicht.« Brydie hatte sich zu ihm umgewandt. Sie tastete in ihrer Tasche nach dem Hausschlüssel, erwischte jedoch nur das Handy. Als ihr die Nachricht von eben wieder einfiel, wurde ihr übel. »Ich gehe jetzt.«

»Hey ...« Nathan streckte eine Hand aus, um sie zu berühren, aber Brydie wich zurück.

»Ich will dich nicht aufhalten«, sagte sie und wandte sich zur Tür. »Bis bald.«

»Geh bitte nicht so!« Nathan klang verstört. »Ich versteh ehrlich nicht, was hier vorgeht!«

»Schon okay«, sagte Brydie. »Wie gesagt, ich muss gehen. Wir sehen uns.«

Nathan hinter ihr blieb still, und sie stürmte nach draußen in die kalte Novembernacht.

15. Kapitel

Nachdem sie mit Teddy zu Hause angekommen war, machte sich Brydie daran, ihm noch ein paar Hundekuchen zu backen. Danach ließ sie sich ein Schaumbad ein. Schon jetzt schämte sie sich für ihr Verhalten und ihre Überreaktion. Wahrscheinlich bedeutete das, dass sie Nathan nicht wiedersehen würde.

Für Männer hatte sie offenbar einfach kein gutes Händchen. Wahrscheinlich war es besser, wenn er und sie sich nicht wiedersahen, so ersparte sie sich wahrscheinlich auch eine Menge Liebeskummer. Wenn sie vielleicht aufmerksamer gewesen wäre, wenn sie den Mund bei ihrem Exmann aufgemacht hätte und so mit ihm geredet hätte wie eben mit Nathan, dann hätte sie vielleicht gemerkt, dass ihr Mann sie betrog. Das hatte zumindest ihre Mutter gesagt, als Brydie heulend um acht Uhr abends in deren Büro gestürmt war …

»Ich hätte dir schon vor Monaten sagen können, dass er dich betrügt«, murmelte Ruth Benson, ohne vom Computerbildschirm aufzusehen.

»Und ... und warum hast du das nicht getan?«, presste Brydie unter Schluchzern hervor.

»Ich hätte es nicht beweisen können. Aber alle Anzeichen sprachen dafür.«

»Was für Anzeichen?«

Brydies Mutter seufzte und sah endlich ihre Tochter an. »Er kommt spät nach Hause, vergisst Verabredungen und geht zum Telefonieren ins Nebenzimmer.«

»All das machst du doch auch«, schniefte Brydie. »Das heißt nicht, dass jemand fremdgeht!«

»Aber in diesem Fall schon.«

Brydie ließ sich in den freien Sessel sinken. Sie bekam einfach nicht das Bild aus dem Kopf, wie Allan über dieser Cassandra lag, der attraktiven Angestellten. Immer wenn sie die Augen schloss, sah sie die beiden im Geiste vor sich. »Ich versteh das nicht«, wimmerte sie. »Wir wollten ... wir wollten doch ein Kind!«

»Nein«, sagte ihre Mutter streng. »*Du* wolltest ein Kind.«

»Ich kann ja nicht von selbst schwanger werden!«

»Allan wollte keins, und das weißt du.«

Brydie erhob sich mit wackeligen Beinen. »Ich weiß nicht, warum ich hergekommen bin«, sagte sie gefrustet. »Ich hätte wissen sollen, dass du mich nicht tröstest.«

»Ich will dir nicht nach dem Mund reden«, gab ihre Mutter zurück, »sondern ehrlich zu dir sein.«

»Ich wünschte, Dad wäre hier!«

Ein verletzter Ausdruck huschte über das Gesicht ihrer Mutter, und Brydie bedauerte sofort, was ihr herausgerutscht war. Aber es stimmte nun mal, und sie wollten sich ja beide offen sagen, was sie dachten. Trotzdem wünschte sie jetzt, sie hätte das nicht gesagt. Sie verließ das Büro und ging zu ihrem

Auto. Ihr blieb nur eins zu tun: nach Hause zu fahren und ihren Mann zur Rede zu stellen.

Daheim wartete Allan schon auf sie. Er saß draußen in einem der Schaukelstühle, wie sie es in Sommernächten so gern mochten. Kurz überlegte sie noch, ob sie umkehren und zu ihrer Mutter nach Hause fahren sollte. Trost spenden konnte Ruth zwar nicht sonderlich gut, aber sie würde wenigstens Allan auf Abstand halten.

»Ich wollte es dir sagen«, begann Allan, als Brydie die Terrasse betrat.

»Wie tröstlich.« Brydie mied den Blickkontakt und rauschte an ihm vorbei.

»Ich ... ich wollte dir wirklich nicht wehtun«, fuhr er fort und folgte ihr nach drinnen. »Ich schwör's!«

»Und deshalb hast du diese Tussi in unserer Bäckerei flachgelegt?«, rief Brydie. »Weil du *mich nicht verletzen* wolltest?«

»Du hättest nicht auftauchen sollen!«

»In meiner Bäckerei?!«

»In unserer Bäckerei«, korrigierte Allan, schien es offenbar aber sofort zu bereuen. »Aber das ist keine Entschuldigung für mein Verhalten.«

»Dafür gibt's auch keine Entschuldigung!« Brydie presste sich die Hände gegen die pochenden Schläfen. »Ich kann jetzt nicht drüber reden. Ich dachte, ich könnte, aber es geht nicht!«

»Das verstehe ich.«

»Nein, das verstehst du nicht«, konterte Brydie. »Du musst das mit dieser Frau beenden, das ist dir klar, oder? Das muss aufhören!«

»Brydie«, sagte Allan. »Brydie, warte!«

Sie blieb unten am Fuß der Treppe stehen. »*Was?*«

»Ich werde das nicht beenden«, sagte er.

»Wie meinst du das?«

»Brydie, ich liebe Cassandra.«

Sie fühlte sich, als hätte sie einen Schlag in die Magengrube bekommen. Sie hatte erwartet, dass sie nach Hause kam und Allan sich entschuldigte, dass er in Tränen ausbrechen und ihr versprechen würde, dass das ein Ausrutscher war und nie wieder vorkäme. Dass es eine einmalige Sache gewesen sei. Sie hatte erwartet, dass es ihm nichts bedeutet hatte. »Wie ... wie lange geht das schon?«

»Ein paar Monate.«

Ihre Mutter hatte also recht gehabt. »Warum? Warum, Allan?«

Er zuckte mit den Schultern. »Ich weiß es nicht. Es ist einfach passiert.«

»Das ist doch kein Grund!«, rief Brydie. Sie glaubte, wenn sie ihn bloß hier halten, mit ihm reden könnte, dann wäre alles am Ende nicht so schlimm. Vielleicht ließ sich ja doch alles irgendwie geraderücken. Vielleicht war ihre Ehe noch nicht zu Ende.

»Es ist nicht so, dass ich dich gar nicht mehr liebe«, murmelte Allan. »Das tue ich, wirklich. Ich werde dich immer auf eine Art lieben. Aber seit dein Vater vor ein paar Jahren gestorben ist, hat sich viel verändert. Du hast dich verändert. Du bist nicht mehr die Frau, die ich geheiratet habe.«

»Das ist also *mein* Fehler?«, fragte Brydie. »Es ist mein Fehler, dass du fremdgehst, Allan?«

»Das hab' ich nicht gemeint!«

»Was dann?«

Abwehrend hob er die Hände. »Ich geh' lieber und schlafe woanders. Wir können morgen weiterreden.«

Brydie sah, wie er sich die Tasche griff, die neben ihm

stand. Sie musste schon die ganze Zeit im Flur gestanden haben. »Gehst du zu ihr? Zu Cassandra?«

»Lass uns morgen reden«, sagte er nur und ging.

Immer wieder musste Brydie an diese Nacht denken. Und immer wieder fragte sie sich, ob sie irgendetwas hätte sagen oder tun können, um Allan zum Bleiben zu bewegen. Sie fragte sich, ob es wirklich ihr Fehler gewesen war, wie er in den folgenden Monaten immer wieder durchblicken ließ. Er hatte ihr ein ums andere Mal vorgeworfen, dass sie sich verändert habe und nicht mehr die Frau war, die er geheiratet hatte. Sie fragte sich auch, wie ihr Leben verlaufen wäre, wenn sie Allan und Cassandra nicht in flagranti erwischt hätte. Wären sie dann möglicherweise nicht geschieden? Hätten sie ein Kind? Hätte sie in ihrer Unwissenheit glücklich bis ans Ende ihrer Tage mit ihm zusammengelebt?

Sie wusste es nicht.

Alles, was sie jetzt wusste, war, dass Allan und Cassandra heiraten wollten. In ihren schwachen Momenten, wenn sie allein im Bett gelegen und Allans Hemd getragen hatte, das sie noch immer aufbewahrte, hatte sie wider besseren Wissens gehofft, dass er vielleicht erkannte, dass er drauf und dran war, einen Fehler zu begehen. Dass er vielleicht anrief und ihr sagte, dass ein Leben mit ihr, ob verändert oder nicht, tausendmal besser war als ein Leben ohne sie. Dass er gestand, dass er sie noch immer liebte, es keine andere gab und sie wieder nach Hause kommen sollte.

Nach Hause? – Das gab es nicht mehr. Die Bäckerei war geschlossen. Das Haus verkauft. Die Nachricht auf ihrem Handy war Beweis genug, dass Allan nie etwas Derartiges sagen würde. Dass er stattdessen wieder heiraten würde und ein anderes Leben begann, eins, das nichts, aber gar nichts mehr mit ihr zu tun hatte.

Brydie trocknete sich ab und ging ins Bett. Sie hatte das Handy ausgeschaltet, um nicht in Versuchung zu geraten, das Foto noch einmal anzusehen. Bestimmt hatte ihre Mutter noch mindestens einmal versucht, sie anzurufen. Vielleicht hatte auch Nathan angerufen. Es war ihr zu peinlich, ihn zurückrufen und sich entschuldigen zu müssen. Sie wollte nur noch in die Kissen sinken und bis Weihnachten durchschlafen.

Als sie sich ausstreckte und die Augen schloss, spürte sie etwas Feuchtes, Raues an ihrer Hand, die ein Stück aus dem Bett ragte. Sie setzte sich auf und schaltete das Licht auf dem Nachttisch an. Neben dem Bett saß Teddy und sah sie erwartungsvoll an.

»Willst du rauf?«, fragte Brydie.

Der Mops legte die Vorderpfoten auf den Rand der Matratze.

»Na gut.« Sie reckte sich und hob Teddy zu sich. »Aber wenn du nachts sabberst, schmeiß' ich dich wieder raus.«

Er drehte sich ein paar Mal auf der Decke im Kreis, bevor er sich dicht neben ihr zusammenrollte. Typisch Teddy, verfiel er sofort in lautes Schnarchen.

Staunend streckte Brydie eine Hand aus und strich ihm über den Rücken, bis ihr die Augen schwer wurden. Dann knipste sie das Licht aus und schlief ein.

16. Kapitel

Mitten in der Nacht – oder war es am frühen Morgen? – schreckte sie plötzlich hoch, als ein ohrenbetäubender Lärm ertönte. Teddy drückte sich gegen sie und schnappte hektisch nach Luft. Sie tätschelte ihn und versuchte, wach zu werden, um herauszufinden, was los war.

»Alles gut, Kumpel.« Er schien sofort wieder einzunicken.

Sie rollte sich auf die Seite und warf einen Blick auf die Uhr auf dem Nachttisch, die jedoch ausgeschaltet war. Noch immer schläfrig, wollte sie auf ihr Handy sehen, aber auf dem Display blinkte nur das Batteriewarnsignal höhnisch in dem dunklen Zimmer.

Brydie ließ sich zurücksinken und überlegte, woher das scheppernde Geräusch gekommen war. Vielleicht aus dem Keller? Wahrscheinlich sollte sie nachsehen, aber sie hatte keine Lust. Bestimmt hatte sie sich den Lärm nur eingebildet, im Keller war sicher ohnehin nichts Wichtiges. Sie wollte einfach nur schlafen. Aber nach ein paar Minuten konnte sie klar denken und setzte sich ruckartig auf.

Im Keller?

In dem Moment erinnerte sich Brydie an den merkwürdigen Schlüssel, der vielleicht in die verschlossene Tür passte. Sie hatte ihn nach der ganzen Halloween-Aufregung ganz vergessen! Da unten hat es ein mordsmäßiges Geräusch gegeben, dachte Brydie, ich sollte aufstehen und nachsehen, was los ist. *Ich muss aufstehen und nachsehen!*

Sie schob vorsichtig die Bettdecke beiseite, um Teddy nicht wieder zu wecken, und schaltete das Licht an. Sie hatte den Schlüssel mit den komischen Zacken in einem der Schmuckkästchen aus Porzellan versteckt, die Mrs. Neumann in einem Schränkchen aufbewahrt hatte, und die Schatulle in ihre Nachttischschublade gelegt. Brydie hatte erst ein einziges Mal einen Schlüssel mit solchen Zähnen gesehen: bei ihren Großeltern, als sie ihrer Mutter bei deren Umzug ins Seniorenheim geholfen hatte. Als sie danach gefragt hatte, hatte Ruth sie angefahren, dass sie den Generalschlüssel wieder hinlegen sollte und dass sie nichts nehmen durfte, was ihr nicht gehörte. Als ob ich meine eigenen Großeltern beklaut hätte, dachte Brydie und ärgerte sich immer noch, Jahre später, als sie daran dachte. Ihre Wangen fühlten sich an, als brannten sie.

Sie zog die Schublade auf und drehte kurz darauf den Schlüssel in der Hand. Er musste einfach in die Tür zum Keller passen! Barfuß, wie sie war, lief sie in den Flur.

Ihr Herz machte einen Sprung, als der Schlüssel ins Schloss glitt und sich ohne Widerstand drehen ließ. Sie stieß die Tür auf und drückte den Lichtschalter direkt neben dem Eingang, aber nichts geschah. Schemenhaft erkannte sie eine Treppe.

»Mist!« So würde sie da unten mitten in der Nacht gewiss nichts sehen. Dann fiel ihr die Taschenlampe ein, die sie in Paulines Schlafzimmerschrank gesehen hatte.

Als sie mit dem Schlüssel in der einen und der Taschenlampe in der anderen Hand triumphierend zu der offenen Tür zum Keller zurückkam, stand Teddy neben ihr und blickte zwischen der Tür und ihr hin und her.

»So fangen Gruselfilme an«, flüsterte sie ihm zu und schlich die ersten Stufen hinab. Staub wirbelte auf und verfing sich zwischen ihren Zehen. Teddy zögerte einen Moment, dann folgte er ihr tapsig. Sie konnte seinen Atem auf ihren Fersen spüren.

Als sie am Ende der Treppe angekommen waren, nahm Brydie den abgestandenen Geruch im Keller wahr und musste husten. Sie hatte keine Ahnung, was sie hier unten erwartete. Neugierig ließ sie den Lichtkegel aus der Taschenlampe über die Wände gleiten. Der Keller war recht groß, er erinnerte sie an den in dem Haus ihrer Großeltern. In den Regalen standen ordentlich beschriftete Kartons, »Weihnachtsschmuck« stand darauf oder »Tischdecken«. Es gab Konserven und ein Sammelsurium von Gegenständen, die Menschen in den Keller verbannten, wenn sie in ihrer Wohnung keinen Platz mehr dafür hatten. Als sie sich weiter umsah, entdeckte sie ein altes Sofa, einen kaputten Tisch und Stühle.

Die Ursache des Geräusches war offensichtlich – in einer Ecke war ein Regalsystem mitsamt den jahrealten Gläsern an Eingemachtem zusammengebrochen. Der Gestank war überwältigend; als Brydie sich dem Chaos vorsichtig näherte, musste sie sich die Nase zuhalten. Heute Nacht konnte sie das unmöglich alles sauber machen, vor allem nicht im Dunkeln, und schon gar nicht auf nackten Füßen. Sie achtete darauf, nicht in Glasscherben zu treten, und ließ das Licht über die restlichen Ecken des Kellers gleiten, um sicherzugehen, dass nicht noch mehr Regale den Geist aufgegeben hatten.

Sie fuhr zusammen. Hinter ihr sprang Teddy geräuschvoll auf das staubige Sofa und machte es sich an einer Stelle gemütlich, an der das Polster lose war. Sie drehte sich noch einmal zu dem Chaos, dabei fing das Licht etwas in der gegenüberliegenden Ecke ein. Es sah aus wie eine Truhe. Ihre Neugier wuchs, als sie näher trat.

Sicherlich war so ein altes Möbelstück in einem Keller keine Seltenheit, aber dieses stach unter den verschlissenen Überbleibseln und den gammeligen Vorräten in diesem Raum hervor. Die Truhe war verziert, entlang der Holzbretter waren Metallverschläge befestigt. Da war noch etwas, und das war noch ungewöhnlicher – vor der Truhe stand ein Klappstuhl. Auf dem Sitz lag ein aufgeschlagenes Buch. Wenn der Staub und die Spinnweben nicht gewesen wären, hätte man glauben können, jemand hätte gerade erst hier gesessen, wäre nur kurz weggegangen und würde gleich zurückkehren.

Brydie legte die Taschenlampe so auf den Betonboden, dass sie sowohl die Truhe als auch den Stuhl beleuchtete. Vorsichtig nahm sie das Buch auf, um es sich genauer anzusehen. Es war klamm und roch schimmelig. Ein Fotoalbum. Die Seiten waren gelb und verblichen, genau wie die Fotos.

Sie bückte sich und griff nach der Taschenlampe. Dann setzte sie sich vorsichtig auf den Stuhl. Die ersten vergilbten Fotos zeigten alte Menschen, die sie nicht kannte, auf einer Hochzeit, wahrscheinlich Mrs. Neumanns Familie. Dann entdeckte sie Pauline – eine viel jüngere Version von ihr, in einem Brautkleid neben einem blonden gut aussehenden Mann in Anzug. An den Flügelärmeln und der A-Linie des Kleides erkannte Brydie, dass das Foto aus den Sechzigern stammte. Das Kleid war recht kurz und reichte bis knapp über die Knie. Die Braut trug einen süßen kleinen weißen Hut, der wunderbar zu ihrem Bubikopf passte.

Trotz der schwachen Beleuchtung und der vergilbten Fotos musste Brydie staunend anerkennen, wie schön Mrs. Neumann aussah. Sie strahlte vor Glück und lächelte den Mann neben sich verliebt an. Brydie fragte sich, warum das Fotoalbum hier unten auf dem Klappstuhl lag. Sie blätterte um, doch die nächste Seite war leer. Irgendwann waren hier Fotos eingeklebt gewesen, das erkannte sie an den hellen Stellen auf dem Papier und den Klebeecken. Aus mindestens zehn Seiten waren die Bilder entfernt worden! Und dann kamen wieder welche mit Fotos.

Mrs. Neumann und der Mann von den ersten Fotos. Einige, offenbar im Urlaub aufgenommen, Schnappschüsse – typische Situationen, die Menschen auf Film gebannt hatten, bevor das Smartphone erfunden worden war. Unvollkommene Momente, auf Fotopapier gebannt. Brydie fiel auf, dass Mrs. Neumann und der Mann irgendwann nicht mehr lächelten. Das Strahlen, das Glück waren verschwunden und stattdessen … ja, was? Sie konnte es nicht benennen, aber sie erkannte den Ausdruck auf Mrs. Neumanns Gesicht. Denn sie hatte eben diesen Ausdruck mehr als einmal bei ihrem eigenen Spiegelbild gesehen.

Trauer.

Im Gesicht von Pauline stand nichts als Trauer.

Ihr fiel ein, dass oben in der Wohnung keinerlei Fotos hingen. Zuerst war es ihr merkwürdig vorkommen, mittlerweile hatte Brydie sich an die kahlen Wände gewöhnt. Doch jetzt, wo sie das staubige Fotoalbum in Händen hielt, kam es ihr wieder merkwürdig vor.

Sie war so vertieft gewesen, dass sie nicht gemerkt hatte,

dass Teddy vom Sofa gesprungen war und jetzt bewegungslos vor der Wand am anderen Ende des Raumes stand. Er knurrte tief und kehlig. »Was machst du da?«, fragte Brydie. »Hör schon auf, dich so merkwürdig zu benehmen!«

Sie richtete vom Stuhl aus die Taschenlampe auf die Ecke, aber sie konnte nichts außer der Wand erkennen. Teddy bewegte sich nicht, stattdessen fing er zu bellen an. Ein lustiges, japsendes Bellen. Und wenn in dem Moment nicht sämtliche Horrorfilme, die Brydie je gesehen hatte, im Zeitraffer in ihrem Kopf abgelaufen wären, hätte sie lautstark lachen müssen. Doch seine Panik war ansteckend.

Ängstlich tappte sie hinüber zu Teddy und leuchtete auf die Stelle, die er anbellte. Und dann sah sie die Viecher ... jedes einzelne. Fünf Weberknechte krabbelten über die Wand, einer nach dem anderen, auf ihrer achtbeinigen Pilgerwanderung zum Boden.

Brydie sprang auf und wich zurück zum Sofa. Nicht dass diese Biester sie erwischten! Sie hasste Spinnen! »Komm her, Kampfhund«, sagte sie hektisch zu Teddy, »lass uns raufgehen.«

Der Mops hörte auf zu bellen, sah zu Brydie und dann wieder zu den Spinnen. Und bevor sie eingreifen konnte, ließ er seine Zunge hervorschnellen, sprang zur Wand und leckte darüber, eine Spinne nach der anderen verschwand in seinem Mäulchen. Er kaute immer noch, als er sich umdrehte und zur Treppe trabte.

Einen Moment lang blieb Brydie wie angewurzelt stehen, sie wusste nicht, ob sie lachen oder würgen sollte. Schließlich folgte sie ihrem Retter und nahm die erste Stufe. Dann fiel ihr etwas ein. Sie eilte zum Stuhl zurück und schnappte sich das Fotoalbum, um es nach oben in das erste Licht des neuen Tages zu tragen.

17. Kapitel

AM NÄCHSTEN MORGEN stand Brydie pünktlich vor dem Heim, mit Teddy an der Leine. Nach dem panischen morgendlichen Anruf bei Elliott und einer kurzen Recherche im Internet war klar, dass die mittlerweile verstorbenen und verdauten Weberknechte dem Hund nicht schaden würden. Trotzdem wollte sie ihre nächtlichen Eskapaden Mrs. Neumann lieber verschweigen. Sicher hätte diese ihr den Schlüssel zum Keller ausgehändigt, wenn sie gewollt hätte. Die alte Dame war bisher so freundlich zu ihr gewesen, dass Brydie das Gefühl nicht loswurde, dass das Betrachten der Fotos ein Vertrauensbruch gewesen war. Außerdem musste sie noch das Chaos beseitigen, sobald sie heute wieder zu Hause war. Sie wollte Mrs. Neumann erst nächste Woche davon erzählen – sobald sie den Keller im Tageslicht inspiziert hatte und die Müllmänner die kaputten Regale und die zerbrochenen Gläser abtransportiert hatten.

Der Tag war düster, und am Himmel hingen tiefe Wolken. In ihrer grauen Strickjacke und der dunklen Jeans schien sie gefühlt beinahe in der Umgebung zu versinken. Und so wie sie sich gestern Abend bei Nathan danebenbenommen hatte, wünschte sie, sie könnte genau das tun.

Aber andererseits war sie mit Mrs. Neumann verabredet und freute sich darauf, ihr die neuen Kunststücke vorzuführen, die sie Teddy beigebracht hatte, mithilfe der neuen Hundekuchen, die sie ihm gebacken hatte. Karotte-Haferflocken-Muffins mit Apfelmus – und dafür tat der Hund so gut wie alles. Im Vorbeigehen winkte sie der Dame am Empfang zu.

Mit ihrer Wolldecke über den Beinen saß Pauline in dem Stuhl, in dem sie immer saß, und wartete schon. »Brydie! Teddy!«, rief sie und klatschte in die Hände.

Brydie löst die Leine des zappelnden Hundes, damit er loslaufen und seinem Frauchen auf den Schoß springen konnte. »Er kann neue Kunststücke«, sagte sie. »Und wir freuen uns, sie Ihnen zu zeigen.«

»Wie schön!«, sagte Pauline.

»Wie geht's Ihnen?«, fragte Brydie und schloss die Tür hinter sich. »Das Wetter ist schrecklich.«

»Oh, ich mag dieses Wetter«, erwiderte Pauline. »Es ist gut für die Seele.«

»Das ist mir neu«, meinte Brydie. »Mich deprimiert dieses Grau.«

»Mögen Sie das nicht? Sich zurücklehnen und übers Leben nachdenken? Oder es sich mit einer heißen Schokolade am Kamin gemütlich machen? Mit einem guten Buch?« Pauline blickte sich im Zimmer um, als wolle sie nicht gehört werden, und flüsterte: »Oder mit Whiskey?«

»Bücher und Whiskey mag ich«, gestand Brydie. »Das Nachdenken nicht so gern.«

»Das kommt noch«, versicherte die alte Dame. »Wenn Sie

erst mal so alt sind wie ich, dann haben Sie mehr zum Nachdenken übers Leben, als Sie noch Lebenszeit übrig haben.«

»Ich kann mir nicht vorstellen, jemals viel zum Grübeln zu haben.«

»Das sind die Freuden des Alters«, sagte Pauline. »Das selektive Gedächtnis.« Sie grinste und deutete auf ihren Kopf. »Ich zum Beispiel erinnere mich nur an die Momente meiner Ehen, an die ich mich erinnern will.«

»Sie waren vier Mal verheiratet, ich weiß.«

Pauline nickte. Brydie trat von einem Fuß auf den anderen. Dann setzte sie sich auf einen Stuhl gegenüber der alten Dame. »Und ich war nur einmal verheiratet und komme nicht darüber hinweg.«

»Sie wollten die Scheidung nicht?«

»Nein.«

»Ah.« Pauline strich Teddy über den Rücken. »So wie bei meiner Ehe Nummer zwei.«

»Was ist da passiert?«, fragte Brydie. Sie überlegte, ob der Mann auf dem Foto wohl Ehemann Nummer zwei war. Am liebsten hätte sie Mrs. Neumann danach gefragt, doch sie hielt den Mund.

»Er war mein bester Freund aus Kindertagen«, erzählte Pauline. »Als ich nach meiner zweiten Scheidung zurück zu meinen Eltern zog, ging es mir richtig schlecht. Meiner Mutter und meinem Vater war das Kind mit zwei gescheiterten Ehen unangenehm und peinlich. Sie wollten mich kaum ausgehen lassen.«

»Wie furchtbar!«

»Der einzige Mensch, den ich sehen durfte, war Bill. Er war seit einem Jahr verwitwet, hatte einen guten Beruf als Autoverkäufer. Oh, wir haben es sehr genossen, zusammen zu sein«, erinnerte sich Pauline. Sie sah aus dem Fenster, wie in dem Moment, als Brydie das Zimmer betreten hatte. »Ich glaube, meine Eltern dachten, er könne meine Ecken und Kanten glätten und aus mir eine richtige Südstaatenfrau machen. Ich hab' wohl sogar selbst dran geglaubt.«

»Und – konnte er?«

»Keiner konnte das«, antwortete Pauline. »Ihn habe ich mehr geliebt als alle meine Männer zusammen. Ich hatte ihn schon immer geliebt. Seit wir Kinder waren.«

»Aber er hat Sie nicht so geliebt wie Sie ihn?«, fragte Brydie. Damit kannte sie sich nur zu gut aus.

»Oh, er hat mich genauso geliebt, wie ich ihn liebte.« Pauline lächelte und schien etwas zu sehen, das weit weg war, eine lange verlorene Erinnerung.

»Dann verstehe ich das nicht.«

»Sie sind noch so jung«, sagte Pauline. »So jung.«

»So jung nun auch wieder nicht«, gab Brydie spitz zurück. »Ich bin vierunddreißig!«

»Ein Backfisch.«

»Was ist dann passiert?«, hakte Brydie nach. Sie wollte wissen, wie die Geschichte weiterging.

»Das Leben musste weitergehen«, sagte Pauline nur. »Ihr Leben sollte das auch.«

»Ich glaub' nicht daran.«

»Ach, seien Sie nicht dumm!«, mahnte die alte Dame und blickte Brydie plötzlich wieder ganz wach und fest in die Augen.

»Ich will ja weitermachen«, sagte Brydie und straffte die Schultern. »Ich weiß nur nicht, ob ich das kann.«

»Lassen Sie die Trauer über ihre zerrüttete Ehe zu«, riet Pauline ihr. »Es ist wichtig, zu trauern. Ich habe um jede einzelne meiner Ehen getrauert. Aber es ist genauso wichtig, nach vorn zu sehen. Das kommt Ihnen jetzt vielleicht nicht so vor, aber es wird mit der Zeit leichter werden.«

»Wann?«

Pauline zuckte mit den Schultern. »Das kann ich Ihnen nicht sagen.«

Brydie erhob sich, zog ihr Handy aus der Tasche und rief die Nachricht auf. »Gestern Abend hat meine Mutter mir das hier geschickt«, sagte sie und reichte Pauline das Handy mit dem Foto von Allan und Cassandra auf dem Display. »Das ist mein Exmann und die Frau, mit der er mich betrogen hat. Sie werden heiraten.«

»Liebe Güte!«

»Ich hatte gerade angefangen, mich zu berappeln«, fuhr Brydie fort. »Wirklich, und zum ersten Mal seit Monaten hatte ich das Gefühl, dass mein Leben weitergeht, dass etwas Neues anfängt.« Sie setzte sich. »Jetzt weiß ich nicht, was ich fühlen soll.«

»Er hatte eine Affäre?« Pauline betrachtete noch immer das Foto.

»Ja. Er hat gesagt, dass er mich nicht mehr so liebt wie früher und sich in eine andere verliebt hat.«

»Das ist schrecklich, Liebes, das tut mir leid.« Die Stimme der alten Dame war voller Mitgefühl.

Brydie atmete tief ein und wieder aus. Das hatte sie noch niemandem erzählt. Es auszusprechen tat ihr gut, sie fühlte sich erleichtert. »Das Foto beweist nur, was ich seit Längerem geahnt habe.«

»Ich bin froh, dass wir damals nicht dieselbe moderne Technik hatten«, sagte Pauline und gab Brydie das Handy zurück. »Als ich eine junge Frau war und wir ein Foto schießen wollten, mussten wir eine Kodak Cresta kaufen, den Film einschicken und warten, bis er entwickelt war.«

»Ich wünschte manchmal, das wäre immer noch so«, sagte Brydie und dachte an die Fotos, die sie im Keller gefunden hatte. Zu gern hätte sie die alte Dame darüber ausgefragt. Aber es würde schon kompliziert genug sein, ihr erklären zu müssen, wie sie in den abgeschlossenen Raum gekommen war.

»Wie auch immer«, Pauline winkte ab, »das waren andere Zeiten, ganz andere Zeiten. Und jetzt müssen Sie nach vorn blicken. Vor allem, weil ein gut aussehender Arzt hinter Ihnen her ist.«

»Er ist sicher nicht hinter mir her«, murmelte Brydie. »Und *falls* er das mal gewesen sein sollte, ist er das seit gestern Abend und meinem Verhalten bestimmt nicht mehr.«

Wie aufs Stichwort klopfte es an der Tür. Eine stämmige Frau mit einer Harry-Potter-artigen Brille auf der Nase und einem Klemmbrett in der Hand trat ein. »Hallo, Mrs. Neumann.«

»Dr. Sower!« Pauline warf Brydie einen überraschten Blick zu. Dann fragte sie: »Wo ist Dr. Reid?«

Die Ärztin lächelte. »Er ist ein paar Wochen früher wieder im Krankenhaus«, sagte sie. »Er hat mich entlastet, dafür bin ich ihm sehr dankbar.« Ihr Blick wanderte von Pauline zu Teddy und zurück zu Pauline. »Wen haben wir denn hier?«

»Dieses hübsche Kerlchen ist Teddy Roosevelt«, sagte Pauline. »Und das hier ist Brydie Benson, die auf ihn achtgibt.«

Die beiden jungen Frauen begrüßten sich. Brydie fragte sich, ob Nathan die Ärztin gebeten hatte, ab sofort wieder seine Schichten im Heim zu übernehmen, weil er von dem Date enttäuscht war. Wenn er ihr übel nahm, wie sie sich verhalten hatte, konnte sie es ihm kaum verübeln.

»Brydie und Teddy wollten mir gerade ein neues Kunststück zeigen«, sagte Pauline. »Setzen Sie sich doch kurz!«

»Ich will Sie nicht stören.«

»Zu spät«, sagte Pauline augenzwinkernd. »Und Teddy mag Zuschauer.«

Brydie zog die Tüte mit den Hundekuchen aus ihrer Tasche. Als Teddy die Tüte sah, sprang er auf den Boden und setzte sich vor sie. »Gut«, lobte Brydie, »ich hoffe, Sie sind nicht enttäuscht. Es ist nichts Besonderes, was wir gelernt haben.«

»Ich bin schon beeindruckt, dass er so wach ist«, warf Pauline ein.

»Teddy!« Brydie hielt das Stück Muffin hoch. »Mach Männchen!«

Der Mops stellte sich auf seine Hinterbeine und begann, gierig zu hecheln.

»Fein«, lobte Brydie erneut und gab ihm die Belohnung. »Und jetzt: Rolle!«

Teddy legte den Kopf schief.

»Du kannst das, komm schon!«

Er legte sich flach auf den Boden und drehte sich von einer Seite auf die andere.

»Fein!« Sie gab ihm noch ein Stück. »Und jetzt: Stell dich tot!«

Der Hund streckte sich auf dem Boden aus und begann zu schnarchen. Und zu sabbern.

»Das reicht«, meinte Brydie.

»Was sind das für Kuchen?«, fragte Dr. Sower. »Die riechen köstlich!«

»Da ist Karotte drin mit Haferflocken. Und Apfelmus«, erklärte Brydie. »Teddy liebt die.«

»Wo haben Sie die her?«

»Selbst gemacht«, sagte Brydie. »Ist ganz einfach.«

»Ich wette, meine beiden würden die auch mögen«, sagte Dr. Sower. »Ich habe zwei Afghanische Windhunde, Rufus und Oliver.«

»Oh, dann nehmen sie die hier mit!« Brydie reichte der Ärztin die Tüte mit den restlichen Kuchenstücken.

»Wirklich?«

»Selbstverständlich. Ich hab' noch einen Haufen zu Hause.«

»Danke«, sagte Dr. Sower. »Ich würde Ihnen die natürlich auch gern bezahlen.«

»I wo! Keine Ursache.« Brydie konnte ihren Stolz kaum verbergen. Sie hatte ganz vergessen, wie viel Spaß es machte, zu backen. Wie sehr sie das vermisst hatte!

»Passen Sie bloß auf«, sagte Pauline, als Dr. Sower gegangen war. »Sonst backen Sie bald für das ganze Haus.«

18. KAPITEL

AM NACHMITTAG, ALS Brydie mit Gummihandschuhen, Bleichmittel, Wischmopp, Mülltüten, Abfalleimer, Handfeger und Kehrschaufel bewaffnet in den Keller hinabstieg, war der Gestank noch übler. Sie versuchte, nur durch den Mund zu atmen, aber das machte es nur schlimmer. Es kam ihr vor, als könne sie die alten Konserven und den Schimmel und das vergammelte Holz des Regals regelrecht schmecken.

Teddy ließ sich oben an der Treppe nieder und jaulte.

»Was beschwerst du dich? Du musst wenigstens nicht sauber machen!« Sie kniete sich neben das eingestürzte Regal, las die zerbrochenen Einmachgläser auf und legte die Scherben in den Eimer, den sie mitgenommen hatte. Dann lehnte sie die kaputten Regalböden gegen die Wand und baute die heilen Böden so gut es ging wieder zusammen.

Abgesehen von dem Gestank und der Tatsache, dass kleine Glassplitter ihr beim Auffegen hin und wieder durch die Handschuhe in den Finger stachen, genoss sie das Aufräumen sogar. Es lenkte sie davon ab, über Allan und Cassandra und diese unselige Verlobung nachzudenken. Sie hatte schon viel zu viele Gedanken und viel zu viel Zeit daran verschwendet. Wenn sie bis Weihnachten darüber hinweg sein wollte, durfte sie keine Sekunde länger darüber nachdenken! Was hatte sich ihre Mutter nur dabei gedacht, als sie ihr das Foto geschickt hatte?

Natürlich kannte Brydie die Antwort. Ruth hoffte, dass es die unsichtbare Bande brach, die ihre Tochter und Allan verband, und dass Brydie dann einen netten, vorzugsweise wohlhabenden älteren Mann fand, mit dem sie glücklich werden konnte.

Bei dem Gedanken verdrehte sie die Augen. Seit sie vier Jahre alt gewesen war, wusste Brydie, dass sie und ihre Mutter unterschiedlich waren, die Dinge unterschiedlich angingen. Bloß vergaßen sie beide diese Erkenntnis regelmäßig. Wenn ihre Mutter sich über sie ärgerte, weinte Brydie. Das Weinen verärgerte Ruth nur noch mehr, denn es lag in ihrem Naturell, unverblümt die Wahrheit herauszuposaunen. Ein Charakterzug, um den Brydie sie meist beneidete. Sie wünschte bloß, ihre Mutter wäre nicht immer ganz so direkt zu ihr.

Brydie kam mehr nach ihrem Vater, Ruth wusste das. Brydie wusste das auch, und das war ein Grund, warum sie kaum trank. Denn noch bevor ihre Mutter es ihr erzählt hatte, hatte sie gewusst, dass ihr Vater Alkoholiker gewesen war. Natürlich. Bloß hatte sie es nie zugeben, geschweige denn darüber sprechen wollen. Sie hatte es genauso gut gewusst, wie sie von ihren und Allans Eheproblemen gewusst hatte, lange bevor Cassandra auf der Bildfläche erschienen war. Sie hatte geglaubt, dass die Probleme verschwinden und sich von selbst lösen würden, wenn sie die Gedanken daran verdrängte.

Das hatten sie aber nicht getan. Und sie fragte sich, ob sie irgendwann einen Menschen kennenlernen würde, der ihr half, innerlich zu heilen und sich sowohl von der Scheidung als auch vom Tod ihres Vaters zu erholen.

Halt, hatte sie nicht erst so jemanden kennengelernt? Nathan. Und obwohl sie wusste, dass sie es vermasselt hatte, hielt sie an der Hoffnung fest. Sie mochte ihn, immer noch, sie wollte gegen ihren Willen diese Hoffnung aufrechterhalten. Er war nicht nur freundlich, sah gut aus und stand mit beiden Beinen im Leben, da war noch etwas anderes, was sie anziehend fand – etwas, das bewirkte, dass sie in seiner Nähe sein wollte, mit ihm reden, ihn näher kennenlernen wollte. Vielleicht sein unbändiger Lockenschopf oder seine dunklen Augen … Die Anziehung kam aus ihrem tiefsten Innern, auf eine Art, die sie nie erlebt hatte, auch mit Allan nicht.

Ob es das war, was Pauline mit Bill, ihrem dritten Ehemann, empfunden hatte? Wenn die beiden sich so sehr geliebt hatten, wie Pauline sagte, wieso war ihre Ehe dann in die Brüche gegangen? Brydie war nicht so naiv, zu glauben, dass Liebe alles überwinden konnte, sie war kein Kind mehr, und selbst als Kind war sie nie Fan von Märchen gewesen. Doch sie hatte immer darauf vertraut, dass keine Beziehung enden musste, wenn beide Partner das gleiche Maß an Liebe spürten. Wenigstens einer von beiden musste ein kleines bisschen weniger Liebe empfinden als der andere, damit es zu einer Trennung kam. Es war durchaus möglich, jemanden zu lieben, ohne dass diese Liebe ausreichte, um die Beziehung zu retten. Jemanden zu lieben, ohne verliebt zu sein. Oder?

Das hatte Allan ihr mehrmals während ihrer Scheidung weisgemacht. Dass er sie liebte, aber nicht mehr in sie verliebt sei. Zu der Zeit hatte sie sich über diese Weisheit lustig gemacht, ihm vorgeworfen, sie nur beschwichtigen zu wollen, damit sie sein und Cassandras Leben nicht unnötig schwer machte. Sie hatte ihm damals vieles an den Kopf geworfen. Wenn sie könnte, würde sie mittlerweile einiges davon zurücknehmen.

Ihr Blick fiel auf die Truhe in der Ecke. Ob die fehlenden Bilder aus dem Fotoalbum da drin waren? Sie legte den Feudel neben den Eimer mit der Bleiche, ging zu der Truhe und blieb davor stehen. Nur ein kleiner Blick, das würde ja nicht schaden.

Vorsichtig umklammerte sie den Deckel. Eine dicke Schicht Staub wirbelte auf, sodass Brydie nieste und zugleich husten musste. Sie versuchte, ihn anzuheben, doch der Deckel bewegte sich nicht. Sie zog noch einmal, diesmal mit mehr Kraft.

Nichts tat sich.

Enttäuscht trat sie einen Schritt zurück und blies sich eine Haarsträhne aus dem Gesicht. Pauline Neumann wollte offensichtlich nicht, dass hier jemand herumschnüffelte. Nachvollziehbar, schließlich hatte jeder so seine Geheimnisse. Trotzdem ... Kurz überlegte sie, ob sie die verschlossene Truhe aufbrechen sollte.

Sie verwarf den Gedanken. Da hörte sie Teddy an der Treppe winseln. »Halt durch«, rief sie gespielt dramatisch, »gleich gibt's Leckerlis.«

Wehmütig warf sie einen letzten Blick auf die Truhe, schnappte sich ihr Putzzeug und ging nach oben. Das Geheimnis musste wohl oder übel ein Geheimnis bleiben. Zumindest bis morgen.

19. Kapitel

Am Ende der Arbeitswoche bei ShopCo freute sich Brydie über ihre Lohnauszahlung. Sie hatte bisher noch nie festes Gehalt bezogen und fand die neue Erfahrung zugegebenermaßen ganz angenehm. Da sie von Montagnacht bis Donnerstagnacht arbeitete, holte sie sich ihren Lohnscheck am Freitagmorgen vor ihrem Feierabend und dem verdienten Wochenende ab.

»Mir gefällt das so«, sagte Rosa und schob eine Torte in den Ofen. »Ich hole meinen und Lillians Scheck, löse sie direkt vorn am Serviceschalter ein und mache hier noch schnell den Einkauf, bevor wir nach Hause fahren. Dann haben wir ein paar Tage frei und sogar gleich Geld in der Tasche.«

»Am ersten Zahltag war ich viel zu müde, um noch irgendwas zu machen«, erzählte Brydie. »Beim zweiten Mal bleib' ich wohl wach genug, um auch noch hier fürs Wochenende einzukaufen.«

»Du bist schon einen Monat hier!« Rosa klopfte ihr anerkennend auf den Rücken.

»Kein Grund, anzugeben«, sagte Joe, der gerade ein Dutzend Cupcakes verpackte. »Die Milch in meinem Kühlschrank hält's dort auch schon einen Monat aus!«

»Genau«, sagte Rosa. »Sollte sie aber nicht.«

Brydie unterdrückte ein Lachen. »Ich hoffe jedenfalls, ich bleibe bis Weihnachten.«

»Letztes Jahr hat Joe drei Aushilfen verjagt.« Rosa warf ihm einen Seitenblick zu. »Zwei von denen haben sich noch nicht mal ihren Lohnzettel abgeholt.«

»Die hatten eh nichts auf dem Kasten«, meinte Joe. »Die hatten längst nicht so'n Händchen fürs Backen wie du, Bridget.«

Das Kompliment überraschte Brydie so sehr, dass sie vergaß, ihn wegen ihres Namens zu korrigieren. »Danke.«

Joe nickte kurz. »Zurück an die Arbeit! Noch zwei Stunden bis zum Feierabend.«

Brydie schob den Einkaufswagen den Gang entlang. Sie wollte eigentlich frisches Gemüse kaufen, aber sie war so müde, dass sie sich am liebsten in den Wagen gelegt und geschlafen hätte. Was sie wach hielt, war die Vorfreude auf die Zutaten für neue Rezepte für Hundekuchen, die sie im Internet gefunden hatte. Ein Rezept hatte sie sich sogar selbst ausgedacht – für Hunde-Cupcakes.

Auf dem Weg zum Ausgang sah sie, dass der Friseur von ShopCo gerade öffnete. Sie war vorher noch nie spät genug hier gewesen. Schon merkwürdig, dass es in einem Supermarkt einen Friseur gab, ihr fiel ein, dass Rosa erzählt hatte, dass sie und Lillian sich dort oft die Haare machen ließen. Eine Frisur saß natürlich nicht sonderlich gut, wenn man acht Stunden lang ein Haarnetz getragen hatte. Vielleicht war das der Grund, warum Joe einen Kahlkopf hatte?

Sie war so vertieft in ihre Gedanken über Haarnetze und Joes großen kahlen Kopf, dass sie zuerst gar nicht bemerkte, dass eine Frau vor dem Laden sie ansprach.

»Entschuldigung!«, sagte die Fremde. »Hallo!«

»Was? Ich?«

»Ja! Sie brauchen dringend einen neuen Schnitt und etwas Farbe!«

»Nein«, wehrte Brydie ab. »Alles in Ordnung.«

Die Frau jedoch zeigte mit einem Finger auf sie und kramte mit der anderen Hand in ihrer Friseurtasche, die sie um die Hüfte trug. Sie zog einen Spiegel hervor und kam herüber. »Das war keine Frage.« Sie hielt ihr den Spiegel vors Gesicht.

Brydie musste sich zwingen, den Blick nicht abzuwenden. Man konnte ihr ansehen, dass sie die ganze Nacht lang auf gewesen war, so müde, wie sie dreinschaute. Und erst die Haare! Klar, das Netz hatte ihr nicht gutgetan, aber die Frisur war schon vorher nicht in Ordnung gewesen. »So schlimm?«, fragte sie.

»Schön ist das nicht gerade«, fand die Friseurin. »Heut' Morgen habe ich keine Termine. Kommen Sie doch rein, und ich schneid' sie Ihnen.«

»Ich weiß nicht recht ...«

»Ich heiße Mandy.« Die Frau deutete auf Brydies Namensschild. »Angestellte bekommen übrigens einen Rabatt von fünfzehn Prozent.«

Brydie überlegte. Sie konnte sich nicht daran erinnern, wann sie das letzte Mal ihre Haare hatte schneiden lassen. Ihre letzte Coloration war Jahre her. Allan hatte es immer gemocht, dass sie ihre Haare länger trug. Deshalb hatte sie das nie geändert. Ihre Mutter hatte nie verstanden, dass

Brydie das Haar so trug, wie es einem bestimmten Mann gefiel. Aber eigentlich hatte es daran gelegen, dass Brydie sich nie viel aus stylishen Frisuren gemacht hatte. Sie gab sich einen Ruck.

»Okay«, sagte sie und bugsierte den Wagen in den Salon. »Legen Sie los.«

20. Kapitel

Brydie sah in den Spiegel und drehte den Kopf hin und her. Sie konnte kaum glauben, wie anders sie jetzt aussah!

»Gefällt's Ihnen?«, fragte Mandy, die hinter dem Stuhl stand. »Hab' ich doch gesagt: Schokobraun und karamellfarbene Highlights sind der Renner!«

»So wie Sie das sagen, klingt es, als wär mein Kopf eine Torte.« Brydie grinste.

»Tut mir leid. Ich glaub', jetzt hab' ich Hunger.«

»Verstehe ich«, meinte Brydie. »Ich mag Torten auch.«

Mandy nahm ihr Glätteisen und bearbeitete noch ein paar ungebändigte Strähnen am Hinterkopf. »Und was halten Sie von dem Schnitt?«

»Großartig!« Brydie nestelte am Hinterkopf. Ihr Haar fühlte sich so weich und glatt an wie noch nie. »Und es fällt so luftig!«

Mandy lachte. »Ein klassischer Bob mit leichtem Innendreh. Im Nacken ist es etwas kürzer als vorn. Sie müssten es also alle paar Wochen nachschneiden lassen.«

»Oh, da ich hier im Gebäude arbeite, kann ich das wohl

kaum vergessen«, scherzte Brydie. »Vielen Dank, so ein tolles Styling war genau das, was ich gebraucht habe.«

»Sie sehen ganz anders aus. Ein völlig neuer Typ!«

»Ja, ich komm' mir vor wie ein neuer Mensch.«

Alle paar Minuten schaute sie auf die Uhr. Sie würde zwei Stunden später als sonst daheim sein, hoffentlich ging es Teddy gut. Ihr gewohnter Tagesrhythmus mit Frühstück und Nickerchen war jetzt ganz durcheinandergeraten. Obwohl es ein wenig albern war, befürchtete Brydie, dass der arme Hund verwirrt sein könnte, weil sie später heimkam. Sobald sie zu Hause war, würde sie nur die Einkäufe verstauen, Frühstück machen und kurz mit ihm Gassi gehen. Dann konnten sie beide den Rest des Tages verschlafen.

Sie blinzelte und versuchte, sich auf die Straße zu konzentrieren. Plötzlich, wie aus heiterem Himmel, sprang wie ein Blitz etwas Felliges vor ihr über die Straße. Brydie legte eine Vollbremsung hin, ihr Wagen scherte seitlich aus, geriet ins Schleudern und kam auf dem Grünstreifen zum Stehen.

Einen Augenblick saß Brydie verdattert da und versuchte, sich zu sammeln, wobei sie noch immer das Lenkrad umklammerte. Nur langsam löste sie die Hände davon und stieg aus, um den Schaden zu begutachten. Nervös ging sie um den Honda herum, fand aber weder einen Kratzer noch eine Beule. Und die Reifen waren auch heil. Erleichtert atmete sie auf, heilfroh, dass es keinen Zusammenstoß gegeben hatte – was auch immer ihr da über den Weg gesprungen war.

Was war das gewesen? Sie sah sich um und ließ den Blick über die leere Straße und die Häuserzeile schweifen. Da war nichts! Gerade wollte sie wieder zurück ins Auto steigen und das Erlebte als erschöpfungsbedingte Sinnestäuschung abtun, als sie etwas Großes aus einem Busch gegenüber lugen sah. Sie blinzelte und ging näher heran. Irgendwie kam ihr das Wesen bekannt vor.

Es war ein Hund!

Aber nicht irgendein Hund, sondern Nathans großer Irischer Wolfshund. Panik stieg in Brydie auf. Sie konnte sich nicht vorstellen, dass er Sasha allein hinausließ, der Hund musste also weggelaufen sein. Hastig überquerte sie die Straße.

»Sasha!«, rief sie. »Hierher!«

Sasha schaute neugierig hinter dem Busch hervor. Als sie Brydie erkannte, preschte sie mit Vollgas auf sie zu.

»Nein!«, rief Brydie. »Warte, nicht! Sasha, nein!«

Zu spät. Der Riesenhund sprang an ihr hoch und leckte ihr mit großer feuchter Zunge das Gesicht ab. Brydie stieß Sasha von sich und griff nach deren Halsband. »Was machst du für Sachen? Wie kommst du hierher?«

Sasha hechelte und folgte ihr anschließend anstandslos bis zum Auto. Sie war etwa halb so groß wie der Honda. »Rein mit dir!«, sagte sie und öffnete die Beifahrertür.

Sie ging um das Auto herum und stieg auf der Fahrerseite ein, Sasha saß bereits zusammengekrümmt auf dem Beifahrersitz. Brydie lenkte den Wagen vom Grünstreifen zurück auf die Straße, bald darauf fing Sasha an, die Schnauze nach hinten zu recken und nach den Einkäufen zu schnüffeln. »Wag es ja nicht!«, ermahnte Brydie sie.

Als sie bei Nathan vorfuhr, hatte Sasha sich schon auf den Rücksitz gequetscht und die Taschen durchwühlt. Auf der Einfahrt stand eine Frau, die hektisch in ihr Handy redete und mit den Armen wedelte. Als sie Brydie aussteigen sah, lief sie auf das Auto zu.

»Oh Gott!«, rief sie atemlos keuchend. »Sie haben sie gefunden! Oh Gott! Tausend Dank!« Sie umarmte Brydie, während diese die Autotür öffnete und Sasha aus den ShopCo-Einkaufstüten und dem Auto zog.

»Holen Sie die Leine«, forderte Brydie.

»Ja, klar, stimmt!« Die Frau eilte ins Haus. Kurz darauf kam sie triumphierend zurück. »Ich hab' sie!«

Brydie nahm ihr die Leine ab und befestigte sie an Sashas Halsband. »Bei Fuß«, sagte sie zu dem Hund, der auf einem Blatt Kopfsalat herumkaute.

»Wo haben Sie sie gefunden?«, wollte die Frau wissen. »Ich hab' überall gesucht!«

»Sie ist mir direkt vors Auto gelaufen«, antwortete Brydie.

»Ich konnte sie nicht halten«, erzählte die Fremde. »Sie ist aus der Tür geschlüpft, bevor ich ihr die Leine anlegen konnte, und dann war sie auf und davon.«

Brydie schätzte die Frau auf Anfang zwanzig. Sie hatte langes blondes Haar und einen leicht gebräunten Teint – im November! Die Blondine sah aus, als gehörte sie auf einen Uni-Campus in Florida. »Jetzt ist sie ja wieder da«, sagte Brydie.

In dem Moment fuhr ein schwarzer Range Rover vor, und Nathan sprang heraus. Verwirrt blickte er zwischen beiden Frauen hin und her. Schließlich blieb sein Blick auf Sasha haften, die sich zwischen die Frauen gelegt hatte und an dem Salatblatt knabberte. »Was ist passiert, Myriah?«

»Sie ist wieder hier!«, rief Myriah. »Es tut mir *so* leid, dass ich Sie in meiner Panik angerufen habe! Die Frau hier hat sie gefunden.«

Brydie lächelte schief. Sie wollte nur noch ins Auto und weg. Aber beide sahen sie erwartungsvoll an. »Ja«, sagte sie. »War keine große Sache. Ich bin nur froh, dass ihr nichts passiert ist. Ich fahr' jetzt besser nach Hause.«

»Warte«, bat Nathan. An Myriah gewandt, bat er: »Bringen Sie Sasha nach drinnen. Ich komme gleich.«

»Ich muss jetzt wirklich ...«, sagte Brydie.

»Danke, dass du Sasha gefunden hast«, fiel Nathan ihr ins Wort.

»Sie hat eher mich gefunden«, erwiderte Brydie. »Sie ist mir vors Auto gelaufen. Es hätte nicht viel gefehlt und ich hätte sie angefahren.«

»Sie denkt, Wegrennen sei eine Art Spiel«, erklärte Nathan. »Ich glaub', Myriah unterschätzt sie.«

»Na ja ...« Brydie zuckte mit den Schultern. »Ich glaub', du solltest jetzt reingehen.« Sie drehte sich um und öffnete die Autotür.

»Hab' ich was falsch gemacht?«, hakte Nathan nach.

»Nein.«

»Warum hast du es dann so eilig, von hier wegzukommen?«

»Ich hab's nicht eilig. Ich komme gerade von der Arbeit und hätte schon längst zu Hause sein sollen. Stattdessen hab ich deinen Hund gebändigt und zugesehen, wie er meinen Salatkopf aufgefuttert hat.«

»Ich zahl' dir den Salat.«

Brydie verdrehte die Augen. »Mach dir keinen Kopf. Und sag deiner Freundin, dass sie Sasha die Leine anlegen soll, bevor sie das nächste Mal die Haustür aufmacht.«

»Myriah?«, fragte Nathan und sah zum Haus. »Sie ist nicht meine Freundin!«

»Ist ja auch egal«, sagte Brydie.

»Mir ist das nicht egal«, entgegnete er. »Ich dachte, wir beide verstehen uns gut. Bis an jenem Abend, als es plötzlich anders war.«

»Ja, wir verstehen uns gut«, sagte Brydie. »Oder besser: Wir *haben* uns verstanden. Tut mir leid. Nicht dein Fehler. Ich wollte nicht unhöflich sein.«

»Mir tut's leid, dass der Abend so schnell vorüber war. Das wollte ich nicht«, sagte Nathan. »Was wir da ... angefangen haben, bevor der Anruf kam, das war ... wirklich schön.«

»Fand ich auch.« Brydie war peinlich berührt. »Es ist nur schon so lange her, seit ... seit ich jemanden geküsst hab. Ich habe wohl etwas überreagiert.«

Die Antwort schien ihn zu beruhigen. »Ich habe mich auch mit keiner Frau mehr getroffen, seit ich hergezogen bin«, gestand er. »Und bin ein bisschen eingerostet.«

»Dafür hast du das aber ganz gut gemacht!«

»Du hast Laub im Haar.« Nathan streckte die Hand nach ihrem Kopf aus.

»Ist wohl passiert, als dein riesiger Hund mich umgeworfen hat.«

»Sasha wirft nur Leute um, die sie wirklich, wirklich mag.«

»Echt?« Nun musste Brydie schmunzeln.

»Mir gefällt deine neue Frisur«, sagte er. »Hätte dich fast nicht erkannt.«

»Danke.«

»Und?«, setzte Nathan an und ließ das Blatt zu Boden gleiten, »sollen wir das ... wiederholen?«

Brydie zögerte. Und wie sie das wiederholen wollte! Das war *genau* das, was sie wollte! Aber die Angst, es wieder zu vermasseln, war stärker. »Ich weiß nicht.«

»Lass es uns langsam angehen«, schlug Nathan vor. »Sollen wir uns morgen Nachmittag auf einen Kaffee im Hundepark treffen? Ich lad' dich ein.«

»Ich lade *dich* ein«, widersprach Brydie. »Ich schulde dir was.«

Er lächelte breit. »Gut. Um vier?«

»Teddy und ich werden da sein.«

Nathan winkte ihr und ging dann in Richtung Haus. An der nächsten Straßenecke betrachtete sie sich und ihre neue Frisur im Rückspiegel. Vielleicht war es albern, aber zum ersten Mal seit sehr langer Zeit glaubte sie, einen neuen Menschen zu sehen, der ihr da entgegenblickte.

21. Kapitel

»Im Ernst? Du hast einen Streit vom Zaun gebrochen? Mitten beim Knutschen rennst du aus dem Haus, und er will dich trotzdem wiedersehen?«, fragte Elliott am nächsten Tag und stellte sich eine Flasche Wasser auf den dicken Bauch. »Guck mal: Ich halte sie nicht fest!«

»Ja, im Ernst.« Brydie schleckte sich Schokoladenreste von den Fingern und bröselte dann zwei Schokoriegel in den Teig vor sich. »Ich kann auch kaum glauben, dass er überhaupt noch mit mir redet.«

»Den solltest du dir warmhalten.« Elliott nahm die Flasche wieder herunter und sah auf den Teig, den Brydie zubereitete. »Bitte mach ganz viel davon, damit ich dann auch was vom Kuchen abbekomme.«

»Werden zwei Schoko-Croissant-Zöpfe«, sagte Brydie. »Einen will ich mit in den Park nehmen.«

»Es ist toll, dass du wieder bäckst. Findet meine ganze Familie übrigens auch.«

Brydie sah zu Mia, die mit dem Mops zusammen vor dem Fernseher saß. »Ich geb' dir nachher einen mit.«

»Sie redet die ganze Zeit von Teddy«, Elliott deutete mit dem Kopf in Mias Richtung. »Sie will auch einen Hund haben.«

»Dann hol ihr doch einen.«

»Wer hat dich denn ausgetauscht?«, fragte Elliott. »Vor nicht allzu langer Zeit hättest du ihn am liebsten wieder abgegeben!«

»Die Dinge ändern sich eben«, sagte Brydie schulterzuckend.

»Offensichtlich.«

»Ach«, meinte Brydie, »ich komm mir einfach weniger einsam vor mit ihm.«

»Ich hab' mal eine Studie gelesen, in der stand, dass Haustiere Depressionen lindern können«, sagte Elliott. »Glaubst du, dass da was dran ist?«

Brydie überlegte. Der Arzt, bei dem sie kurz nach der Scheidung gewesen war, hatte ihr ein Antidepressivum verschreiben wollen. Und er hatte ihr zu einer Katze geraten, was sie an die kauzige alte Frau mit ihren Katzen erinnerte, die sie in ihrer Kindheit gekannt und über die ihre Mutter ziemlich schlecht geredet hatte. Ruth hatte geschimpft, die ganze Gegend würde nach Katzenpisse stinken wegen dieser alten Frau. Uta hieß sie und kam aus Deutschland. Als Uta starb, kam die Fürsorge und nahm die Katzen mit. Brydie hatte ihre Mutter angefleht, dass sie wenigstens eins der Tiere zu sich holen sollten, aber Ruth Benson hatte geantwortet, dass sie sich eher zu Uta ins Grab legen würde, als eine Katzentoilette sauber zu machen.

Uta war schon recht betagt gewesen, und ja, vielleicht roch es in ihrem Haus wirklich ein bisschen nach Katzenstreu. Trotzdem hatte sie immer die besten Süßigkeiten an Halloween verteilt und war immer nett zu Brydie gewesen. Jetzt dachte Brydie, dass sie vielleicht alle zufriedener gewesen wären, wenn ihre Mutter ihr erlaubt hätte, eine Katze zu halten.

»Ich glaube, dass das stimmt«, sagte Brydie schließlich auf Elliotts Frage. »Nathan hat erzählt, dass er seine Hündin zum Therapiehund fürs Heim ausbildet. Wahrscheinlich kann Sasha dann auch bei der Behandlung von Depressionen helfen.«

»Der Riesenhund, der ihm entlaufen ist und der dich umgeworfen hat?«, fragte Elliott schmunzelnd. »Im Ernst?«

»Sie ist ja nicht ihm weggelaufen«, korrigierte Brydie sie. »Sie ist ihrem Hundesitter oder so weggelaufen.«

»Oder so?«

»Keine Ahnung, wer die Frau war.«

»Frau?«

Brydie seufzte. Sie mochte Elliott – auch wenn ihre Freundin so viele Fragen stellte. »Ich glaub', die Frau ist die Hundesitterin«, antwortete sie. »Ich hab' Nathan gegenüber die Bemerkung fallen gelassen, dass er zurück zu seiner Freundin gehen soll. Und er hat gesagt, sie wär' nicht seine Freundin.«

»Aber erklärt, wer sie ist, hat er auch nicht?«

»Hab' ihn nicht gefragt.«

»Und er hat auch von sich aus nichts dazu gesagt?«

Brydie drehte sich um und sah ihrer Freundin ins Gesicht. »Hast du nicht eben noch gesagt, ich soll ihn mir warmhalten?«

»Ja, klar«, meinte Elliott. »Ich pass' nur auf dich auf. Du bist zurzeit sehr verletzlich.«

»Verletzlich?«, echote Brydie und stellte die Uhrzeit am Ofen ein. »Ich bin nicht diejenige von uns beiden, die im siebten Monat schwanger ist!«

Elliott sah auf ihren Bauch herab. »An mir kommt keiner vorbei«, meinte sie. »Und mit mir legt sich auch besser niemand an.«

Brydie lachte. »Stimmt.«

»Solange er kein Axtmörder ist und einen Schrank voller Exfrauen hat, werd' ich ihn bestimmt mögen«, prophezeite Elliott.

»Wo wir gerade von Exfrauen reden …« Brydie schloss die Ofentür. »Ich hab' da etwas, das ich dir zeigen möchte.«

»Was denn?« Elliott stand stöhnend auf.

»Ich hab' dir doch von dem Fotoalbum erzählt, das aus dem Keller. Erinnerst du dich?«

»Als Teddy die Horde Weberknechte aufgefressen hat?«

»Genau.« Brydie führte die Freundin zur Kellertür. »Und ich hab' dir doch auch erzählt, dass einige Fotos daraus fehlen, oder?«

»Ja. Aber das ist doch nichts Außergewöhnliches. Das machen Menschen manchmal, dass sie Fotos aus Alben entfernen. Weißt du noch, wie ich mich in der siebten Klasse über Samantha Siebert geärgert habe, weil sie was mit meinem Freund angefangen hat? Daraufhin hab ich ihr Gesicht aus allen Fotos rausgeschnippelt!«

»Ich erinner' mich.« Brydie begann zu grinsen.

»Wie hieß er noch mal?«, fragte Elliott laut. »Mason? Mark?«

»Maxwell!«, riefen beide gleichzeitig und brachen in Lachen aus.

»Ah, Maxwell!«, sagte Elliott und schnappte nach Luft. »Und das trage ich Samantha immer noch nach.«

»Wir waren dreizehn«, erinnerte Brydie ihre Freundin. »Die Bilder aus dem Album sind wirklich verschwunden. Als ob zu diesem Zeitpunkt irgendwas passiert wäre, das ihr den Boden unter den Füßen weggerissen hat. Auf den ersten Bildern, auf ihrer Hochzeit, sieht sie *so* glücklich aus! Dann ist da diese Lücke, wo irgendwann mal Fotos klebten. Auf denen, die dann folgen, sieht sie absolut unglücklich aus, auf keinem einzigen Bild lächelt sie.«

»Du interpretierst da zu viel rein.«

Brydie schloss die Tür zum Keller auf, und ein Schwall abgestandener Luft drang ihnen entgegen. »Ich hab da noch was gefunden.«

»Ich geh' da nicht runter«, sagte Elliott, die mit ihrem Bauch fast den Türrahmen ausfüllte. »Auf gar keinen Fall!«

»Warum nicht? Wir schließen die Tür hinter uns, damit Mia uns nicht folgen kann.«

»Sie weiß, wie man Türen öffnet, du Dussel!« Elliott schnaufte. »Aber darum geht's nicht. Sie ist total vertieft in ihre Sendung, sie merkt gar nicht, dass wir nicht da sind. Aber ich will da nicht runter, weil es mich an diese Gruselfilme erinnert.«

Brydie verdrehte die Augen. »Komm schon, da ist doch nichts Gruseliges!«

»Na gut. Aber wenn mein Baby dann von einem bösen Geist besessen sein wird, bist du schuld.«

»Siehst du den Stuhl neben der Truhe?«, fragte Brydie, als die beiden unten angekommen waren. »Genau so stand der da, und auf ihm lag aufgeschlagen das Fotoalbum.«

»Unheimlich!«

»Als wäre Mrs. Neumann hier immer runtergekommen und hätte sich dort hingesetzt, um sich die Fotos anzusehen«, grübelte Brydie.

»Und um auf die Truhe zu starren«, ergänzte Elliott.

»Und um auf die Truhe zu starren«, wiederholte Brydie.
»Was ist da drin?«, fragte Elliott.
Brydie zuckte mit den Schultern. »Weiß ich nicht. Die ist verschlossen.«
»Du hast mich hier runtergeführt, damit ich mir eine verschlossene Truhe ansehe?«
»Hast du noch mehr Schlüssel bekommen, als du die Schlüssel fürs Haus übernommen hast?«, wollte Brydie wissen.
Elliott legte die Stirn in Falten. Schließlich sagte sie: »Ich glaub' nicht. Wahrscheinlicher ist doch, dass die Schlüssel irgendwo im Haus rumfliegen, oder?«
»Ich kann sie aber nirgends finden.«
»Vielleicht will sie nicht, dass die Schlüssel gefunden werden.« Elliotts Spürsinn war geweckt. »Wir sollten hier unten gar nicht sein, oben war ja verschlossen, als du eingezogen bist. Das Haus gehört dir nicht.«
Elliott hatte natürlich recht, und trotzdem trafen Brydie die Worte. Sie vergaß immer wieder, dass zurzeit nichts in ihrem Leben von Bestand war. Sie wusste nicht, wie lange sie noch in Germantown bleiben würde. Und ebenso wenig wusste sie, wie lange sie noch auf Teddy aufpassen würde. Bei dem Gedanken bekam sie einen Kloß im Hals. »Lass uns wieder raufgehen.« Sie kehrte der Truhe den Rücken zu. »Ich muss nach dem Croissant-Zopf sehen.«
»Hab' ich was Falsches gesagt? Was ist los?«
»Nichts.«
»Sicher?«
Brydie nickte. »Ja. Ich will nicht, dass die Croissants anbrennen.«
»Okay. Was ich dich noch fragen wollte: Was machst du an

Thanksgiving?« Elliott schnaufte, als sie nach oben gingen. »Fährst du nach Hause?«

»Eher nicht«, antwortete Brydie. Sie war erleichtert, keine weiteren Fragen über Mrs. Neumann beantworten zu müssen. »Ich muss arbeiten.«

»Meine Eltern fahren nach Florida zu meinem Bruder und dessen Frau«, erzählte Elliott. »Ich würd' ja auch hinfahren, aber ich will kein Risiko eingehen, ich werd' immer runder. Vielleicht könnten wir was zusammen machen. Ich und du und Leo und Mia und ... vielleicht dein Doc.«

»Hey, schalt mal einen Gang runter«, sagte Brydie, als sie oben standen. »Vor fünf Minuten hast du mich noch über seine vermeintliche Freundin ausgefragt!«

»Na, dann kommst du eben allein.«

»Ist das deine Art, mich zu bitten, einen Kürbiskuchen zu backen?«

Elliott verdrehte die Augen. »Es dreht sich nicht immer nur alles um deine Kuchen.«

»Ach nein?«

»Erwischt«, Elliott grinste. »Es *geht* um deinen Kuchen. Aber ich mach den Truthahn!«

Brydie stand am Eingang des Hundeparks. In einer Hand hielt sie Teddy an der Leine, in der anderen zugleich eine Thermoskanne mit Kaffee und eine ShopCo-Tüte mit einer alten Tischdecke, die sie in einer Kommode im Flur gefunden hatte, und den selbst gebackenen süßen Croissants.

Nathan winkte sie zu sich herüber. »Wie's aussieht, ist das mehr als nur Kaffee«, sagte er und löste Teddys Leine. »Was ist in der Tüte?«

Brydie stellte die Thermoskanne auf den Boden und reichte

ihm die Croissants. »Kaffee ohne was Süßes gibt's nicht.« Sie breitete das Tischtuch auf dem Boden aus. »Ich esse mindestens genauso gern, wie ich backe.«

»Ich hatte noch nie was mit einer Frau, die das offen von sich behauptet hat«, erzählte Nathan und setzte sich.

»Aha, wir haben was miteinander?«, neckte ihn Brydie. »Wir sind doch nur zum Kaffee verabredet.«

»Zu Kaffee und Croissants.«

»Na dann.«

Brydie hatte befürchtet, dass die Unterhaltung nach ihrem letzten Treffen im Sande verlaufen könnte, aber Nathan lächelte sie einnehmend und freundlich an. Ihr Herz schien Purzelbäume zu schlagen, und sie kam sich ziemlich albern vor.

»Wolltest du schon immer Köchin werden?«, wollte Nathan wissen. »Oder was bist du? Konditorin?«

»Seit der Schule wusste ich das schon«, antwortete Brydie. »Ich hab' schon immer gern gekocht, am liebsten Nachtisch.«

»Meine Mutter ist auch eine richtig gute Köchin«, sagte Nathan. »Ich hab' zwei ältere Schwestern, die kochen auch sehr gut. Auch mein Vater kocht, aber ich – ich konnte noch nicht mal Wasser zum Kochen bringen, außer zu Studienzeiten.«

»Meine Mutter ist Maklerin und ständig im Büro«, erzählte Brydie. »Meistens ist mein Vater zu Hause geblieben, als ich klein war. Sogar als er dann halbtags arbeitete, hat er gekocht. Als ich sechzehn war, hatte er einen Unfall und verletzte sich am Rücken. Deshalb konnte er eine Zeit lang nicht den Haushalt schmeißen. Meine Mutter hatte keine Zeit, also musste ich ran. Mir hat das Spaß gemacht.«

»Tut mir leid mit deinem Vater«, murmelte Nathan. »Rückenverletzungen ziehen oft schlimme Beschwerden nach sich.«

»Es war wirklich schwer für ihn«, gestand ihm Brydie. »Er hatte unzählige OPs und Therapien, aber nichts hat geholfen.«

»Die Medizin entwickelt andauernd neue Behandlungsmethoden«, sagte Nathan. »Es gibt immer Hoffnung. Wenn du willst, kann ich dich an ein paar Spezialisten verweisen, vielleicht spricht er auf etwas an, was er noch nicht probiert hat.«

Brydie senkte den Blick und starrte auf ihren Schoß. »Danke. Aber er ist vor drei Jahren gestorben.«

»Oh, tut mir leid.«

»Er hatte einen Schlaganfall«, erzählte sie. »Morgens, als meine Mutter zur Arbeit musste, ging's ihm noch gut, doch als sie abends nach Hause kam, war er schon tot.«

Nathan rückte näher und nahm ihre Hand. Schweigend saßen sie so eine Weile beisammen. Diese vertrauliche Geste überraschte Brydie, aber sie war ihm sehr dankbar. Dabei wusste sie gar nicht, warum sie ihm das alles erzählte. Aus irgendeinem Grund sprudelten die Worte in seiner Gegenwart immer wie von selbst aus ihr heraus. In seiner Gegenwart schien alles irgendwie leichter und einfacher zu sein.

Nach einer Weile gesellten sich Fred und Arlow zu ihnen, begleitet von der Frau und der großen Dänischen Dogge, die Brydie schon an ihrem ersten Tag im Park gesehen hatte.

»Wie geht's den jungen Leuten?«, fragte Fred. »Ihr macht ein Picknick?«

»Ja, es gibt Schokocroissants«, sagte Brydie. »Möchten Sie auch eins?«

»Nein danke. Ich habe Diabetes«, lehnte Fred ab. »Aber Dr. Reid hat mir ein paar von den Hundekuchen abgegeben, die Sie für Sasha gebacken haben. Mein Arlow liebt die! Und Thor, der Hund von Mary Ann, auch.«

Brydie sah auf die Frau mit dem Hund, die hinter Fred stand, und nickte ihr zum Gruß zu. »Das freut mich.«

»Wir würden gern mehr davon haben und welche bei Ihnen bestellen, wenn das möglich ist.«

»Wirklich?«

Mary Ann trat einen Schritt vor und sagte: »Sie haben die Hundekuchen gemacht? Thor liebt sie! Er hat alle aufgegessen.«

»Ja, die sind selbst gebacken.«

»Und die Zutaten sind alle natürlich?«

»Ja.«

Mary Ann nestelte verlegen an der Hundeleine. »Könnten Sie auch Hundekuchen ohne Getreide backen? Thor darf kein Getreide essen, er hat einen sensiblen Magen.«

»Klar, könnte ich machen«, antwortete Brydie. »Irgendwo hab' ich so ein Rezept, das ich immer schon mal ausprobieren wollte.«

»Toll!«, rief Mary Ann. Aus Thors Maul tropfte Speichel auf ihre Schuhe. »Ich würde fünf Dutzend nehmen.«

»Oh.« Brydie war überrascht. »Und bis wann bräuchten Sie die?«

»Könnten Sie die vielleicht schon bis Sonntag machen? Ich möchte sie für Thors dritten Geburtstag haben. Wenn die auf seiner Geburtstagsfeier gut ankommen, wollen seine Hundefreunde bestimmt auch welche. Haben Sie eine Visitenkarte?«

Brydie erhob sich und klopfte sich den Staub ab. »Nein, aber ich geb' Ihnen meine Nummer.«

»Und ich hätte gern welche von den Erdnussbutter-Bananen-Kuchen«, sagte Fred. »Eilt aber nicht.«

Teddy schmiegte sich an Brydies Bein, und sie strich ihm übers Fell, während sie die Nummern von Fred und Mary

Ann mit der freien Hand in ihr Handy tippte. »Ich schmeiß' mich sofort ran und ruf' Sie beide an, sobald die Kuchen fertig sind.«

Sie verabschiedeten sich, und Sasha und Teddy folgten den beiden anderen Hunden. Teddy sprang immer wieder an Thor hoch, um ihn zu beschnüffeln, aber die große Dogge wedelte nur mit dem Schwanz über den Mops hinweg.

»Ich hoffe, es ist dir recht, dass ich die Kuchen Fred gegeben habe«, sagte Nathan, als die anderen gegangen waren. »Sasha mochte die so gern! Und Arlow auch. Und jetzt auch Thor.«

»Ob mir das recht ist? Das ist großartig!« Brydie setzte sich wieder hin, ihr war ein bisschen schwindelig. Sie konnte kaum glauben, dass sie gerade zwei Bestellungen für Hundekuchen bekommen hatte. »Eine ganze Geburtstagsfeier für einen Hund? Ist das hier so üblich?«

Nathan lachte. »Mary Ann macht das jedenfalls. Sie hat mich und Sasha letztes Jahr eingeladen. Es war ... interessant. Hast du schon mal darüber nachgedacht, die Hundekuchen an Tierfutterläden zu verkaufen?«, fragte er. »Die Nachfrage scheint ja groß zu sein.«

»Ehrlich gesagt, ist mir das noch nie in den Sinn gekommen«, gestand Brydie. »Aber darüber muss ich mir keine Gedanken machen. Ich hab' ja gerade erst meine ersten beiden Bestellungen erhalten.«

»Dank mir.« Nathan grinste frech.

»Dank dir.«

Er biss in sein Croissant. Nach einer Weile sagte er: »Eine Bekannte von mir ist mit einem Mann verheiratet, dem ein Restaurant gehört, in Downtown Memphis, nahe der Beale Street. Der Koch ist fantastisch.«

»Ja?«

»Ja. Würde dir bestimmt gefallen.«

Brydie unterdrückte ein Lächeln und schob sich schnell ein Stück Croissant in den Mund. »Willst du dich mit mir verabreden?«

»Wenn du nichts dagegen hast«, sagte Nathan. »Nächsten Samstag zum Beispiel?«

»Ja, da könnte ich.«

»Toll!« Nathan sah zufrieden aus. »Willst du Teddy vorher zu mir bringen? Dann kann meine Hundesitterin auf ihn und Sasha aufpassen.«

»Die Frau, der Sasha vor Kurzem weggelaufen ist?«

»Teddy wird ihr nicht weglaufen, versprochen.«

Brydie war sich da nicht ganz so sicher, aber viel zu aufgeregt, um deswegen Bedenken zu haben. Dieser Tag heute war perfekt! Und sie hatte sogar Bestellungen für ihre Hundekuchen erhalten. Sie hatte schon ganz vergessen, wie sich das anfühlte. Sie mochte das Werkeln in der Küche und die Arbeit für ShopCo, aber dorthin kamen die Kunden nicht ihretwegen. Zum ersten Mal seit Langem freute sie sich richtig aufs Backen. Und dieses Gefühl wollte sie so lange wie möglich auskosten.

22. Kapitel

An dem Tag, als Thors Party steigen sollte, sah Brydies Küche aus wie ein Schlachtfeld. Sie hatte fünf verschiedene glutenfreie Rezepte ausprobiert, bis sie eins gefunden hatte, dessen Hundekuchen Teddy nicht nur anschnüffelte, sondern auch aß. Die Kürbiskekse machten am Ende das Rennen.

Sie hatte am Abend vorher eine Backform in Form einer Pfote bei ShopCo erstanden und auch schon ein Blech voll für Fred gebacken. Nun musste sie die Hundekuchen nur noch in die roten Zellophantüten packen, die sie ebenfalls im Supermarkt gefunden hatte. Erschöpft, aber zufrieden betrachtete sie ihr Werk. Sie würde noch mindestens eine Stunde brauchen, um die restlichen Hundekuchen zu verpacken und sich fertig zu machen. Ihr würde nur wenig Zeit bleiben, um noch die Kuchen auszuliefern, bis sie ins Heim wollte; hoffentlich verfuhr sie sich nicht auf dem Weg zu Fred und Mary Ann. Die Küche wollte sie später aufräumen.

Teddy sah zu ihr auf und leckte sich das Maul.

»Willst du das hier?«, fragte sie und hielt ihm ein Schüsselchen mit Kürbispüree hin, das vom Backen übrig geblieben war. »Na dann komm.«

Brydie beugte sich über seinen Napf. Bis sie mit Teddy zusammengezogen war, hatte sie nicht gewusst, dass Hunde etwas anderes als normales Hundefutter fraßen. Sie hätte sich nicht vorstellen können, dass es eine so große Gemeinschaft von Hundefreunden gab, für die sie nun Hundekuchen backte. Und jetzt stand sie hier und löffelte Kürbis in eine Hundeschale.

Sie spülte das leere Schälchen ab und ging ins Schlafzimmer. Ihr Blick fiel auf den Karton mit den Fotoalben auf dem Regal. Sie hatte es nicht übers Herz gebracht, sie zurück in den Keller zu tragen. Und das, obwohl sie der alten Dame später noch unter die Augen treten musste. Immerhin lief Teddy immer mehr zur Hochform auf, was wohl an den Hundekuchen lag, aber bestimmt auch daran, dass sie ihn bei sich im Bett schlafen ließ.

Brydie legte sich ihre Kleider auf dem Bett zurecht und ging duschen. Als sie unter dem Wasserstrahl stand, kam ihr der Gedanke, dass sie kaum etwas mitgenommen hatte, als sie Allan verlassen hatte und aus ihrem gemeinsamen Haus ausgezogen war – keinerlei Fotos oder Erinnerungsstücke. Warum auch? Ihre Ehe lag in Scherben.

Ob Allan alles weggeschmissen hatte? Oder alles im Haus gelassen, als es verkauft worden war? Mitgenommen hatte er die Sachen bestimmt nicht. Brydie konnte sich nicht vorstellen, dass Cassandra, seine Ehefrau in spe, Erinnerungen an seine Exfrau haben wollte, Erinnerungen an die Frau, mit der er länger als ein Jahrzehnt verheiratet gewesen war. Vielleicht fragten sich die neuen Bewohner des Hauses gerade, was sie mit den Sachen anfangen sollten. Dem Aufsatz der Hochzeitstorte, den Fotoalben, die jenen von Mrs. Neumann aus dem Keller ähnelten. Sie konnte sich an kein einziges Foto erinnern, auf dem sie und Allan nicht gelächelt und glücklich ausgesehen hatten. Sämtliche Urlaube und wichtigen Ereignisse hatten sie für die Nachwelt festgehalten. Sie war immer überzeugt gewesen, dass sie all das eines Tages ihren Kindern und Enkelkindern zeigen würde. Mittlerweile hatte sie noch nicht einmal eine Ahnung, wo die Fotos nun lagen.

Aber die Bilder, das wurde ihr jetzt klar, erzählten nur die halbe Wahrheit. Es gab andere Erinnerungen, weniger schöne, die in keinem Album klebten. Brydie wusste, dass das genauso für die junge Mrs. Neumann und ihren damaligen Ehemann galt. Und es gab einen Grund, weshalb die Leute in solchen Momenten keine Fotos machten.

Brydie stellte das Wasser ab, stieg aus der Dusche und griff nach dem Handtuch. Aber es hing nicht an seinem Haken. Verwundert blickte sie auf den Boden und sah dort Teddy liegen, ins Handtuch eingerollt und friedlich schnarchend. »Du Schlawiner hast mein Handtuch geklaut«, flüsterte sie ihm zu.

Freds Haus zu finden war leicht, es lag nur ein paar Hausnummern entfernt. Mary Ann hingegen lebte auf der anderen Seite von Germantown, dem neueren Viertel. Brydie verfuhr sich so oft, dass sie schließlich Elliott anrufen und um Fern-Hilfe bitten musste.

»Brydie!«, sagte Mary Ann, als sie schließlich die schwere Eichentür öffnete. »Ich hatte schon Angst, Sie zu verpassen. Ich hab' gleich einen Termin.«

»Tut mir leid.« Brydie balancierte den Karton mit den Hundekuchen vor sich. »Ich kenne mich hier schlechter aus als gedacht.«

»Das ist ein ziemlich neues Viertel.« Mary Ann machte eine ausladende Handbewegung. »Noch niemand weiß, wo ich wohne. Kommen Sie rein.« Sie führte Brydie einen langen Flur mit Marmorfliesen entlang.

Alles in dem Haus roch neu, nach frischer Farbe. Brydie versuchte, so wenig wie möglich zu atmen und den aufsteigenden Würgereiz zu ignorieren. Sie traten am Ende des Flurs in ein großes Zimmer mit einem großen Kamin, über dem ein noch größeres Porträt von Mary Ann und Thor hing. Es nahm die Hälfte der Wand ein, die andere Hälfte war von oben bis unten mit Ballons, Bannern und Luftschlangen geschmückt. Ein eigens angefertigtes Banner mit der Aufschrift »Alles Gute zum Geburtstag, Thor« hing über dem Riesen-Porträt.

»Ist das nicht fantastisch?«, rief Mary Ann und deutete auf das Gemälde. »Ich habe es erst letzte Woche aufhängen lassen. Es hat ein Vermögen gekostet, aber Thor ist wirklich gut getroffen.«

»Beeindruckend«, murmelte Brydie. »Wo soll ich das abstellen?«

»Dort drüben«, sagte Mary Ann. »Auf den Beistelltisch.«

»In einer Zellophantüte sind je zwölf Stück«, sagte Brydie. »Wenn Sie noch mehr bestellen, kann ich auch kartonweise liefern, wenn Sie wollen.«

»Darf ich mal gucken?«

»Natürlich.«

Mary Ann nahm eine Tüte aus dem Karton und öffnete sie. Sie nahm einen Hundekuchen, roch daran und steckte sich das Stück dann, zu Brydies größtem Erstaunen, in einem Happen in den Mund. Gedankenverloren kaute sie darauf herum, bevor sie ausrief: »Thor, wo bist du, mein Liebling?«

Die Dogge kam ins Zimmer gewetzt, der Schwanz peitschte gegen alles, was im Weg stand. Zwei gerahmte Fotos von ihm, die auf der Kommode gestanden hatten, fielen scheppernd zu Boden.

Mary Ann gab Thor einen Hundekuchen. Seine Zunge bedeckte ihre ganze Hand, aber sie machte keine Anstalten, die Sabberei abzuwischen, nachdem er den Kuchen verschlungen hatte. Als der hungrige Vierbeiner noch ein paar Hundekuchen vertilgt hatte, griff Mary Ann nach ihrem Portemonnaie, das auf dem Tisch lag. Dann fragte sie Brydie: »Thor und ich haben's getestet und für gut befunden. Was schulde ich Ihnen?«

Brydie kramte in ihrer Handtasche und reichte ihr die Rechnung. Das hatte sie auch so gehandhabt, als sie Torten für Hochzeit und andere Feiern ausgeliefert hatte. Kunden schätzten es, eine Auflistung und am Ende eine Summe zu sehen. So verstanden sie leichter, wofür sie zahlten, bevor sie womöglich auf die wenig geistreiche Idee kamen, dass man nur Mehl und Eier brauchte, um die Torten und Kuchen selbst zu backen.

Mary Ann bedankte sich. »Warum kommen Sie und Teddy heute nicht zu unserer Party?«

»Das würde ich wirklich gern«, antwortete Brydie ausweichend, »aber heute ist der Tag, an dem wir immer Mrs. Neumann besuchen.«

»Bringen Sie sie doch mit!«, rief Mary Ann und riss eine Seite aus ihrem mit Glitzersteinchen besetzten Scheckheft. »Letztes Jahr war sie hier, in dem davor auch. Auf die Idee, Sie einzuladen, hätte ich schon früher kommen sollen. Das tut mir leid.«

»Macht doch nichts«, beeilte sich Brydie zu sagen, beschloss aber dann, dass das vielleicht gar keine so schlechte

Idee war. »Ich frag sie, wenn ich im Heim bin. Um wie viel Uhr geht's los?«

»Um eins«, sagte Mary Ann. »Geschenke sind kein Muss, aber gern gesehen.«

Als Brydie das Zimmer betrat, unterhielt sich gerade eine Pflegerin mit Pauline. Es ging um den Sohn der Pflegerin, der im Frühjahr die Highschool beenden und auf die Stanford University gehen wollte. Keine der beiden bemerkte Brydie, die mit Teddy auf dem Arm einen Moment ruhig im Türrahmen stand und den beiden lauschte.

»Er muss ein sehr kluger junger Mann sein«, sagte Pauline, »wenn er an einer so renommierten Uni angenommen wurde.«

»Er ist tatsächlich sehr schlau«, gab die Pflegerin zu. »Jetzt müssen sein Vater und ich uns nur überlegen, wie wir das bezahlen sollen. Ich habe meinem Sohn geraten, dass er sich um ein Stipendium kümmern soll.«

»Mein zweiter Ehemann hätte in Yale studieren können«, erzählte Pauline. »Aber es hat nicht geklappt, weil es zu weit weg war und weil er zu Hause bleiben und seine Familie unterstützen musste.«

»Wie traurig«, sagte die Pflegerin. »So muss es damals häufig gewesen sein.«

»Ach, das kommt auch heute noch vor«, erwiderte Pauline. »Bill hat immer gesagt, dass er unser Kind aufs College schicken will ... Damit es bekommen kann, was er nicht bekommen hat.«

Die Betreuerin zog das Blutdruckgerät vom Arm der Seniorin und fragte leise: »Denken Sie manchmal darüber nach ...«

»Nein«, unterbrach Pauline sie. »Es ist nicht gut, über so etwas nachzudenken.«

»Entschuldigen Sie«, sagte die Pflegerin. »Manchmal plappere ich einfach unbedacht drauflos.«

Pauline tätschelte ihre Hand. »Ist schon gut, Liebes. Machen Sie sich keinen Kopf.«

Brydie neigte sich nach vorn, um besser verstehen zu können, worum es ging. In dem Moment befreite sich Teddy aus ihrem Griff und landete mit einem lauten Rums auf dem Boden.

»Was ...« Die Pflegerin sah auf, als der Mops schnaufend und schwanzwedelnd ins Zimmer schoss.

»Teddy!«, rief Pauline begeistert. »Liebes, wie lange stehen Sie schon da?«

»Wir sind gerade angekommen«, antwortete Brydie. »Wie geht es Ihnen?«

»Oh, ganz gut«, gab die alte Dame zurück. »Und mein Blutdruck ist heute auch in Ordnung?«

»Alles im grünen Bereich.« Die Pflegerin lächelte sie an.

»Sie sind heute ein wenig später dran als sonst«, sagte Mrs. Neumann zu Brydie. »Oder?«

»Ja. Ich hab' Mary Ann noch ein paar Hundekuchen vorbeigebracht, für Thors Party. Sie hat mich beziehungsweise uns eingeladen für heute Nachmittag.«

»Ah, diese Partys sind der Kracher«, meinte Pauline. »Letztes Jahr haben Thor und ein anderer Hund Mary Anns brandneue Chaiselongue angeknabbert. Sie hat ein Riesengeschrei gemacht und verlangte von dem Halter des Hundes dreitausend Dollar Entschädigung. Dann hat sie einen Streifen Stoff der Chaiselongue in Thors Maul entdeckt.«

»Teddy wird die ganze Zeit schlafen, vermute ich«, sagte Brydie.

»Oh ja, das macht er meistens.«

»Wollen Sie auf die Party gehen? Fühlen Sie sich fit genug dafür?«, fragte Brydie.

»Ich glaube nicht, dass das eine gute Idee wäre«, mischte sich die Pflegerin ein. »Normalerweise lassen wir Ausflüge eine Woche im Voraus absegnen und von einem Arzt gegenzeichnen.«

Enttäuscht sagte Brydie: »Oh. Schade.«

»Aber heute ist ein ganz guter Tag«, sagte die Pflegerin. »Warum holen wir nicht einen Rollstuhl und fahren mit Mrs. Neumann ein bisschen nach draußen in den Hof?«

»Okay.« Brydie lächelte Pauline an. »Wie finden Sie das?«

»Gut. Brauche ich einen Mantel?«

»Vielleicht eine Jacke«, schlug die Betreuerin vor. »Warum holt nicht Ihre Freundin die Jacke und ich kümmere mich um den Rollstuhl?«

Brydie öffnete Paulines Schrank. »Welche Jacke wollen Sie anziehen?«

»Die goldene«, antwortete Pauline. »Mit den kleinen roten Maulbeeren drauf. Die ist ziemlich sonntagstauglich, meinen Sie nicht auch?«

»Sehr sonntagstauglich.«

Zitternd stand Pauline da, an ihr Bettgitter gelehnt. »Ah, meine Glieder sind so steif!«

Brydie nahm den Rollstuhl von der Pflegerin entgegen und schob ihn zu Pauline. »Sie können gehen! Das wusste ich gar nicht!«

»Ich kann aufstehen«, erwiderte die alte Dame. »Ich komme von meinem Bett bis zum Stuhl am Fenster und bis zum Bad. Aber sehr viel mehr machen meine Beine nicht mit.«

»Die Beine meiner Großmutter funktionierten perfekt«, erzählte Brydie. »Aber in ihrem Hirn funktionierte etwas nicht richtig. Es hat den Beinen nicht gesagt, dass sie gehen sollen.«

»Ich sage meinen Beinen die ganze Zeit, was sie tun sollen«, erklärte Pauline und ließ sich in den Rollstuhl sinken. »Aber sie hören einfach nicht auf mich.«

Brydie schob sie in den Flur und den Gang entlang. »Heute ist wirklich ein schöner Tag. Sie werden das Wetter genießen.«

»Ich wünschte, wir könnten zu der Party.« Pauline seufzte. »Es kommt mir vor, als hätte ich seit Ewigkeiten keine Menschenseele mehr gesehen.«

»Ich wünschte auch, wir könnten hin«, rutschte es Brydie heraus.

»Manchmal komme ich mir hier wie eine Gefangene vor«, fuhr die alte Dame fort. »Das Heim ist wirklich schön, aber ich mag die festen Essens- und Schlafenszeiten nicht. Altwerden ist nicht schön.«

Brydie war froh, dass sie Paulines Gesicht nicht sehen konnte. Es klang, als sei die Ärmste den Tränen nahe. Dabei konnte es doch so einfach sein, sich für ein paar Stunden loszueisen. Schließlich fand die Party ja nur zwei oder drei Meilen von hier statt.

Am Empfang sah die Frau hinter der Theke auf und lächelte. »Ein kleiner Ausflug in den Innenhof? Wie schön!«

Brydie wollte schon nicken, als ihr plötzlich eine Idee kam. »Nein. Ich nehme Mrs. Neumann heute Nachmittag mit.«

»Ach ja?«

»Ja, eine Freundin gibt eine Geburtstagsparty. In ein paar Stunden sind wir wieder zurück.«

Die Empfangsdame, eine schmächtige Frau mit krausen roten Haaren, die Brydie vorher noch nie hier gesehen hatte, kramte in einem Stapel Papiere auf dem Tisch. »Ich finde die Erlaubnis in meinen Unterlagen nicht.«

»Da sollte sie aber sein«, sagte Brydie und fühlte sich ein bisschen schuldig. Das war eine glatte Lüge gewesen, dafür konnte man sie drankriegen. Sie sah zu Pauline, die sich leicht umgedreht hatte und ihr zuzwinkerte. Daraufhin schöpfte sie Mut. »Wir sind schon spät dran. Wenn Sie also ...«

»Ich ...«, sagte die Empfangsdame und suchte hektisch weiter. »Ich frage lieber nach.«

»Darf sie das Gelände überhaupt nicht ohne den Papierkram verlassen?«, fragte Brydie betont ungeduldig.

»Wir haben nur gern die Erlaubnis vorliegen«, erklärte die Empfangsdame. »Es handelt sich eher um eine Formalität.«

»Wir sind ja nur zwei Ecken weiter«, sagte Brydie. »Wir verlassen noch nicht mal das Viertel.«

»Wenn ich bloß diese Erlaubnis finden würde!«

»Sie können mich hier nicht festhalten«, sagte Pauline entrüstet. »Ich darf jederzeit nach draußen. Das steht in meinem Vertrag!«

»Die Erlaubnis sollte aber immer abgeheftet werden.« Die Wangen der Empfangsdame waren gerötet. »Ich bin mir sicher, dass sie hier irgendwo ist ...«

»Also dann: Wenn Sie sich auch sicher sind, können wir ja los«, Pauline wollte nicht klein beigeben.

Hilflos sah die Rothaarige von einer zur anderen und lächelte dann dünn. »In Ordnung. Gehen Sie. Ich werd' den Zettel hier schon noch irgendwo auftreiben.«

23. Kapitel

Vor Mary Anns Haus waren bereits einige Autos geparkt. Brydie hatte noch immer Schuldgefühle, weil sie die Empfangsdame angelogen hatte. Aber Paulines Vorfreude auf die Party war ansteckend, also verdrängte sie die lästigen Gedanken.

»Letztes Jahr war eine Hundehypnotiseurin da«, erzählte Pauline, als Brydie ihr in den Rollstuhl half. »Ich habe sie Teddy hypnotisieren lassen, aber das hat seine Verdauungsprobleme nur schlimmer gemacht.«

»Es gibt Hypnotiseure für Hunde?«, fragte Brydie laut. »Das ist …«

»Merkwürdig?«

»Ja.«

»Bei Mary Ann ist allerhand merkwürdig.«

»Soll ich Teddy auf Ihren Schoß setzen?«, schlug Brydie vor.

»Ja, bitte. Er sitzt gern auf meinem Schoß, wenn ich im Rollstuhl sitze, glaube ich.«

Als sie Pauline und Teddy die Auffahrt hochschob, fragte

sie sich, was für einen Eindruck sie drei wohl machen mussten: eine alte Dame im Rollstuhl mit einem alten Mops auf dem Schoß, geschoben von einer Frau, die mit ihren Sneakern und der abgetragenen Wolljacke in diesem wohlhabenden Teil von Germantown ganz offensichtlich fehl am Platze war. Ein bunt zusammengewürfelter Haufen. Irgendwie passte das aber auch ganz gut zu Mary Ann.

»Pauline!«, rief Mary Ann, als sie die Tür öffnete. Sie trug einen Pulli, auf den Thors Gesicht gestickt war. »Sie haben es geschafft!«

»Um nichts im Leben würde ich mir das entgehen lassen«, sagte Pauline. »Ihr Pulli sieht sehr festlich aus.«

»Nicht wahr?« Mary Ann sah an sich herab. »Den hat eine Freundin von mir, eine Designerin aus Italien, extra gemacht. Er hat ein Vermögen gekostet.«

Brydie fragte sich heimlich, wie viele von Mary Anns Habseligkeiten und Besitztümern ein Vermögen gekostet hatten.

»Vielen Dank für die Einladung.« Die beiden begrüßten sich.

»Keine Ursache«, sagte Mary Ann dann. »Kommen Sie rein, ich will Sie allen vorstellen. Die Hunde lieben Ihre Hundekuchen!«

»Das ist ja wundervoll«, entgegnete Brydie und ließ Mary Ann den Rollstuhl schieben.

Im Wohnzimmer standen etwa ein Dutzend Leute. Die Hunde liefen frei umher, unter ihnen auch Fred und Arlow. Einige Gäste kannte Brydie schon vom Sehen aus dem Hundepark. Andere hatte sie noch nie vorher zu Gesicht bekommen, zum Beispiel den kleinen kahlköpfigen Mann in der cremefarbenen Lederjacke. In einer Hand hielt er ein leeres Martiniglas, in der Armbeuge einen winzigen Yorkshire-Terrier.

»Brydie, Pauline, dies ist Lloyd Jefferson.« Die Gastgeberin deutete auf den Mann. »Er spielt Trompete im Memphis Symphony Orchestra. Und das ist sein Hund Alice.«

»Angenehm«, Brydie streckte dem Mann die Hand entgegen.

Der hingegen sah sie an, als hätte sie eine ansteckende Krankheit. »Hallo.«

»Lloyd, sie hat die Hundekuchen gemacht, die Kuchen, die deine Alice die ganze Zeit verschlingt«, sagte Mary Ann und zwinkerte Brydie zu. »Sie wollten sie doch kennenlernen.«

»Ach ja«, sagte der Martinimann, und seine Augen leuchteten auf. »Alice ist sehr wählerisch. Normale Hundekuchen und gekaufte Leckerli isst sie überhaupt nicht.«

»Bei Teddy ist das genauso.« Pauline tätschelte Teddys Kopf. »Aber Brydies Kuchen mag er.«

»Haben Sie einen Laden?«, wollte Lloyd wissen.

»Nein.«

»Haben Sie eine Visitenkarte oder eine Webseite?«

»Nein«, sagte Brydie. Ihr Gegenüber sah sie missbilligend an, also fuhr sie fort: »Das Geschäft läuft gerade erst an. Ich arbeite seit fünfzehn Jahren als Konditorin, aber Hundekuchen backe ich erst seit ein paar Wochen.«

Lloyd überreichte ihr sein leeres Glas und zog ein goldenes Etui aus der Tasche. »Hier, meine Visitenkarte. Alice hat im März Geburtstag. Wir sollten uns mal unterhalten.«

Als Brydie ihm dankte, ließ Teddy ein aufgeregtes Fiepen hören und sprang von Paulines Schoß. Kaum war Sasha im Wohnzimmer, stürzte sich der Mops auch schon auf sie und leckte sie von oben bis unten ab.

»Ach du meine Güte!«, rief Lloyd und trat einen Schritt von den Hunden zurück. Dabei wand sich Alice aus seinem

Arm, sprang auf den Boden und warf sich ins Getümmel. »Alice, nein!« Lloyd sah nacheinander Brydie, Pauline und Mary Ann hilflos an. »Sie hat doch so zarte Knochen!«

Brydie unterdrückte ein Glucksen und hob Teddy hoch. »Schnappen Sie sie, schnell! Noch haben Sie eine Chance.«

Lloyd bückte sich, aber Alice schlug einen Haken, und er musste ihr hinterherlaufen. Wieder und wieder rief er ihren Namen und murmelte ständig etwas von »zarten Knochen«.

»Er ist sehr empfindlich«, sagte Mary Ann. »Aber spielt hervorragend Trompete.«

Brydie suchte das Zimmer nach Nathan ab. Wenn Sasha hier war, musste Nathan doch auch hier sein! »Haben Sie Dr. Reid gesehen?«, fragte sie Pauline. »Sasha kann doch nicht allein hergekommen sein.«

»Ich habe ihn und seine bezaubernde Hundesitterin Myriah nach draußen geschickt, damit sie alles für die Hundespiele vorbereiten«, schaltete Mary Ann sich ein. »Sie sind kurz vor Ihnen gekommen. Ich glaube, Sasha wollte zurück nach drinnen.«

»Myriah?«, fragte die alte Dame. »Hundesitterin?«

»Sie ist ein Schatz«, säuselte Mary Ann. »Ein wahrer Schatz! Ich habe Nathan schon *so* oft gesagt, dass sie viel mehr für ihn sein könnte als nur seine Hundesitterin. Der Altersunterschied kann doch so schlimm nicht sein!«

Schnell schaute Pauline zu ihrer Begleitung. Aus unerklärlichen Gründen konnte Brydie den Blick nicht erwidern. Nein, sie würde bestimmt nicht ihr Verhältnis zu Nathan in Gegenwart von dieser aufgetakelten Frau ausbreiten. Abgesehen davon, dass er und sie gar kein richtiges Verhältnis hatten. Sie hatten nur ... tja, was genau eigentlich? Aber wenn Mary Ann sich darüber unterhalten wollte, wie zauberhaft diese

Myriah war, dann war das natürlich vollkommen in Ordnung. Wirklich, vollkommen in Ordnung.

»Da sind sie ja«, flötete Mary Ann. »Habt ihr alles aufgebaut?«

»Ja«, sagte Myriah und nickte Pauline und Brydie zu. »Hoffentlich kennen die Hunde die Spielregeln.«

»Mrs. Neumann?« Nathan trat näher und runzelte die Stirn. »Was machen Sie denn hier?«

»Ich bin eingeladen worden«, sagte Pauline. »Genau wie Sie, Dr. Reid.«

Nathan sah Brydie an. »Haben Sie sie etwa hergebracht?«

»Ja«, gestand Brydie. Ihr wurde plötzlich klar, dass seine Anwesenheit auf der Party ein Problem werden könnte. »Wir sind gerade angekommen.«

»Wusste gar nicht, dass Sie eine Erlaubnis haben.«

»Wie sollten Sie das auch wissen?«, erwiderte Pauline leicht gereizt. »Sie sind ja weg und Dr. Sower hat Dienst.«

»Und sie hat bestätigt, dass Sie heute herkommen dürfen?«

»Die Erlaubnis scheint verloren gegangen zu sein.«

Leiser wandte Nathan sich an Brydie. »Kann ich kurz mit dir reden?«

»Ja.«

Er führte sie ein paar Schritte weg. Pauline unterhielt sich unterdessen weiter mit Myriah und Mary Ann. »Hast du wirklich eine Erlaubnis?«, fragte er, als sie außer Hörweite waren. »Ich kann mir nicht vorstellen, dass ihr das jemand, auch nicht Dr. Sower, unterzeichnet hat.«

»Warum nicht?«

»Weil sie an Herzversagen leidet. Vor wenigen Monaten hatte sie einen Infarkt, sie kann sich kaum bewegen, falls dir das noch nicht aufgefallen ist.«

»Ihr geht's heute aber ziemlich gut.«

»Ja«, sagte Nathan, »heute ist ein guter Tag. Gestern war sie fast den ganzen Tag ans Sauerstoffgerät angeschlossen. Sie hatte Schmerzen in der Brust.« Er trat näher. »Ihr geht es nicht gut, Brydie. Es war mehr als verantwortungslos von dir, sie heute herzubringen.«

»Das wusste ich nicht!« Brydie sank das Herz in die Hose. »Ich wollte ihr einen schönen Nachmittag machen! Sie war so traurig, als sie von der Feier erfuhr und die Pflegerin ihr das ausreden wollte. Ich dachte … ich wollte doch nur, dass sie sich amüsiert!«

»Natürlich wusstest du das nicht. Sie will nicht, dass du das weißt. Sie will nicht, dass irgendjemand es weiß. Und ich kann's ihr nicht verübeln.« Er sah sie nachdenklich an.

»Ich kann sie jetzt nicht zurückbringen«, sagte Brydie.

»Nein.« Nathan schien eine Entscheidung getroffen zu haben. »Sie soll hierbleiben. Sie amüsiert sich offenbar wirklich gut.«

»Das glaube ich auch.«

»Ich rufe Dr. Sower an, sobald ich zu Hause bin«, sagte Nathan, jetzt in milderem Ton. »Ich sag ihr, dass die Erlaubnis mein Fehler war. Denn ich weiß so gut wie du, dass es diese Erlaubnis gar nicht gibt.«

»Danke.«

»Aber mach das nie wieder«, beschwor er sie. »Sonst wird dir die Besuchserlaubnis entzogen, und das wäre richtig schlimm für die Arme.«

»Es kam mir in dem Moment richtig vor«, verteidigte sich Brydie.

»Als Arzt kann ich dir sagen, dass es alles andere als richtig war«, erklärte Nathan. »Als Mann, der nächsten Samstag mit dir essen gehen will, muss ich zugeben, dass es sehr nett von dir war.«

Brydie lächelte und sah hinüber zu Pauline, die von Mary Ann auf das Sofa verfrachtet worden war und sich nun angeregt mit einer Frau ihres Alters unterhielt, die neben ihr saß, zwei Minidackel auf dem Schoß. Die beiden Hunde trugen die gleichen Pullis. »Sie amüsiert sich wirklich.«

»Bestimmt vermisst sie das«, mutmaßte Nathan. »Zu Hause zu sein, ihre Freunde zu treffen, auszugehen. Das ist das Schwerste am Leben im Heim. Besonders wenn man so wenig Besuch bekommt wie sie.«

»Gesellt ihr euch wieder zu uns?«, unterbrach Myriah sie. Mit einem Finger fuhr sie Nathan über die Brust.

Aus zusammengekniffenen Augen sah Brydie sie an. Myriah war nicht Cassandra, und Nathan war nicht Allan, es konnte ihr also egal sein. Die Erinnerungen an ihre nicht allzu ferne Vergangenheit waren immer noch frisch und konnten sich jederzeit bei Begegnungen mit Menschen Bahn brechen, die sie kaum kannte. Ob Nathan nicht doch mehr Interesse an seiner Hundesitterin hatte, als er zugab? Warum sollte er eine Frau wie sie nicht mögen? Myriah sah gut aus und stand mit beiden Beinen im Leben. Sie machte immerhin den Eindruck, als gehöre sie hierher, mit ihren manikürten Nägeln und den gepflegten Haaren, mit der sportlich-stylishen Hose, sicher eine Markenhose und nicht vom Grabbeltisch wie ihre eigene.

»Dann steht unsere Verabredung am Samstag noch?«, fragte Brydie. Das musste einfach sein.

Nathan nickte. »Ja. Myriah hat schon zugesagt, dass sie auf Sasha aufpasst.«

Brydie schenkte der anderen ein möglichst natürliches Lächeln. »Klingt wunderbar.«

Myriah zog die Hand von Nathans Brust und erwiderte das Lächeln. »Klar. Ich muss eh für eine Prüfung lernen. Bei Nathan kann ich mich viel besser konzentrieren.«

Bevor Brydie darauf etwas sagen konnte, ergriff Mary Ann gegenüber das Wort und erklärte: »Das Wetter ist so herrlich heute, lasst uns rausgehen! Ich erkläre die Hundespiele hiermit für eröffnet! Der Gewinner in jeder Disziplin erhält als Preis ein kleines Porträt von Thor.«

»Dann nichts wie raus mit uns.« Nathan grinste die beiden Frauen an. »Das Bild will ich mir nicht entgehen lassen.«

Drei Stunden später waren Pauline und Brydie auf dem Weg zurück ins Seniorenstift von Germantown. Sie hatten nicht nur ein Gemälde von Thor gewonnen, sondern gleich zwei. Brydie wusste beim besten Willen nicht, was sie damit anfangen sollte. Mary Ann hatte ihr zum Abschied den freundlichen Hinweis gegeben, dass sie die Bilder doch im Wohnzimmer aufhängen könnte.

»Die Party hat wirklich Spaß gemacht«, sagte Pauline. »Obwohl wir die Bilder von dieser Dogge gewonnen haben.«

Brydie lachte. »Ich bin auch froh, dass wir hingegangen sind.«

»Ja. Manchmal vermisse ich mein Zuhause. Ich vermisse mein Sofa. Einen gemütlichen Fernsehvormittag, ohne dass eine Pflegerin reinkommt und meinen Blutdruck misst. Ich vermisse Teddy. Ich würde ihn gern den ganzen Tag lang bei mir haben!«

Brydie wusste nicht, was sie darauf erwidern sollte. Sie wünschte der alten Dame von Herzen alle diese Dinge. Und sie hätte ihr gern geholfen. »Soll ich Ihnen was aus ihrem Haus mitbringen, damit sie sich im Heim wohler fühlen?«

Gedankenverloren schwieg Pauline eine Weile. Dann sagte sie: »In meinem Schlafzimmerschrank liegen einige Decken. Vielleicht könnten Sie mir die das nächste Mal mitbringen?«

»Selbstverständlich. Sonst noch etwas?«

»Nein«, antwortete Pauline. »Nichts, wo Sie rankommen.«

»Wie meinen Sie das?«

»Schon gut.« Mrs. Neumann drehte den Kopf zum Beifahrerfenster. »Die Decken wären schön.«

»Pauline«, sagte Brydie und legte ihr sacht eine Hand auf den Arm. »Warum haben Sie keine Bilder in Ihrem Haus hängen?«

»Wie bitte?«

»Bilder«, wiederholte Brydie. »Es hängen gar keine an der Wand. Auch auf den Kommoden keine.«

»Ich mag es nicht, wenn alles so vollgestellt ist.«

Brydie wusste, dass das nicht stimmte. Pauline hatte überall in dem großen Haus Nippes stehen. Sie holte tief Luft. »Vor Kurzem ist mitten in der Nacht eins der Regale im Keller zusammengebrochen, und das Scheppern hat mich aus dem Schlaf gerissen.«

»Woher wissen Sie, dass es ein Regal war?«

»Die Tür zum Keller war verschlossen. Aber ich hab' den Schlüssel gefunden. Ich wäre nicht runtergegangen, aber ich musste ja dem Krach nachgehen.«

»Den Keller hatte ich aus gutem Grund abgeschlossen«, murrte Pauline. »Ich will nicht, dass jemand meinen Keller betritt.«

»Aber dort herrschte Chaos!«

»Das hätte warten können.«

»Warum?«

Pauline warf Brydie einen Seitenblick zu. In ihren Augen schimmerten Tränen, aber ihre Lippen waren energisch aufeinandergepresst. »Ich will nicht, dass jemand in meinem Keller herumschnüffelt. Sie hätten nicht runtergehen dürfen!«

»Ich hab' nicht geschnüffelt«, wandte Brydie ein und bog auf den Parkplatz des Heims. »Ich habe aufgeräumt! Es hätte im ganzen Haus gestunken, wenn ich nicht geputzt hätte.«

»Sie hätten nicht runtergehen dürfen«, wiederholte Pauline. »Das hätten Sie nicht tun sollen!«

Brydie seufzte. So kamen sie nicht weiter. Und die alte Dame war wütend auf sie. »Ich wusste nicht, dass Sie das nicht wollten. Es tut mir leid«, sagte sie.

»Gehen Sie *nie wieder* in den Keller.«

Eigentlich kann ich ihr das nicht versprechen, dachte Brydie. Schließlich hatte sie schon ein ganzes Fotoalbum mit nach oben genommen. Und wenn sie eines wusste, dann, dass Mrs. Neumann bestimmt nicht wollte, dass sie sich die Bilder ansah.

»Haben Sie verstanden, was ich gesagt habe?« Pauline drehte sich zu Brydie. Der Lippenstift, den sie auf der Fahrt zur Party aufgetragen hatte, zeichnete sich in den Falten um ihre Mundwinkel ab. »Gehen Sie nicht wieder dort runter!«

»Werd' ich nicht, versprochen«, presste Brydie wider besseren Wissens hervor.

24. Kapitel

Es war Montagnacht, und Brydie war spät dran. Sie war im Stau stecken geblieben, und als sie endlich auf den Parkplatz von ShopCo einbog, hatte ihre Schicht bereits vor einer Viertelstunde angefangen.

»Tut mir leid, bin zu spät!«, rief sie, als sie in die Bäckerei rannte. »Es gab Stau!«

»Joe ist hinten, um dich zu suchen«, sagte Rosa freundlich.

Brydie seufzte. »Dann gehe ich jetzt und suche ihn. Ich muss eh noch abstempeln.«

»Viel Glück«, rief ihr Rosa hinterher. »Er hat heute nicht grad seinen besten Tag.«

Brydie verfluchte sich jetzt dafür, dass sie fünfzehn Minuten länger geschlafen hatte. Zeit-Management hatte noch nie zu ihren Stärken gehört. Bis sie Joe aufgetrieben hatte, war sie insgesamt fünfundzwanzig Minuten zu spät.

Joe stand mit verschränkten Armen vor der Stechuhr. »Wo warst du?«, fragte er, als sie kam.

»Tut mir leid«, keuchte Brydie atemlos. Sie hatte den Weg im Laufschritt zurückgelegt. »In der Stadt gab's Stau.«

Joe zupfte an ihrem ShopCo-Shirt und zog sie ein Stück zur Seite, näher an eine Säule. »Hör mal«, flüsterte er ihr zu und sah ihr in die Augen. »Ich muss dich jetzt zusammenfalten, sodass alle es mitkriegen. Du musst so tun, als seist du richtig angefressen, verstanden?«

»Was?«

»Ob du das verstanden hast?«

Brydie nickte nur.

»Ich hatte Ihnen doch gesagt, dass Sie pünktlich zu sein haben!«, schrie er. »Das ist hier ein Einstellungskriterium! Jetzt arbeiten Sie grad mal seit ein paar Wochen hier und glauben ernsthaft, Sie könnten einfach zur Arbeit spaziert kommen, wann's Ihnen passt?«

»Es ... es tut mir leid«, stotterte Brydie. Sie lief rot an, während die anderen Mitarbeiter an ihnen vorbeiliefen. »Es gab ... einen Stau. Ich kann nichts dafür!«

»Ich akzeptiere keine Entschuldigungen«, schrie er weiter. »Sie sind erwachsen.«

Brydie musste schlucken, um nicht mit ihm zu streiten. Wenn er seinen Ärger gerade nur spielte, dann wollte sie ihn lieber nicht erleben, wenn er wirklich aufgebracht war. Sie erinnerte sich noch gut daran, wie er sie zur Schnecke gemacht hatte, als sie die Kekse hatte anbrennen lassen. Das hatte fürs Erste gereicht. »Es tut mir leid, wirklich«, versicherte sie noch einmal.

»Wenn das noch mal vorkommt, sind Sie gefeuert. Verstanden?«

»Ja.«

»Gut«, sagte Joe laut. »Jetzt stempeln Sie und dann ran an die Arbeit, aber dalli.«

»Mach' ich.« Brydie zog ihren Mitarbeiterausweis aus der Tasche, während Joe das Zimmer verließ.

In der Bäckerei wartete er schon auf sie. Er blickte immer noch finster drein, schien aber weniger aufgebracht zu sein, ob nun gespielt oder nicht. »Tut mir leid«, raunte er ihr zu. »Mir ist selbst grad die Hölle heiß gemacht worden, ich sei kein geeigneter Teamleiter. Ich musste was machen und denen mal zeigen, dass ich hier alles im Griff hab.«

»Du bist mehr als geeignet.« Es war Brydies voller Ernst. Sie kannte kaum jemanden, der so in seiner Arbeit aufging wie Joe.

»Danke«, sagte er. »Normalerweise wär' ich nicht so streng, wenn jemand mal zu spät kommt.«

»Tut mir wirklich leid.«

»Es darf nur nicht öfter vorkommen«, sagte Joe.

»Wird es nicht.«

»Ich schätze dich wirklich«, fuhr er fort. »Du arbeitest richtig gut mit Rosa und Lillian zusammen. Ich werd' mich auf jeden Fall bei der Geschäftsleitung dafür einsetzen, dass du auch im nächsten Jahr bei uns bleibst.«

»Du machst dir richtig Gedanken um die beiden, nicht wahr?«, fragte Brydie und deutete zu Rosa und Lillie.

»Wir sind zwar nicht verwandt«, Joe grinste, »aber wir sind so was wie eine Familie.«

Einige Stunden später sah Brydie der jüngeren Kollegin bei der Arbeit zu. Wie Lillian sich auf die Torte vor sich konzentrierte, war faszinierend: Sie sah nicht ein einziges Mal auf, ließ sich von nichts ablenken und machte keinen einzigen Fehler. Brydie konnte noch nicht mal mit Sicherheit sagen, ob Lillie je eine Pause machte, aufs Klo ging oder zwischendurch etwas aß. Brydie bewunderte Rosa, die ihre Ziehtochter nicht mit Fürsorge erdrückte, aber immer zur Stelle war, die Spritztüte auffüllte oder eine fertige Torte auf die Ablage stellte.

»Wie weißt du, wann Lillian mit einer Torte fertig ist?«, wollte Brydie wissen. »Sie sagt dir das ja nicht, oder doch?«

Rosa schüttelte den Kopf. »Nein, sie redet ja nicht«, sagte sie. »Ob sie fertig ist, erkenne ich am Summen. Sie summt ganz leise. Vielleicht hast du's gehört. Wenn sie mit dem Summen aufhört, ist sie fertig.«

»Redet sie zu Hause mit dir?« Brydie wollte nicht zu neugierig sein, fand das aber unglaublich interessant.

»Manchmal«, antwortete Rosa. »Da ist sie ein bisschen aufgeschlossener. Sie hat einen sehr eigenen Charakter. Sie ist halt ... meine Lillie.«

Joe stellte sich neben Lillian, um ihr bei der Arbeit zuzusehen. »Das ist verdammt noch mal der beste Truthahn auf einer Torte, den ich je gesehen hab'!«, murmelte er.

»Nicht fluchen«, schimpfte Rosa, aber sie lächelte.

Brydie kam sich wie ein Eindringling vor, der eine sehr persönliche Unterhaltung belauschte. Sie erinnerte sich, wie Joe gesagt hatte, er und die zwei anderen seien seine Familie. Offenbar kümmerten sie sich wirklich umeinander. Eine ungeahnte Welle der Sehnsucht nach etwas Ähnlichem überrollte sie.

»Sieh mal nach, was die Cupcakes machen.« Joe sah sie an. »Wir müssen mindestens noch vier Dutzend davon heute Nacht fertig machen.«

Brydie ging nach hinten, holte die Fuhre aus dem Ofen und schob die nächste hinein. Sie wollte dazugehören, zu den Leuten, mit denen sie hier im Team arbeitete. Sie hatte das Bedürfnis, ihnen etwas Gutes zu tun, besonders Joe.

»Hey«, sagte sie, als sie wieder vorn stand. »Was macht ihr eigentlich an Thanksgiving?«

»Schlafen«, sagte Joe. »ShopCo ist dann dicht. Ich schlaf' den ganzen Tag lang. Ist schon so 'ne Tradition.«

»Ich will ein Thanksgiving-Menü kochen. Meine Freunde und meine Familie werden zu Besuch sein. Vielleicht wollt ihr auch kommen?«, fragte Brydie. »Vielleicht ist es Zeit für eine neue Tradition.«

»Lillie und ich gehen meistens essen«, sagte Rosa. »Es wäre viel zu viel Arbeit, ein ganzes Menü nur für uns zwei zu kochen.«

»Ihr braucht auch gar nichts mitzubringen«, warf Brydie schnell ein. »Nur euch selbst.«

»Wir würden gern kommen«, sagte Rosa. »Und ich würde trotzdem gern etwas mitbringen.«

»Ich werd' schlafen. Den ganzen Tag.« Joe blieb standhaft.

»Nicht dein Ernst«, wandte Rosa ein. »An Thanksgiving!«

»Ich bin echt dankbar, wenn ich mich mal so richtig aufs Ohr hauen kann. Allein. Zu Hause. Ohne mit jemandem zu reden!«

»Ich würde mich wirklich freuen, wenn du dabei wärst«, versuchte es Brydie ein letztes Mal.

Joe sah erst Rosa, dann Brydie an. Langsam taute sein grimmiger Gesichtsausdruck auf. »Na gut. Aber nicht, dass ihr am nächsten Tag zu lahmarschig zum Arbeiten seid, weil ihr zu vollgefuttert seid.«

»›Lahmarschig‹ sagt man nicht!«, riefen Brydie und Rosa wie aus einer Kehle.

25. Kapitel

Bis mitte der Woche hatte Brydie gefühlt jedes einzelne Hundekuchenrezept nachgebacken, was sie auf Pinterest gefunden hatte. Nahezu jeder Morgen und all ihr Geld waren für die Zutaten draufgegangen, sie hatte nach Feierabend täglich ein paar Stunden in der Küche verbracht. Einige Ideen waren ihr auch bei der Arbeit gekommen, zum Beispiel für die hundefreundlichen Versionen der Cookies, die sie in den Stunden zuvor gebacken hatte. Sie verstand jetzt, was Elliott meinte, wenn sie von »Informationsflut« redete. Wer hatte schon Zeit, Hundefutter aus Bio-Kokosnussöl herzustellen, die zudem den gesamten Tagesbedarf an Vitaminen deckten? Bis vor zwei Tagen hatte Brydie nicht einmal geahnt, dass Hunde Vitamine brauchten. Und Teddy war auch nicht gerade begeistert von dem »Traubenzucker-Ersatzstoff«, den sie ihm besorgt hatte. Er hatte die Tabletten morgens glatt wieder ausgespuckt. Fünfmal hatte sie es versucht. Und die Dinger dann in Käsescheiben eingewickelt. Aber war Käse nicht kontraproduktiv?

Brydie sah sich in der Küche um. Überraschend hatte

Lloyd angerufen, der Mann, den sie auf Thors Party kennengelernt und der ihre Nummer von Mary Ann hatte. Er wollte zur Probe ein Paar Hundekuchen, bevor er welche für Alices Party bestellte. Brydie musste ihm versichern, dass weder Sasha noch Teddy sich bei der Lieferung auf Alice stürzen und sie ablecken würden. Bisher hatte sie Hundekekse mit Apfel-Zimt-Geschmack gebacken, einige mit Süßkartoffeln und eine fleischlose Variante mit Zucchini, die auch für Allergiker geeignet sein sollten, was immer das hieß. Lloyd hatte sie daran erinnert, dass Alice einen überaus empfindlichen Magen hatte. Das war der Anlass gewesen, auch noch einen Hunde-Smoothie aus Erdbeeren und Bananen zuzubereiten.

Sie war mächtig stolz auf sich. Der Apfel-Kohl-Hundekuchen und auch die Hühnchenfleischbällchen waren nichts geworden, aber allein das Ausprobieren hatte unheimlich Spaß gemacht.

26. Kapitel

Brydie war nervös. Es war Samstagabend, und sie hatte keinen Schimmer, was sie anziehen sollte. Auch nicht, wohin Nathan sie ausführen wollte. Im Moment überlegte sie tatsächlich, ob sie sich überhaupt anziehen oder nicht lieber zurück ins Bett kriechen und dort die nächsten fünfzehn Jahre bleiben sollte. Sie hatte bei Elliott angerufen, um sie anzuflehen, vorbeizukommen. Aber Elliott war mit ihrem Mann und einem seiner Kunden essen.

Brydie war auf sich allein gestellt.

Ratlos stand sie vor dem Kleiderschrank. Ein Treffen bei Nathan zu Hause oder im Hundepark war das eine, ein Restaurantbesuch etwas ganz anderes. Im Auswählen von Klamotten war sie noch nie gut gewesen. Wenn es nach ihr ginge, würde sie jeden Tag Jeans und ein bequemes Shirt tragen. Gut, sie wär' schon gern ein wenig sicherer in Sachen Styling, so wie ihre Mutter oder Elliott, aber Mode und ihr Gehirn passten einfach nicht zusammen. In der Hinsicht kam sie mehr nach ihrem Vater, genau genommen kam sie in jeder Hinsicht nach ihm. Und schon vermisste sie ihn wieder. Bei der Wahl eines Kleides hätte er ihr jetzt natürlich auch nicht helfen können. Aber er hätte einen lockeren, dennoch tiefsinnigen Spruch gerissen, und sie hätte sich gleich viel besser gefühlt. Das war es, was sie am meisten vermisste – mit ihm zu reden.

Sie dachte daran, wie Nathan im Park zärtlich ihre Hand gehalten hatte, und ihr Herz schien zu hüpfen. Sie freute sich darauf, ihn zu sehen. Mit ihm zu reden. Heute Abend wollte sie ihm aber nicht wieder die Ohren mit ihren Geschichten aus der Vergangenheit vollheulen. Heute Abend sollte es um die Gegenwart gehen.

Sie bückte sich und zog ein rotes Kleid mit Rüschen aus dem Schrank. Das hatte Ruth ihr nach der Scheidung geschenkt, um sie dazu zu bringen, Allan zu vergessen und das Leben zu genießen. Brydie hatte das Kleid in die hinterste Ecke des Schrankes verbannt und es dort vergessen.

Eigentlich war es zu kühl für das Kleid, aber mit hohen Stiefeln und einer Jacke sah es vielleicht sogar ganz süß aus. Sie schlüpfte hinein und holte ein Paar schwarzer Stiefel aus dem Schuhschrank, die bis knapp über die Knie ragten. Dazu eine zarte schwarze Strickjacke. Als sie sich vor den großen Spiegel im Bad stellte, war sie ganz überrascht, wie gut sie aussah. Ihr Haar glänzte und umschmeichelte ihr Gesicht. Die Haut, nach den vielen Stunden in der Küche oft eher fahl, schimmerte heute rosig. Ja, befand Brydie, sie sah aus, als ginge sie gleich in einer aufregenden Großstadt mit einem sexy Arzt aus.

Teddy allerdings sah aus, als würde er gleich vor Brydies Bett einschlafen. »Tut mir leid, Kumpel«, sagte sie und legte ihm das Geschirr an. »Heut Nacht musst du woanders schnarchen.«

Eine Stunde später saß sie auf Nathans Sofa, direkt neben Myriah. Gemeinsam warteten sie darauf, dass Nathan nach Hause kam.

»Er hat gemeint, er verspätet sich höchstens um zwanzig Minuten.« Myriah lächelte Brydie voller Mitgefühl an. »Sie haben sich echt hübsch gemacht.«

»Danke«, sagte Brydie. Sasha knabberte spielerisch an Teddys Ohr, während der schlief. »Schon Ordnung. Ein bisschen Warterei macht mir nichts aus. Ich weiß, dass er manchmal nicht einfach von seinem Job weg kann.«

»Er hat fast vierundzwanzig Stunden durchgearbeitet«, erzählte Myriah. »Ich schaff's noch nicht mal, bis Mitternacht aufzubleiben, um für eine Klausur an der Uni zu lernen.«

»Sie studieren?«, riet Brydie. Insgeheim fragte sie sich, ob Myriah den ganzen letzten Tag bei Nathan zu Hause gewesen war. Schlief sie auch manchmal hier?

Myriah nickte. »Ja, Medizin. Mein Dad ist Kardiologe im Baptist.«

»Oh.«

»Was machen Sie?«

»Ich bin Konditorin.« Die Antwort kam automatisch. Normalerweise machte Brydie das nicht nervös. Aber jetzt, wo sie in dem Haus eines Arztes saß, neben einer hübschen jungen Medizinstudentin, wünschte sie, sie könne mehr Eindruck schinden.

»Wie toll!« Myriah lächelte. »Haben Sie eine Konditorei oder so?«

»Nein.«

»Oh.«

Die beiden Frauen saßen eine Weile schweigend nebeneinander. Brydie fühlte sich unwohl, weil sie Myriah nicht erklärte, wo sie arbeitete. Sie hätte ebenso gut von ihrer Bäckerei erzählen können, aber all die Erklärungen erschienen ihr jetzt albern. Sie bezweifelte, dass Myriah sonderlich interessiert daran wäre. Vielleicht sollte sie diesen Abend einfach für gescheitert erklären.

»Moment mal.« Myriah stand auf, lief in die Küche und rief Brydie von dort zu: »Haben Sie diese Hundekuchen gemacht? Sasha liebt die!«

»Ja, die habe ich gemacht«, rief Brydie zurück und lächelte, als sie hörte, wie Myriah die Tüte aus dem Schrank in der Küche holte. »Woher wissen Sie das?«

»Nathan hat das erwähnt. Und er hat mich gebeten, bei Ihnen Nachschub zu bestellen. Sasha hat schon fast alle aufgefuttert«, sagte Myriah, wieder im Wohnzimmer. »Das hat mir Nathan schon vor einer Woche gesagt. Ich bin manchmal etwas schusselig, müssen Sie wissen.«

Brydie lächelte. »Ich auch.«

»Mein Dad sagt, ein Arzt darf nicht schusselig sein. Dann haben die Patienten kein Vertrauen.« Die Studentin lachte auf. »Aber ich bin nun mal schusselig!«

Brydie wollte gerade antworten, da wurde die Haustür aufgeschlossen, und Sasha sprang aufgeregt in den Flur.

»Tut mir leid, ich bin zu spät«, sagte Nathan und betrat die Küche. Als er Brydie erblickte, hielt er kurz inne. »Wow, siehst du gut aus!« Er musterte sie bewundernd von Kopf bis Fuß. »Jetzt hab' ich ein noch schlechteres Gewissen, dass ich so spät bin.«

»Danke.« Brydie errötete. Hoffentlich waren ihre Wangen nicht so rot wie ihr Kleid!

Myriahs Blick glitt von Nathan zu Brydie und wieder zurück. Ein kleines Lächeln umspielte ihre Mundwinkel. »Ich geh' mal mit Sasha in die Küche«, sagte sie und lockte den Hund, indem sie mit der Tüte voll Hundekuchen knisterte. »Komm, mein Junge.«

Nathan legte seinen Mantel ab, er wirkte müde. Unter seinen Augen zeichneten sich dunkle Ringe ab, und Brydie fielen die Bartstoppeln auf seinem Kinn auf. »Du bist bestimmt erschöpft«, sagte sie. »Willst du wirklich noch ausgehen? Wir können das Ganze auch verschieben.«

»Seh' ich so schlecht aus?«

»Nein«, Brydie grinste. »Aber Myriah hat gesagt, dass du seit Stunden Dienst hattest. Du sollst dich bloß nicht verpflichtet fühlen.«

»Um ehrlich zu sein, würde ich am liebsten ins Schlafzimmer gehen, und zwar mit dir«, raunte Nathan und legte ihr die Hand auf die Hüfte. »Aber ich hab' wegen der Reservierung schon Bescheid gesagt. Und Neil würde mich umbringen, wenn ich am Samstagabend einen Tisch reserviere und dann nicht auftauche.«

Brydie räusperte sich. Irgendwie gefiel ihr die Idee mit dem Schlafzimmer auch besser. »Dann gehen wir also aus«, sagte sie.

»Gib mir eine Viertelstunde.«

Memphis bei Nacht war großartig. In den acht Monaten, die Brydie nun schon hier lebte, war sie kein einziges Mal nachts in der Innenstadt gewesen. Selbst jetzt im Spätherbst war die Beale Street, eine Meile mit unzähligen kleinen Lokalen und Bluesbars, belebt und voller Menschen.

Auch das Restaurant, in das Nathan sie führte, war gut besucht. Der Kellner nickte ihnen zu und sagte: »Er ist hinten, Dr. Reid.«

Nathan führte seine Begleitung in den hinteren Teil des Restaurants zu einer gemütlichen Ecke, in der vier Menschen saßen. Einer der Männer, schlank und mit schütterem Haar, stand auf und begrüßte sie.

»Nate!«, sagte er und umarmte Nathan. »Dachte schon, du kommst nicht mehr.«

»Du kennst mich doch«, entgegnete Nathan. »Ich wollte nicht direkt aus dem Krankenhaus hierher. Deine Gäste wissen es bestimmt zu schätzen, dass ich vorher geduscht hab.«

»Freut mich zu hören.« Der Mann grinste, dann wandte er sich zu Brydie. »Jetzt musst du mir noch diese hübsche Lady vorstellen.«

»Neil, das ist Brydie, meine Nachbarin, sie wohnt in derselben Straße ... Brydie, dies ist Neil. Ihm gehört das alles hier.«

»Schön, Sie zu kennenzulernen.« Brydie streckte ihm die Hand entgegen, ein wenig enttäuscht, dass Nathan sie nur als Nachbarin vorgestellt hatte. Aber er hatte natürlich recht.

»Ah, hallo«, sagte Neil. »Bei mir kriegen immer alle 'ne Umarmung. Komm her!«

Plötzlich fand sich Brydie mit dem Gesicht fest gegen Neils weißen, gestärkten Kragen gedrückt. »Uff«, ächzte sie.

Der Besitzer entließ sie aus der Umklammerung und zog sie näher an den Tisch. »Hört mal her, das ist Brydie, Nathans *Date*.«

»Hallo«, grüßte sie die beiden Männer und die Frau, die dort saßen.

»Das ist Warren, mein Ehemann«, sagte Neil und deutete auf einen der beiden Männer. »Er ist Anwalt, nimm's ihm aber nicht übel. Daneben, das sind Jasper Floyd und seine Frau Adelaide.«

»Nennen Sie mich Addie«, sagte die blonde Frau. »Schön, Sie kennenzulernen.«

Der Mann neben Addie, der Jasper hieß, lächelte Brydie an und grüßte kurz, bevor er zu Nathan sagte: »Na, Dr. Reid, heute wieder ein paar Leben gerettet?«

»Wahrscheinlich nicht so viele, wie Sie zerstört haben«, antwortete Nathan.

»Die Zeiten, in denen ich Kriminelle aus dem Knast freigekämpft habe, sind vorbei«, sagte Jasper. »Heute streite ich mich nur noch mit meinen Rindern.«

»Jasper war Strafverteidiger hier in Memphis«, erklärte Neil Brydie. »Dann hat er die Stadt verlassen und ist Farmer geworden. Verrückt, oder?«

»Ich komme aus Jonesboro. Da gibt's viele verrückte Farmer«, sagte Brydie.

»Das kenn' ich«, rief Jasper. »Ein Kumpel von mir ist auf die Arkansas State gegangen.«

»Da haben meine Eltern auch studiert.«

»Ich will unbedingt mal wieder nach Hardy und dort Antiquitäten shoppen«, warf Addie ein. »Die haben wundervollen alten Kram. Das ist doch ganz in der Nähe von Jonesboro, oder?«

Brydie nickte. »Ungefähr eine Stunde entfernt.«

»Addie hat selbst einen Laden in Eunice«, sagte Neil. »Er steht voll mit aufgemöbeltem Einrichtungszeug und Krimskrams aller Art.«

»Ich war noch nie in Eunice«, sagte Brydie.

»Oh, dann besuchen Sie uns mal! Jederzeit gern«, schlug Jasper vor. »Nehmen Sie Ihren Doktor mit, dann macht er auch mal 'ne Pause.«

»Der Doktor«, Nathan rieb sich den Bauch, »braucht jetzt

was in den Magen. Ich kann mich kaum noch an meine letzte Mahlzeit erinnern.«

»Ich hab' euch einen Fenstertisch reserviert!« Neil stürmte schon davon, Nathan und Brydie folgten.

»Schön, Sie kennengelernt zu haben«, rief Addie ihr nach.

Der Restaurantbesitzer führte sie zu einem Fenstertisch nahe des Eingangs, von wo aus sie einen tollen Blick über die Straße hatten. »Ich schicke gleich einen Kellner«, sagte er. »Ruft mich, wenn ihr was braucht.«

»Danke«, sagte Nathan. »Echt nett von dir.« Er setzte sich seufzend.

»Danke«, rief ihm auch Brydie hinterher.

Als sie wenig später die Speisekarten vor sich liegen hatten, sah Brydie verlegen zu Nathan. Er sah immer noch recht müde aus, aber nicht mehr ganz so erschöpft wie vorhin. Sie war ein wenig verunsichert, dass er vorhin so schnell das Thema gewechselt hatte, als Jasper sie nach Eunice eingeladen und von »ihrem Doktor« gesprochen hatte. Sie wollte es sich jedoch nicht anmerken lassen, das war albern. »Kannst du was empfehlen?«, fragte sie.

Nathan sah von seiner Karte auf. »Hier schmeckt alles richtig gut. Die Spezialität ist Seewolf.«

Brydie rümpfte die Nase. Sie mochte Seewolf nicht so gern. »Ich dachte eher an das Huhn in Parmesan und einen schönen Weißwein.«

»Klingt gut.« Nathan klappte die Speisekarte zu und reichte sie dem beflissenen Kellner, der wie aus dem Nichts aufgetaucht war. »Ich glaub', ich nehme dasselbe. Und dazu eine Flasche Viognier?«

»Deine Freunde machen einen netten Eindruck«, sagte Brydie, als der Kellner die Bestellung aufgenommen hatte.

»Ja, die sind wirklich nett. Ich wusste gar nicht, dass Addie und Jasper in der Stadt sind. Du wirst die beiden mögen, wenn du sie erst näher kennenlernst. Jasper und Warren haben mir mit dem Haus meiner Großeltern geholfen. Jasper und Addie haben ungefähr fünf Hunde. Ihre Farm ist eher eine Tierrettungsstation.«

»Ich hätte meine Hundekuchen erwähnen sollen.«

»Ja, hättest du.« Nathan lächelte sie zum ersten Mal an, seitdem sie im Restaurant waren. »Apropos, ich muss neue bestellen. Wir haben fast keine mehr.«

»Das hat mir Myriah schon gesagt. Ich hab' extra ein paar mehr gemacht, als ich für Mary Ann und Fred gebacken habe. Ich kann dir also bei Gelegenheit welche bringen.«

»Die bezahl' ich dir natürlich.«

»Selbstverständlich nicht!« Brydie tat entrüstet. »Sieh's als Dankeschön dafür, dass du mir die beiden Aufträge vermittelt hast! Ich hatte übrigens vorher noch nie ein Haustier«, plapperte sie weiter. »Mir war gar nicht klar, dass Menschen ihre Hunde wie Kinder behandeln.«

»Irgendwie verstehe ich das auch«, sagte Nathan. »Wir hatten immer Hunde, als ich ein Kind war. Was es heißt, für ein anderes Wesen zu sorgen, hab' ich erst mit Sasha gelernt. Ich habe noch nie eine Geburtstagsfeier für sie veranstaltet, aber sie hat ihre eigene Betthälfte, wie ich zugeben muss.«

»Als ich Teddy das erste Mal sah, war ich zuerst gar nicht begeistert«, erzählte Brydie. »Ich fand ihn hässlich, und er roch ziemlich eklig. Mittlerweile ist er mir ans Herz gewachsen.«

»Mrs. Neumann hängt auch sehr an ihm«, sagte Nathan. »Sie hat sich große Sorgen um ihn gemacht, als sie ins Heim musste. Du hast ihr da wirklich geholfen.«

Brydie überkamen Schuldgefühle. Sie hatte die Verantwortung zuerst gar nicht so ernst genommen. Eigentlich war ihr auch nicht vordergründig daran gelegen gewesen, Pauline zu helfen. Sie hatte den Deal angenommen, weil sie pleite und so gut wie obdachlos gewesen war.

»Ich finde, du machst das richtig gut.« Nathan schenkte ihr ein Lächeln, das sie direkt ins Herz traf. »Das Einzige, was Hunde wirklich brauchen, sind Aufmerksamkeit und Zuwendung. Und man sollte sie nicht allzu lange alleine lassen. Manchmal fühl' ich mich schuldig, weil ich Sasha so oft Myriah gebe. Aber die beiden kommen gut miteinander aus. Scheint also okay zu sein. Aber nach so einem langen Tag wie heute ist es trotzdem schön, nach Hause zu kommen. Sasha freut sich jedes Mal dermaßen!«

»Oh ja, das hat man gesehen«, sagte Brydie. »Teddy ist schon zu alt und viel zu dick, um hochzuspringen. Aber er begrüßt mich immer an der Tür. Und er folgt mir die ersten paar Stunden nach Feierabend überall hin.«

»Das macht Sasha auch. Sie scheint immer zu wissen, wann ich einen schlechten Tag hatte.«

»War heute ein schlechter Tag?«

Nathan starrte auf die Tischplatte. Eine Weile sah er nicht auf. Dann kam der Kellner mit dem Wein und schenkte ihnen ein. Für die Pause war Nathan offenbar dankbar, denn dann sagte er schließlich mit einem angedeuteten Lächeln: »Heute war ein schlechter Tag. Der Job in der Notaufnahme kann ganz schön hart sein.«

»Das glaub' ich«, sagte Brydie. »Jeden Tag diese lebenswichtigen Entscheidungen!«

»Manchmal träume ich davon, meine eigene Praxis zu eröffnen«, erzählte Nathan. »Aber mittlerweile kann ich ohne den Stress gar nicht mehr sein.«

Brydie wusste nicht, was sie darauf erwidern sollte, beim Backen gab es eher selten lebensbedrohliche Momente. Manchmal regte sich eine Mutter auf, wenn die Geburtstagstorte für ihr Kind eine Minute zu spät auf der Feier ankam. Manchmal trennten sich Braut und Bräutigam vor der Hochzeit, und dann saß man da mit der riesigen Hochzeitstorte. Aber das waren nur miese Vergleiche angesichts der erfolgreichen oder misslingenden Versuche, jemandem das Leben zu retten. Sie kannte sich allerdings damit aus, einen eigenen Laden zu führen. »Selbstständig zu sein war auch ganz schön anstrengend, aber auf andere Art als jetzt, wo ich mir wegen Vorgesetzten und Kunden den Kopf zerbrechen muss.«

»Vermisst du deinen eigenen Laden?«

Brydie zuckte mit den Schultern. »Manchmal. Ich vermisse es, selber bestimmen zu können. Aber ich hab' auch echt nette Leute bei ShopCo kennengelernt.«

»Es ist gut, wann man sich mit seinen Kollegen versteht«, warf Nathan ein.

»Ich hab' sie an Thanksgiving zu mir zum Essen eingeladen«, sagte Brydie. »Mein Chef ist ein wenig eigen, aber ich glaub', insgeheim hat er sich doch über die Einladung gefreut.«

»Ich verbringe den Feiertag normalerweise in der Notaufnahme.« Nathan seufzte.

»Hast du dieses Jahr auch Dienst?«, fragte sie.

Er schüttelte den Kopf. »Nur Rufbereitschaft. Dieses Jahr bin ich ja nicht mehr der Neue.«

Brydie knabberte an ihrer Unterlippe. Wäre es komisch, ihn zu sich einzuladen? Würde er nur zusagen, weil er sich dazu verpflichtet fühlte? »Außer meinen drei Kollegen«, setzte sie vorsichtig an, »kommen auch meine beste Freundin Elliott und ihre Familie zu meinem Thanksgiving-Dinner.

Wie wär's, willst du uns Gesellschaft leisten?«

»Ich will aber nicht stören.« Nathan sah sie an.

»Du störst uns nicht! Wieso solltest du?«

»Gut, dann komm ich gern«, sagte er. »Soll ich was mitbringen?«

»Nur dich. Und Sasha, wenn du willst.«

Als das Hühnchen auf den Tellern vor ihnen lag, nahm Nathan seine Gabel und lächelte Brydie an. »Ehrlich gesagt, war ich vorhin hundemüde, als ich nach Hause kam. Ich dachte schon, ich müsste unsere Verabredung absagen. Aber als ich dich in diesem Kleid sah, konnte ich das einfach nicht. Nach dem stressigen Tag heute wollte ich eigentlich nur noch schlafen, aber jetzt bin ich wirklich froh, dass wir hier sind. Du hast meinen Tag gerettet.« Als Brydie lächelte, trank er einen Schluck Wein und gestand dann: »Ich wollte erst nicht ausgehen, weil ich heute einem zwölf Jahre alten Mädchen sagen musste, dass seine Eltern gestorben sind.«

Brydie sah auf. »Was? Oh Gott!«

»Es gab einen Autounfall auf der Memphis-Arkansas Bridge. Das Auto, in dem die Eltern des Mädchens saßen, wurde mit so großer Wucht gerammt, dass es unter einen Sattelschlepper gedrückt wurde«, erzählte Nathan betrübt. »Sie waren auf dem Weg, die Tochter von einer Tante in Southaven abzuholen.«

»Wie fürchterlich!«

»Es war fürchterlich.« Nathan sah auf seinen Teller und begann, auf dem Tisch herumzutrommeln. »Ich konnte nichts mehr tun. Als sie im Krankenhaus ankamen, war schon jede Hoffnung verloren.«

»Dich trifft keine Schuld.« Brydie langte über den Tisch und griff nach seiner Hand.

»Nein, ich weiß«, sagte Nathan. »Aber die Schicht war

schon so lang gewesen. Ich wollte nur noch nach Hause. Aber ich musste da durch und es dem Mädchen beichten.«

»Ich bin sicher, dass du das gut gemacht hast.«

»Nein, hab' ich nicht«, sagte Nathan. »Das ist es ja. Deshalb fühl' ich mich so beschissen! Ich hatte nicht geschlafen, ich war ... *so* erschöpft! Ich war nicht so einfühlsam, wie ich hätte sein sollen. Ich hab' mich nicht zu ihr gesetzt, ihre Hand gehalten ... Ich habe es ihr bloß gesagt und bin dann gegangen. Ich hab' sie einfach bei ihrer Tante stehen lassen.«

»Das tut mir leid.«

»An diese Nacht wird sie sich ihr Leben lang erinnern können«, sagte Nathan. »Sie wird sich an mein Gesicht erinnern und an meine Worte. Ich bin der Aufgabe nicht gerecht geworden.«

»Sei nicht so hart zu dir«, murmelte Brydie. »Man hat nicht immer die perfekten Worte parat. Das Mädchen wird sich daran erinnern, dass du ihre Eltern zu retten versucht hast. Das zählt auch, weißt du?«

Nathan drückte ihre Hand, zog seine dann aber zurück. »Genau deshalb bin ich froh, dass ich vorhin nicht gleich ins Bett gegangen bin. Danke.«

»Hey, gern geschehen.« Brydie konnte das Gefühl nicht gleich einordnen, es war schon so lange her, dass sie jemand anderen glücklich gemacht oder getröstet hatte. In letzter Zeit war sie sich eher wie eine Last vorgekommen. Sie war ihrer Mutter eine Last gewesen, und Elliott auch, manchmal war es ihr so vorgekommen, als würde sie allen ihren Mitmenschen zur Last fallen. Aber heute Abend, wie sie diesem gut aussehenden Arzt mit den unglaublichen Locken in ihrem roten Kleid gegenübersaß, kam sie sich nicht mehr wie eine Last vor. Vielleicht hatte sie sogar mehr zu geben, als sie verloren hatte.

27. Kapitel

Thanksgiving war in nur knapp einer Woche, und das Wetter in Memphis sah auch genau so aus. Graue Wolken hingen tief am Himmel, und es wehte ein scharfer Wind. Für die meisten ein guter Anlass, drinnen zu bleiben, aber Brydie liebte dieses Wetter. Teddy allerdings schien gar nicht begeistert, sie musste ihn den ganzen Weg vom Auto bis ins Heim tragen.

Brydie war genauso aufgeregt wie Teddy, gleich Pauline wiederzusehen. Was würde sie nach ihrer letzten Begegnung erwarten? Pauline hatte kaum ein Wort mehr mit ihr gesprochen, nachdem die alte Dame ihr gesagt hatte, sie solle sich vom Keller fernhalten. Die Empfangsdame war längst nicht mehr da gewesen, dafür aber Dr. Sower, die Brydie unmissverständlich klargemacht hatte, dass sie ihr die Geschichte nicht abkaufte, Nathan hätte seine Erlaubnis erteilt. Brydie musste ihr versprechen, Pauline nie wieder irgendwohin mitzunehmen.

Sie wollte beide Versprechen halten. Obwohl das Versprechen, den Keller nicht mehr zu betreten, schwerer zu halten sein würde.

Brydie und der Mops standen am Empfang. Seit sie angekommen waren, telefonierte die Dame am Empfang ununterbrochen.

»Dr. Sower kommt gleich«, sagte die Rothaarige, als sie endlich den Hörer auflegte. »Setzen Sie sich doch, wenn Sie wollen.«

Brydie kräuselte die Stirn. »Warum? Was ist los? Ist Mrs. Neumann krank?«

»Dr. Sower wird gleich hier sein«, bekam sie nur zur Antwort.

Brydie führte den Hund vom Empfang weg, ließ sich auf eins der Sofas plumpsen und starrte aus einem der Fenster zum Hinterhof. Es war trotz des grauen Wetters nicht allzu kalt, der Wind schien sich sogar gelegt zu haben. Auf dem Hof tummelten sich ein paar Pfleger und Heimbewohner, einige gingen spazieren, andere saßen auf Bänken. Brydie sah sich um und hoffte, Pauline draußen zu entdecken. Aber die alte Dame war nirgends zu sehen. Sie merkte kaum, dass Dr. Sower sich neben sie gesetzt hatte.

»Ms. Benson?«

Sie zuckte zusammen und zog dabei aus Versehen an Teddys Leine. Er röchelte genervt. Hastig tätschelte sie ihn und sagte: »Entschuldigen Sie, Frau Doktor, ich hab' Sie gar nicht kommen hören.«

»Macht nichts«, sagte Dr. Sower und lockte Teddy zu sich. »Es tut mir leid, dass man Sie nicht benachrichtigt hat.«

»Was ist denn los?« Brydie spürte, wie die Angst in ihr hochkroch. »Geht es Mrs. Neumann gut? Draußen kann ich sie nicht sehen.«

»Sie hatte letzte Nacht einen Anfall.«

»Was für einen Anfall?«

Dr. Sower gab ihr mit einem Nicken zu verstehen, sich zu gedulden. »Das Atmen fiel ihr schwer. Wir mussten ihr Sauerstoff geben. Sie hatte Angst und musste ein Beruhigungsmittel bekommen. Derzeit ruht sie sich aus. Bislang müssen wir ihr immer noch Sauerstoff geben, und ich fürchte, dass das vielleicht auch langfristig der Fall sein wird.«

»Kann ich sie sehen?« Bei dem Gedanken, wie Mrs. Neumann allein und verängstigt auf ihrem Zimmer lag, kamen Brydie fast die Tränen.

»Heute nicht«, sagte die Ärztin. »Sie braucht ihre Ruhe.«

»Aber Teddy macht sie doch so glücklich«, wandte Brydie ein. »Sie freut sich immer so auf unseren Besuch!«

»Ich weiß.« Die Ärztin sah sie voller Mitgefühl an. »Selbst wenn sie wach wäre, was sie nicht ist, dann wäre sie sehr erschöpft. Ich glaube nicht, dass sie sich gerade an irgendetwas erfreuen würde.«

»Warum hat mir denn niemand Bescheid gesagt?«

Dr. Sower lehnte sich zurück und verschränkte die Hände im Schoß. »Mrs. Neumann hat uns zwar die Erlaubnis erteilt, Ihnen einige medizinische Informationen zu geben«, erklärte sie. »Wir sind aber nicht verpflichtet, Sie von jedem einzelnen Vorfall zu unterrichten. Sie sind keine Familienangehörige.«

Brydie schwieg. Natürlich wusste sie, dass sie keine Familienangehörige war. Sie war ja kaum mit Pauline befreundet, sondern nur die Hundesitterin. Sie wohnte in dem Haus der alten Dame und passte auf ihren Hund auf, bis … ja, bis was? Bis Mrs. Neumann das Zeitliche segnete? Brydie hielt einen Moment inne. »Tut mir leid«, murmelte sie schließlich. »Ich wollte nicht unhöflich sein. Sie sind natürlich nicht verpflichtet, mich anzurufen. Ich wünschte nur, Sie hätten mich angerufen. Das ist alles.«

Dr. Sower tätschelte ihr den Arm. »Wissen Sie, was? Ein Vorschlag: Wir rufen Sie an, wenn wir meinen, dass Pauline Sie braucht. Sie müssten *uns* allerdings diese Entscheidung überlassen.«

»Einverstanden. Wird sie sich denn erholen?«

»Ich glaube, schon«, sagte die Ärztin. Dann fügte sie hinzu: »Wenn Sie noch ein wenig Ruhe bekommt.«

Brydie nickte und erhob sich. »Ah, Moment ...« Sie zog umständlich eine Tüte mit Hundekuchen aus ihrer Handtasche hervor. »Die hab' ich für Sie gemacht. Beziehungsweise für Ihre Hunde.«

Dr. Sowers Augen leuchteten auf. »Danke! Da werden sich Rufus und Oliver freuen!«

»Nächste Woche bringe ich Ihnen noch welche, falls Mrs. Neumann bis dahin wieder Besuch empfangen kann.«

»Bestimmt kann sie das in ein paar Tagen.«

Brydie zog sanft an Teddys Leine. »Komm, Kumpel.«

Der Mops erhob sich behäbig und schickte sich an, zum Flur zu wackeln, wo das Zimmer seines Frauchens lag.

»Nein, heute nicht«, sagte Brydie.

Teddy jaulte auf. Stocksteif stand er da und bewegte sich keinen Deut.

»Er weiß, dass wir hier sind, um sie zu besuchen«, sagte Brydie hilflos, beugte sich zu ihm hinunter und kraulte ihm tröstend das Kinn. »Können wir sie nicht doch sehen? Nur einen kurzen Augenblick? Ich hab' die Decken mitgebracht, die sie haben wollte. Ich möchte sie ihr gern selber geben.« Sie sah die Ärztin flehend an.

Dr. Sower seufzte. »Okay, aber nur ganz kurz. Dass sie Ruhe braucht, war mein voller Ernst.«

»Versprochen.«

Brydies Freude erstarb, als sie die alte Frau im Bett liegend vor sich erblickte, in mehrere Decken gehüllt, nur ein Fuß schaute heraus. Man konnte die blauen Venen an ihrem Bein sehen, wo der Strumpf heruntergerutscht war. Pauline war blass, sehr blass. Schläuche ragten aus ihren Nasenlöchern, die Ärmste war an eine Sauerstoffmaschine neben dem Bett angeschlossen.

Als Brydie sich bückte, um Teddys Leine zu lösen, legte ihr die Krankenschwester, die hinzugetreten war, eine Hand auf den Arm und sagte: »Er darf nicht auf sie draufspringen, in Ordnung?«

»In Ordnung«, sagte Brydie. »Darf er neben ihr auf dem Bett sitzen?«

»Natürlich«, murmelte Pauline matt, bevor die Schwester etwas erwidern konnte, die von der Idee nicht begeistert schien. »Hoch mit ihm!«

Brydie nahm ihn auf und setzte ihn sachte ab, wobei sie die zusammengekniffenen Lippen der Schwester ignorierte. »Sei lieb«, sagte sie mit gespielter Strenge.

Teddy leckte über Paulines Hand und machte es sich dann neben ihr auf dem Bett bequem. Er schien zu merken, dass es seinem Frauchen nicht gut ging. Pauline strich ihm über den Kopf und wandte sich dann an Brydie. »Was sehen meine entzündeten Augen da?«

»Ich hab' Ihnen die Decken mitgebracht, die Sie wollten.« Brydie zwang sich zu einem aufmunternden Lächeln. Paulines Augen waren gerötet. Sie sah überhaupt sehr krank aus. »Wie geht es Ihnen?«

Pauline klopfte ein paar Mal leicht mit der Faust gegen die linke Brustseite. »Die alte Pumpe schlägt noch. Ich vermute also, ich bin noch am Leben. Ich bin gestern aufgewacht und fühlte mich kerngesund«, erzählte sie weiter. »Und dann, dann konnte ich plötzlich nicht mehr atmen. Seitdem hänge ich an diesen Schläuchen.« Sie deutete in die Richtung des Sauerstoffgeräts.

»Das tut mir so leid!«

»Das braucht es nicht«, sagte Pauline. »So ist das, wenn man älter wird.«

Brydie mochte Paulines positive Art. Sie wusste, dass die alte Dame sich für sie und Teddy zusammenriss, aber ihre wässrigen Augen verrieten sie. Sie war müde und, so kam es Brydie jedenfalls vor, auch ein wenig ängstlich. »Donnerstag ist Thanksgiving«, versuchte sie es mit einem unverfänglichen Thema. »Ich dachte, ich könnte Ihnen was von meinem Festtagsdinner vorbeibringen und das mit einem Besuch von Teddy verbinden.«

»Da sage ich doch nicht Nein.« Pauline lächelte. »Hier gibt es auch ein Festtagsdinner. Aber das wird bestimmt nicht so gut wie Ihres.« Sie ließ eine Hand auf Teddys Kopf sinken. »Und ich freue mich immer über den kleinen Schatz.«

»Gut!« Brydie klatschte leicht in die Hände. »Also abgemacht.«

»Oh, und bringen Sie doch Dr. Sower noch mehr von den Hundekuchen mit. Seit letzter Woche schwärmt sie ununterbrochen davon.«

Brydie lächelte. »Das mache ich.«

»Diese Ärztin ist fantastisch«, schwärmte Pauline. »Aber wir alle vermissen Dr. Reid, wenn er nicht hier ist.« Sie sah Brydie an und zwinkerte ihr unmissverständlich zu. »Haben Sie ihn in letzter Zeit gesehen?«

Brydie räusperte sich und sah verstohlen zu der Krankenschwester, die noch immer im Zimmer war. Sie würde in Hörweite der Schwester nichts erzählen. Das Letzte, was sie wollte, waren Gerüchte über sie und Nathan, die erst im Heim die Runde machten und dann im Krankenhaus. Und sicher schließlich auch bis zu Nathan dringen würden. »Ich hab' ihn kurz bei uns in der Gegend gesehen«, sagte sie so beiläufig wie möglich.

»Oh, war es geplant?«

»Wir, äh, haben uns auf einen Kaffee im Hundepark getroffen.« Sie warf der Schwester einen Seitenblick zu, die auf einmal ganz Ohr schien, zu ihnen getreten war und so tat, als hätte sie am Sauerstoffgerät etwas einzustellen.

»Das klingt gut!« Pauline klatschte nun ihrerseits in die Hände. »Sie sollten ihn zu Thanksgiving einladen!«

»Ich denk' darüber nach«, sagte Brydie und spürte den Blick der Schwester auf sich.

»Ich hab' so viele schöne Thanksgiving-Feiern erlebt«, erzählte Pauline. »Viele davon in dem Haus, in dem Sie jetzt wohnen.«

Brydie fiel ein, dass sie einfach mehrere Leute zur Thanksgiving-Feier in das Haus eingeladen hatte, ohne die Besitzerin vorher um Erlaubnis zu fragen. Sie zuckte bei dem Gedanken zusammen. »Würde es Ihnen etwas ausmachen, wenn ich ein Thanksgiving-Dinner bei … bei Ihnen im Haus geben würde?«

»Ja, wo denn sonst?«

»Es tut mir leid, ich hätte Sie früher fragen sollen.«

»Solange Sie die Küche nicht abfackeln«, scherzte Pauline, »macht es mir nicht das Geringste aus.«

»Ich hab' mal einen Ofen in Brand gesetzt«, gestand Brydie. »Aber eine Küche abzufackeln, das habe ich noch nie geschafft.«

»Dann bin ich hier wohl die Einzige.«

»Die eine Küche abgefackelt hat?«

»Ach, Schätzchen, ein ganzes Haus«, sagte Pauline, und in ihren Augen stand plötzlich ein verdächtiges Glitzern. »Ich hab' tatsächlich ein ganzes Haus abgefackelt.«

Mittlerweile hatte die Schwester sich einen Stuhl herangezogen und saß neben Brydie. Zum Glück tat sie nicht länger so, als würde sie der Unterhaltung nicht lauschen. »Sie haben ein Haus abgebrannt?«, fragte die Pflegerin jetzt mit schriller Stimme.

Pauline nickte. »1963. Es war mein erstes Thanksgiving mit Bill.«

»Wer ist Bill?«, fragte die Schwester.

»Ihr dritter Ehemann«, erklärte Brydie, bevor Pauline etwas sagen konnte.

»Ja, mein dritter Ehemann«, wiederholte Pauline. »Wir waren gerade in dieses wunderschöne kleine Haus gezogen, gegenüber von dem seiner Eltern. Seine Mutter, Fredna, wollte bei sich zu Hause Thanksgiving feiern. Aber ich hab' darauf bestanden, dass wir bei uns feiern. Ich wollte ihr beweisen, dass ich kochen und meinen Mann und seine Familie bewirten kann.«

»Stattdessen haben Sie das Haus abgebrannt?«, fragte Brydie.

»Pst ... lassen Sie sie erzählen!«, raunte die Schwester und legte den Zeigefinger an den Mund.

»Ich wollte beweisen, dass ich eine gute Ehefrau bin«, erzählte Pauline weiter. »Ich war ja bereits zweimal geschieden. Und Mrs. Fredna Forrester war ganz und gar nicht davon angetan, dass ihr einziger Sohn keine anständige Frau geheiratet hat.« Pauline lächelte verschmitzt. »Die Wahrheit aber war, dass ich nicht mal Wasser kochen konnte. Und Bill, Gott hab ihn selig, wusste das. Eine ganze Woche lang hat er versucht, mich davon abzubringen, Thanksgiving bei uns zu feiern. Aber ich war fest entschlossen. Ich hatte immer meinen eigenen Kopf, wissen Sie?«

»Da hat sich nichts geändert, Mrs. Neumann.« Die Krankenschwester lächelte. »So wie mit Ihnen musste ich mich noch mit niemandem wegen des Sauerstoffgeräts streiten.«

»Und stellen Sie sich vor, meine Schwiegermutter war noch halsstarriger«, fuhr Pauline fort. »Sie kam an dem Tag zu uns und *erwartete* geradezu, enttäuscht zu werden! Aber ich hatte ein perfektes Dinner zubereitet. Und zum allerersten Mal in meinem Leben – ich kannte Fredna ja schon mein ganzes Leben lang – hat sie mir Komplimente gemacht. Ich war so stolz, dass ich die Bohnen auf dem Herd vergaß. Ich hab's erst gemerkt, als es anfing zu riechen. Aus der Küche schlugen schon Flammen. Es ging ganz schnell, und plötzlich stand das ganze Haus in Flammen. Es brannte wie Zunder.«

»Oh Gott!«, rief die Krankenschwester entgeistert.

»Wir haben alles verloren«, murmelte Pauline gequält. »Bill und ich hatten nichts mehr, nur uns. Fredna hingegen lamentierte nur über ihren neuen Nerzmantel, den sie von Bob, ihrem Mann, zum Hochzeitstag bekommen hatte. Er war pastellfarben, das war damals in Mode, und wahnsinnig teuer. Sie hat mir als Erstes gesagt, dass ich ihr gefälligst einen neuen kaufen soll.«

»Und? Haben Sie?«, wagte Brydie zu fragen.

»Natürlich nicht«, Pauline grinste schief. »Ich fand das Ding fürchterlich! Sie hat ihn bei dem Besuch nur getragen, um mich bei der Begrüßung zu ärgern. Selbst damals war das Tragen von Pelzen verpönt, und das hab' ich ihr auch jedes Mal gesagt.«

»Was ist dann passiert?«, wollte die Schwester wissen. »Also, nach dem Brand?«

»Wir sind vorübergehend zu meinen Eltern gezogen. Und dann haben wir bei Bills Eltern gelebt. Im folgenden Sommer bauten wir ein Haus außerhalb der Stadt. Und dann ... war ich ...« Pauline sprach nicht weiter.

»Und dann ...?«, bohrte Brydie.

Pauline wandte den Blick ab. Im Flüsterton sagte sie: »Ich bin müde.«

Wie aufs Stichwort stand die Krankenschwester auf und stellte den Stuhl zurück an den Tisch. »Mrs. Neumann braucht jetzt ihre Ruhe«, sagte sie. »Es ist besser, wenn Sie und der Hund jetzt gehen.«

»Geht's ihr gut?«, fragte Brydie. »Hat sie sich über irgendwas aufgeregt?«

Die Krankenschwester hob Teddy vom Bett, setzte ihn auf den Boden und strich die Laken glatt. »Sie ist sehr schnell erschöpft«, raunte sie. »Sie hat heute mehr geredet als sonst in einer Woche – so viel wie seit Ihrem letzten Besuch nicht mehr.«

»Okay.« Brydie seufzte und legte Teddy die Leine an. Sie wollte nicht gehen. War es egoistisch, dass sie mehr erfahren wollte? War der Mann auf den Bildern, die sie gefunden hatte, Bill? Was war in der Truhe? Was war Bill zugestoßen – hatte er Pauline mit einer anderen betrogen, so wie Allan? War er auch eines Tages nach Hause gekommen und hatte seiner Frau gesagt, dass er sie nicht mehr liebte? Brydie wollte unbedingt Antworten haben!

Sie warf einen Blick auf Pauline, die mit geschlossenen Lidern vor ihr lag. Brydie konnte nicht sagen, ob sie wach war. Sie beobachtete, wie sich der Brustkorb der alten Dame kaum merklich hob und senkte. Als sie merkte, dass ihre Anwesenheit nicht länger erwünscht war, nahm sie Teddy Roosevelt mit aus dem Zimmer und machte sich auf den Heimweg.

28. Kapitel

Nie zuvor war der Supermarkt so überfüllt gewesen. Es war Mittwochabend, kurz vor Thanksgiving, und die Leute stürmten durch den Laden, griffen und grapschten nach Produkten, als sei die Zombie-Apokalypse angebrochen und als könnten nur tiefgefrorener Truthahn und Semmelbröselpackungen sie vor den Horden der Untoten retten. Hoffentlich blieb noch etwas für sie übrig, wenn ihre Schicht zu Ende war, erst knapp die Hälfte war um.

Am Montag hatte Brydie den Truthahn und die Zutaten für ihre Lieblingsfüllung besorgt. Nur mit dem frischen Obst und Gemüse hatte sie bis jetzt gewartet. Vielleicht war das ein Fehler gewesen.

»Mach dir keine Sorgen.« Rosa schloss den Deckel einer Plastikdose, in die sie sechs Cupcakes mit Truthahnmotiv gepackt hatte. »Es wird genug da sein. Sie legen immer was für die Angestellten zurück.«

»Da bin ich aber beruhigt«, sagte Brydie. »Bislang sind es sieben Gäste, mich nicht mitgerechnet. Ich hab' schon lange nicht mehr für so viele Leute gekocht.«

»Brauchst du Hilfe?«

»Im Ernst?«, fragte Brydie.

»Klar. Lillian und ich helfen dir gerne.«

»Das wär' zu schön«, antwortete Brydie erleichtert.

»Wir haben vor der Arbeit einen Kirschkuchen und ein Parfait aus Fruchtjoghurt gemacht. Das bringen wir mit. Und wir stehen dir beim Kochen zur Seite, wo immer du uns brauchst.«

Ohne groß darüber nachzudenken, umarmte Brydie die Kollegin. »Du bist toll!««

»Keine Ursache, das machen wir doch gern.« Rosa strich Brydie über die Wange. »Jetzt lass uns lieber arbeiten, bevor Joe reinplatzt und uns in einer fetten Umarmung erwischt. Er hasst Umarmungen.«

Brydie kicherte. »Wundert mich nicht.«

»Das ist ein Grund, warum er und Lillian sich so gut verstehen«, sagte Rosa. »Nicht dass du das falsch verstehst, Lillian ist auf ihre Art herzlich, eben so wie Joe.« Sie lächelte Brydie an, in deren Tasche ein Handy klingelte.

Mist! Schon zum dritten Mal an diesem Abend, dachte Brydie. Jedes Mal wenn sie nachsah, war es ihre Mutter. Seit sie von Allan und Cassandra erfahren hatte, hatte sie Telefonate mit Ruth kurz gehalten, aus Angst, dass die ihr noch mehr Details erzählte. Sie hatte die Gesprächsthemen aufs Immobiliengeschäft und das Backen von Hundekuchen beschränkt.

»Könnte ich früher in die Pause?«, fragte sie Rosa. »Meine Mutter ruft andauernd an. Ich mach' mir langsam Sorgen, dass was passiert ist.«

»Klar doch«, sagte Rosa. »Lass dir Zeit.«

Brydie zog das Handy hervor und wählte die Nummer ihrer Mutter, während sie in den Pausenraum eilte. Als Ruth abhob, sagte sie: »Mom? Alles in Ordnung? Du hast dreimal angerufen, ich mach mir Sorgen!«

»Was?«, fragte ihre Mutter erstaunt. »Nein, alles in bester Ordnung.«

Brydie nahm das Handy vom Ohr und starrte auf das Gerät. Am liebsten hätte sie aufgelegt. Aber gut.

Sie hielt es wieder ans Ohr. »Du weißt doch, dass ich auf der Arbeit bin!«

»Jetzt werd doch nicht gleich komisch«, sagte ihre Mutter. »Ich wollte nur fragen, wann du morgen kommst.«

»Wer sagt denn, dass ich an Thanksgiving nach Haus komme?«

»Ich dachte, du …«

»Warum denkst du das?«

»Weil du meine Tochter bist und die letzten dreiunddreißig Jahre Thanksgiving bei mir verbracht hast.«

Brydie seufzte. Dieses Gespräch war sinnlos. »Ich komme dieses Jahr nicht nach Hause, Mom. Ich arbeite bis morgen früh' und dann hab' ich Freunde zu mir zum Essen eingeladen.«

»Diesen Arzt?«, fragte Ruth Benson.

»Er ist auch da, ja.«

»Perfekt!«, rief ihre Mutter begeistert. »Wann sollen Roger und ich bei dir sein?«

»Wer ist Roger?«, fragte Brydie. »Und was bitte …«

»Wenn du nicht zu mir kommst, dann komm' ich zu dir. Ist doch klar.« Diesmal war es Ruth, die ihre Tochter unterbrach.

Brydie fehlten die Worte. Ihre Mutter hatte Thanksgiving in den letzten Wochen kein einziges Mal erwähnt. Ganz sicher, damit sie sich keine Ausrede zurechtlegen konnte, eine

Ausrede, warum Mutter und Tochter nicht zusammen den Feiertag verbringen sollten. Sie gab sich einen Ruck.

»Wir ... essen um sechs.«

»Wunderbar. Roger freut sich, dass du ihn eingeladen hast.«

Nachdem sie vereinbart hatten, dass sie ihrer Mom morgen noch die Wegbeschreibung durchgeben würde, legte Brydie auf und steckte das Handy zurück. Ruths Verhalten war nicht sonderlich überraschend. Vielleicht, weil es schon ein Jahr her war, dass sie zusammengelebt hatten. Vielleicht auch, weil sie einfach zu beschäftigt gewesen war, um groß darüber nachzudenken. Jetzt aber dachte sie darüber nach. Sie dachte darüber nach, wie sie ihrer Mutter Nathan vorstellen sollte. Sie verzog das Gesicht. Keine vierundzwanzig Stunden mehr, um sich vorzubereiten. Und sie hatte keine Ahnung, wer Roger war.

Rosa behielt recht. Nachdem der Laden ausnahmsweise um sechs Uhr am folgenden Morgen schloss, gab es bei ShopCo alles und viel mehr, was man für Thanksgiving brauchte. Und alle Angestellten bekamen einen Schinken gratis. Nach dem Einkauf fuhr Brydie schnell nach Hause, um Teddy zu füttern und alles schon vorzubereiten, damit sie später noch eine Mütze Schlaf bekam, bevor es zu hektisch werden würde.

Der Mops sah sie neugierig an, als sie durch die Küche wirbelte. Er legte den Kopf schief, während sie am Herd mit den Töpfen und Pfannen klapperte und murmelnd Selbstgespräche führte.

»Glaubst du, ich bin verrückt?«, fragte sie. An ihren Händen klebte die Füllung für den Truthahn. »Ich komme mir echt verrückt vor!«

Teddy hechtete zu ihr, als ihr kleine Klumpen der Füllung auf den Boden kleckerten. Schnaufend leckte er die Fliesen ab. Brydie musste lachen. Sie machte sich gerade daran, ihr Chaos zu beseitigen, als es an der Tür klingelte. Es war erst elf Uhr, und Brydie war überrascht, als sie die Tür öffnete und ihre beste Freundin mit Mia auf dem Arm auf der Schwelle stand.

»Entschuldige, wenn ich schon störe«, sagte Elliott völlig aufgelöst und drängelte sich an ihr vorbei in den Flur. »Leo und ich haben uns fürchterlich gestritten. Er wollte eigentlich nicht arbeiten, aber dann hat er zwei Termine mit seinen Klienten gemacht. Zwei! Es ist verdammt noch mal Thanksgiving, und er macht Scheißtermine mit seinen Klienten!«

»Mommy!«, rief Mia entsetzt. »Mommy, das sagt man nicht.«

»Ich weiß«, sagte Elliott und setzte die Kleine ab. Sie rieb sich die Schläfen. »Tut mir leid. Geh und spiel mit Teddy, ja?«

»Okay.« Die Kleine wackelte davon.

»Alles in Ordnung?«, fragte Brydie und führte die Freundin ins Wohnzimmer. »Setz dich, sofort. Du siehst aus, als hättest du seit Tagen nicht mehr geschlafen.«

»Ich hab' Vorwehen«, quengelte Elliott und ließ sich aufs Sofa sinken. »Bei Mia hatte ich die nicht. Das ist furchtbar!«

»Du Ärmste.«

Elliott winkte ab. »Es ist so nervig, dass ich nur tagsüber schlafen kann, wenn überhaupt. Aber wenn Leo arbeitet und Mia wegen Thanksgiving diese Woche nicht im Kindergarten ist, bekomm' ich kaum Schlaf.«

Sehnsüchtig sah Brydie in Richtung Schlafzimmer. Sie hatte sich eigentlich noch etwas hinlegen wollen, bevor die Gäste kamen. Allerdings hatte sie glücklicherweise morgen frei. Und Elliott sah wirklich so aus, als bräuchte sie dringend Schlaf. »Warum legst du dich nicht bei mir ein bisschen aufs

Ohr?«, bot sie an. »Ich pass' auf Mia auf. Ich muss eh noch in der Küche werkeln.«

»Das ist wirklich toll von dir«, sagte Elliott, stand schon halb wieder, stützte sich auf der Sofalehne ab und watschelte zum Schlafzimmer.

»Mach dir keinen Kopf.«

»Bist du dir sicher ...?« Elliott sprach nicht weiter, sie war schon im Flur. »Weck mich in einer oder in zwei Stunden. Dann helf ich dir in der Küche.«

Brydie hatte nicht vor, sie zu wecken. Sie ging zum Fernseher und rief Mia und Teddy. »Was möchtest du sehen, Mia?«

Das Mädchen zuckte mit den Schultern. »Hast du ›Doc McStuffins‹?«

»Ich weiß noch nicht mal, was das ist.«

»Eine Trickserie, du Dummie«, schalt Mia und hockte sich vor den Fernseher. »Über einen Puppendoktor.«

»Hast du Hunger?«, fragte Brydie, als das Kind zwei Stunden später noch immer gebannt vor dem Fernseher saß.

»Mmmh.«

»Was magst du denn essen?«

Die Kleine sah sie an, und ein schelmisches Grinsen kroch über ihr Gesicht. »Meine Mommy schläft, oder?«

»Ja.«

»Kann ich einen Lolli haben?«

Brydie musste ein Lachen unterdrücken. »Ich hab' leider keine Lollis da. Aber Schokokekse. Möchtest du zwei haben?«

»Mit Milch?«

»Klar.« Brydie ging in die Küche.

Mia war wie eine Miniaturausgabe von Elliott. Sogar die Art, wie sie sprach. Sie hatte schon ein paar Mal beobachtet, wie die beiden diskutierten. Und es war normalerweise nicht von vornherein klar, wer am Ende die Oberhand behielt. Sie hatte sich oft gefragt, ob die Kinder, die sie mit Allan hätte haben können, eher nach ihr oder mehr nach ihm gekommen wären. Sie hatte gehofft, dass sie so aufgeschlossen sein würden wie er, unerschrocken Neues ausprobierten und offen ihre Meinung sagten. Ihre eigenen Abenteuer aber begannen und endeten lediglich in der Küche. Obwohl Allan sie immer ermuntert hatte, ihre Fühler auszustrecken.

»Lass uns Fallschirmspringen«, hatte er gesagt. »Lass uns ein altes Stockcar kaufen und Rennen fahren! Wir könnten auf dem Buffalo National River paddeln gehen!«

Sie hatten oft gestritten, weil sie seiner Meinung nach »nie irgendwas machen« wollte. Dabei stimmte das nicht. Sie wollte nur das, was er vorschlug, nicht machen. Als sie ihm vorschlug, sie könnten doch einen Wochenendausflug zu einem Winzer machen und zu einer Weinprobe gehen, hatte Allan gemotzt, dass sie Wein auch zu Hause trinken könnten. Als sie vorschlug, im Sommer für eine Woche an die Golfküste zu fahren, hatte Allan gesagt, die Bäche und Flüsse in Arkansas seien genauso gut wie der Ozean. Dabei hatte sie bis zum heutigen Tag nie das Meer gesehen.

Während Brydie die Kekse und die Milch vor Mia auf den Fußboden stellte, fragte sie sich, ob Cassandra mit Allan zusammen paddeln fahren würde und auf Stockcar-Rennen mit ihm ging. Vielleicht würden die beiden ganz zauberhafte und aufgeweckte Kinder bekommen. Bei dem Gedanken hätte es sie schütteln müssen, aber aus unerfindlichen Gründen blieb sie ruhig.

Sie hatte oft gedacht, dass die Scheidung womöglich zu vermeiden gewesen wäre, wenn sie und Allan Kinder bekommen hätten. Jetzt wurde ihr klar, dass das nicht stimmte. Das sagte sie sich nur immer, wenn es ihr besonders schlecht ging, wenn sie sich selbst die Schuld an allem gab, was zwischen ihnen vorgefallen war. Und selbst wenn sie verheiratet geblieben wären, was dann? Was, wenn sie ein Kind bekommen hätten, das haargenau so wäre wie Allan? Dann müsste sie nun ihr Leben lang fallschirmspringen und bungeejumpen und in dem blöden Grand Canyon klettern gehen.

»Breeidiie?« Mia sah zu ihr hoch. Brydie hockte noch immer neben ihr. »Magst du die Sendung?«

Brydie blinzelte gedankenverloren. »Was? Ach so. Ja. Die ist richtig gut.«

»Wenn ich groß bin, will ich Ärztin werden«, sagte Mia. »Aber nicht für Puppen, sondern für echte Menschen.«

»Echt?«

»Ja. Ich will Menschen aufschneiden!«

Brydie musste sich auf die Lippe beißen, um nicht loszuprusten. Dieses Kind war echt eine Marke! »Heut' Abend kommt ein Bekannter zu Besuch. Er ist Arzt. Den kannst du ausfragen.«

»Echt?« Mia stand auf. Dabei stieß sie die Tasse um, und die Milch ergoss sich über den Teppich. »Oh! Tut mir leid!«

»Macht nichts«, entgegnete Brydie. »Der Teppich ist zum Glück weiß. Das sieht keiner.«

Die Kleine klimperte mit den langen Wimpern und setzte hinzu: »Und ich bin aus Versehen auf einen Keks getreten.«

Gegen fünf Uhr roch das ganze Haus nach Thanksgiving. Und obwohl Brydie erschöpft war, freute sie sich auf die

Gäste und das Essen. Rosa und Lillian waren pünktlich um zwei zum Helfen da gewesen und hatten haufenweise Hallacas dabei.

Die drei Frauen waren schon in der Küche am Wirbeln, Mia stand auf einem Stuhl und betrachtete das Treiben, als Elliott gähnend aus dem Schlafzimmer kam.

»Wie lange hab' ich geschlafen?«

»Den ganzen Tag, Mommy!«, rief Mia und verdrehte die Augen.

Elliott sah auf die Uhr, die über dem Herd hing. »Ihr habt mich die ganze Zeit schlafen lassen? Ihr solltet mich wecken!«

»Ich hab' doch viele Helfer«, sagte Brydie und stellte die Frauen einander vor.

Rosa deutete auf Elliotts Schwangerschaftsbauch. »Wird das ein Junge?«

Elliott sah von Rosa zu Brydie. »Ja, woher wissen Sie das?«

Rosa trat näher und legte die Hände flach auf Elliotts Bauch. »Das Kind liegt tief. Ist es bald so weit? Stichtag nächster Monat?«

»Im Januar«, sagte Elliott. »Mitte des Monats.«

»Mich würde es nicht überraschen, wenn das Kind früher kommt«, sagte Rosa und machte sich dann wieder an den Abwasch. »Wird ein großer Junge.«

Elliott zog eine Augenbraue hoch und sah Brydie an.

Die lächelte nur und werkelte weiter. Als es an der Tür klingelte, hopste Mia von dem Stuhl und rief: »Ich mach' auf!«

»Nicht ohne mich!« Elliott ging ihr hinterher. Als die beiden zurückkamen, hatten sie Ruth Benson und einen Mann im Schlepptau, der Roger sein musste.

»Nur eine alte Frau und ein alter Mann«, nörgelte Mia enttäuscht.

»Mia!«, schalt Elliott ihre Tochter und lief rot an. »Was hab' ich dir gesagt? Erst denken, dann reden.«

Die Kleine zuckte mit den Schultern und streckte Rosa ihre Arme entgegen, damit diese sie zurück auf den Stuhl hob.

Brydie zwinkerte Mia zu und trocknete sich die Hände ab, bevor sie ihre Mutter begrüßte. »Hi, Mom«, sagte sie und ließ sich umarmen. »Schön, dass du da bist. Dass ihr da seid.«

»Der Verkehr war fürchterlich«, beschwerte sich Ruth. »Wie kannst du das bloß jeden Tag aushalten?«

»Wenn ich abends zur Arbeit fahre, ist weniger los«, sagte Brydie. Sie drehte sich zu dem Mann neben ihrer Mutter, stellte sich vor, und sie schüttelten sich die Hände.

»Danke für die Einladung«, sagte Roger.

»Freut mich. Das Essen ist frühestens in einer Stunde fertig. Aber es gibt Bier im Kühlschrank. Sie können gern fernsehen.«

»Ich habe …«, Roger hielt den Korb hoch, den er in der Hand hielt, »ich habe einen Bohnenauflauf gemacht. Den würde ich gern aufwärmen, wenn ich darf.«

»Roger ist ein guter Koch«, Brydies Mutter strahlte. »Er kocht fast jeden Abend für mich.«

»Wirklich?«, fragte Brydie. »Sind Sie auch Immobilienmakler?«

Roger schüttelte den Kopf. »Nein. Ich habe Ihre Mutter kennengelernt, als ich mein Haus verkaufen wollte. Ich bin Unternehmer.«

»Ich hab' wohl mehr zu bieten gehabt als nur mein Talent als Maklerin.« Ruth drückte seinen rechten Arm.

Brydie wollte die Augen nicht verdrehen und sagte stattdessen: »Dann kommt mit ins Wohnzimmer, dort könnt ihr die Mäntel ablegen. Es gibt leider keine Flurgarderobe.«

»Ich möchte aber nicht, dass sie herumliegen«, wandte Ruth ein.

»Gut«, sagte Brydie. »Dann leg sie in mein Schlafzimmer. Ich zeig es dir.«

»Was für ein schönes Haus.« Ihre Mutter folgte ihr auf den Fuß. »Könnte ein paar Modernisierungen vertragen, aber es ist erstaunlich gut in Schuss.«

»Leg sie einfach aufs Bett.« Brydie wollte schon gehen, da schüttelte ihre Mutter ungläubig den Kopf.

»Machst du dein Bett nicht, wenn du Besuch erwartest?«

»Das Bett war glatt. Aber dann hat sich Elliott hingelegt und es danach nicht wieder zurechtgemacht. Ist doch kein Weltuntergang, Mom.«

»Ihre Mia ist ein Schätzchen, nicht wahr?«

»Das ist sie.«

»Und jetzt erwartet deine Freundin also einen Jungen?«

»Ja.«

»Wissen sie schon, wie er heißen soll?«

Brydie zuckte mit den Schultern. »Ich glaube nicht.«

»Ich wünschte, du hättest auch ein Kind. Ich wäre so gern Großmutter!«

Brydie biss die Zähne zusammen. »Vielleicht darfst du ja bei Elliott und Leo die Oma ersetzen«, presste sie hervor. Dann kannst du ja bei ihnen ohne Einladung zu Thanksgiving auftauchen, dachte sie.

»Wo ist Leo? Ich kann ihn nirgends sehen.«

»Ich glaub', er hat einen Termin.«

»An Thanksgiving?« Ruth sah auf Teddy, der ins Zimmer getapst kam. Er schnaubte und machte so seinem Unmut über all die Menschen Luft.

»Dir reicht's, was?«, fragte Brydie ihn.

»Ist das der …«, setzte Ruth an und blickte auf den kleinen Mops zu ihren Füßen, »… Hund, den du hütest?«

Brydie nickte, bückte sich und kraulte Teddy den Kopf. »Darf ich vorstellen: Das ist Teddy Roosevelt.«

»Ich weiß nicht recht, ist der süß oder hässlich?«

»Das ging mir am Anfang auch so. Aber er ist sehr liebenswert.«

»Ich hab' mal ein Haus verkauft für ein Ehepaar, das vier oder fünf von diesen Hunden hatte«, erzählte Ruth. »Es hat Stunden gedauert, bis das Haus zur Besichtigung wieder vorzeigbar war. Überall diese Hundehaare!«

»Ja, die Haare«, sagte Brydie. »Aber es sind gar nicht so viele. Ich gehe einmal am Tag mit der Fusselbürste drüber, dann ist es gut.«

Sie war erleichtert, als sie die Türklingel hörte. Sie wünschte, ihre Mutter würde sich entspannen und beginnen, sich zu amüsieren, anstatt so viele Fragen zu stellen und Teddy zu beleidigen. Doch so war ihre Mutter nun mal. Und sie beide hatten sich schließlich seit Monaten nicht zu Gesicht bekommen.

»Ich geh' schon«, rief sie laut in Richtung Küche.

Doch Mia war ihr bereits zuvorgekommen, im Flur standen Nathan und Sasha, hinter ihnen Joe und … Myriah! Brydie zog die Augenbrauen zusammen. Sie konnte sich nicht daran erinnern, dass er gesagt hätte, er würde seine Hundesitterin mitbringen.

Joe drängte sich an Nathan vorbei und hielt ihr eine Auflaufform entgegen. »Hier«, sagte er in seinem gewohnt ruppigen Tonfall. »Dachte, du könntest einen Pie gebrauchen. Aber offensichtlich ist das nicht der Fall.«

»Nein, toll, ehrlich!«, entgegnete Brydie. Sie wollte Joe nicht enttäuschen. »Was ist das denn für einer?«

Joe lächelte. »Mein Spezialrezept, Shepherd's Pie.«

»Ich liebe Shepherd's Pie«, schaltete Nathan sich ein. Er löste Sashas Leine. »Hab' ich seit Ewigkeiten nicht mehr gegessen.«

Joe strahlte. »Einen Pie wie meinen haben Sie noch nie gegessen. Selbst die Engländer machen keinen so guten wie ich.«

»Bin gespannt«, sagte Nathan.

»Kommt rein«, Brydie deutete zum Wohnzimmer. »Ihr braucht nicht im Flur stehen zu bleiben.«

»Ich hoffe, es ist okay, dass ich mitgekommen bin«, sagte Myriah. »Ich hab' nur noch meinen Vater, und der muss heute arbeiten.«

»Klar«, sagte Brydie. »Je mehr wir sind, desto besser.« Schuldbewusst gestand sie sich ein, dass sie Myriah wohl unrecht getan hatte. Sie schien eine sehr nette junge Frau zu sein – obwohl sie die blöde Angewohnheit hatte, immer genau da aufzutauchen, wo Nathan auch war.

»Ich hab' den Verdacht, dass du das nicht ernst meinst«, flüsterte Nathan ihr zu, als die anderen ins Wohnzimmer gegangen waren und sie allein im Flur standen. »Du siehst gestresst aus.«

»Gestern sollten noch sieben Leute kommen, jetzt sind wir schon zu zehnt, obwohl einer fehlt. Und einer der Gäste ist meine Mutter«, flüsterte Brydie zurück. »Gestresst ist gar kein Ausdruck.«

»Deine Mutter?« Nathan zog eine Augenbraue hoch. »Wo?«

»Hier!«, hörten sie eine Stimme direkt hinter sich. Brydies Mom rauschte zu Nathan und reckte ihm ihren Arm entgegen, als erwarte sie einen Handkuss. »Ich bin Ruth Benson.«

»Angenehm, Nathan Reid«, sagte Nathan. »Freut mich, Sie kennenzulernen.«

»Sind Sie der Arzt?«

»Der bin ich.«

»Wie schön!«

Brydie warf ihrer Mutter einen Blick zu und sagte: »Mom, komm, ich stelle dir meine Kollegen vor.«

»Gleich«, sagte Ruth, den Blick weiterhin fest auf Nathan gerichtet.

»Nein, jetzt«, Brydie zog sie in Richtung Küche. »Ich muss auch nach dem Kürbisauflauf sehen.«

»Er sieht sehr gut aus«, sagte ihre Mutter und winkte über die Schulter Nathan zu. »Sehr viel besser als Allan.«

»*Mom!*«

»Was ist? Stimmt doch!«

»Lass das!«

»Schon gut.«

In der Küche konnte man erstaunlicherweise denken, man wäre in der Bäckerei bei ShopCo. Rosa, Lillian und Joe standen am Herd und begutachteten Brydies Auflauf. »Stimmt was nicht?«, fragte Brydie.

»Sieht gut aus.« Rosa hielt ihr die Form hin, die sie gerade aus dem Ofen genommen hatte. »Wir haben gerade festgestellt, wie gut er ist.«

Brydie seufzte auf, ein bisschen innere Anspannung fiel von ihr ab. »Hört mal her, das ist meine Mutter Ruth. Mom, das ist Rosa, ihre Tochter Lillian und Joe. Wir arbeiten zusammen.«

»Hallo«, sagte Ruth.

»Hallo zurück.« Joe gab ihr die Hand. »Ihre Tochter ist eine echt talentierte Bäckerin. Wir … wir sind froh, sie bei uns zu haben.«

»Das freut mich zu hören«, gab Ruth zurück. »Sie macht jedenfalls den besten Kürbiskuchen in den Südstaaten.«

»Hat sie das von Ihnen?«

Brydies Mutter zögerte. »Nein ... Wohl eher von ihrem verstorbenen Vater. Er war der bessere Koch von uns beiden.«

»Oh, tut mir leid.« Joe sah hilflos von einer Frau zur anderen. »Das hab' ich nicht ...«

»Das macht nichts«, fiel ihm Ruth ins Wort. »Wahrscheinlich wussten Sie bis heute genauso wenig, dass ich, ihre Mutter, überhaupt noch lebe.«

»Ich weiß heute überhaupt sehr wenig«, murmelte Joe. »Normalerweise schlaf ich um diese Uhrzeit tief und fest.«

»Warum geht ihr nicht alle ins Wohnzimmer?«, schlug Brydie vor. Hier waren eindeutig zu viele Köche in der Küche. »Rosa und ich bringen alles raus und decken den Tisch.«

Sie holte tief Luft, als sie mit Rosa und Lillian allein in der Küche war. Es war sehr lange her, seit sie das letzte Mal für so viele Leute gekocht hatte. Und auch, dass sie überhaupt so viele Gäste gehabt hatte. Plötzlich wurde ihr schmerzlich bewusst, dass sie das eigentlich nicht sonderlich vermisste. Das ruhige Leben, das sie jetzt führte, hatte durchaus etwas für sich.

»Entspann dich.« Rosa klopfte ihr auf die Schulter. »Alles wird gut. Alle werden sich amüsieren.«

»Na hoffentlich.« Brydie bugsierte den schweren Truthahn aus dem Ofen. Bratenduft erfüllte den Raum. Langsam entspannte sie sich. »Ich danke dir. Du bist ein Schatz.«

Rosa grinste kurz, scheuchte dann Lillian aus der Küche und folgte ihr.

Wenig später war der Esstisch im Wohnzimmer vollständig gedeckt, nur der Truthahn fehlte. Den würde sie auftischen, wenn alle saßen. Im Flur wäre sie beinahe über Teddy und Sasha gestolpert. »Ihr guckt, als hättet ihr was ausgefressen«, sagte sie und umrundete die beiden galant.

Im Türrahmen blieb sie stehen. Das Haus war voller Leute, nein, keine Leute, sondern Freunde. Ihr ging das Herz auf. Sie wünschte, Pauline wäre hier und könnte das sehen. Die alte Dame hätte sicherlich ihre Freude an dieser bunt zusammengewürfelten Gesellschaft. Nathan und Joe unterhielten sich angeregt über Rezepte für Shepherd's Pie. Ihre Mutter und Roger beschäftigten sich mit Mia. Und Elliott ließ sich von Rosa den Bauch streicheln. Wahrscheinlich erzählte sie Rosa gerade, wie die gesamte Schwangerschaft verlaufen war.

»Ist das Essen fertig?« Mia hatte sie entdeckt und sah auf. Roger hatte ihr Zaubertricks vorgeführt und Münzen verschwinden lassen und wieder herbeigezaubert.

Brydie lächelte breit. »Ja!«

»Kann ich als Erstes Kürbiskuchen haben?«

»Auf keinen Fall«, sagte Elliott, noch bevor Brydie den Mund öffnen konnte. »Zuerst ist der Hauptgang dran.«

Mia machte einen Schmollmund. Brydie trat näher und streckte dem Mädchen die Hände entgegen. »Komm, kleines Fräulein!«, sagte sie und zwinkerte ihr zu.

»Kein Kürbiskuchen!«, rief Elliott ihnen nach. »Hört ihr?«

Brydie und Mia kamen gerade rechtzeitig in die Küche, um zu sehen, wie der Truthahn hinuntersegelte. Wie in Zeitlupe glitt er von der Arbeitsfläche zu Boden. Sasha war hochgesprungen und hatte noch die Vorderpfoten auf der Arbeitsfläche. Sie hatte die Zähne in das Brustfleisch des Truthahns gegraben und den Braten mit auf den Boden gezogen. Nur eine

Sekunde später fielen sie und Teddy über den Braten her und merkten gar nicht, dass sie erwischt worden waren.

Einen Moment lang sah Brydie stumm vor Entsetzen zu, bis sie ihre Stimme wiederfand. »Teddy! Sasha! Nein!«

Der Wolfshund hörte überhaupt nicht. Teddy sah kurz hoch, ein Stück Truthahn hing ihm noch aus dem Maul, schon machte er sich wieder über den Braten her. Die Versuchung war einfach zu groß.

Brydie ließ Mias Hand los und rannte zu den beiden, um zu retten, was von dem Vogel noch zu retten war. Zu spät merkte sie, dass sie in eine Pfütze aus Bratensoße getreten war. Sie konnte den Fall nicht mehr aufhalten, mit einem dumpfen Aufprall schlug sie neben den Hunden auf. Schon spürte sie, wie die Soße in ihre Hose drang.

Kichernd und lachend ließ sich Mia neben sie plumpsen. »Brydie! Guck mal! Eine Bratenpfütze!«

Brydie schloss die Augen. Jetzt hieß es, Ruhe zu bewahren. Als sie die Augen wieder öffnete, war Nathan da und zog Sasha fluchend am Halsband hoch. »Oh Gott, es tut mir leid«, keuchte er und zog die Hündin aus der Küche.

»Die haben den Truthahn aufgefressen«, war alles, was Brydie noch über die Lippen brachte.

Nathan kehrte kurz darauf ohne Sasha zurück und stellte das Blech mit den Resten außerhalb von Teddys Reichweite auf der Arbeitsfläche ab. »Die haben den halben Vogel gefressen«, murmelte er und reichte ihr die Hand. »Das hätte ich dir sagen sollen, dass man nichts Essbares in Sashas Nähe liegen lassen darf. Vor allem keinen Truthahn. Es ist meine Schuld.«

Brydie ließ sich von ihm auf die Beine helfen. Sie sah hinab zu Mia, die immer noch vergnügt in der Bratensoße saß.

»Nein, es ist meine Schuld«, widersprach sie. »Ich hätte das ahnen müssen. Jetzt ist das ganze Menü hin.«

»Nein, ist es nicht«, entgegnete Nathan. »Wir haben haufenweise zu essen.«

»Aber der Truthahn ist am wichtigsten!«, protestierte Brydie. Sie war den Tränen nahe. Warum war ihr der blöde Braten eigentlich so wichtig? Mit dem Braten war es wie mit den Verzierungen auf einer Torte: Eine Torte ohne Verzierung war keine richtige Torte. Und Thanksgiving ohne Truthahn war kein richtiges Thanksgiving.

»Wir haben massenhaft zu essen, das macht wirklich nichts«, sagte Nathan. »Niemand wird das blöd finden.«

Wahrscheinlich hatte er recht. Mit Ausnahme ihrer Mutter würden alle nachsichtig reagieren. Trotzdem war Brydie genervt. Konnte nicht wenigstens ein einziges Mal alles glattgehen? Am liebsten hätte sie mit dem Fuß aufgestampft und einen Wutanfall bekommen, als wäre sie ein Kind wie Mia und keine erwachsene Frau in den Mittdreißigern. Stattdessen kniete sie sich hin, hob ein paar Stücke Truthahnfleisch vom Boden auf und warf sie voller Frust in die Spüle. Eins davon traf Nathans Arm und fiel zurück auf den Küchenfußboden.

»Was wird das? Bewirfst du mich jetzt mit Essen?« Nathan zog eine Augenbraue in die Höhe.

Nein«, gab Brydie zurück. »Tut mir leid. Das wollt' ich nicht ...« Sie konnte nicht weiterreden, weil ihr erst ein Stück Fleisch gegen die Wange und dann ein weiteres gegen die Stirn klatschte.

Nathan grinste sie von oben herab an, in einer Hand ein Truthahnbein.

»Wag es nicht ...!«, rief Brydie, streckte sich und schlug nach ihm.

Nathan fing ihr Handgelenk und zog sie zu sich hoch, so nah, bis kein Blatt mehr zwischen sie beide passte. Obwohl sie so verzweifelt war über den verhinderten Braten, schlug Brydies Herz wie wild, als er sie an sich zog, den Blick unverwandt auf sie gerichtet. »Gar nicht so schlecht, oder?«, fragte er lässig, und seine Lippen verzogen sich zu einem verführerischen Lächeln. Diese Lippen ... sie schienen auf Brydie eine magische Anziehungskraft zu haben. Sie musste ihren ganzen Willen aufbringen, um ihn nicht zu küssen.

»Ich muss das Chaos hier beseitigen«, raunte sie schließlich, machte aber keine Anstalten, sich von ihm loszureißen.

»Was ist denn hier passiert?« Ruth Benson, die wie von Zauberhand plötzlich in der Küche stand, stieß einen spitzen Schrei aus. Ihr Augenmerk richtete sich zuerst auf die Küche, den zerfledderten Truthahn und Mia in der Bratenpfütze. Dann auf Brydie und Nathan, die hastig ein Stück voneinander abgerückt waren und schuldbewusst zu Boden starrten. »Was macht ihr zwei da?!«

»Nichts«, murmelte Brydie und hob Mia aus der Pfütze. »Komm«, sagte sie zu dem Mädchen, »wir machen dich sauber.«

»Ich schnapp' mir die Hunde und spritze sie mit dem Gartenschlauch ab«, sagte Nathan. »Du hast doch so was, oder?«

Brydie nickte und hastete ins Wohnzimmer. Als Elliott sie und die Kleine erblickte, wollte sie hastig aufstehen. »Bleib sitzen«, sagte Brydie, und sie ließ sich zurücksinken. »Nur ein kleines Missgeschick in der Küche. Hast du Ersatzklamotten für sie mitgebracht? Sind die in deiner Tasche?«

Elliott nickte. »Hat sie ...?«

»Nein«, sagte Brydie und musste fast ein Lachen unterdrücken. »Nein, Mia hat nichts angestellt. Aber es dauert ein bisschen länger, bis wir essen können. Der Truthahn ... den Truthahn hat's schlimmer erwischt als uns.«

»Nur gut, dass wir mehr zu mampfen haben, als wir schaffen können«, sagte Joe und lächelte ihr aufmunternd zu. »Und eilig hat's hier auch niemand.«

Lautlos dankte Brydie ihm und sagte dann leise zu Elliott: »Bleib, wo du bist. Wir beide hier ziehen uns schnell um.«

Ruth folgte ihrer Tochter ins Schlafzimmer. »Was ist passiert?«

»Sasha und Teddy, das ist passiert«, knurrte Brydie.

»Die Hunde?«

»Ja, genau, die Hunde«, echote Brydie genervt und wühlte in der Tasche, die Elliott zuvor im Schlafzimmer abgestellt hatte. »Geh zurück ins Wohnzimmer, geh zu Roger.«

»Sie sieht aus, als wär sie in Bratensoße geschwommen«, stellte ihre Mutter ungerührt fest. »Hast du denn nicht aufgepasst? Warst abgelenkt von dem Arzt und seinen Händen auf deinem Hintern?«

Brydie lief vor Wut rot an. »Es war ein Unfall«, zischte sie.

»Seine Hände auf deinem Hintern waren ein Unfall?«

Brydie verdrehte die Augen und trug Mia ins Badezimmer, um ihr die Kleider auszuziehen. Mit einem feuchten Waschlappen wusch sie sanft die braunen Soßenflecken von ihren Händchen. »Zu heiß?«, fragte sie.

»Nein, gut so.« Mia schloss die Augen, sie wusste, was jetzt kam.

»Das Zeug klebt ganz schön«, sagte Brydie und wischte über Mias Gesicht.

»Gib her«, sagte Ruth barsch und nahm ihr den Lappen aus der Hand. Dann begann sie, Mias Stirn unsanft zu schrubben.

»Au!«, schrie die Kleine und rückte ein Stück ab.

»Mom, nicht so doll!« Brydie wollte ihrer Mutter den Waschlappen wieder wegnehmen. »Hör auf!«

»Da unten sitzt ein ganzer Raum voller Menschen, die auf ihr Essen warten«, blaffte Ruth, hielt Mia fest und rubbelte ungerührt weiter. »Bei der Geschwindigkeit würde es ewig dauern, bis das Kind sauber ist.«

»Aua!«

»Mom!«, rief Brydie. »Du tust ihr weh!«

»Das wird sie schon nicht umbringen.«

Brydie riss ihrer Mutter den Waschlappen aus der Hand und warf ihn ins Waschbecken. »Mom, du bist hier nicht zu Hause. Und Mia ist nicht dein Kind. Du hast hier nicht das Sagen.« Die Worte sprudelten ihr nur so aus dem Mund, bevor sie darüber nachdenken konnte. Sie presste die Lippen aufeinander und beugte sich zu Mia, die still vor sich hin schluchzte. »Sch«, beschwichtigte sie das Kind. »Alles ist gut.«

»Du«, sagte ihre Mutter spitz und machte eine ausladende Bewegung mit dem Arm, »du bist hier auch nicht zu Hause! Und dein Kind ist das auch nicht!«

Brydie straffte die Schultern und drehte sich so, dass sie ihrer Mutter den Rücken zuwandte. »Zurzeit ist es mein Zuhause«, gab sie kühl zurück. »Und solange du hier bist, vergiss nicht, dass du nur zu Besuch bist.«

Ihre Mutter stieß ein Geräusch aus, das wie eine Mischung aus einem Nieser und einem Schnauben klang. »Ich weiß nicht, warum ich heute hergekommen bin! Offensichtlich willst du mich hier gar nicht haben.«

»Das stimmt nicht.« Brydie drehte sich wieder um und fühlte sich sofort schuldig, weil das nicht der Wahrheit entsprach. Sie nahm Mia auf den Arm und trug sie an ihrer Mutter vorbei zum Bett. »Dies hier ist jetzt gerade mein Zuhause. Die Leute da unten sind meine Freunde. Du kannst nicht einfach in dieses Haus spazieren und das Kommando übernehmen.«

»Das habe ich gar nicht!«

»Oh doch. Das machst du immer.«

Brydies Mutter war ihr ins Schlafzimmer gefolgt. »Ich verstehe nicht, was du hast. Ich wollte doch nur helfen!«

»Ich weiß«, sagte Brydie. Sie war müde. Und sie wollte nicht streiten. Aber die Frau hörte ihr einfach nicht zu.

»Ich hatte gehofft, dass es ein nettes Wiedersehen wird«, fuhr Ruth Benson fort. »Ich hatte gehofft, dass du dich mit Roger verstehst.«

»Ich kenne Roger kaum.«

»Er ist nett. Er ist wie dein Vater.«

»Aber er ist nicht mein Vater!«, unterbrach Brydie sie.

»Wenn du ihn erst kennenlernst ...«

»Dann wird er immer noch nicht mein Vater sein.«

Brydies Mutter seufzte. Es war genau die Art von Seufzen, das sie immer von sich gab, wenn ihre Tochter besonders aufmüpfig war. »Dein Vater würde wollen, dass ich glücklich bin«, murmelte sie.

Brydie schloss die Augen und atmete tief ein. »Ich will auch, dass du glücklich bist, Mom«, lenkte sie ein. »Macht ... macht Roger dich glücklich?«

Ihre Mutter schien kurz zu überlegen. »Ja«, erwiderte sie dann, »er macht mich glücklich.«

»Das freut mich.«

»Wirklich?«

»Ja, sag' ich doch!«

Ruth setzte sich auf das ungemachte Bett und knetete die Hände. »Brydie, entschuldige.«

»Schon gut, Mom. Mia geht's schon besser.«

»Nicht dafür entschuldige ich mich«, sagte ihre Mutter. »Komm, setz dich zu mir.«

»Was ist denn?« Brydie setzte sich neben sie. »Mom, alles in Ordnung?«

Ruth nickte. »Ich komme mir mies vor wegen der Art, wie wir auseinandergegangen sind, bevor du hierhergezogen bist.«

»Ich weiß doch, dass du nur helfen wolltest«, sagte Brydie sanft. »Ich wollte bloß noch keinen neuen Mann kennenlernen.«

»Nein, das meine ich nicht.« Ihre Mutter lächelte sie von der Seite an. Sie hörte auf, sich die Finger zu kneten. »Es ist wegen der Dinge, die ich über deinen Vater gesagt habe. Dass er trank. Und ein schlechter Ehemann war.«

»Mom ...«

»Lass mich ausreden«, bat ihre Mutter. »Ich hätte das nicht sagen sollen. Dein Vater war kein schlechter Ehemann, genauso wenig, wie ich eine gute Ehefrau war. Wir ...«, sie hielt kurz inne, »wir haben einfach nicht zueinandergepasst.«

»Ihr *habt* zueinandergepasst«, protestierte Brydie. »Vielleicht nicht immer, aber meistens.«

»Am Anfang, ja. Wir haben uns geliebt. Aber irgendwann haben wir uns auseinandergelebt. Ich hab' das an dem Abend an dir ausgelassen, und das hätte ich nicht tun sollen.«

Brydie umschloss beide Hände ihrer Mutter, sie zitterte. »Schon in Ordnung.«

»Nein, nichts ist in Ordnung!« Ruths Stimme brach. »Es tut mir leid! Das, was ich über Allan gesagt habe, das waren *meine* Gefühle für deinen Vater. Alles, was ich ihm nie sagen konnte.«

»Und du hattest nicht unrecht.«

»Vielleicht«, sagte Ruth Benson. »Vielleicht nicht. Aber ich hätte dir das nicht vorwerfen sollen. Ich hätte einfach nur für dich da sein sollen. Dich die Wahrheit selbst herausfinden lassen.«

Brydie wusste nicht, was sie sagen sollte. Sie hatte noch nie erlebt, dass ihre Mutter sich entschuldigte, nicht bei der Arbeit und auch nicht zu Hause. Das war so ungewöhnlich, dass ihr keine andere Erwiderung einfiel als: »Ich hab' dich lieb, Mom.«

»Ich dich doch auch, Liebes.« Ruth stand auf und strich die nicht vorhandenen Falten auf ihrer Seidenbluse und ihrer dunkelblauen Hose glatt. »Ich seh' mal nach, was Roger macht.«

Brydie sah ihr nach. Sie hörte, wie sie Roger zurief, er solle seinen Bohnenauflauf nicht anbrennen lassen. Sie sah Mia an, die mit gerötetem Gesicht dasaß und schniefte, und sie musste an all die Male denken, als ihre Eltern gestritten hatten. Heute wenigstens war der Streit gut ausgegangen.

»Hey.« Sie streichelte der Kleinen sanft über die Wange. »Sollen wir dir was Neues anziehen? Und dann gehen wir runter, und es gibt gleich als Erstes ein großes Stück Kürbiskuchen? Was hältst du davon?«

»Echt? Ein großes?«, fragte Mia und machte große Augen.

»Echt, ein ganz großes!«

»Okay.« Mia lächelte und streckte ihr die Ärmchen entgegen.

29. Kapitel

Trotz des verunglückten Truthahns ging das Thanksgiving-Dinner ansonsten reibungslos über die Bühne. Niemanden schien es zu stören, dass der Hauptgang ausfiel. Brydies Sorgen über die vermasselte Feier lösten sich gänzlich in Wohlgefallen auf, als Leo eine halbe Stunde nachdem sich alle um den Tisch versammelt hatten, erschien und – sehr ritterlich – erklärte, dass er Truthahn sowieso nicht ausstehen könne. Alle lobten den Kürbiskuchen, den Shepherd's Pie und die Hallacas.

Selbst Joe taute auf und unterhielt sich mit jedem Gast, Brydie hätte schwören können, dass sie ihn mehr als einmal lächeln sah, aber sie sagte natürlich nichts. Der Abend nahm seinen Lauf, irgendwann waren alle Gäste gegangen, bis auf Nathan und Myriah. Brydie räumte die Teller ab und packte dann Essensreste für Pauline ein. Bis acht Uhr würde sie es noch schaffen, dann ging die Besuchszeit im Altenheim zu Ende.

»Was machst du da?«, fragte Nathan, während er einen Stapel Teller absetzte. »Willst du immer noch rüberfahren? Es ist schon ziemlich spät.«

»Ich weiß«, sagte Brydie. »Aber ich hab' ihr versprochen, vorbeizukommen. Ich will nicht, dass sie umsonst wartet.«

»Ruf an und sag ihr, dass du ihr morgen das Essen vorbeibringst.«

Brydie schüttelte den Kopf. »Ich will's ihr heute noch bringen.«

»Gut«, sagte Nathan und räumte die Teller ins Spülbecken. »Willst du danach bei mir vorbeikommen?« Er sah sie mit diesem Blick an, mit dem er sie vorhin auch schon angesehen hatte. Und da hatte er an der fast gleichen Stelle gestanden.

»Was ist mit Myriah?«, fragte Brydie. Sie wusste selbst nicht, warum sie das ansprach, sie konnte einfach nicht anders. Das schien dieser Tage häufiger vorzukommen. »Ist sie auch da?«

»Nein.« Nathan sah sie an und legte den Kopf schief. »Sie ist mit dem eigenen Wagen hier.«

»Oh.« Brydie ging einen Schritt in Richtung Flur und versuchte, einen Blick ins Wohnzimmer zu werfen. »Wo ist sie überhaupt?«

»Draußen, mit den Hunden«, sagte er. »Also? Was ist?«

»Ich sollte das wirklich nicht tun.«

»Warum nicht?«, fragte Nathan.

»Weiß ich auch nicht.«

»Gut«, sagte Nathan und strich mit seinen Lippen über die ihren. »Du gehst zu Mrs. Neumann, und dann sehen wir uns in ein paar Stunden.«

Brydie kam zwanzig Minuten vor Besuchsschluss im Heim an. Sie hatte angerufen, um Bescheid zu sagen, dass sie noch kommen wollte. Teddy schnarchte auf der Rückbank. Er war schlecht gelaunt, weil sie ihn so spät noch durch die Gegend kutschierte. Er hatte sein Missfallen grummelnd und jaulend kundgetan, bis er schließlich eingeschlafen war.

Sie stieg aus, öffnete die Beifahrertür und zog an der Leine. »Komm schon«, sagte sie. »Lass uns reingehen.«

Teddy blinzelte sie in der Dunkelheit an. Er roch das Essen, das sie dabeihatte, entschied sich, aus dem Auto zu springen und ihr zu folgen. Drinnen lächelte sie die Empfangsdame an, offenbar schon wieder eine neue, leichte Panik wegen des späten Besuchs lag in ihrem Blick.

»Hallo«, sagte Brydie. »Ich bin Brydie Benson. Ich hab' vorhin angerufen.«

»Ach, ja«, sagte die Frau. »Hatte ich fast vergessen.«

»Schläft Mrs. Neumann schon?«

Die Frau, auf deren Namensschild »Rita« stand, schüttelte den Kopf. »Als die Pfleger eben die Runde gemacht haben, war sie wach. Gehen Sie nur!«

»Danke.«

»Der Hund ist ja süß!«, sagte Rita. Sie beugte sich über die Theke und grinste Teddy an. »Ein Mops, oder?«

»Ja«, sagte Brydie.

»Meine Tante und mein Onkel hatten auch zwei«, erzählte Rita. »Ich mag die kleinen Knopfaugen. Darf ich ihn streicheln?«

»Klar.«

Rita kam hinter der Theke hervor und hockte sich vor Teddy. Sie ließ ihn ihre Hand beschnüffeln, und dann kraulte sie ihn liebevoll unterm Kinn. Dann fiel ihr ein, dass es ja nicht ihr Hund war. »Ich lasse Sie wohl jetzt besser gehen. Die Besuchszeit endet in zehn Minuten.«

Brydie zog Teddy zu dessen Missvergnügen von seiner neuen Freundin fort. Pauline war in einen Fernsehkrimi vertieft und merkte nicht, dass die beiden das Zimmer betraten.

»Hallo?«, sagte Brydie und klopfte von innen an die Tür. »Dürfen wir reinkommen?«

Pauline griff nach der Fernbedienung. Aber sie glitt ihr aus der Hand und fiel auf die Fliesen. Die Batterien kullerten heraus. »Bockmist!«, murmelte sie und versuchte vergebens, sich im Bett aufzusetzen.

»Ich hol sie Ihnen«, sagte Brydie und ließ Teddys Leine los, um die Fernbedienung aufzuheben.

Als sie sich kurz darauf wieder aufrichtete, starrte Pauline sie aus glasigen Augen an. Nach einem unangenehmen Augenblick der Stille fiel Brydie auf, dass die alte Dame verwirrt war. Dass sie versuchte, einzuordnen, wer da vor ihr stand … dass sie sie nicht erkannte.

Pauline hatte Angst!

Gerade als Brydie etwas sagen und eine Schwester rufen wollte, sprang Teddy aufs Bett, und Paulines Augen leuchteten auf. »Brydie, Liebes! Ich hatte ganz vergessen, dass Sie heute kommen wollten!« Sie strahlte.

Erleichterung erfasste Brydie. »Tut mir leid, dass ich so spät komme. Das Essen hat länger gedauert als gedacht.«

»Das kommt vor«, sagte Pauline. »Was haben Sie denn da?«

Brydie hielt ihr die Tupper-Dosen hin, die sie mitgebracht hatte. »Hier haben wir Kürbiskuchen, Bohnenauflauf, Kartoffelpüree, Cranberry-Soße und ein großes Stück Shepherd's Pie.«

»Klingt köstlich!« Pauline kraulte Teddy hinter den Ohren.

»Truthahn gibt's leider nicht«, sagte Brydie. »Es gab einen Unfall.«

»Warst du der Unfall?« Pauline sah auf den Hund herab, der es sich auf ihrem Schoß bequem gemacht hatte. »Du riechst jedenfalls so.«

»Es war eigentlich nicht sein Fehler«, verteidigte Brydie den Mops. »Sasha hat den Braten vom Tisch geholt.«

»Sasha?«

»Nathans ... Dr. Reids Hund.«

»War Dr. Reid auch bei Ihnen zu Gast?«

Brydie nickte. »Ja.«

»Aha«, sagte Pauline wissend. »Das ist ja noch viel interessanter als die Sache mit dem Truthahn!«

Brydie setzte ein Lächeln auf. Sie brachte es nicht über sich, Pauline zu erzählen, dass sie es auch diesmal vermasselt hatte. Und jetzt war Nathan ganz bestimmt der Geduldsfaden gerissen. »Wenn sein Hund und Teddy zusammen sind, fressen sie immer irgendwas aus«

»Das hätte ich gern gesehen.«

»Ja, das hätte Ihnen gefallen.«

Es klopfte kurz an der Tür. »Die Besuchszeit ist vorbei, Mrs. Neumann«, sagte der Pfleger.

Pauline winkte ab. »Sie geht gleich, Thomas.«

Thomas blieb im Türrahmen stehen. Er sah Brydie an, als hielte sie ihn davon ab, seine Abendrunde zu machen.

»Gehen Sie lieber«, raunte Pauline ihr zu. »Er ist ein ganz Strenger. Deshalb hat er die Nachtschicht. Niemand anders könnte Bob und Phyllis davon abhalten, um Mitternacht zum Swimmingpool zu schleichen.«

Brydie musste kichern. »Dann will ich ihn mal nicht von seinen Pflichten abhalten«, sagte sie.

»Seinen Pflichten als Spaßverderber«, fügte Pauline hinzu, laut genug, dass Thomas sie hören konnte.

Doch der Pfleger blieb ungerührt stehen. Er erinnerte Brydie an diese Wachmänner, die stocksteif vorm Buckingham Palace standen, ausdruckslos und gleichzeitig todernst. Sie konnte sich kaum vorstellen, dass die alten Leute nachts so viel Unsinn trieben, dass sie einen derartigen Aufpasser brauchten. Aber vielleicht waren Bob und Phyllis nicht die einzigen Nachtwandler.

Sie hob Teddy von Paulines Bett und setzte ihn auf dem Boden ab. »Wo soll ich das Essen hinstellen?«, fragte sie.

Pauline zeigte auf einen kleinen Kühlschrank am hinteren Ende des Zimmers, den Brydie vorher noch nie wahrgenommen hatte. »Stellen Sie's da rein. Ich werd' es morgen zum Mittag essen. Alles ist besser als dieser Kantinenfraß.«

»Gehen Sie denn nicht in die Kantine?«

»Himmel, nein!«, rief Pauline. »Ich bin seit Halloween nicht mehr da gewesen.« Sie deutete auf ihren zarten Körper unter den dicken Decken. »An mir funktioniert anscheinend nichts mehr gut genug, um aus dem Bett zu kommen.«

»Man bringt Ihnen das Essen aufs Zimmer?«, fragte Brydie, die Stirn in Falten gelegt.

»Ja.«

»Soll ich Ihnen am Sonntag Essen bringen? Woher Sie wollen!«

»Oh!« Pauline klatschte in die Hände. »Wie schön! Ich darf mir was wünschen?«

»Nur zu.«

»Ich hätte gern was von Gus's«, sagte Pauline. »Und bringen Sie auch was für Teddy mit. Er steht auch total drauf.«

»Ich werd' mich mal schlaumachen, wo ich den finde«, sagte Brydie. »Ich besorge Ihnen alles, was Sie wollen.«

Pauline wollte etwas erwidern, aber Thomas räusperte sich

vernehmlich in der Tür. »Bevor Sie gehen, will ich Ihnen noch etwas sagen«, sagte sie und bedeutete Thomas, ihr noch eine Minute zu geben.

»Ja«, Brydie sah sie an, »was denn?«

»Ich möchte mich bei Ihnen für mein Verhalten nach Thors Geburtstagsparty entschuldigen. Ich war sehr unfreundlich zu Ihnen. Das war falsch von mir.«

»Nein, ich sollte mich bei Ihnen entschuldigen.« Brydie drückte die alte Dame. »Ich hätte Sie anrufen und nicht einfach in den Keller gehen sollen.«

»Sie haben genau das Richtige getan.« Pauline lächelte herzlich. »Sie sollen sich ja um das Haus kümmern – und genau das haben Sie.«

»Ich hab' wirklich alles aufgeräumt«, versicherte Brydie. »Es ist nicht viel kaputtgegangen.«

»Ich war lange schon nicht mehr im Keller«, gestand Pauline. »Es fiel mir zu schwer, die Treppen zu steigen.«

»Sind Sie früher öfter nach dort unten gegangen?« Brydie wollte sie unbedingt nach den Fotos und der Truhe fragen, aber sie wollte die Ärmste nicht aufregen. Wenn Pauline sich schon so geärgert hatte, weil sie im Keller gewesen war ... Nicht auszudenken, wie sie reagierte, wenn sie wüsste, dass das Fotoalbum nicht mehr an seinem Platz lag!

»Ja, früher«, erinnerte sich Pauline. »Ich bewahre da viele Erinnerungen auf. Dinge, an die ich mich nicht jeden Tag erinnern will, aber auch Erinnerungen an Dinge, die ich nie vergessen will.«

»Ich hab' auch Erinnerungen, von denen ich wünschte, ich würde sie vergessen«, murmelte Brydie.

Pauline tätschelte ihre Hand. »Sagen Sie das nicht. Wünschen Sie sich niemals, irgendetwas zu vergessen.«

»Manchmal denke ich, dass ich ein besserer Mensch wäre, wenn ich bestimmte Dinge vergessen könnte. Umgänglicher«, gestand Brydie.

Pauline schüttelte den Kopf und sagte mit Bestimmtheit: »Wenn Sie vergessen, was Sie erlebt haben, hören Sie auf, der Mensch zu sein, der sie sind, und werden jemand anders. Jemand, den sie morgens im Spiegel nicht wiedererkennen.«

»Wäre das denn wirklich so schlimm?«

»Das wären dann nicht mehr Sie selber!«

»Diese Erinnerungen, die mit Ihrem Keller zu tun haben ...« Brydie wählte ihre Worte langsam und mit Bedacht, »die wollen Sie niemals ganz vergessen? Auch wenn sie sie um sich herum, in der Wohnung, nicht ertragen können?«

Die alte Dame seufzte. Der Seufzer war so laut, dass Thomas zu ihnen ans Bett geeilt kam und Brydie anfuhr: »Sie sollten jetzt gehen!«

»Ist schon in Ordnung, Thomas«, sagte Mrs. Neumann. »Ist schon in Ordnung.«

»Sie müssen sich ausruhen.« Er starrte Brydie an. »Das sag' ich jetzt schon seit einer Viertelstunde!«

Brydie zog ihre Hand unter Paulines weg. »Er hat recht. Es ist schon spät.«

Als sie mit Teddy auf die große gläserne Doppeltür zusteuerte, die zum Parkplatz führte, brach sich das Licht der Straßenlaternen in den Scheiben. Sie blieb stehen. Die Frau, die sich dort spiegelte, wirkte niedergeschlagen. Sie sah abgehärmt und ausgebrannt aus. Sie sah genauso aus, wie ihre Mutter an diesem Abend in ihrem Schlafzimmer ausgesehen hatte. Kein Wunder, dass Pauline mich kaum erkannt hat, obwohl sie selbst körperlich in der letzten Woche sichtlich abgebaut hat, dachte Brydie bedrückt. Seltsam, dass die lebhafte alte Dame, die sie kennengelernt hatte, in den letzten Tagen zu diesem gebrechlichen Wesen geworden war.

Sie fragte sich, was Nathan in ihr sah, dass er sie mochte und sie sogar noch sehen wollte. Es war lange her, dass sie sich als begehrenswert wahrgenommen hatte. Falls sie das überhaupt je getan hatte. Als sie frisch verheiratet gewesen waren, hatte Allan ihr gesagt, wie gut sie aussah, aber das war lange her. Brydie war es schon damals oft so vorgekommen, als sagte er das nur aus einem Pflichtgefühl heraus, weil er glaubte, dass ein Ehemann so etwas eben ab und zu sagen sollte. Er hatte sie nie so angesehen, wie er Cassandra auf dem Foto ansah, das ihre Mutter ihr geschickt hatte.

Aber Nathan sieht mich so an.

Brydie dachte nach. Sie konnte sich beim besten Willen nicht vorstellen, so alt wie Pauline und immer noch mit Allan verheiratet zu sein. Sie konnte sich nicht vorstellen, in einem Seniorenheim dahinzuvegetieren, mutterseelenallein, und sich eingestehen zu müssen, ihr Leben mit einem Mann verbracht zu haben, der sie nicht geliebt hatte. Oder noch viel schlimmer: den sie auch nicht geliebt hatte. Vielleicht hatte ihre Mutter das gemeint, als sie sagte, sie hätte den eigenen Frust an ihr ausgelassen. Sie war unglücklich verheiratet gewesen, nicht glücklich mit ihrem Leben. Brydie wünschte, sie hätte schon früher mit ihrer Mutter darüber gesprochen – über alles, selbst das, was sie selbst sich nicht gern eingestand, nämlich dass ihr Vater getrunken hatte. Wenn Ruth und sie besser miteinander zurechtgekommen wären, dann wären sie vielleicht beide in letzter Zeit glücklicher gewesen.

Brydie sah unverwandt ihr Spiegelbild an. Zu ihren Füßen stupste Teddy sie an, er wollte weiter. Stattdessen bückte sie sich und hob ihn hoch. In einem Anflug von Tierliebe drückte sie ihn an sich und atmete seinen muffigen Geruch ein. Als sie ihm in die Augen schaute, tat Teddy etwas, was er noch nie getan hatte: Er streckte seine kleine Zunge aus dem Mäulchen und leckte Brydie quer übers Gesicht.

»Komm«, sagte sie glucksend und setzte ihn wieder ab. »Lass uns gehen. Wir haben noch eine Verabredung.«

30. Kapitel

Nathans Haus war stockdunkel. Brydie saß eine Weile im Wagen und überlegte, ob sie noch klingeln sollte, vermutlich musste er morgen wieder sehr früh zur Arbeit. Und vielleicht hatte er es sich mit dem Besuch anders überlegt.

Sie schüttelte den Kopf. *Nein.* Er hatte sie ja eingeladen. Brydie stieg aus dem Auto, trug den schlafenden Teddy zur Tür und klingelte.

Als Nathan öffnete, trug er ein weißes Shirt und eine flauschig aussehende Flanellhose, auf der Elche abgebildet waren.

»Schöne Hose«, begrüßte sie ihn und lächelte. Sie setzte Teddy ab, der kaum zu merken schien, dass er nicht mehr auf dem Autositz lag.

»Ich dachte schon, du kommst nicht mehr«, sagte Nathan. Seine Stimme klang gedämpft, irgendwie heiser. Hatte er etwa schon geschlafen?

»Hab' ich dich geweckt?«

»Ja, macht aber nichts.«

»Ich kann auch wieder gehen.« Brydie wandte sich ab, doch Nathan hielt sie zurück.

»Ich möchte, dass du bleibst«, sagte er. »Bitte!«

Schweigend zog er sie hinein und die Treppe hinauf. Sie folgte ihm. Das obere Stockwerk lag fast vollkommen im Dunkeln. Nur aus einem Zimmer am Ende des Ganges drang warmes, gelbes Licht. Als sie in dem Raum standen, sah Brydie, dass es Nathans Schlafzimmer war. Sie lief rot an. Irgendwie hatte ihre Anwesenheit in diesem Zimmer etwas Intimes.

In der Mitte des Zimmers stand das größte Bett, das Brydie je gesehen hatte. Eine dicke weiße Bettdecke und flauschige Kissen lagen darauf. In der Ecke stand ein Tisch aus dunklem Holz, auf dem sich Bücher und Zeitschriften stapelten. Über einem Stuhl hing Nathans Arztkittel. Der Fußboden war fast so dunkel wie der Tisch, aber größtenteils von einem grauen Läufer bedeckt. Das Zimmer war gemütlich. Hier wurde gelebt. Und geschlafen.

»Ich verbringe viel Zeit in sterilen Räumen«, sagte Nathan, als könne er ihre Gedanken lesen. »Ich will nicht, dass es bei mir zu Hause genauso aussieht. Vor allem nicht da, wo ich abends meine Augen zumache und sie morgens wieder aufschlage.«

»Es tut mir leid, dass ich dich geweckt habe«, murmelte Brydie. Sie wusste nicht, was sie sonst sagen sollte.

Nathan zog sie an sich und küsste sie. Der Kuss war fordernder und nachdrücklicher als der vor Stunden in der Küche. »Ich könnte jetzt ohnehin nicht schlafen.«

Brydie erwiderte den Kuss voller Verlangen, einem Verlangen, das sie so noch nie ergriffen hatte. Nathan umschlang ihre Taille, führte Brydie zu dem großen Bett und drückte sie sacht auf die Matratze, sodass sie ihm zusehen konnte, wie er sich sein Hemd abstreifte. Dann beugte er sich über sie und küsste sie. Brydie bekam kaum Luft zwischen all den Küssen und ließ ihn gewähren, als er ihr Oberteil und Hose auszog. Sie seufzte auf, hob die Hände und vergrub die Finger in seinen dichten Locken. Nathan ließ seinen Mund von ihren Lippen über ihr Schlüsselbein zu ihren Brüsten wandern.

Brydie öffnete sich, erblühte unter ihm, hier, in seinem Schlafzimmer. Sie spürte ein Urvertrauen wie nie zuvor. Ein zartes seliges Lächeln umspielte ihre Lippen, und sie schloss die Augen.

Als sie die Lider wieder öffnete, blickte Nathan liebevoll auf sie herab. Ihre Blicke verfingen sich, und sie flüsterte: »Bitte!«

Ohne sie aus den Augen zu lassen, drang er in sie ein. Brydie hielt den Atem an, spürte die Luft in ihrer Lunge, und sämtliche Gedanken erloschen. Sie dachte nicht mehr an Allan, nicht an Cassandra und auch nicht an das vergangene Jahr mit all seinen Turbulenzen und ihrer Heimatlosigkeit. Sie dachte nicht mehr an die verlorene Bäckerei oder den Streit mit ihrer Mutter, und auch nicht an die alte Dame im Heim. Es gab nichts außer diesem Moment, das Hier und Jetzt mit Nathan Reid, dem Moment, in dem sie beide eins wurden.

Brydie erwachte am nächsten Morgen, als der Geruch nach Kaffee und gebratenem Speck durch die Wohnung zog. Sie setzte sich auf, rieb sich die Augen und vergaß fast, wo sie war. Sie rekelte sich, und ihr Fuß berührte etwas Hartes am Fuße des Bettes. Sowohl Teddy als auch Sasha lagen da und schliefen fest. Sie drehte sich um, kraulte beide Hunde hinter den Ohren und kletterte aus dem Bett, um in dem jetzt nur schwach beleuchteten Zimmer nach ihrer Hose zu suchen.

Draußen regnete es. Ein feiner Nebel schien sich auf alles zu legen, selbst im Haus. Brydie zuckte kurz zusammen, als sie, barfuß, wie sie war, den kühlen Holzboden neben dem Läufer berührte. Sie tappte nach unten, wo es heller war, und folgte dem Kaffeeduft bis in die Küche.

Von der Tür aus beobachtete sie Nathan einen Augenblick lang. Ihn jetzt bei Tageslicht zu sehen, machte sie nervös. Sie hatte nicht vorgehabt, über Nacht zu bleiben, wirklich nicht, aber jetzt musste sie sich eingestehen, dass es eine wundervolle Fügung gewesen war. Sie hatten danach noch eine Weile wach gelegen und geredet. Brydie konnte sich nicht mehr daran erinnern, wie sie eingeschlafen war. Einmal, als sie in der Nacht wach geworden und ins Bad gegangen war, hatte sie überlegt, heimzufahren – aus Angst, dass es am Morgen zu einer peinlichen Situation kam.

Aber dann hatte sie zum Bett geschaut und ihn dort schlafen gesehen, seine leicht geöffneten Lippen, die rhythmische Bewegung seiner Brust beim Atmen, und beschlossen, nur noch mal kurz unter die Decke zu ihm zu kriechen, um ihm nahe zu sein. Als sie sich an ihn geschmiegt hatte, war er kurz wach geworden, hatte ihre Hand auf seine Brust gelegt und geflüstert: »Geh nicht!«

Und bevor sie etwas erwidern konnte, war sie neben ihm eingeschlafen.

»Oh, guten Morgen!«, sagte Nathan, als er sie jetzt erblickte, und sie zuckte zusammen. »Hab' mich schon gefragt, wann du wohl aufwachst.«

»Wie spät ist es?«, fragte Brydie und schüttelte sich, um einen klaren Kopf zu bekommen. Die Ereignisse des Vortags ... der ganzen Nacht ... verwirrten sie immer noch ein wenig.

»Kurz vor neun.«

Dankbar nahm sie die volle Kaffeetasse entgegen, die er ihr reichte, und sagte: »Ich dachte, du müsstest schon längst im Krankenhaus sein.«

»Hab' mich krankgemeldet.«

»Echt?«

»Ja, zum ersten Mal.«

Brydie legte den Kopf schief. »Oha.«

»Ich dachte, wir könnten etwas zusammen unternehmen«, schlug Nathan vor. »Falls du nichts vorhast, natürlich nur.«

Brydie war verblüfft. Sie hatte nicht damit gerechnet, dass er sie bat, noch zu bleiben, vor allem nicht, nachdem er ihr gesagt hatte, dass er noch vor Tagesanbruch im Krankenhaus sein musste. Vielmehr hatte sie einen Zettel mit der Nachricht erwartet, dass er sie anrufen würde. »Ich weiß nicht«, druckste sie herum.

»Du musst doch heute nicht arbeiten, oder?«

Brydie schüttelte den Kopf. »Ich muss erst am Montag wieder hin.«

»Na, ist doch wunderbar!« Nathan rieb sich die Hände. »Es gibt einen Ort, den ich dir zeigen will.«

»Wo denn?«

»Sag ich nicht«, antwortete Nathan und ging zum Herd, um den Speck zu wenden. »Das wird eine Überraschung.«

»Kann ich erst nach Hause und mich umziehen? Nach dem Frühstück?«, fragte Brydie. Ihr war ein bisschen schwindelig. »Ich will aus den Klamotten von gestern raus. Ich rieche immer noch nach Truthahn.«

Nathan lächelte. »Soll ich dich in einer Stunde abholen?«

Brydie stimmte zu, als ihr etwas einfiel. »Und was mach' ich mit Teddy? Er liegt noch oben und schläft neben Sasha.«

»Lass ihn, wo er ist.« Nathan winkte ab. »Sasha ist heute

früh mit mir aufgestanden, und wir sind joggen gegangen. Dann ist sie zurück zu euch beiden ins Bett, das war vor etwa einer Stunde. Weder du noch Teddy habt es bemerkt. Wahrscheinlich wird er immer noch schlafen, wenn du nachher zurückkommst.«

»Gut«, sagte Brydie. »Falls er wach wird: Er mag gern Eier zum Frühstück.«

Nathan zog eine Augenbraue hoch.

»Sag nichts.« Brydie grinste. »Das ist bei uns eben so.«

»Wünschen Seine Hoheit dazu Kaffee oder Tee?«

»Wasser wäre gut. Obwohl, wenn du so fragst: Wenn, dann trinkt er am liebsten Earl Grey.«

Als Brydie angezogen und fast abmarschbereit war, goss es in Strömen. Sie fragte sich, ob sie nicht ihre Pläne ändern sollten. Es war irgendwie albern von ihr, das wusste sie, aber Autofahren im Regen machte sie immer nervös, vor allem weil die Autofahrer in Memphis so ... exzentrisch waren. Sehr kalt war es zwar nicht, immer noch knapp unter zehn Grad, aber im Norden von Arkansas und in Missouri hatte es angeblich schon geschneit und gefroren.

Und da sie nicht wusste, wohin sie gingen, hatte sie sich gegen ihr normales Outfit – Jeans und T-Shirt – entschieden und stattdessen genauso gemütliche Klamotten, aber einen ganz anderen Stil gewählt: die schweren Stiefel, die sie an Halloween getragen hatte, einen langen grauen Rock mit Schlitz an der Seite und einen schwarzen Cashmere-Pullover mit Dreiviertelärmeln, der ihr genau bis an die Taille reichte. Wenn sie die Arme hob, war sie fast, aber nur fast, bauchnabelfrei.

Der Stil erinnerte sie an die Neunziger, und plötzlich sehnte sie sich nach den dELiA-Kosmetik-Katalogen und den YM-

Heften. Mit Genugtuung dachte sie daran, dass ihre Mutter dieses Outfit gehasst hatte. Nach der Scheidung hatte Brydie es ein- oder zweimal in Jonesboro getragen. Und Ruth hatte ihr unmissverständlich vorgeworfen, sie sei weder jung genug noch schlank genug, um das zu tragen.

Vielleicht war sie wirklich nicht jung und schlank genug. Aber es war ihr schon damals gleichgültig gewesen, sie fühlte sich darin wohl. Und heute wollte sie sich erst recht wohlfühlen. Vielleicht sogar bis heute Abend bei Nathan zu Hause.

Das Telefon klingelte, und sie sah erwartungsvoll auf das Display, Nathan sollte gleich hier sein. Aber ihre Mutter war dran. Sie hatte bereits angerufen, als Brydie unter der Dusche gestanden hatte, und es seitdem mehrmals versucht. Brydie wusste, dass sie rangehen sollte, doch sie wollte nicht streiten. Sie wollte auch nicht über all das reden, was an Thanksgiving unausgesprochen geblieben war. Sie wollte noch nicht einmal darüber nachdenken. Nicht heute.

Sie hörte einen Wagen in die Auffahrt fahren und rannte nach draußen zu Nathans Range Rover. Vergebens versuchte sie sich vor dem Regen zu schützen.

»Hast du keinen Schirm?«

»Im Haus gibt's ungefähr zwölf Regenschirme«, keuchte Brydie. »Aber ich vergesse immer, einen mitzunehmen.«

»Ich hab' Teddy zu Hause gelassen.« Nathan legte den Rückwärtsgang ein. »Selbst wenn ich gewollt hätte, hätte ich ihn bei diesem Wetter wohl nicht vor die Tür gekriegt.«

»Er hat's ganz schön gut bei dir«, sagte Brydie. »Vielleicht wirst du ihn nie wieder los.«

»Vielleicht geht es seinem Frauchen ja bald genauso.«

Brydie lächelte. Wohlige Wärme stieg in ihr auf. »Wo geht's hin?«

»Das ist eine Überraschung, sagte ich doch.«

»Okay«, seufzte sie mit gespielter Ergebenheit. »Na gut.«

»Ausgerechnet, wenn ich mir freinehme, regnet es«, schimpfte Nathan. »Vielleicht hätten wir bei mir bleiben sollen.«

»Ach, ist doch nur Regen. Ich verbringe die meiste Zeit zu Hause, im Heim oder bei der Arbeit. Es tut gut, mal rauszukommen.«

Als sie in die Union Avenue bogen, erkannte Brydie die Gegend. Sie war nicht mehr in Downtown gewesen seit dem Abend, als Nathan sie ausgeführt hatte. Bei der Erinnerung daran lächelte sie still in sich hinein. Noch vor einem Jahr hätte sie sich das alles nicht träumen lassen.

Doch nicht alles hatte sich geändert. Vieles in ihrem Leben hatte sich noch nicht wieder zusammengefügt. Sie wusste nicht, wie lange sie in Mrs. Neumanns Haus wohnen würde, und sie hatte noch keinen blassen Schimmer, ob sie den Job auch im neuen Jahr behalten würde. In ein paar Monaten könnte alles schon wieder ganz anders aussehen. Erst jetzt kam ihr der Gedanke, dass sie dann nicht nur das Haus, sondern auch Teddy würde zurücklassen müssen. Völlig unerwartet spürte sie Panik aufkommen. Sie wollte den lieben Kerl nicht verlassen! Niemals!

»Wir sind da«, sagte Nathan und holte Brydie aus ihren trüben Gedanken. »Das schönste Hotel weit und breit: das Peabody Memphis.«

Brydie blinzelte. Sie hatte nicht aufgepasst, und jetzt parkten sie in einem großen Parkhaus. Sie wusste natürlich, wo sie waren, weil sie hier schon einmal gewesen war. »Ich liebe diesen Ort«, flüsterte sie.

»Wie? Du warst schon mal hier?«

Brydie sah ihn an. Sie konnte ihm die Enttäuschung ansehen. Offensichtlich wollte er sie an einen Ort führen, an dem sie noch nie gewesen war. Ihr eine Überraschung bereiten, auf die er sich selbst offensichtlich mehr als gefreut hatte. »Nein«, log sie, unfähig, ihm die Wahrheit zu gestehen und ihm den Spaß zu verderben. »Aber ich hab' davon gehört.«

»Es ist einer meiner Lieblingsorte.«

»Na, dann«, sagte Brydie betont gut gelaunt, »lass uns reingehen.«

»Meine Großeltern haben mich jedes Mal hierhergebracht, wenn ich zu Besuch war«, erzählte Nathan. Er schloss den Wagen ab und führte sie zu der großen Doppeltür am Ausgang des Parkhauses. »Hier entlang. Wir nehmen den überdachten Gang, dann werden wir nicht nass.«

Brydie folgte ihm und sog den Geruch des Regens ein, der draußen auf den Asphalt prasselte. »Wow«, sagte sie, als sie eintraten. Es war lange her, dass sie das letzte Mal hier gewesen war. Bald darauf war sie zu alt gewesen, um noch mit ihrem Vater in den Sommerferien Tagesausflüge zu unternehmen. Sie erinnerte sich kaum an die Goldverzierungen und die schweren Intarsien als Holz, auch die dicken Teppiche und die Zwanzigerjahre-Anmutung hatte sie vergessen.

»Ja«, stimmte Nathan ihr zu, »wunderschön, nicht wahr?« Das Hotel ist in den späten Achtzigern des neunzehnten Jahrhunderts errichtet worden, ursprünglich an einem anderen Ort. Hier wurde es 1925 wiederaufgebaut«, sagte Nathan. »Es ist, als würde man in eine Zeitkapsel steigen.«

»Ich wünschte, ich würde ein Kleid mit Fransen und ein Stirnband tragen«, rutschte es Brydie heraus.

»Setz dich.« Nathan deutete auf einen Tisch in der Empfangshalle.

Sie gingen hinüber. Mehrere Tische standen abgeschirmt in

der Mitte des weitläufigen Raumes, am anderen Ende befand sich ein Bartresen. Gegenüber befand sich eine Treppe, die – wie Brydie wusste – zu einem Restaurant und einer Konditorei führte. Die Aufzüge waren linkerhand, und der Empfang mit den schick angezogenen Pagen lag rechts.

»Lass uns was trinken«, schlug Nathan vor, als sie sich setzte. »Was hättest du gerne?«

Brydie warf einen Blick auf die Getränkekarte. Sie überlegte, ob sie einen Peabody Mint Julep bestellen sollte, entschied sich dann aber für Lucille, ein Cocktail, der nach B. B. Kings berühmter Gitarre benannt war. Er bestand aus Brombeeren, Tequila, Sekt und Agavennektar – das schien gut zusammenzupassen. »Ich nehme einen Lucille.«

»Bin gleich wieder da«, sagte Nathan. »Es scheint heute nicht allzu voll zu sein, es wird wohl nicht allzu lange dauern. Liegt wahrscheinlich am Wetter.«

Brydie hätte es nicht zugegeben, aber sie war froh, dass die Halle so gut wie menschenleer war. Sie mochte die Ruhe. Sie mochte es, die Menschen am Empfang leise sprechen zu hören, der Widerhall des Lachens, das hin und wieder erklang. Sie genoss es, dass das Wirrwarr draußen und nicht hier drinnen herrschte.

Nach ein paar Minuten kehrte Nathan mit den Drinks zurück. »Ich dachte, wir trinken erst was und gehen später vielleicht ins Restaurant essen. Entschuldige, ich hab dich noch nicht mal gefragt, ob du Hunger hast.«

»Noch nicht.« Brydie nippte an ihrem Cocktail.

»Später soll hier im Saal etwas stattfinden. Ich glaube, das wird dir gefallen«, Nathan lächelte.

»Meinst du?«

»Mein' ich.«

Brydie ahnte, worauf er anspielte, aber sie sagte nichts. Ihr Cocktail schmeckte köstlich. Sie hoffte, dass noch genug Zeit blieb, um noch einen zu bestellen.

»Als meine Schwester und ich früher unseren Großvater in den Sommerferien besuchten, hat er mit uns oft einen Tagesausflug hierher gemacht«, erzählte Nathan. »Er wollte, dass wir wissen, wo wir herkommen. Er hielt nicht viel von der Ostküste, und er hat nie verstanden, warum meine Mutter einen Yankee geheiratet hat.«

»Mein Exmann kommt aus Kansas«, warf Brydie ein. »Nicht ganz ein Yankee, aber fast.«

Nathan lachte und probierte seinen Tom Collins. »Dann kannst du dir ja vorstellen, wie es war, von der Ostküste zu kommen. Meine Schwester jedenfalls hat es hier gehasst. Sie hielt die Menschen hier für zurückgeblieben. Und ihr fiel es schwer, ihre Verachtung nicht zu zeigen. Aber sie ist trotzdem mit auf die Ausflüge gekommen. Das war allemal besser, als zu Hause zu bleiben und mit der Oma zu backen.«

»Deine Schwester hatte wahrscheinlich recht«, sagte Brydie. »Hier gehen die Dinge nicht so schnell von der Hand wie an der Ostküste. Die Menschen sind auch nicht so fortschrittlich, besonders die ältere Generation.«

»Das stimmt«, Nathan nickte. »Mein Großvater hat uns auch die weniger schönen Seiten des Lebens gezeigt. Manchmal war das ganz schön hart. Meine Schwester ist nicht mehr hergekommen, als sie auf die Highschool ging. Meine Großeltern haben nichts dazu gesagt, aber ich glaube, es hat sie sehr verletzt.«

»Haben sie euch nie besucht?«

»Zu Weihnachten sind sie gekommen, bis sie zu alt zum Reisen waren«, erinnerte sich Nathan. »Aber ihnen gefiel's da oben genauso wenig wie uns hier unten.«

»Aber dir hat es hier doch gefallen, sagst du?«

»Klar. Ich bin so lange zu Besuch gekommen, bis ich ganz herzog, um auf die medizinische Fachschule zu gehen. Mein Großvater und ich, wir standen uns sehr nahe. Das ist auch der Grund, warum sie mir das Haus vererbt haben und nicht meiner Mutter. Da gab's heftige Streitereien. Meine Mutter hat erwartet, dass sie alles erbt, und mir die Schuld gegeben, dass es nicht so kam. Sie meinte, ich hätte meine Großeltern ausgenutzt. Dass ich die beiden im Alter irgendwie überredet hätte, sie – als rechtmäßige Erbin – zu umgehen.«

»Wie ungerecht!«, rief Brydie.

»Meiner Mutter hat immer viel an Geld gelegen.« Nathan trank einen großen Schluck. »Wir verstehen uns nicht besonders gut.«

»Sie waren doch bestimmt stolz, dass du Arzt geworden bist, deine Eltern«, sagte Brydie. »Meine Mutter jedenfalls wäre aus dem Häuschen, wenn ich mehr aus meinem Leben gemacht hätte, als nur Brownies zu backen, wie sie immer sagt.«

»Sie geben gern damit an, dass ich Arzt bin. Ich weiß nicht, ob das dasselbe ist«, grübelte Nathan. »Ich glaub', meine Mutter war immer ein wenig eifersüchtig auf den guten Draht, den ich zu ihren Eltern hatte. Sie hat sich kaum was anmerken lassen, als ich einen Großteil des Grundstücks geerbt hab', aber in Wahrheit glaube ich, dass sie es damals fast erwartet hat.«

Brydie hatte ihre Großeltern kaum gekannt, weder mütterlicherseits noch väterlicherseits. Die Eltern ihres Vaters waren gestorben, als sie noch zu klein gewesen war, um sich an sie zu erinnern. Und die Eltern ihrer Mutter verbrachten die meiste Zeit in einem Altersheim, Besuche gab es nur selten. Wahrscheinlich hatten ihre und Nathans Mutter so einige Gemeinsamkeiten. »Ich versteh mich auch nicht so gut mit meiner Mutter«, sagte Brydie schnell. »Das war schon immer so. Aber in Zukunft werden wir uns ein bisschen mehr Mühe geben.«

»Das freut mich.«

»Wenn's nur nicht so kompliziert wäre! Seit dem Tod meines Vaters ist es nur schlimmer geworden.«

Nathan nickte. »Das letzte Mal waren meine Eltern zu Besuch, nachdem ich das Haus in Germantown umgebaut hatte. Ich war so stolz darauf! Als meine Mutter reinkam, brach sie in Tränen aus. Sie meinte, all ihre Erinnerungen seien verschwunden. Ich fand das lächerlich, weil sie nur die letzten paar Jahre ihrer Highschool-Zeit da gelebt hatte. Alle Dinge, von denen ich dachte, dass sie sie vielleicht haben wollte, hatte ich in einem Abstellraum aufbewahrt. Wir stritten an dem Abend darüber, dass ich ihr altes Leben in einer Abstellkammer untergebracht hätte, im kleinsten Zimmer des Hauses. Danach haben wir fast ein Jahr lang nicht mehr miteinander geredet.«

Brydie hätte ihm gern etwas Aufmunterndes gesagt, irgendeine Weisheit darüber, wie die Nerven nach einem Todesfall in der Familie offen lagen, aber ihr fiel nichts Schlaues ein. Sie wusste ja selbst nicht, wie man mit Trauer, Schuld und all den Gefühlen umging, die entstanden, wenn ein Familienmitglied einen einfach nicht verstand. Sie konnte ihm auch nicht sagen, dass sie seine Mutter irgendwie verstand. Sie hatte ähnlich heftig reagiert, als ihre Mutter das Haus nach dem Tod ihres Vaters renoviert hatte. Alle Gegenstände, die Gerald Benson gehörten, hatte sie in sein altes Arbeitszimmer gestellt, als hätte es ihn nie gegeben. Der Streit war der schlimmste, den sie und ihre Mutter je ausgefochten hatten. Heute wusste Brydie, dass Ruth genauso getrauert hatte wie sie, nur auf eine andere Art. Sie wünschte, sie könnte ihre Worte von damals zurücknehmen.

»Noch einen?« Nathan deutete auf ihr leeres Glas. »Also ich schon.«

»Ja, gern«, gab Brydie zurück.

Nathan stand auf und ging zur Bar. Brydie beobachtete, wie bei dem Springbrunnen in dem Saal irgendetwas aufgebaut wurde. Der Gang zu den Aufzügen war abgeschirmt worden, ein älterer Herr in einem eleganten roten Anzug und mit einem Spazierstock mit Goldknopf in Form einer Ente rollte einen dicken roten Teppich aus.

In der Empfangshalle war jetzt mehr los. Kinder hatten sich auf den Teppich gesetzt. Menschen kamen und gingen, schüttelten die Nässe von ihren Schirmen und bestellten Getränke. Brydie rutschte auf ihrem Sessel hin und her, um besser sehen zu können, was da vor sich ging.

»Entschuldige, hat etwas länger gedauert«, sagte Nathan, als er endlich mit ihren Drinks zurückkam. »Jetzt ist hier mehr los.«

»Ja, ist mir auch aufgefallen.« Brydie trank einen Schluck. »Das ist der köstlichste Cocktail, den ich je getrunken habe!«

»Kannst du gut sehen, was dort los ist?« Seine Augen funkelten voller Vorfreude. »Ich möchte, dass du gut sehen kannst.«

»Von hier aus ganz gut«, sagte Brydie. Sie wusste, was passieren würde. Aber seine Freude war so süß, so echt, dass sie froh war, ihm nicht erzählt zu haben, dass sie schon einmal im Peabody gewesen war.

Der Mann in dem roten Anzug wandte sich an die Gäste. »Meine Damen und Herren, kommen Sie und hören Sie die spannende Geschichte der Enten von Peabody.«

»Hörst du?«, flüsterte Nathan.

Brydie nickte und lächelte.

»Damals, in den 1930ern, kehrten Frank Schutt, der Direktor des Peabody Hotels, und sein Bekannter von der Jagd in Arkansas nach Memphis zurück. Die Männer hatten etwas zu viel Whiskey getrunken und fanden es lustig, ihre Lockenten in den wunderschönen Brunnen des Hotels zu setzen. Drei kleine Englische Zwergenten waren sozusagen die Versuchskaninchen. Die Menschen waren begeistert. Das war der Beginn der Tradition der Peabody-Hotelenten. Mittlerweile sind sie weltberühmt. Im Jahr 1940 bot ein ehemaliger Zirkustrainer seine Hilfe mit den Enten an. Er brachte ihnen bei, zum Springbrunnen zu watscheln, so entstand die Peabody-Enten-Polonaise. Der Mann wurde der Peabody-Enten-Direktor, fünfzig Jahre lang hatte er den Posten inne, bis 1991. Seit Jahrzehnten marschieren die Enten immer noch zum Springbrunnen im Empfangssaal des Hotels. Sehen Sie jetzt, meine Damen und Herren, die Peabody-Enten-Polonaise!«

Brydie sah zum Aufzug, aus dem mehrere Enten gewatschelt kamen, angeführt vom Entendirektor. Mit seinem Stock dirigierte er die Enten zum Springbrunnen – unter den Jubelrufen der Kinder und ihrer lachenden Eltern. Eine nach der anderen marschierten die Enten um den Brunnen und sprangen dann hinein. Die Menschen in dem Saal schienen sie nicht im Geringsten zu stören.

»Wie findest du's?«, fragte Nathan sie.

»Wunderschön«, flüsterte Brydie. Es war ihr voller Ernst.

Als sie die Entenparade das letzte Mal gesehen hatte, war sie sieben Jahre alt gewesen. Ihr Vater hatte sie eines Morgens geweckt und ihr gesagt, dass sie nicht zur Schule bräuchte, da er geschäftlich etwas in Memphis zu erledigen hätte. Zuerst hatte sie keine Lust gehabt, mit ihrem Vater eine »Geschäftsreise« zu machen. Das hatte sie schon einmal erlebt, und das war unglaublich langweilig gewesen, es war nur um Maklerverträge und den Papierkram ihrer Mutter gegangen. Ihr Dad genehmigte sich meist einen Drink, oder auch fünf. Und sie mussten manchmal stundenlang warten, bis er wieder fahren konnte. Aber an jenem Tag hatte er keine Papiere oder Verträge dabeigehabt. Und auch keine Drinks. Stattdessen verfrachtete er sie ins Auto. Auf der Fahrt sangen sie aus voller Kehle George-Michael-Songs.

Als sie damals vor dem Peabody hielten, wusste Brydie, dass sie etwas Besonderes vorhatten. Zuerst war Gerald Benson mit ihr ins Restaurant essen gegangen, wo sie ihre Portion Cheese Grits bekam, eine leckere Maisgrütze mit Käse. Danach gab es in der Konditorei einen Cookie in Entenform. In dem Saal, in dem sie jetzt mit Nathan saß, durfte sie dann eine »Entenlimonade« bestellen, während ihr Vater sich ein Bier genehmigte. Und dann hatten sie gewartet.

»Erzähl aber nicht deiner Mutter, wo wir heute waren«, sagte er und zwinkerte ihr verschwörerisch zu. »Wir lassen sie in dem Glauben, dass du heute stundenlang in der Schule gebüffelt hast.«

Brydie hatte ihn angestrahlt. Sie liebte es, Geheimnisse mit ihrem Vater zu haben. Und sie hatten viele davon. Es war, als lebten sie in ihrer eigenen kleinen Welt, zu der kein Eindringling Zutritt erlangte. Gerald war ihr bester Freund, mit ihren sieben Jahren konnte sie sich nicht vorstellen, dass sich das jemals ändern könnte.

Aber natürlich änderte sich das. Sie wurde erwachsen, und ihr Vater wurde älter. Als er sich den Rücken verletzte, als sie sechzehn war, änderte sich noch viel mehr. Das Familienleben zu Hause wurde unerträglich. Die chronischen Schmerzen ihres Vaters und die genauso chronischen Bemerkungen ihrer Mutter, dass er nicht mehr der Alte sei. Wahrscheinlich war das der Grund, warum Brydie damals so schnell wie möglich heiraten wollte. Heiraten bedeutete, ihr Elternhaus zu verlassen. Wenn sie dann später zu Besuch sein würde, würden sich alle von ihrer besten Seite zeigen.

In dem Sommer, als ihr Vater starb, hatten sie sich das letzte Mal übers Kinderkriegen unterhalten. Er wünschte sich so sehr ein Enkelkind! Und Brydie hatte sich so sehr gewünscht, nicht mehr über das Thema reden zu müssen.

»Ich will doch nur ein einziges«, hatte er eines Nachmittags beim Kaffee in der Bäckerei zu ihr gesagt. »Nur ein Mädchen oder einen Jungen, den ich verwöhnen kann. Ich bin so einsam, wenn ich niemanden auf meine Abenteuerausflüge mitnehmen kann.«

»Du kannst doch eh keine Ausflüge mehr machen, Dad.« Fragend hatte sie auf den letzten Cranberry-Scone in der Auslage gezeigt. »Leider.«

Da war ihr Vater sehr still geworden und hatte nichts mehr gesagt. Brydie quälten noch den ganzen Tag lang Schuldgefühle, aber sie hatte sich nie bei ihm entschuldigt.

Als sie jetzt, hier im Peabody in Memphis, all die Kinder sah, die lachten und den Enten applaudierten, und die Eltern, die sie lächelnd dabei beobachteten, vermisste sie ihren Vater mehr denn je. Sie vermisste auch das Kind, das sie nie gehabt hatte – und das ihr Vater nie kennenlernen würde.

Sie lehnte sich zurück und ließ die zweite Lucille all ihre Gefühle und ihren Kummer forttragen. Unzählige Male hatte sie sich ermahnt, das Thema besser nicht wieder hochkochen zu lassen. Aber die Wunde war zu frisch, im Moment konnte

Brydie sich auch nicht vorstellen, dass all das jemals heilte. Wie konnten Worte, die sie nie gesagt hatte, und ein Leben, das sie nie geschenkt hatte, so sehr schmerzen?

Brydie merkte gar nicht, wie sehr sie in ihre Gedanken vertieft war, bis Nathan mit seinem Stuhl näher an sie heranrutschte und sagte: »Mochtest du die Enten nicht?«

»Wie?«, fragte Brydie und sah sich um. Sie blinzelte, als sei sie gerade aufgewacht. »Nein, ich mochte die Enten«, sagte sie.

»Was ist dann mit dir los?«

»Nichts.«

»Irgendwas wurmt dich. Das seh' ich. Du hast diesen Ausdruck in den Augen, als wärst du meilenweit fort. Als würdest du gleich in Tränen ausbrechen.«

»Echt?«, tat Brydie erstaunt und beschloss, dass es an der Zeit war, mit allem herauszurücken. »Ich hab dir vorhin nicht die Wahrheit gesagt«, gestand sie.

»Oh?«

»Ich war schon mal hier, im Peabody.« Sie sah ihn an und versuchte zu lächeln. »Mein Vater hat mich ein paar Mal hergebracht, als ich klein war. Ganze Tagesausflüge haben wir gemacht. Er hat mich zum Essen ausgeführt, und dann durfte ich mir hier in diesem Saal eine Limo bestellen.« Sie schwieg kurz und suchte nach den richtigen Worten. »Das sind schöne, wertvolle Erinnerungen. An diesen Ort habe ich schon lange nicht mehr gedacht.«

»Warum hast du mir nie davon erzählt?« Nathan starrte auf die Tischplatte. »Ich wär' nicht mit dir hergekommen, wenn ich das gewusst hätte ... wenn ich gewusst hätte, dass dich das so aufregt!«

»Das regt mich nicht auf«, entgegnete Brydie. Und das

stimmte. Der Ort stimmte sie melancholisch, aber es regte sie nicht auf, hier zu sein. »Ich bin froh, dass wir hier sind. Das alles erinnert mich nur so sehr an meinen Vater. Bis vor Kurzem dachte ich, er sei der perfekte Vater und der perfekte Ehemann gewesen. Aber das war er nicht.«

»Niemand ist perfekt.«

»Ich weiß«, murmelte Brydie. »Ich konnte es mir bloß nicht eingestehen.«

»Kannst du das jetzt?«

Brydie zuckte mit den Schultern. »Eigentlich nicht. Meine Mutter und ich hatten einen heftigen Streit, bevor ich nach Memphis gezogen bin. Ich hatte nach der Scheidung bei ihr gewohnt. Ich hab' mir an vielem, was in meiner Ehe mit Allan schieflief, die Schuld gegeben. Ebenso wie ich meiner Mutter die Schuld an vielem gab, was damals schiefgelaufen ist.«

»Ich beobachte das manchmal im Krankenhaus«, sagte Nathan. »Wenn etwas Schlimmes passiert, etwas wirklich Tragisches, dann fällt es den meisten Menschen leichter, anderen die Schuld zu geben, als mit der eigenen Trauer klarzukommen.«

Brydie nickte. »Ja, Ärger zu empfinden ist so viel einfacher. Meine Mutter hat jedenfalls ein paar unschöne Dinge über meinen Vater gesagt ... dass er trank ... und das hat mich wütend gemacht. Ich wusste das natürlich, aber ich wollte es nicht noch mal gesagt bekommen. Vor allem nicht von ihr.«

»Dein Vater hat getrunken?«

»Ja. Sie sagte, er sei Alkoholiker und ein schlechter Ehemann gewesen.«

»Autsch.«

»Sie hat sich gestern dafür entschuldigt«, sagte Brydie schnell. »Aber ich hab' das so lange verdrängt und nicht wahrhaben wollen, dass ich jetzt nicht mehr aufhören kann, daran zu denken.«

»Du kannst ihn trotzdem lieben, das weißt du?« Nathans Stimme war ruhig und voller Zärtlichkeit. »Du kannst ihn sogar mit deinem jetzigen Wissen umso mehr lieben.«

»Wirklich?«

»Natürlich.« Er rutschte auf seinem Stuhl neben sie und legte ihr einen Arm um die Schulter. »Er hat dich geliebt, und das hatte nichts mit seinen Fehlern oder seiner Krankheit zu tun, die er nicht im Griff hatte. Du warst sein größter Stolz, und das war ihm sehr bewusst.«

Brydie rann eine Träne die Wange herab. Hektisch wischte sie sie mit dem Handrücken ab. »Danke«, hauchte sie.

»Ich bin froh, dass du das mit mir teilst.« Nathan sah ihr in die Augen. »Ich glaube, dein Vater und mein Großvater wären glücklich, wenn sie uns hier sehen könnten.«

»Das glaub' ich auch.«

»Jetzt lass uns was essen gehen«, schlug er vor. »Ich hab' einen Bärenhunger. Du auch?«

Brydie nickte. Sie standen auf, und gemeinsam schlenderten sie durch den Saal zu der marmornen Treppe, die zum Restaurant führte. Als sie an der Konditorei vorbeikamen, musste Brydie kurz davor stehen bleiben und die köstlichen Gerüche aus dem kleinen Laden einatmen.

»Sollen wir ganz reingehen?«, fragte Nathan.

»Wenn's dir nichts ausmacht«, antwortete sie. »Ich würde mich gern umsehen.«

Brydie streifte durch den Laden und besah sich das Mürbegebäck in der Theke. Am liebsten wäre sie hinter die Theke gegangen und hätte ein paar der noch warmen, weichen Teilchen in die Hand genommen.

»Komm mal her«, riss Nathan sie aus ihren Gedanken. Er zog sie zu einer Vitrine nahe dem Eingang. »Guck mal, die haben auch Hundekuchen!«

Brydie beugte sich vor und sah auf die Auslage. Das waren wirklich Hundekuchen, und was für welche! Sie waren in buntes Zellophanpapier gewickelt. Auf dem Etikett stand der Name eines Ladens in Southaven, Mississippi, etwa zwanzig Minuten mit dem Auto von Memphis entfernt. »Die sehen ja toll aus«, rief sie voller Bewunderung. »Und erst die Verpackung! Wenn das nicht zum Kauf animiert ...«

»Ich frag' mich, ob die auch gut sind«, meinte Nathan. »Ich bin immer eher skeptisch, wenn die Verpackung zu schön aussieht.«

Brydie verdrehte sie Augen. »Und das sagt der Mann, der einen Range Rover fährt.«

»Gut«, lenkte er ein. »Der Range Rover und du, ihr macht da eine Ausnahme.«

Brydie konnte sich ein Lachen über das kitschige Kompliment nicht verkneifen. »Außerdem ist es sehr schlau, diese ausgefallenen Hundekunden in einer so ausgefallenen Konditorei zu verkaufen. Ich will nicht wissen, wie viel Umsatz die damit machen.«

»Sehr viel Umsatz wahrscheinlich.«

Am liebsten hätte Brydie die Verkäuferin gefragt, wie viele Hundekuchen sie in der Woche verkauften. Diese Konditorei, genau genommen das ganze Peabody, richtete sich an eine bestimmte Klientel: an Menschen, die sich Luxusgüter leisten konnten. Als Kind hatte sie das nicht wahrgenommen, aber jetzt fiel es ihr ins Auge. Sie fragte sich, ob eine Bäckerei, die zusätzlich auch Hundekuchen verkaufte, in Memphis laufen würde. Ein Laden, in dem man morgens schnell seinen Kaffee, einen Scone und auch noch einen Kuchen für seinen Hund bekam. Sie war sich recht sicher, dass all diejenigen, für die sie in letzter Zeit gebacken hatte, einschließlich Nathan, in diese Bäckerei kommen würden. Je länger sie über diese Idee nachdachte, desto besser gefiel sie ihr.

»Du willst doch nicht welche kaufen, oder?«, fragte Nathan. »Deine sind bestimmt besser.«

»Nein, will ich nicht.« Brydie sah ihn an. »Lass uns essen gehen.«

Gerade als der Kellner auf sie zukam, ein großer Mann mit schütterem Haar in einem schicken schwarzen Smoking, klingelte Nathans Handy. »Es ist Myriah«, sagte er nach einem Blick aufs Display. »Ich geh' nur kurz ran.« Er entfernte sich kurz.

Brydie nickte und beobachtete eine Gruppe Menschen, die durch die Eingangstür den Saal betraten. Sie konnte ihr Lachen und das Prasseln des Regens hören. Die Leute sahen aus, als kämen sie geradewegs aus einem Büro. Brydie folgte ihnen mit ihrem Blick, als sie zur Bar gingen. Als Nathan sie an der Schulter berührte, drehte sie sich zu ihm um. »Ist alles in Ordnung?«, fragte sie besorgt.

»Nein. Myriah sagt, dass der Keller unter Wasser steht. Ich glaube, ich muss nach Hause und nachsehen.«

Erschrocken stand Brydie auf. »Klar, selbstverständlich. Lass uns gehen.«

»Das tut mir leid.«

»Das muss es nicht«, beschwichtigte sie ihn.

»Wir holen uns auf dem Weg schnell etwas zu essen, wenn du magst«, schlug Nathan vor.

»Ich brauche nichts«, sagte Brydie. »Lass uns lieber schnell nach Hause fahren.«

Nathan nickte, und Brydie folgte ihm aus dem Hotel. Einmal sah sie sich noch um, bevor sie in das Parkhaus und zum Wagen gingen und zurück nach Germantown fuhren – gespannt, was sie dort erwarten würde.

31. Kapitel

Der Regen prasselte immer noch in Strömen, als Nathan in seine Garage fuhr. »Ich sehe bloß schnell nach, dann bringe ich dich und Teddy nach Hause«, sagte er.

Drinnen tigerte Myriah besorgt im Wohnzimmer auf und ab. Sasha wich nicht von ihrer Seite, während Teddy vor dem Kamin lag und schnarchte. Brydie musste lächeln. Sein Schnarchen übertönte sogar das Knistern des Feuers.

»Ich habe ein paar Kartons und Taschen aus dem Keller nach oben gebracht.« Myriah deutete in eine Ecke. »Ich glaub', an die Taschen ist kein Wasser gekommen, aber die Kartons …«

»Mach dir keine Sorgen.« Nathan legte ihr eine Hand auf die Schulter. »Du konntest kaum etwas tun.«

»Aber die Möbel da unten!«, jammerte Myriah. »Das antike Sofa deiner Großmutter!«

»Das war eh in einem miserablen Zustand«, sagte Nathan. »Ich wollte es immer mal aufpolstern lassen, bin aber nie dazu gekommen. Es ist nicht deine Schuld, Myriah.«

Die junge Studentin lächelte ihn dankbar an. »Ein paar

Nachbarn sind kurz vorbeigekommen, um nach dem Rechten zu sehen«, erzählte sie. »Ich glaube, in mehreren Häusern sind die Keller überschwemmt.«

»Ich schau mal unten nach, wie groß der Schaden ist«, sagte Nathan. »Viel mehr können wir heute nicht machen. Morgen muss ich dann ein paar Telefonate führen.«

Über ihnen flackerte das Licht, einmal, zweimal, und ging dann aus.

»Na großartig«, brummte Nathan. »Echt großartig.«

Auch andere Keller standen unter Wasser? Erst jetzt fiel Brydie ein, dass auch ihr Haus betroffen sein könnte. Immerhin waren sich die Häuser in diesem Block alle ähnlich. Da war es nicht abwegig, dass auch in ihren Keller Wasser gelaufen war. »Ich gehe lieber nach Hause«, sagte sie und eilte zu Teddy, um ihn zu wecken. »Ich mach' mir Sorgen, dass mein Keller aussieht wie deiner.«

»Stimmt, du solltest nachsehen«, pflichtete Nathan ihr bei. »Ich fahr dich.«

»Das brauchst du nicht. Du hast hier genug zu tun.«

»Ich kann sie fahren«, bot Myriah an. »Das ist das Mindeste, was ich tun kann.«

Nathan nickte. »Okay, danke.«

Brydie hätte gern einen Augenblick unter vier Augen mit ihm gehabt. Sie wollte ihm für die schönen Stunden danken und auch etwas zur vergangenen Nacht sagen. Außerdem hatte sie den ganzen Tag eine Neugierde gespürt, wie es sich anfühlen würde, wenn er sie wieder bitten würde, die Nacht bei ihm zu verbringen. Aber das Wasser machte alle Hoffnung zunichte. Myriah befestigte schon die Leine an Teddys Geschirr und führte den Hund wenig später hinaus in den Regen. Brydie folgte ihnen.

»Was für ein Unwetter«, sagte Myriah, als sie im trockenen Auto saßen. »Ein Wunder, dass wir nicht schon alle im Mississippi schwimmen.«

»Wenigstens friert es nicht«, antwortete Brydie. »Das ist das Gute am Süden. Eisstürme sind hier selten.«

Myriah nickte und ließ den Motor an. »Das stimmt.«

»Der Strom scheint in der ganzen Straße ausgefallen zu sein«, sagte Brydie. »Hoffentlich fällt mir gleich ein, wo ich die Taschenlampe hingelegt habe.«

Myriah fuhr auf die Einfahrt zu und hielt direkt vor ihrer Tür. »Da wären wir«, sagte sie.

»Danke fürs Fahren.« Brydie war ihr wirklich dankbar. »Nathan kann sich glücklich schätzen, dich zu haben. Und Sasha und Teddy sich auch.«

»Teddy ist ein Schätzchen. Und Sasha liebt ihn.«

»Ich glaube, diese Liebe wird erwidert.«

»Und was ist mit Nathan?«, fragte Myriah direkt heraus. »Du magst ihn, nicht wahr?«

Brydie war erstaunt über die Frage, beschloss aber, dass es keinen Grund gab, ihr nicht die Wahrheit zu sagen. »Ja, ich mag ihn.«

»Das sieht man.«

»Er tut mir gut«, fügte Brydie hinzu. »Das letzte Jahr war … schwierig.«

Myriah sah sie an. »Nathan hat das Herz am rechten Fleck«, sagte sie. »Er war für mich da, als mein Vater es nicht konnte.«

Brydie lächelte. Sie wusste nicht, was sie dazu sagen sollte.

»Nathan ist der Grund, warum ich Ärztin werden möchte«, erzählte Myriah. »Ich bin kurz vor dem Abschluss. Mein Vater glaubt, ich studiere seinetwegen. Aber das stimmt nicht. Ich mach's wegen Nathan.«

Brydie war nicht klar, warum die Hundesitterin ihr ausgerechnet jetzt ihr Herz ausschüttete. Jetzt, wo Brydie dringend nach Hause und in ihren Keller wollte. »Das wird ihn sicherlich freuen zu hören«, sagte sie hastig. »Er sagt, du bist eine gute Studentin.«

»Ich liebe ihn«, gestand Myriah flüsternd. »Ich weiß, dass ich zu jung für ihn bin. Aber ich hab' mir Hoffnungen gemacht. Nachdem ich ihn mit dir zusammen gesehen habe, ist mir allerdings klar geworden, dass meine Liebe unerwidert bleiben wird.«

Brydies Brust zog sich zusammen. Wider Erwarten überkam sie eine Welle des Mitgefühls für die junge Frau. Sie wusste besser als jede andere, wie es sich anfühlte, jemanden zu lieben, ohne Hoffnung, dass diese Liebe erwidert wurde. Sie hatte es Allan vom Gesicht abgelesen in der Nacht, als er ihr gesagt hatte, dass er die Scheidung wollte. Es war zwar nicht ganz dasselbe, aber der Schmerz war gewiss ähnlich.

»Es tut mir leid«, hauchte Myriah, bevor Brydie eine Antwort einfiel. »Ich hätte nichts sagen sollen. Bitte erzähl ihm nichts.«

»Nein«, sagte Brydie, »ich werd' das für mich behalten.«

»Ich hoffe, dass das nicht zwischen uns beiden steht.«

Brydie schüttelte den Kopf. Wird es nicht.«

»Ich ... ich will meinen Job nicht verlieren.« Myriah umklammerte das Lenkrad.

Jetzt verstand Brydie sie. Die Ärmste hatte Angst, dass sie nicht mehr Teil von Nathans Leben sein konnte, wenn er und Brydie zusammen wären. »Nein«, sagte sie. »Ich kann natürlich nicht für Nathan sprechen, aber ich weiß, dass er dich braucht. Und ich werde nichts unternehmen, was ihn dazu bringt, dich nicht mehr zu brauchen. Versprochen.«

»Danke, ehrlich.« Die Erleichterung war Myriah anzuhören.

»Ich muss jetzt rein«, sagte Brydie. »Nachsehen, wie's im Keller aussieht.«

»Natürlich«, Myriah ließ das Lenkrad los. »Brauchst du da drinnen Hilfe?«

Brydie war schon aus dem Auto gestiegen und holte Teddy vom Rücksitz. »Ich glaub', ich komme zurecht. Trotzdem danke.«

Der Hund schüttelte sich im Regen und knurrte missmutig, bis sie endlich im Haus und im Trockenen waren. Trotz des Stromausfalls und des möglichen Hochwassers in ihrem Keller war Brydie froh, zu Hause zu sein. Sie war vollkommen erschöpft und wollte eigentlich nur noch ins Bett kriechen.

Sie tastete sich zu dem Schrank vor, in dem Teddys Fressnapf stand. Sie stieß gegen seine Wasserschüssel und fluchte, als das Wasser sich über den Boden ergoss. Zum Glück fand sie die Taschenlampe, die sie auch schon beim ersten Mal im Keller benutzt hatte. Die Batterien waren noch aufgeladen, und die Lampe gab genug Licht.

Nachts war das Haus ganz schön unheimlich, besonders wenn der Lichtstrahl der Taschenlampe über die nackten Wände huschte. Sie tappte ins Schlafzimmer, um den Kellerschlüssel zu holen. Teddy folgte ihr und sprang auf das Bett.

»Teddy! Nein!«, zischte Brydie und musste hilflos mit ansehen, wie er sich mit seinem nassen Fell in die Kissen und Decken wühlte. Er sah sie an, legte den Kopf schief und rollte sich dann auf den Rücken.

Sie seufzte und machte sich auf in den Keller. Ihr Herz klopfte laut, als sie den Schlüssel im Schloss drehte. Was erwartete sie da unten? Stand alles unter Wasser? Wen musste sie anrufen, falls der Keller überflutet war? Sollte sie Mrs. Neumann informieren?

Als Brydie die unterste Stufe erreichte, reichte ihr das Wasser bis zu den Knöcheln. Am liebsten wäre sie umgekehrt und zurück nach oben gegangen. Stattdessen ließ sie das Licht über den Raum gleiten. Eine Sache musste sie retten – und das war ein guter Grund dafür, im Dunkeln durch das schmutzige Wasser zu waten: Paulines Truhe am anderen Ende des Kellers. In der Truhe befanden sich sämtliche Erinnerungen von Pauline, die Erinnerungen, die sie niemals vergessen wollte, wie sie ihr beim letzten Besuch erzählt hatte.

Seufzend legte sie die Taschenlampe auf die letzte trockene Stufe und watete durchs Wasser. Sie versuchte, nicht darüber nachzudenken, was da unter Wasser ihr Bein streifte. Der Lichtschein reichte gerade so weit nach hinten, dass sie den Griff an der Truhe erkannte. Sie griff danach und begann zu ziehen. Herrje, war die schwer, und das ganze Wasser war auch nicht gerade hilfreich.

Als sie den Treppenabsatz erreichte, war sie am Ende ihrer Kräfte. Wie sie es mitsamt dem schweren Ding bis hoch schaffte, blieb ihr ein Rätsel. Oben im Flur sank sie, nass, wie sie war, neben der Truhe zusammen. Sie hoffte nur, dass es nicht schon zu spät war und der ganze Inhalt verloren. Mühsam erhob sie sich wieder und schlurfte ins Bad. Dort holte sie ein paar große Handtücher, die sie im Wohnzimmer nebeneinander ausbreitete, und zerrte die Truhe darauf.

Fürs Erste zufrieden, griff sie zu ihrem Handy. Die verpassten Anrufe ihrer Mutter beachtete sie nicht und rief Elliott an, um ihr von dem überfluteten Keller zu berichten. Na toll, sie nahm natürlich nicht ab, dabei hatte sie gesagt, sie wäre im Notfall immer erreichbar. Und das hier war ein Notfall!

Brydie atmete aus, sie musste unbewusst den Atem angehalten haben. Sie sah auf die Truhe und wandte widerwillig den Blick von ihr ab. In der Küche goss sie sich die Reste des billigen Pinot Noirs von ShopCo ein, den Rosa zur Thanksgiving-Feier mitgebracht hatte. Sie ging zurück ins Wohnzimmer, trank einen Schluck und verzog das Gesicht. Ihr Lieblingswein war das nicht. Am liebsten hätte sie den Fusel in einem Zug hinuntergestürzt, in der Hoffnung, dass der sich ausbreitende Alkohol ihr die Entscheidung abnahm, was sie mit der Truhe anstellen sollte. Doch sie musste sie öffnen, um vom Inhalt zu retten, was zu retten war.

Sie wünschte, Elliott wäre ans Telefon gegangen. Gut, meine beste Freundin hat eben viel um die Ohren, dachte sie neidvoll. Wahrscheinlich badete sie gerade Mia oder brachte sie ins Bett. Als Brydie noch bei ihnen gewohnt hatte, hatte sie sich bemüht, sich Elliotts streng getakteten Tagesablauf zu merken, aber immer wieder einzelne Punkte vergessen. Wie alle Menschen, die keine Kinder hatten, war sie sicher, dass sie sich als Mutter nicht sklavisch an einen lächerlichen Tagesablauf halten würde. Einen Säugling musste man doch bestimmt nicht pünktlich aller vier Stunden die Brust geben. Und bestimmt musste auch ein Kleinkind nicht um Punkt sechs Uhr abends gebadet werden.

Obwohl sie beide nach wie vor eine enge Freundschaft verband, war es für Brydie nicht leicht gewesen, als Elliott ihre zweite Schwangerschaft verkündet hatte. Sie hatte es Brydie noch vor allen anderen erzählt. Eines Abends, als Mia bei ihrer Freundin Gigi übernachtete, war sie zu Brydie ins Untergeschoss gekommen und hatte geradeheraus gestanden, dass sie schwanger war. Elliotts Haltung – sie sah ihr nicht in die Augen, sondern starrte eher aufs Kinn – verriet Brydie, dass ihre Freundin eine negative Reaktion erwartete. Elliott wusste, wie sehr sich Brydie ein Kind wünschte. Wie groß der Wunsch auch damals noch gewesen war, obwohl sich ihre eigene Ehe kurz zuvor in Wohlgefallen aufgelöst hatte.

»Oh! Ich freu mich für dich«, hatte Brydie gesagt und gelächelt.

»Wirklich?« Elliott schien verdutzt. »Das regt dich nicht auf?«

»Weil ich um meinetwillen traurig bin, heißt das noch lange nicht, dass ich mich nicht für dich freuen kann«, sagte Brydie. »Und wir beide wissen, dass du etwas viel Schlimmeres als eine Scheidung hinter dir hast.«

Elliott erwähnte ihre Fehlgeburt nur selten. Und Brydie respektierte das. In Wahrheit konnte sich Brydie wirklich nichts Schlimmeres als eine Fehlgeburt vorstellen – so sehr, wie sich Elliott und Leo ein Kind gewünscht hatten, um dann hören zu müssen: »Es sind leider keine Herztöne mehr zu hören.«

Brydie trank noch einen Schluck Wein. Sie vermutete, dass Leo und Elliott auch aus anderen Gründen gewollt hatten, dass sie auszog, nicht nur wegen des zusätzlichen Zimmers im Untergeschoss. Ohne es zu wollen, war sie das fünfte Rad am Wagen. Die beiden wollten glücklich sein und vorsichtig optimistisch. Und dann war sie da, die wie ein Trauerkloß in ihrer Wohnung hockte. Normalerweise hätte Brydie der Gedanke beunruhigt, aber in diesem Fall nicht. Sie hatte sowieso irgendwann ausziehen müssen. Sie brauchte ihre Privatsphäre – selbst wenn es sich noch immer so anfühlte, als würde sie das Leben einer anderen führen.

Nein, dachte Brydie jetzt, ich lebe mein Leben! *Zum ersten Mal seit vierunddreißig Jahren führe ich mein eigenes Leben.* Zum ersten Mal wohnte sie allein. Zum ersten Mal in ihrem Leben hatte sie etwas aus eigenem Antrieb und aus eigener Initiative getan. Verstohlen sah sie zu der Truhe. Sie musste sie irgendwie öffnen! Und sei es nur, um herauszufinden, dass das, was sich darin befand, unbeschädigt war.

Langsam ging sie zu der Truhe und strich mit dem Zeigefinger über den Deckel. Ohne Schlüssel ließ sich dieser Kasten unmöglich öffnen, es sei denn, sie brach das Schloss auf. Plötzlich kam ihr eine Idee. Vielleicht konnte sie die Scharniere abschrauben. Entschlossen setzte sie das leere Glas ab und schnappte sich die Autoschlüssel. Sie hatte eine kleine Werkzeugkiste im Kofferraum. Ein Schraubendreher wäre jetzt hilfreich.

Kurz darauf hatte sie die Scharniere gelöst und hob vorsichtig den Holzdeckel an.

Obenauf lag eine Decke aus dicker fliederfarbener Wolle. Brydie fürchtete fast, dass sie ihr unter den Händen zerfallen könnte, legte die Decke sacht auf den Boden und warf einen zweiten Blick in die Truhe. Was sie da sah, überraschte sie. Anstelle von allerhand Gegenständen oder mehr Decken, lagen da zwei große Tupperdosen nebeneinander auf dem Boden, Tupperdosen, wie Brydie sie benutzte, um darin ihre Cookies und Cupcakes aufzubewahren.

Neugierig langte sie in die Truhe und holte eine Dose heraus. Sie war schwer, und der Inhalt rutschte hin und her. Brydie beschloss, sich noch ein Glas Wein einzuschenken, und stellte die Dose ab. Wenn sie ehrlich war, fühlte sie sich schuldig für das, was sie vorhatte. Sie musste ja genau genommen gar nicht hineinschauen, sondern konnte sie einfach in den Schrank stellen, bis der Keller wieder trocken war und sie die Truhe samt Inhalt wieder in die feuchte Kellerecke stellen konnte.

Seufzend drehte sie den Korkenzieher in die noch ungeöffnete Flasche Merlot und seufzte, bevor sie mit einem vollen Weinglas wieder in die Stube ging. Teddy war vom Bett gesprungen und kam hereingetapst. Jetzt beschnüffelte er die Truhe und legte sich daneben.

»Du muffelst«, sagte Brydie und setzte sich im Schneidersitz neben ihn, wobei sie aufpasste, keinen Merlot aus ihrem übervollen Glas zu verschütten. »Du stinkst nach nassem Hund.«

Teddy sah entrüstet zu ihr auf. Dann nieste er gegen ihr nacktes Bein.

Noch vor zwei Monaten hätte sie ein Hund, der sie annieste, in den Wahnsinn getrieben, und sie wäre schreiend unter die Dusche gerannt. Jetzt wischte sie sich bloß mit der freien Hand das Bein ab und wandte sich wieder der Dose neben der Truhe zu. »Hast du das schon mal gesehen?«, fragte sie ihn, stellte das Weinglas außer Reichweite des Hundes und öffnete vorsichtig die erste Dose.

Mit einem Plopp löste sich der Deckel, und eine leichte Staubschicht, die sich in den letzten Jahren darauf angesammelt hatte – obwohl die Truhe verschlossen gewesen war – landete auf Teddy und Brydie. Jetzt mussten sie beide niesen.

Als Brydies Augen aufgehört hatten zu tränen und das Niesen nachließ, warf sie einen Blick in die Dose. Das hier waren Fotografien! Ziemlich alte sogar. Sie nahm einige heraus und sah sie sich an. Das mussten die Fotos sein, die in dem Album aus dem Keller fehlten. Sie erkannte die Menschen und ihre Kleider.

Ein Bild zeigte Pauline und ihren dritten Ehemann. Wie hieß er doch gleich? Bill? Sie standen neben einem älteren Ehepaar. Brydie meinte, den Pelzmantel zu erkennen, von dem Pauline in der Geschichte mit dem Feuer zu Thanksgiving erzählt hatte. Das mussten Bills Eltern sein! Hatte Pauline die Fotos aus dem Album genommen, weil sie Bills Mutter verabscheute? Aber wenn das der Fall war, warum hob sie die Fotos dann überhaupt noch auf?

Sie holte die restlichen Fotos heraus, wobei Teddy sie stumm beobachtete. Nachdem sie etwa die Hälfte des Stapels durchgeblättert hatte, bemerkte sie etwas. Die Bilder waren verblichen, die Motive verschwommen und gelblich. Aber es sah so aus, als hätte Pauline zugenommen, ihr Gesicht war rundlicher, ihre Kleider saßen enger. Auf einem Foto sah man Bill, der neben Pauline stand und sie anstrahlte, eine Hand auf ihren Bauch gelegt.

Da fiel bei Brydie der Groschen. Pauline war schwanger gewesen! Sie blätterte schneller durch die Fotos, und Paulines Bauch wurde auf jedem vergilbten Bild größer. Das ergab keinen Sinn. Hatte Pauline ihr nicht bei ihrem ersten Besuch gesagt, dass sie keine Kinder hatte? Sie hatte gesagt: vier Ehemänner ... vier Ehemänner, aber keine Kinder.

Schließlich war Brydie am Ende des Stapels angelangt. Sie hielt das letzte Foto in der Hand und wünschte, es würde die Wahrheit preisgeben. Ratlos drehte sie es um, vielleicht stand etwas auf der Rückseite geschrieben, etwas, was das geheimnisvolle Baby erklären würde. Das Baby, von dem Pauline kein Sterbenswörtchen erzählt hatte und dessen Existenz die alte Dame offenbar aus ihrem Leben verdrängt hatte.

Vielleicht, dachte Brydie, hatten sie Streit gehabt. Vielleicht hatten Mutter und Kind keinen Kontakt mehr. Vielleicht hatte einer der beiden etwas so Schreckliches getan, dass sie nicht darüber hinwegkamen.

Sie legte die Fotos zurück und nahm die zweite Dose aus der Truhe. Wie viele Streitereien es zwischen ihr und ihrer Mutter gegeben hatte! Sie konnte sich nicht daran erinnern, dass sie sich jemals verstanden hätten. Ihr Vater, von Natur aus eher ruhig, hatte immer ausgleichend gewirkt. Als er gestorben war, hatte Brydie sich einsam gefühlt, noch schlimmer: dem stürmischen Temperament ihrer Mutter schutzlos ausgeliefert.

Trotzdem konnte sie sich heute nicht vorstellen, überhaupt keinen Kontakt mehr zu ihr zu haben. Sie konnte sich nicht vorstellen, was passieren müsste, damit sie überhaupt nicht mehr mit ihr redete.

Gedankenverloren öffnete Brydie die zweite Dose, die leichter war als die erste. Drinnen befand sich ein dünnes, einst weißes Baumwolldeckchen, das mit den Jahren eine gelbliche Farbe angenommen hatte. Geistesabwesend zog sie es aus der Dose und hielt es in die Höhe. In einer Ecke waren zarte blau-rosa Streifen aufgestickt, und der Name des Krankenhauses stand dort: *Memphis Memorial*. Unter dem Tuch lag eine winzige roséfarbene Mütze und ein altrosa Häkelkleidchen mit Schleifen am Kragen und an den Ärmeln.

Das Tuch und die Mütze lagen auf ihrem Schoß. Brydie hielt das Kleid in die Höhe. Es war etwas schmuddelig, die Schleifen hingen schlaff herab. Aber es musste wunderschön gewesen sein, wahrscheinlich sogar selbst genäht. Vorsichtig faltete Brydie das Kleid wieder zusammen. Da sah sie, dass noch etwas in der Dose lag. Zwei Zettel. Der erste war eine Geburtsurkunde für Elise Elizabeth Forrester, geboren am

26. Dezember 1964 um 2:30 Uhr, als Eltern waren William und Pauline Forrester eingetragen.

Ihre Gedanken an ihre eigene Familie und ihr eigenes Leben verblassten mit einem Schlag, als sie den zweiten Zettel aufklappte. Sie wünschte inständig, es stünde etwas anderes dort. Aber wie sie es auch drehte und wendete, die Todesurkunde von Elise Elizabeth Forrester blieb genau das: eine Todesurkunde. Die Kleine war am 26. Dezember um 2:30 Uhr geboren worden und hatte keine vier Stunden später, um 6:07, die Welt wieder verlassen.

Brydie kämpfte gegen die Tränen an. Sie hatte gar nicht viel getrunken, aber ihr Magen war trotzdem übersäuert, und ihr war schlecht. In ihrem Kopf schien sich alles zu drehen. Sie verstaute die Sachen von ihrem Schoß und auch die Zettel wieder in der Dose und stand auf. Sie wankte ins Badezimmer, wo sie gegen die Badewanne sank. Teddy war ihr gefolgt.

Warum hatte sie nur in den Sachen der alten Dame geschnüffelt? Wie sollte sie ihr jetzt am Sonntag gegenübertreten und in die Augen sehen? Sie durfte Mrs. Neumann unter keinen Umständen davon erzählen! Pauline durfte nie erfahren, dass ihre Privatsphäre auf so üble Art verletzt worden war. Offensichtlich hatte sie nicht gewollt, dass irgendjemand davon erfuhr, vor allem nicht die fremde Frau, die seit Wochen in ihrem Haus wohnte. Dabei wollte Brydie sie am liebsten in den Arm nehmen und sie drücken und ihr sagen, wie leid es ihr tat. So, wie sie es auch bei Elliott getan hatte.

Teddy schnüffelte an ihren nackten Füßen. Dann kam er zu ihr und legte die Pfötchen auf ihren Schoß. Als Brydie ihn streichelte, sprang er auf ihren Schoß, streckte sich und leckte ihr die Tränen von der Wange. Dabei hatte sie nicht einmal gemerkt, dass sie weinte.

Sie ließ ihn gewähren und lächelte. »Das machst du öfter, was?«, flüsterte sie. »*Sie* müsstest du trösten, nicht mich!«

Teddy aber antwortete nicht. Er rollte sich nur ein und machte es sich auf ihrem Schoß bequem. Sekunden später war er eingeschlafen und schnarchte leise.

32. KAPITEL

BRYDIE WÄLZTE SICH die ganze Nacht lang. Sie träumte lebhaft, und ihre Träume rissen sie mehr als einmal aus dem unruhigen Schlaf. Sie erwachte in der Dunkelheit und in der Erinnerung an die Entdeckung, die sie am Abend zuvor gemacht hatte. Sie träumte lebhaft, von Regenbogenkindern und fliederfarbenen Decken, und sank dann in einen Albtraum, an den sie sich zum Glück nicht mehr erinnerte, als sie sich am nächsten Morgen aus den Federn quälte.

Am liebsten wäre sie den ganzen Tag im Bett geblieben. Sie war hundemüde. Aber sie hatte Pauline versprochen, dass sie ihr Essen von Gus's mitbringen würde. Sie konnte das schlecht absagen, vor allem jetzt nicht.

Als sie vor dem Laden ankam, war es schon elf Uhr, und es ging dort fast so lebhaft zu wie in der Beale Street Bar zur Mardi-Gras-Parade. Sie schob sich durch die Menge und erwischte an der Kasse noch eine der letzten Speisekarten. Sie hatte gedacht, dass sie einfach schnell an der Kasse oder direkt draußen am Schalter für die Fahrer ein paar Keulen Brathähnchen bestellen konnte. Jetzt war sie überwältigt von der Auswahl an Beilagen und Hähnchen aller Art. Eine Kellnerin mit einem Tablett voller Hähnchenschenkel, das sie über ihrem Kopf balancierte, hechtete hektisch mit der Last an ihr vorbei.

»Sie wünschen?«, fragte jemand. »Hallo? Junge Frau?«

Brydie sah auf. »Äh, ja. Sorry. Ich bin zum ersten Mal hier. Ich bin grad noch mit der Speisekarte …«

Die Frau sagte nichts. Sie sah einfach über sie hinweg und verdrehte die Augen. »Hier ist einfach alles gut, also …«

»Natürlich«, beeilte sich Brydie zu sagen und lief rot an. »Dann … nehm' ich zweimal diese Dreier-Teller mit Bohnen, Coleslaw und Brot – die hellen, bitte.«

»Das macht siebzehn Dollar sechsundfünfzig. Zum Hieressen oder zum Mitnehmen?«

»Zum Mitnehmen, bitte.«

Die Frau streckte die Hand aus, um das Geld von Brydie entgegenzunehmen. »Wie heißen Sie?«

»Brydie.«

Die Frau runzelte die Stirn. »Brydie Benson?«

»Ja«, antwortete Brydie, und es klang eher wie eine Frage. »Das bin ich.«

»Ah, Schätzchen«, die Frau gab ihr das Geld zurück. »Pauline hat heute Morgen angerufen und gesagt, dass ich nach Ihnen Ausschau halten soll. Sie meinte schon, dass Sie wahrscheinlich was Falsches bestellen.«

»Sie hat Sie angerufen?«

Die Frau nickte. »Sie war unsere Stammkundin, bis vor wenigen Monaten«, erzählte sie. »Ich hab' schon gedacht, sie wär' …«

»Sie hatte einen Infarkt«, sagte Brydie schnell. Gleichzeitig wurde ihr bewusst, dass sie sich mit dem Krankheitsverlauf von Pauline kaum auskannte. »Ihr geht's so weit ganz gut. Manchmal besser, manchmal schlechter.«

»Ein paar Brathähnchenschenkel können da bestimmt nicht schaden«, meinte die Frau. »Sie nimmt immer die hellen Dreier mit Krautsalat und den frittierten Gurken.«

»Gut, das nehm' ich dann auch«, sagte Brydie. »Aber ich nehm' die hellen.«

»Setzen Sie sich gern da hinten hin, da wird grad was frei«, sagte die Frau und winkte ab, als Brydie ihr Portemonnaie zückte. »Geht aufs Haus, grüßen Sie Pauline.«

Brydie setzte sich an den freien Tisch. Sie bewunderte Paulines Weitsicht. Natürlich hätte sie das Falsche gebracht! Als die Kellnerin ihr zwei Tüten mit köstlich duftendem Hähnchen brachte, war Brydie dankbar, dass Pauline hier Stammkundin gewesen war. Trotz der langen Schlange war die Bedienung fix gewesen. Erleichtert verließ sie den Laden und sog draußen die kühle Novemberluft ein.

Auf dem Weg zum Auto bewunderte Brydie die Altbauten in Downtown. Das war das zweite Mal innerhalb weniger Tage, dass sie tagsüber in der Gegend unterwegs war. Ein Haus gegenüber stand groß und schmal zwischen zwei gedrungenen Häusern, es schien unbewohnt. Sie überquerte die Straße, um einen Blick durch die Fenster zu werfen, als wie aus heiterem Himmel plötzlich eine Pferdekutsche auftauchte und sie fast anfuhr. Brydie sprang schnell auf den Gehweg und winkte dem Kutscher entschuldigend zu.

Die Scheibe war voller Schlieren und Staub, aber man konnte die Holzdielen und die hohe Decke erkennen. Das Haus war wunderschön, obwohl es ein paar Renovierungsarbeiten sicher vertragen konnte, wie alle alten Häuser. Sie fragte sich, ob es in dem Stockwerk darüber wohl eine freie

Wohnung gab, und bemerkte fast im selben Moment das Zuvermieten-Schild neben der Tür.

Sie erinnerte sich, wie sie früher als Kind mit ihrer Mutter zusammen die Großeltern im Seniorenstift besucht hatte. Einmal, nach einem besonders langweiligen Besuch, wo sie wieder und wieder von ihrem Weihnachtsgottesdienst hatte erzählen müssen, war ihre Mutter mit ihr in ein Altstadt-Restaurant mit schwarz-weiß gekacheltem Fliesenboden gegangen, wo die Kellnerinnen weite Faltenröcke trugen, wie sie in den Fünfzigern modern gewesen waren.

Danach waren sie beide spazieren gegangen. Ruth Benson hatte ihr das alte Haus gezeigt, in dem ihre Eltern einst eine Wäscherei betrieben hatten, die »Callahan Family Cleaners«.

»Sie wohnten direkt über dem Geschäft«, hatte ihre Mutter erzählt. »Im ersten Stock.«

»Hier hast du gelebt?«, fragte Brydie erstaunt. Sie hatte sich immer vorgestellt, dass ihre Mutter bis zur Hochzeit ihr ganzes Leben auf der Farm außerhalb der Stadt verbracht hatte, die Farm, die sie von den Besuchen bei den Großeltern kannte.

Ruth Benson nickte. »Hier hab' ich ungefähr bis zu meinem fünfzehnten Lebensjahr gelebt«, erzählte sie. »Bis ein Feuer das Erdgeschoss zerstört hat und Nanny und Poppy das Haus verkauft haben.«

»Sieht aber nicht so aus, als würde da oben heut' jemand leben.«

»Ja, heutzutage macht man das nicht mehr«, erklärte ihre Mutter. »Aber früher, als ich noch ein Kind war, haben die Inhaber über ihrem Geschäft gewohnt, das war normal.«

Als Brydie jetzt durch das Fenster sah, malte sie sich aus, wie schön es doch sein könnte, über einer Bäckerei zu wohnen, über *ihrer* Bäckerei.

Sie starrte auf das Schild. Der Vermieter war die Immobiliengesellschaft, für die Elliott arbeitete! Im Geiste machte sie sich eine Notiz, dass sie Elliott danach fragen wollte. Obwohl sie genau wusste, dass sie längst nicht wieder so weit war, eine eigene Bäckerei zu führen. Wahrscheinlich würde sie auch in den nächsten Jahren nicht das nötige Kapital dafür aufbringen. Und hier in Downtown war exorbitant viel Geld nötig, um allein die Mieten zu bezahlen. Trotzdem ging ihr der Gedanke von einem eigenen Laden schon seit dem Peabody nicht aus dem Sinn. Aber erst mal musste sie zurück zum Wagen und Pauline ihr Sonntagsdinner bringen, bevor das Hühnchen kalt wurde.

33. Kapitel

Bevor Brydie zum Heim fuhr, holte sie Teddy zu Hause ab. Der war reichlich angefressen, dass sie ihn zu Hause zurückgelassen hatte. Er bellte, bis sie im Auto waren. Während der Fahrt schnupperte und schielte er sehnsüchtig auf die Rücksitze, auf denen die Plastiktüten lagen.

»Da haben Sie ja alle Hände voll«, sagte die Dame am Empfang, als sie Brydie mit den Hähnchen und dem Hund unterm Arm hereinkommen sah. »Brauchen Sie Hilfe?«

»Nein«, stöhnte Brydie. »Geht schon.« Sie setzte Teddy ab. »Weiß auch nicht, warum er sich weigert, über den Parkplatz zu gehen.«

»Er weiß eben, dass Sie ihn tragen.« Die Empfangsdame zwinkerte ihr zu.

Brydie lächelte und machte sich auf zu Paulines Zimmer. Als sie näher kam, hörte sie schon vom Gang aus eine vertraute Stimme. Vor Paulines Bett stand Nathan, im weißen Kittel.

Er drehte sich zu ihr, als sie Teddys Leine löste. Der Mops stürmte zu Pauline und machte Männchen an der Bettkante.

»Brydie«, sagte Nathan und lächelte. »Mrs. Neumann und ich haben uns gerade über dich unterhalten.«

»Tatsächlich?«

»Ich hab' ihm gesagt, dass Missy Ihnen hoffentlich bei der Bestellung bei Gus's hilft«, sagte Pauline und gab dem Doc ein Zeichen, dass er Teddy zu ihr aufs Bett heben sollte. »Ich hatte befürchtet, dass Sie mir sonst was Komisches mitbringen.«

Brydie hielt die Plastiktüten hoch. »Sie hat mir tatsächlich geholfen. Ich hoffe, es ist nicht kalt geworden. Ich musste noch nach Hause und Teddy holen.«

»Das wird schon gehen.« Pauline winkte ab. »Ich hab' das Personal gebeten, uns anständiges Geschirr aus der Kantine zu bringen.«

Erleichtert atmete Brydie auf. Die alte Dame schien bester Laune zu sein. Sie wollte gerade etwas sagen, als die Erinnerung sie einholte – die Überschwemmung, die Truhe, die Fotos ... und alles andere.

»Alles in Ordnung?«, fragte Nathan und trat einen Schritt näher. »Du machst so ein merkwürdiges Gesicht.«

»Alles in Ordnung«, antwortete Brydie und machte sich an den Tellern zu schaffen, die auf einem kleinen Tisch beim Fenster standen. Sie holte tief Luft und drehte sich zu ihm um. »Kann ich dich mal kurz sprechen, auf dem Gang draußen?«

Nathan zuckte mit den Schultern. »Klar.«

»Bin gleich zurück«, sagte sie zu Pauline.

»Ich hab' Zeit«, sagte Pauline und widmete sich Teddy. »Hast du zugenommen? Was gibt Mrs. Benson dir zu essen?«

»Stimmt was nicht?«, fragte Nathan, als sie außer Hörweite waren. »Ich hab' gestern versucht, dich anzurufen.«

»Nein, alles bestens«, meinte Brydie. »Tut mir leid, dass ich nicht zurückgerufen hab'. Aber wo ist eigentlich Dr. Sower?«

»Hat eine Magen-Darm-Grippe«, sagte Nathan. »Die geht hier gerade um, fast alle Bewohner haben sie und schon die Hälfte der Belegschaft. Ich bin auch nicht gern hier, um ehrlich zu sein, aber Dr. Sower hat mich gebeten, einen Blick auf Mrs. Neumann zu werfen.«

»Warum?«

»Ihr geht's jetzt öfter schlecht als gut. Das hast du bestimmt auch schon mitbekommen. Ihr Herz arbeitet immer schlechter, und zudem gibt es zig andere Probleme, über die ich mit dir eigentlich gar nicht sprechen darf.«

Brydie schluckte. »Aber heute geht's ihr gut?« Sie wusste nicht, was sie sonst sagen sollte.

»Heute schon, ja.«

»Hast du ihr von der Überschwemmung in ihrem Keller erzählt?«, fragte Brydie. »Ich bin mir nicht sicher, ob ich ihr das sagen soll.«

»Ich bin gerade erst gekommen«, meinte Nathan. »Wir haben bisher nur darüber gesprochen, dass du heute zu Besuch kommst. Sag ihr einfach das, was du für richtig hältst.«

»Nathan, ich hab' letzte Nacht etwas gefunden …«, begann Brydie und trat nervös von einem Fuß auf den anderen. »Erinnerst du dich an die Truhe, von der ich dir erzählt hab'?«

»Ja.«

»Ich musste sie nach oben zerren, damit sie nicht im Wasser steht. Und dann musste ich sie öffnen.«

»Was hast du?«

»Ich musste das einfach tun!«, rief sie, lauter als beabsichtigt. »Ich hatte Angst, dass der Inhalt nass wird.«

»Vielleicht wolltest du auch einfach nur wissen, was drin ist.« Nathan traf den Nagel auf den Kopf.

»Ja. Ja! Klar wollte ich wissen, was drin ist! Aber jetzt wünschte ich, ich hätte nicht nachgesehen.«

»Warum?«

Brydie holte tief Luft. Sie wollte nicht wieder vor ihm weinen, so wie im Peabody. »Da waren Fotos«, erzählte sie. »Fotos von Mrs. Neumann, als sie schwanger war. Das muss Anfang der Sechziger gewesen sein. Aber, Nathan, ihr Baby ist gestorben. Da war auch eine Sterbeurkunde.«

Nathan räusperte sich und zog an dem Stethoskop, das um seinen Hals baumelte. »Ich weiß«, murmelte er schließlich.

»Du wusstest, was sich in der Truhe befindet?«

»Natürlich nicht!« Nathan zog sie weiter von der Tür weg. »Als ihr Arzt kenne ich ihre Krankengeschichte. Und ich glaube nicht, dass es klug wäre, wenn du die Sache mit der Truhe ihr gegenüber erwähnst. Sie kann wirklich keine Aufregung vertragen.« Er hielt inne. »Brydie, ihr Zustand ist ... gerade nicht sehr stabil. Das musst du verstehen.«

»Ja, natürlich«, sagte Brydie leise.

Nathan trat näher zu ihr heran und strich ihr eine Haarsträhne hinters Ohr. »Mach dir nicht zu viele Gedanken«, murmelte er. »Kann ich dich morgen Abend noch mal zum Essen ausführen?«

Brydie biss sich auf die Lippe. »Morgen Abend muss ich arbeiten.«

»Wie wär's dann mit einem Frühstück am Dienstag, wenn du Feierabend hast?«

Brydie stimmte zu, und die beiden gingen zurück ins Zimmer, wo sie die Schenkel in der kleinen Mikrowelle aufwärmte.

»Schön, dass Sie heute so viel Appetit haben«, sagte Nathan, der immer noch in der Tür stand. »Die Pflegerinnen meinten, Sie hätten in letzter Zeit kaum gegessen.«

Brydie reichte Pauline den Teller und setzte sich mit ihrem neben sie. »Stimmt das?«

»Die haben wirklich nichts Besseres zu tun, als sich bei jeder Gelegenheit über uns alte Leute zu unterhalten«, sagte Pauline und stocherte im Krautsalat. »Ich hab' das gegessen, was Sie mir an Thanksgiving gebracht haben.«

»Danach aber kaum etwas«, warf Nathan ein. »Außerdem, Mrs. Neumann, gehört es zum Job der Pflegerinnen, über die Menschen zu reden, die sie betreuen.«

Pauline seufzte und zeigte mit der Gabel auf Brydie. »Ihr Kuchen war köstlich! Den könnte ich jeden Tag verdrücken.«

»Ich backe Ihnen wieder einen«, sagte Brydie. »Welchen mögen Sie am liebsten?«

»Mein Lieblingskuchen ist ein Kühlschrankkuchen mit Kirschen«, antwortete Pauline und schob sich eine Gabel voll Hähnchen in den Mund. »Den hat meine Mutter mir immer gemacht, als ich noch ein Kind war.«

»Ich glaube, den hab' ich noch nie gemacht«, gestand Brydie. »Aber ich suche ein Rezept raus, und nächsten Sonntag gibt es einen.«

»Das wäre wunderbar, Liebes.«

Brydie wurde ganz warm ums Herz. »Ich suche ein Rezept, sobald ich zu Hause bin, also, in Ihrem Zuhause.«

»Ich hab' ein Rezept«, sagte Pauline. »In einem meiner alten Kochbücher in der Speisekammer. ›Die moderne Hausfrau‹ heißt es, glaube ich.«

»Gut, das finde ich. Ich glaube, ich hab' es schon gesehen, als ich vor Kurzem das Gemüse weggeräumt hab'.«

»Ich lasse Sie beide jetzt allein«, sagte Nathan und lüftete einen imaginären Hut. »Ich brauche dringend eine Dusche.«

»Ich wollt' ja nichts sagen.« Pauline schleckte sich die Finger ab, »aber Sie brauchen wirklich dringend eine Dusche, Herr Doktor.«

Brydie brach in schallendes Gelächter aus, sodass Teddy von Pauline und den Knochenresten vom Hähnchen aufsah.

Nathan grinste und sagte: »Ich ruf dich an wegen des Frühstücks, Brydie. Bis dann, ich freu mich!«

Brydie nickte und wischte sich eine Lachträne aus dem Augenwinkel. »Ja, ich mich auch«, war alles, was sie zwischen den Glucksern sagen konnte.

Pauline reichte ihr den Teller. »Ist noch ein Schenkel da? Und, unter uns Frauen, egal wie sehr Dr. Reid eine Dusche braucht oder nicht, ich an Ihrer Stelle würde mich an jedem Tag der Woche mit ihm zum Frühstück treffen, nicht nur dienstags.«

34. KAPITEL

AM MONTAGMORGEN SCHRECKTE Brydie aus dem Schlaf, als ihr Handy und die Türklingel gleichzeitig gingen. Einen Augenblick dachte sie, dass sie das nur träumte. Sie steckte noch immer in dem Traum, in dem sie und Pauline auf dem Sofa saßen und sich die Fotos aus der Truhe anschauten …

»Das hier ist das letzte«, sagte Pauline und strich mit dem Finger über Bills vergilbtes Lächeln. »Das letzte Foto, auf dem wir glücklich aussehen.«

»Es tut mir so leid«, flüsterte Brydie hilflos, denn sie wusste, dass die Worte kaum angemessen waren. Und obwohl es sie immer geärgert hatte, wenn man ihr das nach dem Tod ihres Vaters gesagt hatte. Jetzt wurde ihr klar, dass es für so etwas keine passenden Worte gab. »Kann ich Ihnen irgendwie helfen?«

Pauline sah sie an. In ihren blauen Augen schwamm Wehmut. »Vergessen Sie sie nicht, meine Elise, wenn ich eines Tages nicht mehr bin.«

Brydie setzte sich auf und schüttelte den Traum ab. Sie langte zum Nachttisch und griff sich ihr Handy. Elliott!

»Ja?«, krächzte Brydie.

»Ich versuch's schon seit einer Viertelstunde!«

Brydie hielt das Handy ein Stück vom Ohr weg und sah kurz auf das Display. »Es ist Viertel nach sieben!«

»Die Männer sind schon auf dem Weg, um in deinem Keller nach dem Rechten zu sehen. Und ich stehe vor der Tür. Deiner Tür! Mach schon auf!«, rief Elliott gereizt. »Ich hab' dir doch letzte Nacht eine SMS geschickt und geschrieben, wann ich heute komme.«

»Da muss ich wohl schon geschlafen haben.«

»Mach. Jetzt. Einfach. Auf.«

Brydie kroch aus dem Bett und stieg über den schlafenden Teddy. Er schnaufte und krabbelte auf die andere Seite des Bettes. »Sorry, Kumpel«, murmelte sie verschlafen. »Die fiese Frau vor der Tür zwingt mich dazu.«

»Das hat aber gedauert!«, schimpfte Elliott wenig später und drängelte sich in den Flur. »Es ist saukalt!«

»Hast du den Ersatzschlüssel nicht mehr?«, fragte Brydie.

»Den hab' ich zu Hause liegen lassen. Ich dachte ja, du bist wach und erwartest mich.«

Brydie schloss die Tür hinter ihrer Freundin und folgte ihr ins Wohnzimmer. »Tut mir leid. Ich wollte nicht so früh einschlafen, aber ich war völlig erschöpft. Und heute Abend muss ich wieder zur Schicht.«

»Genau deshalb hättest du lieber nicht die ganze Nacht lang schlafen sollen, sondern nachher!«

»Ich weiß.« Brydie gähnte. »Das bringt dann tagelang meinen Rhythmus durcheinander.«

Elliott schwieg. Sie war zu sehr damit beschäftigt, auf die

Truhe zu starren, die mitten im Wohnzimmer stand. »Was ist das?«

»Die hab' ich aus dem Keller geholt, als das Hochwasser kam«, antwortete Brydie und versuchte, möglichst gleichgültig zu klingen. »Ich dachte, Mrs. Neumann will bestimmt, dass ich sie rette.«

»Hast du ihr von der Überschwemmung erzählt?«

»Nein, aus Angst, dass es sie aufregt. Und ich will sie nicht unnötig aufregen.«

»Die Firma ist für die Reparatur zuständig, deshalb muss sie's ja nicht unbedingt erfahren«, sagte Elliott. »Jedenfalls noch nicht.«

»Find' ich auch.« Brydie wollte eigentlich noch mehr sagen, als es zu ihrer Erleichterung an der Tür klopfte.

»Das müssen die Männer sein, die ich beauftragt habe.« Elliott wandte sich zur Tür. Auf dem Weg hielt sie inne und hielt sich den Bauch.

»Alles in Ordnung?«, fragte Brydie besorgt. »Fehlt dir was?«

»Schon wieder Frühwehen«, sagte Elliott und winkte ab.

»Dann setz dich.« Der Ausdruck auf dem Gesicht ihrer schwangeren Freundin beunruhigte Brydie. »Ich lasse die fleißigen Handwerker rein.«

»Es geht schon«, erwiderte Elliott, setzte sich aber trotzdem hin.

»Bist du sicher, dass es nur Vorwehen sind?«, fragte Brydie.

Ein paar Minuten nachdem sie die Männer in den Keller geführt hatte, waren die wieder hochgekommen, hatten gesagt, dass sie Werkzeug holen müssten, und waren verschwunden. Einer der Männer hatte etwas von dem »verdammten

Regen in Memphis« gemurmelt und dass er den Schnee im Norden vermisste.

Elliott nickte.

»Also, mir kommt das gar nicht gut vor.«

»So ist das, wenn man hochschwanger ist«, sagte Elliott und lächelte schwach. »Außerdem sind meine Füße geschwollen, und ich hab' komische Krampfadern an den Beinen und den Gelenken. Ach, und Blähungen! Die sind so schlimm, dass Leo nachts im Gästezimmer schläft.«

Brydie schenkte Wasser in ein Glas, das sie aus der Küche geholt hatte, und reichte es ihr. »Tut mir leid, dass du heute Morgen herkommen musstest.«

»Das gehört zu meinem Beruf.« Elliott schnaufte. »In ein paar Wochen gehe ich in den Mutterschutz. Ich muss nur noch Weihnachten überstehen.«

»Ich kann kaum glauben, dass wir schon fast Dezember haben«, sagte Brydie und setzte sich zu Elliott.

»Weißt du schon, was du Weihnachten machst?«, wollte Elliott wissen. »Du kannst gern zu uns kommen.«

Brydie zuckte mit den Schultern. »Keine Ahnung. Ich hab' noch nicht drüber nachgedacht.«

»Hast du mit deiner Mutter gesprochen?«

»Nein.«

Elliott lehnte sich zurück und legte die Hände auf den Bauch. »Oh, es strampelt!«, rief sie. »Willst du mal?«

Brydie zögerte. Sie hatte noch nie ein Baby, das noch im Bauch einer Schwangeren steckte, berührt. Elliott hatte schon in Memphis gelebt, als sie mit Mia schwanger gewesen war, sie hatten sich daher kaum gesehen. »Okay«, sagte sie schließlich.

»Hier.« Elliott nahm Brydies Hand und legte sie an die Seite ihres Bauchs. »Spürst du's?«

Brydie war sich nicht sicher. Sie drückte ein klein wenig fester und hielt dann ganz still. Nach einer Weile fühlte sie ein Pulsieren an ihrem Finger. Sie sah Elliott an und sagte: »Oh Gott! Wie toll!«

»Leo wird neidisch sein.« Elliott grinste. »Der Kleine ist morgens, wenn ich auf der Arbeit bin, am lebhaftesten. Nachts, wenn wir zu Hause sind, bewegt er sich kaum.«

Brydie fragte sich nicht zum ersten Mal, wie es sich wohl anfühlte, so ein kleines Lebewesen die ganze Zeit von der Empfängnis bis zur Geburt in sich zu tragen – und wie es sich anfühlte, das Lebewesen, das man über neun Monate in sich gespürt und ernährt hatte, dann endlich im Arm zu halten. »Ich kann's kaum erwarten, ihn zu sehen«, sagte sie und lächelte ihre beste Freundin an. »Ich kann's kaum erwarten, unseren kleinen Hosenscheißer kennenzulernen.«

Als Brydie zur Arbeit ging, hatte die Müdigkeit sie wieder voll im Griff. Sie hatte sich wieder ins Bett gelegt, als Elliott gegangen war, aber die Handwerker im Keller waren gefühlt stundenlang die Treppe hinauf- und hinuntergestapft und hatten so laut durchs ganze Haus gebrüllt, dass an Schlaf nicht zu denken gewesen war. Der eine zusätzliche freie Tag war wie erwartet eine große Erleichterung gewesen, nach all dem Stress bei ShopCo vor Thanksgiving. Doch in der freien Zeit war ihr Schlafrhythmus völlig durcheinandergeraten, das spürte sie jetzt.

»Du siehst aus wie eine wandelnde Leiche«, sagte Joe zur Begrüßung.

Brydie rümpfte die Nase. »Na, danke.«

»Immerhin nicht ganz so schlimm wie die armen Leute, die letzten Freitag arbeiten mussten, dieser dämliche Black Friday«, schimpfte Joe, während Brydie vergeblich versuchte, sich ihr Namensschild anzuheften. »Belinda aus der Spielwaren ist in dem Massenandrang umgerannt worden und hat sich zwei Zehen gebrochen.«

»Wie furchtbar!«, rief Brydie. »Ich verstehe den Sinn von diesen Black-Friday-Angeboten auch nicht. Das ist's doch nicht wert, sich zu verletzen wegen einer Xbox, die ein paar Dollar billiger ist.«

»Vor ein paar Jahren war ich mal bei Target, für Rosa, um irgendwas für Lillian zu besorgen, ich glaub', es war ein Furby, kann mich nicht mehr erinnern. Ich stand geschlagene drei Stunden draußen in der verfluchten Schlange!«

»Das sagt man nicht!«, rief jemand sofort aus dem hinteren Raum.

Joe verdrehte die Augen.

Rosa kam mit einem Tablett aus dem Hinterraum, auf dem sich Cookies in Form von Weihnachtsbäumen und Weihnachtsmänner mit rosigen Wangen stapelten. »Sehen die nicht irgendwie komisch aus?«

Brydie und Joe warfen einen Blick auf die Cookies. Für Brydie sahen sie okay aus, bis auf eine Kleinigkeit. »Die Augen sind ganz weiß.«

»Natürlich!«, rief Rosa. »Wie konnte ich das vergessen!« Sie drehte mitsamt dem Tablett um und eilte fluchend davon.

»Wir müssen zwanzig Dutzend Kekse backen und fertig für die Auslage kriegen«, sagte Joe. »Die erste Schicht hat uns die Hälfte der Arbeit überlassen. Das heißt also heute Nacht: doppelt so viel schuften.«

»Na super«, murmelte Brydie. Sie hatte jetzt schon Kopfschmerzen. Hatte sie heute überhaupt schon etwas gegessen? Sie wusste es nicht mehr. Dann fühlte sie ihr Handy in ihrer

Tasche vibrieren. Nathan wollte sie ja anrufen wegen des Frühstücks am nächsten Morgen! »Darf ich rangehen?«, fragte sie Joe.

»Die Uhr läuft.« Joe grinste. »Fünf Minuten.«

Brydie nickte. »Ja?«, sagte sie und ging um die Theke, um ein paar Schritte Abstand zwischen sich und Joe zu bringen.

»Na, endlich«, seufzte jemand, und dieser Jemand war definitiv nicht Nathan.

»Mom!«, rief Brydie. Jetzt wünschte sie, sie hätte vorher aufs Display geschaut. »Ich bin bei der Arbeit!«

»Gut, dann leg ich auf, rufe noch mal an und spreche auf die Mailbox«, sagte ihre Mutter barsch. »Die unterbricht mich wenigstens nicht.«

Brydie seufzte.

»Und die seufzt auch nicht.«

»Ich hab' nur noch drei Minuten, Mom.«

»Roger und ich wollen Weihnachten dieses Jahr zusammen feiern«, sagte Ruth Benson. »Bei mir.«

»Wie schön, Mom. Aber ich muss jetzt arbeiten.«

»Ich hatte gehofft, du und der Arzt wollt vielleicht kommen.«

»Oh. Ich weiß nicht.«

»Dann denk darüber nach, ja?«, fragte Ruth. »Ich möchte, dass wir wieder mehr Zeit miteinander verbringen.«

»Das möchte ich auch, Mom«, sagte Brydie. »Das möchte ich wirklich.«

»Dann ist das abgemacht. Wir sehen uns Heiligabend.«

Brydie gab sich einen Ruck. »In Ordnung, ich komme. Aber nur wenn ich Teddy mitbringen darf.«

Es herrschte einen Moment Schweigen. Dann sagte ihre Mutter: »Okay. Aber bring ja eine Fusselrolle mit!«

Als der Morgen graute, schaffte es Brydie nur mit größter Mühe, wach zu bleiben, es war sogar schlimmer als in ihrer ersten Zeit bei ShopCo. Beinahe hatte sie ein Blech Cookies anbrennen lassen und dann vergessen, den Backofen anzuschalten, der Tortenboden lag fast eine Stunde lang im Ofen, bevor sie es bemerkte. Und dann war sie über einem Weihnachtsmannbart aus Buttercreme eingenickt.

Gerade widmete sie sich einer Fuhre Hefezöpfe, als Rosa vor ihr einen Behälter mit Cookies in Form von rot-gold bemalten Weihnachtsbäumen abstellte. »Sind die schief?«

»Schief?«, fragte Brydie und runzelte die Stirn. »Was meinst du?«

»Auf einer Seite ist mehr Zuckerguss als auf der anderen«, meinte Rosa und zeigte mit einem behandschuhten Finger auf den Baum.

»Ja, ein bisschen vielleicht«, musste Brydie zugeben. »Ob ich die dann noch mal machen muss?«

»Damit Joe noch mehr Grund hat, zu meckern?«, gab Rosa zurück und zog eine Augenbraue hoch. »Auf keinen Fall. Leg die einfach so hin, dass die dickere Seite zu sehen ist.«

»Gut«, sagte Brydie erleichtert. »Ich hinke eh hinterher und muss noch vier Fuhren machen.«

»Und es wird nicht besser«, sagte Rosa. »Joe und ich haben gleich ein Treffen mit dem Leiter der Frühschicht.«

»Weshalb?« Rosa verdrehte die Augen und sah an die Decke. »Offenbar hat jemand gehört, wie er sich im Pausenraum über die Arbeit beschwert hat, die sie uns überlassen haben«, erklärte sie. »Und dieser Jemand hat das Ronnie erzählt – und der will nun mit Joe sprechen.«

Brydie legte ihre Spritztüte beiseite. »Und warum musst du mit?«

»Ich bin so eine Art Prellbock«, sagte Rosa. »Joes Prellbock.«

Brydie wünschte sich manchmal auch einen Prellbock. »Gut«, sagte sie. »Dann werd' ich so viel schaffen wie möglich, wenn ihr weg seid.«

»Lillian ist vorn«, sagte Rosa. »Passt du auf sie auf, während ich weg bin? Normalerweise arbeitet sie nie ohne mich. Aber es dauert hoffentlich nicht lange. Ronnie und Joe streiten ja immer wie ein altes Ehepaar.«

Brydie hätte ihr am liebsten gesagt, dass sie und Joe auch wie ein altes Ehepaar stritten. Stattdessen nickte sie. »Klar. Ich geh' zu ihr, sobald ich hier fertig bin.«

»Danke«, sagte Rosa. »Bin gleich zurück.«

Brydie spritzte weiter Zuckerguss auf die Kekse. Seit dem Telefonat mit ihrer Mutter hatte sie nicht mehr aufs Handy geschaut. Sie musste die ganze Zeit an Ruth und Roger denken und daran, wie sie in dem Haus zusammenlebten, in dem sie ihre Kindheit verbracht hatte. Und wie sie es dann für Weihnachten schmückten, so wie es früher ihre Eltern getan hatten. Sie freute sich für ihre Mutter über Roger. Wirklich, sie gönnte Ruth, einen Mann gefunden zu haben, mit dem diese offensichtlich gern zusammen war. So wie sie mit Nathan. Trotzdem fragte sie sich, wie es wohl sein würde, Weihnachten wieder zu Hause zu sein, ohne ihren Vater.

Sie erinnerte sich daran, wie sich Elliotts Eltern vor Jahren hatten scheiden lassen, ausgerechnet zu Weihnachten. Elliotts Mutter hatte einen neuen Mann kennengelernt, den Basketballtrainer, um genau zu sein. Zuerst war Elliott stinksauer gewesen. Fast zwei Wochen lang war sie nicht zu sich nach Hause gegangen, sondern hatte bei Brydie im Gästezimmer geschlafen.

»Du hast keine Ahnung, was ich durchmache.« Elliott ließ sich eines Nachmittags nach der Schule auf Brydies Bett fallen. »Alles bei uns sieht aus wie immer, nur dass meine Mutter meinen Vater gegen einen anderen Mann ausgetauscht hat. Er sitzt sogar auf dem Fernsehsessel meines Vaters und sieht Football!«

»Deine Mutter hat doch nicht deinen Vater ausgetauscht«, entgegnete Brydie und drehte an ihrem Freundschaftsband, das sie im Sommerferienlager gemacht hatte. Sie hatte es einem Jungen, Bryce, am letzten Abend geben wollen. Aber er hatte bereits eines von einem Mädchen mit richtigen Brüsten und rückenlangen Haaren bekommen. Brydie hatte sie gefragt, warum ihre Haare so lang waren und warum sie glänzten. Die andere hatte nur gelächelt und bedächtig »Mane 'n Tail« gesagt und Brydie eine Flasche gezeigt, auf der Pferde abgebildet waren.

Brydie hatte noch Wochen nach dem Ferienlager bei ihrer Mutter gebettelt, ihr dieses Shampoo zu kaufen. Doch die war der Meinung gewesen, dass es nichts Besseres als Herbal Essences gab – trotz der furchtbar schlechten Werbung.

»Du hörst mir gar nicht zu«, sagte Elliott und verdrehte die Augen. »Du denkst schon wieder an diesen Jungen aus dem Ferienlager.«

»Nee«, sagte Brydie und wusste selber, dass das nicht überzeugend klang. Aber es war ihr nun mal unangenehm, über die Scheidung von Elliotts Eltern zu reden. Sie wusste einfach nicht, was sie ihrer Freundin sagen sollte. Ihre eigenen Eltern schienen sich zwar auch nicht sonderlich zu mögen, aber es war unwahrscheinlich, dass sie sich scheiden ließen. Ihre Mutter war viel zu sehr von ihrem Vater abhängig. »Tut mir leid. Wirklich. Meine Mutter hat gestern mit deiner geredet, und die hat erlaubt, dass du das ganze Wochenende bei uns bleibst. Du brauchst noch nicht mal zu Hause anzurufen oder vorbeizukommen. Kein einziges Mal!«

»Weißt du«, Elliott zog die Füße zu sich heran, »Hugh, der Trainer, ist einfach nicht mein Vater! Ich hab' sogar das Gefühl, mein Vater ist nicht mehr mein Vater. Er lebt in einer Wohnung, in der Nähe vom College! Echt, gleich neben Laurens Schwester Elizabeth. Er hat noch nicht mal eine eigene Küche. Nur eine Mikrowelle und ein Klappbett im Wohnzimmer.«

»Da wird er bestimmt nicht wohnen bleiben.«

Elliott zuckte mit den Schultern.

»Das wird schon«, sagte Brydie. »Bestimmt.«

»Ich will aber, dass alles wieder so wird, wie es mal war!«, schluchzte Elliott.

»Dass deine Eltern sich ständig streiten? Früher warst du genauso oft hier wie jetzt. Diesmal nur aus einem anderen Grund.«

Elliott schwieg einen Augenblick, bevor sie sagte: »Stimmt schon. Ich will nicht, dass alles wieder so wird wie früher. Aber ich will auch nicht, dass Hugh, der Trainer, in Unterwäsche 'rumrennt und im Sessel meines Vaters sitzt.«

»Echt?«, fragte Brydie entsetzt. »Hugh, der Trainer, rennt in Unterwäsche 'rum?«

Elliott kicherte. »Einmal. Da hab' ich so laut geschrien, dass er seine Jumbo-Kaffeetasse hat fallen lassen, direkt auf den Fuß. Er musste in die Notaufnahme und genäht werden, mit sechs Stichen!«

»Deshalb hat er im Sportunterricht gehumpelt«, sagte Brydie. »Gut, dass ich Hugh, den Trainer, nicht gefragt habe, was passiert ist.«

»Er hat gesagt, ich soll sagen, ihm sei ein Karton mit Weihnachtsdeko auf den Fuß gefallen.« Elliott lachte. »Nur wenn er nicht mehr halb nackt durch die Wohnung rennt, hab' ich geantwortet. Jetzt haben wir einen Deal!«

In Erinnerungen versunken, lächelte Brydie vor sich hin. Und zum ersten Mal verstand sie jetzt, was Elliott ihr vor zwanzig Jahren hatte sagen wollen. Wenn sie ehrlich war, wollte auch sie nicht mehr, dass alles wieder so sein würde wie früher. Obwohl das mit Elliotts Eltern schon anders gewesen war als bei ihren Eltern. Sie verstand jetzt, wie es sich anfühlte, sich nach etwas zu sehnen, das es nie gegeben hatte.

Ihre Eltern waren ihr nicht glücklich vorgekommen, seit sie alt genug gewesen war, um zu verstehen, dass nicht alle Eltern am Abendbrottisch sich anschwiegen. Nicht alle Väter »schliefen« an vier Nächten die Woche auf dem Sofa ein. Nicht alle Eltern lebten in einer derart angespannten, schneidenden Atmosphäre. Nein, Brydie sehnte sich nach Erinnerungen, wie sie ihre Mutter und Roger jetzt in diesem Moment womöglich gerade schufen. Sehr wahrscheinlich hatte Ruth beim Schmücken des Weihnachtsbaums Bing Crosby aufgelegt. Und sehr wahrscheinlich hatte sie Roger zwar gebeten, all die Kartons, auf denen »Weihnachtsschmuck« stand, zu holen, um dann aber kein einziges Stück davon zu benutzen. Wahrscheinlich war sie losgezogen und hatte einen neuen Satz Deko gekauft, die perfekt zu ihrem diesjährigen Deko-Thema passte. Da die Themen sich alle Jahre abwechselten, wusste Brydie, dass dieses Jahr Schneemänner dran waren.

Sie ging nach vorn zu Lillian, die gerade letzte Hand an eine Hochzeitstorte mit gelben und roten Rosen anlegte. Die Torte war dreistöckig und absolut perfekt – wie immer, wenn Lillian sie backte und verzierte. Brydie lächelte zufrieden und wandte sich wieder ihrer eigenen Arbeit im hinteren Teil der Bäckerei zu.

Alles, was sie wollte, war Schlaf. Sie wollte nur noch ins Bett und dass Teddy sich an sie kuschelte. In den letzten Wochen hatte sie ihren gemeinsamen Alltag lieben gelernt. Wenn sie nach Hause kam, gab sie ihm zu essen, aß selber etwas, dann backte sie ein paar Bleche Hundekuchen, und sie beide gingen ins Schlafzimmer. Dort blätterte sie ab und zu durch die neuesten Ausgaben der Kochhefte, die sie dann und wann von ShopCo mitbrachte, und schließlich übermannte sie der Schlaf.

Brydie setzte sich auf eine der übergroßen Behälter mit Fondant und lehnte sich gegen die Wand. Sie schloss die Augen. Nur noch ungefähr eine Stunde bis Feierabend und bis zu ihrer Verabredung mit Nathan. Nur für fünf Minuten die Augen ausruhen, dachte sie.

Aus dem Thekenbereich ertönte ein Schrei. Sie sprang auf und rannte nach vorn, wo Lillian hinter der Auslage stand. Gegenüber, vor der Theke, hatte sich eine große schmale Frau mit zig Armreifen am Handgelenk aufgebaut.

»Wie konnte das passieren? So ein Anfängerfehler!«, rief die Frau zornig. »Dabei hab' ich die Bestellung schon vor zwei Monaten aufgegeben!«

Lillian sagte gar nichts. Ihr Blick huschte hin und her, wie bei einem Tier in der Zirkusmanege. Sie schüttelte den Kopf.

»Nein?«, rief die Frau. »Nein? Was wollen Sie damit sagen? Hier hab' ich doch den Beleg! Hier steht: *rote und rosa Nelken!* Nicht gelbe und rote Rosen!«

Lillian hielt sich die Ohren zu und schüttelte weiter den Kopf. Mit den Lippen formte sie ein O, aber sie gab keinen Mucks von sich. Es dauerte einen Moment, bis Brydie sich gefangen hatte. Dann eilte sie zu Lillian und zog sie sanft zurück, weg von der Frau.

»Es tut mir leid. Was ist denn das Problem?«

Die Frau seufzte laut. »Das habe ich bereits vier oder fünf Mal dieser jungen Frau da gesagt.«

»Vielleicht kann ich Ihnen ja jetzt helfen.«

»Das bezweifle ich«, blaffte die Frau. »Sie hat mir die falsche Torte gegeben.« Sie deutete auf eine Schachtel auf der Theke. »Das ist nicht das, was ich bestellt hatte. Als ich ihr das sagte, stand sie nur dämlich 'rum und hat rein gar nichts gesagt.«

Wut stieg in Brydie hoch. »Sie kann nichts dafür.«

»Aber ihr Chef kann was dafür«, keifte die Frau. »Er hat diese dumme Gans eingestellt.«

»Ich bin ihr Chef«, sagte jemand hinter der Frau. »Wie kann ich helfen?«

»Ich glaube, Lillian hat ihr aus Versehen eine falsche Torte gegeben«, sagte Brydie schnell, bevor die Kundin etwas sagen konnte. Zum Glück stand dort nur Joe. »Einen Augenblick bitte, ich hole die richtige Torte von hinten.«

»Na, hoffentlich«, gab die Frau schnippisch zurück. »Die Hochzeit ist morgen, bis dahin brauche ich die Torte. Und ich will ganz bestimmt nicht dieses Unding da haben, das mir diese Pute gegeben hat.«

Brydie biss die Zähne zusammen und ging nach hinten zu dem Regal mit den fertigen Torten. Es war noch vor sieben Uhr morgens. Wie konnte man so früh am Morgen so ungehalten sein? Sie sah die Bestellscheine an den Kartons durch und fand kurz darauf die richtige Torte, die mit den roten und rosa Nelken.

»Hier, bitte schön.« Sie ging mit der Torte um die Theke

herum zu der Frau und legte den Karton in ihren Einkaufswagen. »Dies ist die richtige Torte.«

Die Kundin guckte skeptisch, aber als sie in den Karton sah, entspannte sie sich sichtlich. »Na also, geht doch«, sagte sie und wandte sich dann an Joe, der noch immer an der Auslage stand. »Wissen Sie, was? Sie sollten mehr fähige Leute einstellen. Zumindest sollten Mitarbeiter, die nicht lesen können, keinen Kundenkontakt haben.«

Eine Ader an Joes Schläfe schwoll gefährlich an. Aber er zwang sich zu einem Lächeln. »Bitte entschuldigen Sie das Missverständnis. Ich gebe Ihnen einen Rabatt, den Sie an der Kasse einlösen können.«

Brydie sah der Frau nach, noch immer fassungslos. Dann sah sie zu Rosa und zu Lillian. Die Ärmste stand noch immer da, aber sie hielt sich nicht länger die Ohren zu. Dicke Tränen rannen ihr die Wangen herab. Rosa flüsterte ihrer Ziehtochter etwas zu und strich ihr über die Wangen.

»Brydie«, sagte Joe, »komm mal bitte.«

Sie holte tief Luft, riss den Blick von Rosa und Lillian los und ging wieder hinter die Theke. Was war nur los? Sie hatte nicht einschlafen und Lillian allein lassen wollen! Normalerweise kamen kaum Kunden vor der Tageschicht, die um sieben Uhr begann. Warum musste ausgerechnet heute eine so unfreundliche Frau kommen und Lillian 'runterputzen? »Es tut mir leid«, presste sie hervor.

»Was war denn los?«

»Ich war hinten beschäftigt«, erklärte sie. »Ich hab' mich einen kurzen Moment hingesetzt, und dann muss ich eingeschlafen sein ...«

»Eingeschlafen?«, zischte Joe scharf. »Du bist eingeschlafen und hast Lillian da vorn allein gelassen?«

»Das wollte ich doch nicht!«

»Das erste Mal, dass du hier die Verantwortung hast, und du schläfst ein?«

Brydie biss sich auf die Lippe. »Es tut mir echt leid, Joe.«

»Ich dachte, du wüsstest, dass man Lillian vorn im Thekenbereich nicht allein lässt«, sagte Joe. »Rosa und ich sind davon ausgegangen, dass *du* dich um die Kunden kümmerst, solange wir weg sind.«

»Ich weiß.« Brydie lief rot an. »Ich wollte mich doch nur einen Augenblick setzen.«

»Lillian muss morgen zu Hause bleiben«, schimpfte Joe. »Und das ist deine Schuld.«

»Ich sagte doch, dass es mir leidtut!«

»Das war wirklich unverantwortlich von dir, sie da vorn allein zu lassen«, sagte Joe. Er knurrte sie regelrecht an, und die Ader an seiner Schläfe pochte.

»Joe, ehrlich, es tut mir leid, ich weiß nicht, was ich sonst noch sagen soll«, murmelte Brydie. »Es kommt nicht noch mal vor.«

»Da hast du recht. Das kommt bestimmt nicht noch mal vor«, sagte Joe.

»Brydie?«

Brydie drehte sich um, und da stand er und lächelte zaghaft. »Nathan?«, rief sie. »Was machst du denn hier?«

»Du bist nicht ans Telefon gegangen.« Er hob entschuldigend die Hände und sah Joe an. »Ich wollte nicht stören …«

Joe winkte misslaunig ab und sagte: »Wir sind fertig.« Er verschwand nach hinten, wo Rosa noch immer dabei war, Lillian zu trösten.

»Alles in Ordnung?«, fragte Nathan. »Gab's Ärger?«

»Schon gut«, sagte Brydie ungewollt schroff. »Die Schicht war wirklich anstrengend heute.«

»Willst du trotzdem mit mir frühstücken gehen?«

»Ja, klar. Tut mir leid, dass ich nicht ans Telefon gegangen bin. Ich hab' es vorhin stumm gestellt.«

»Das macht nichts. Als ich dich nicht erreicht habe, dachte ich, ich komm' einfach mal vorbei und sehe, wie's dir geht.«

Brydie entspannte sich. Am liebsten hätte sie ihn an sich gezogen und ihn geküsst. »Mir geht's gut. Ehrlich.«

»Schön, das freut mich. Ist deine Schicht jetzt zu Ende, oder soll ich durch den Laden spazieren und noch ein paar unnütze Dinge kaufen?«

Brydie lächelte. »Du sollst nirgendwohin gehen. Ich komme gleich. Ich muss nur noch ein, zwei Dinge erledigen.«

Nathan machte eine Verbeugung und grinste albern. »Ich warte hier, Ma'am.«

Brydie ging um die Theke herum nach hinten, wo eben noch Rosa und Lillian mit Joe gesprochen hatten. Kurz hielt sie inne und überlegte, ob sie es dabei belassen und Rosa nicht auf die Sache von eben ansprechen sollte. Aber sie wollte auf keinen Fall, dass die beiden dachten, ihr wäre es gleichgültig, dass Lillian so schlecht behandelt worden war. »Rosa?«, sagte sie und klopfte sacht an die Tür. »Lillian?«

»Wir sind hier«, antwortete Rosa mit sanfter, tiefer Stimme.

Brydie ging hinein. Lillian zitterte jetzt nicht mehr und hielt sich auch nicht mehr die Ohren zu. Seelenruhig verzierte sie die Kekse, die Brydie dort abgelegt hatte. Brydie sah auf die Uhr an der Wand. Es war Viertel nach sieben. »Habt ihr nicht längst Feierabend?«, fragte sie schuldbewusst, weil sie die Kekse nicht fertigbekommen hatte. Ein Grund mehr für Joe, sie morgen wieder zusammenzufalten.

»Das beruhigt sie«, sagte Rosa.

Brydie trat vorsichtig näher. »Tut mir wirklich leid, was vorhin geschehen ist«, sagte sie. »Ich wollte Lillian da vorne nicht allein lassen.«

Rosa machte keinen wütenden Eindruck. Aber sie sah Brydie auch nicht in die Augen. »Ich weiß.«

»Die letzten Tage waren so anstrengend, und ich wollte mich doch nur kurz setzen ...«

»Schon in Ordnung«, sagte Rosa und hob die Hand, um sie zu unterbrechen. »Ich ärgere mich über mich selber. Ich hätte sie nicht mit jemand Fremdem allein lassen sollen.«

Rosas Worte trafen sie. Kurz befürchtete Brydie, sie würde vor den beiden in Tränen ausbrechen. Sie war doch keine Fremde mehr, oder? Seit fast zwei Monaten arbeiteten sie hier nun schon zusammen. Sie hatte die beiden zu Thanksgiving eingeladen. Hatte Rosa das gesagt, um sie zu kränken? Sie konnte sich nicht vorstellen, dass Rosa sie mit Absicht hatte treffen wollen, doch die Erkenntnis, dass sie einfach tatsächlich meinte, was sie da gesagt hatte, tat Brydie noch mehr weh als die Worte als solche. Sie wollte etwas erwidern, aber dann drehte sie sich wortlos um und verließ die Bäckerei, um mit Nathan frühstücken zu gehen.

35. KAPITEL

Das kleine Bistro mit Namen »The Happy Pappy« befand sich recht nah an Germantown, zwischen einer Kfz-Werkstatt und einem Schuster. Die Geschäfte der benachbarten Läden liefen offenbar nicht gut, aber der Parkplatz des »Happy Pappy« war voll besetzt, sodass Brydie ihren Wagen an der Straße abstellen und einen Parkschein lösen musste.

»Eine der Schwestern aus dem Krankenhaus hat mir von diesem Bistro erzählt«, sagte Nathan, als sie unter der blauweiß gestreiften Markise standen. »Sie fuhr drei oder vier Mal die Woche fast eine Stunde lang vom Krankenhaus hierher, nur um hier zu frühstücken.«

»Dann muss es ja richtig gut sein«, sagte Brydie. Sie hatte die Aufregung von der Arbeit vorhin noch nicht ganz abgeschüttelt.

»Die haben Südstaatenspezialitäten wie ›Biscuits and Gravy‹.«

Eine junge Frau in Schürze, die wie die Markise blau-weiß gestreift war, führte sie an einen Tisch in einer Sitzecke am hinteren Ende des Bistros. »Was möchten Sie trinken?«, fragte sie in ihrem Südstaatenakzent. Dabei kaute sie auf ihrem Stift und beäugte Nathan. »Sie hab, ich hier schon mal gesehen, oder?«

Nathan nickte. »Ich komme jeden Dienstag her, seit drei Jahren schon.«

»Ich bin neu«, sagte sie. »Bin erst seit ein paar Monaten hier. Aber Sie hab' ich wiedererkannt.«

Brydie überkam eine Welle der Eifersucht. Die Kellnerin hatte sie nicht eines Blickes gewürdigt, seit sie hier saßen. Schon zum zweiten Mal an diesem Tag hatte sie das Bedürfnis, Nathan an sich zu ziehen. Sie war an diese Gefühle nicht gewöhnt. Sie merkte, dass sie zunehmend gereizter wurde, nicht nur wegen der Kellnerin, sondern auch wegen Nathan.

»Was wollen Sie trinken?«, fragte die Kellnerin noch einmal. »Kaffee?«

»Für mich einen Chicory-Kaffee, bitte«, sagte Nathan.

Brydie bestellte einen Orangensaft.

Die Kellnerin nickte, ging und ließ die beiden allein. Nathan lächelte Brydie über den Tisch hinweg an. »Dein Keller stand also auch unter Wasser.« Es war mehr eine Feststellung. »War's sehr schlimm?«

»Nein, nicht so sehr«, antwortete Brydie. »Zum Glück nur ein bisschen Wasser. Und jetzt sieht es sogar besser aus als vorher.«

»Ich wünschte, es wäre bei mir genauso.« Nathan seufzte. »Als ich eingezogen bin, hatte ich den Keller renoviert, ich habe einen Teppich verlegt, einen Billardtisch reingestellt und eine Bar. Das musste jetzt alles raus. Die Möbel, die nicht kaputt sind, stehen jetzt in meinem Wohnzimmer. Einen Billardtisch nach oben zu tragen ist schwieriger, als ihn runter zu bekommen.«

»Wie furchtbar!«

»Es könnte schlimmer sein.« Nathan nahm seinen Kaffee von der Kellnerin entgegen. »Danke.«

»Hier ist Ihr Orangensaft.« Die Kellnerin reichte Brydie das Glas. »Wollen Sie schon bestellen?«

»Biscuits and Gravy«, sagte Nathan wie aus der Pistole geschossen. »Die doppelte Portion, bitte.«

»Wie machen Sie das bei Ihrer Figur, Süßer?«, fragte die Kellnerin.

»Ich nehme das Gleiche«, sagte Brydie laut und strich über Nathans Arm, als sie der Kellnerin die Speisekarte zurückgab.

»Auch die doppelte Portion?«

»Ja.«

»Das ist aber sehr viel«, sagte die Frau. Brydie las auf ihrem Namensschild, dass sie Tina hieß.

»Das schaffe ich.«

Tina sah sie zweifelnd an. »Klar.«

»Sie mag mich wohl nicht«, stellte Brydie fest, als Tina gegangen war. »Aber dich mag sie.«

»Jedes Mal wenn ich komme, sagt sie dasselbe zu mir«, sagte Nathan und lächelte Brydie schief an. »Sie arbeitet seit einem Jahr hier, aber sie tut immer so, als sei sie neu und würde mich noch gar nicht kennen.«

Brydie legte die Stirn in Falten. »Seltsam.«

Nathan zuckte mit den Schultern. »Ich finde es lustig.«

Brydie war da anderer Meinung, aber sie sagte nichts dazu. Allmählich fiel die Anstrengung von der Arbeit bei ShopCo von ihr ab. Sie hätte im Sitzen einschlafen können.

»Geht es dir wirklich gut?«, fragte Nathan und legte seine warme Hand auf ihre.

»Ich hab' in letzter Zeit wenig geschlafen«, antwortete

Brydie. »Die Schicht war hart, und ich bin eingeschlafen, obwohl ich die Plätzchen verzieren sollte.«

»Joe hat sich anscheinend ganz schön über dich aufgeregt. Ich wollte ihn fragen, ob er dem Krankenhaus einen Shepherd's Pie spenden kann. Aber er war offensichtlich nicht in der Stimmung für Small Talk.«

»Er hat sich mehr als nur aufgeregt«, brummte Brydie. »Er hatte ein Meeting, und ich hatte die Verantwortung in der Bäckerei. Lillian – du hast sie an Thanksgiving bei mir kennengelernt – ist eine exzellente Bäckerin, aber sie kann nicht gut mit Menschen umgehen. Als ich eingeschlafen bin, hat sie einer Kundin eine falsche Torte ausgehändigt. Die Frau ist wütend geworden und hat Lillian beschimpft.«

»Wie schrecklich!«

»Es war wirklich schrecklich. Und ich hätte das eigentlich verhindern sollen«, sagte Brydie und vergrub das Gesicht in den Händen.

»Das werden sie dir sicher nachsehen.«

»Ich komme mir so schlecht vor«, sagte Brydie. »So schlecht!«

»Dann erzähl' ich dir etwas, was hoffentlich deine Laune hebt.« Nathan schenkte ihr ein breites Lächeln.

»Was denn?«

»Mrs. Neumann hat sehr gut gegessen, nachdem du ihr das Hähnchen gebracht hast. Ihr geht's wieder besser.«

»Das hebt wirklich meine Laune. Ich kann nur nicht aufhören, an diese Truhe zu denken und an das, was drin ist.«

»Ja, das muss schwer sein.«

»Ich möchte so gern mit ihr darüber reden«, erklärte Brydie. »Der Gedanke, dass sie damit alleine klarkommen muss, ist unerträglich!«

»Offenbar will sie nicht, dass jemand davon weiß«, warf Nathan ein. »Ich darf dir das eigentlich nicht sagen, aber selbst in ihrer Krankenakte steht, dass ihre Schwangerschaft und ihr Kind unter keinen Umständen erwähnt werden dürfen.«

»Elliott hatte eine Fehlgeburt, zwischen Mia und dem neuen Baby«, platzte Brydie heraus. »Das ist kein Geheimnis, aber sie redet trotzdem nicht gern darüber.«

»Nicht jedem geht es besser, wenn er über solche Dinge redet«, wandte Nathan ein.

»Aber was, wenn es anders ist?«, fragte Brydie. »Was, wenn sie darüber reden will, aber niemanden hat, mit dem sie das kann?«

»Aber sie will nicht«, antwortete Nathan. »Sie *will* nicht darüber reden!«

»Ich glaube, ich würde darüber reden wollen«, grübelte Brydie. »Wenn ich an ihrer Stelle wäre.«

»Aber du bist nicht an ihrer Stelle«, sagte Nathan. »Du weißt nicht, was sie durchgemacht hat. Du warst nie schwanger.«

»Jaja«, sagte Brydie. Seine Worte taten ihr weh.

»So hab' ich das nicht gemeint«, sagte Nathan, er hörte sich genervt an. »Hör mal, aus medizinischer Sicht ist das nichts, worüber man einfach mal so eine Unterhaltung anfängt. Das Trauma hält lange an. Und offensichtlich will Mrs. Neumann mit niemandem darüber reden. Das solltest du respektieren.«

»Ich glaube, du hast unrecht.«

»Habe ich nicht.«

»Ich will doch nur helfen!«

»Dann solltest du aufhören, dich in ihre Angelegenheiten einzumischen. Mach einfach, was du machen sollst: auf ihr Haus und ihren Hund aufpassen.«

Brydie blickte abrupt zu ihm auf. Aber er erwiderte ihren Blick nicht. Er starrte über sie hinweg zu der Kellnerin, die einigen Männern in teuren Anzügen Kaffee einschenkte und laut auflachte.

Nathan fuhr sich mit der Hand durchs Haar und sagte: »Es mag dir wie Hilfe vorkommen, wenn du sie darauf ansprichst. Es ist aber keine Hilfe. Nur dir hilft das, du fühlst dich dann besser. Das ist egoistisch.«

»Ich gehe jetzt«, Brydie hatte dieses Gespräch satt.

»Nein, geh nicht«, bat Nathan. »Es tut mir leid. Ich wollte dich nicht verletzen. Aber ich bin ihr Arzt!«

»Und du weißt ja immer, was am besten ist.«

»In diesem Fall schon.«

»Gut«, sagte Brydie schließlich. »Ich werde ihr gegenüber nichts sagen. Nicht eine Silbe. Aber ich muss jetzt gehen.« Sie hielt den Kopf gesenkt, damit er ihre Tränen nicht sah, die sich jeden Moment ihren Weg bahnen würden. Hastig stand sie auf, schnappte sich ihre Handtasche und hastete aus dem Bistro. Dabei stieß sie fast noch Tina um, die zwei volle Teller in den Händen hielt.

»Was ist mit ihr?«, hörte Brydie die Kellnerin sagen.

»Sie musste gehen«, antwortete Nathan.

»Ah«, sagte Tina, »dann schafft sie also doch keine zwei Portionen.«

Dezember

36. Kapitel

Endlich, endlich war Dezember. Brydie wusste nicht, was der Monat bringen würde. Sie hoffte nur, dass alles besser wurde. Sie freute sich über die Kältewelle und wollte die kühle Luft möglichst genießen. Sie hatte niemandem von ihrem Streit mit Nathan erzählt. Ein Streit, der dumm gewesen war, wie ihr nach und nach klar wurde. Natürlich hatte er recht. Trotzdem brachte sie es nicht fertig, ihn anzurufen und sich zu entschuldigen. Ihr war ihr Verhalten peinlich. Nichts, was sie Pauline sagen könnte, würde etwas ändern. Es war falsch und, ja, auch egoistisch von ihr gewesen, das zu denken.

Sie versuchte die Gedanken zu verdrängen, indem sie das tat, was sie am besten konnte: backen. Mary Ann und Lloyd, der Trompeter, hatten Weihnachtsplätzchen bei ihr bestellt. Diesmal suchte sie nicht im Internet nach Rezepten, sondern dachte sich selber welche aus. Bisher hatte sie eine Zuckerstange, Lebkuchen und Plätzchen in Pfotenform mit grünrotem Überzug gebacken.

Teddy wartete geduldig auf sein Leckerli – die verunglückten Backversuche. Brydie fragte sich, was das neue Jahr bringen mochte. Ob es genauso werden würde wie dieses und ob dieses kleine Faltengesicht sie dann immer noch erwartungsvoll ansehen würde.

In ihrer ältesten Erinnerung an Weihnachten war sie vier Jahre alt. Damals wusste sie es natürlich noch nicht, aber die Tradition ihrer Eltern bestand darin, den Weihnachtsbaum am Tag nach Thanksgiving aufzustellen. Ihre Mutter nahm den Tag frei, sie setzten sich alle ins Auto und fuhren auf eine Farm in Bono, einer kleinen Stadt nicht unweit von Jonesboro. Dort befand sich die Baumschule, Leo's Tree Farm. Sie frühstückten unterwegs und hörten auf der ganzen Fahrt auf Kassetten aufgenommene Weihnachtslieder.

Als Kind kam Brydie die Baumschule märchenhaft vor. Das lag wahrscheinlich an den Geschichten, die ihr Vater ihr von den Tannen erzählte: wie sie gepflanzt und das Jahr über von Weihnachtsfeen gegossen wurden, bis all die Familien kamen und sich einen Baum aussuchten, der dann gefällt wurde. Aber trotz ihrer vier Lenze bedeutete Brydie die Baumschule mehr als nur das. Es war das einzige Mal im Jahr, dass ihre Eltern beide glücklich aussahen. Sie hielten Händchen, während sie durch die Reihen von Bäumen schlenderten, und selbst ihre Mutter sang die Weihnachtslieder auf der Fahrt zur Farm und zurück laut mit.

An jenem Weihnachten hatte Ruth ihr erlaubt, den Baum ganz allein auszusuchen. Eine Aufgabe, die Brydie sehr ernst nahm. Sie stolzierte mit der kleinen Polaroidkamera, die ihr die Großeltern ihr zum Geburtstag geschenkt hatten, über die Farm und schoss Fotos von den allerschönsten Bäumen. Der Baum, den sie schließlich auswählte, stand mitten im Park und war nur einen Tick zu groß für ihr Wohnzimmer. Sosehr sich ihre Eltern bemühten, sie konnten ihr den Baum nicht ausreden. Also fuhren sie mit einer Tanne nach Hause, die sie auf dem Dach ihres Kombis mit Bungee-Seilen festzurren mussten.

Während ihre Mutter später mit Mühe und Not den Schneemann auf die Spitze der Tanne setzte, die bis an die Decke ragte, backten Brydie und ihr Vater Plätzchen und tranken Eierpunsch aus Bechern, die ihr Vater eigens aus einem Katalog bestellt hatte. Normalerweise führte Brydie ihre Leidenschaft fürs Backen auf die Zeit nach dem Unfall ihres Vaters zurück, als sie damals die Rolle der Köchin übernommen hatte. Aber wenn sie ehrlich war, dann war es jenes Weihnachten vor dreißig Jahren gewesen, das die Weichen gestellt hatte. Seitdem liebte sie Essen, seitdem bedeutete Essen für sie dieses Weihnachten von vor langer Zeit. Kochen, Backen und Essen bedeuteten Trost.

Deshalb sah es an dem Morgen nach dem Frühstück mit Nathan in Brydies Wohnung, oder besser in Paulines Wohnung, aus wie in der Bäckerei von ShopCo. Eine Hälfte der Küche war für das Essen für Menschen reserviert, die andere für Teddys Hundefutter.

Sie backte für alle, die sie kannte – Kuchen für Elliott und ihre Familie, für Dr. Sower und Mrs. Neumann, Mary Ann und Fred. Als sie damit fertig war, fing sie mit den Hundekuchen an, für Dr. Sowers Hunde und alle Hunde, die sie in Germantown kannte, also genau zwei: Thor und Arlow.

Später hatte sie ihre Zimtplätzchen und ihre neuesten Vierbeiner-Kreationen, Cupcakes mit Erdnussbutter und Johannisbrotmehl, an alle verteilt. Dr. Sower hatte sich richtig gefreut und ihr, den Mund voller Zimtplätzchen, überschwänglich gedankt. Aber sie hatte Brydie und Teddy nicht zu Pauline gelassen. Die alte Dame hing wieder am Beatmungsgerät und schlief sehr viel, hatte die Ärztin Brydie erklärt und sie dabei genauso angesehen wie Nathan damals, als sie ihm mit dem Hähnchen für Pauline im Gang begegnet war.

»Ihr Herzfehler macht es ihr nicht leicht«, hatte Dr. Sower gesagt. »An manchen Tagen geht es besser, an anderen schlechter.«

»Es scheint, als werden die guten Tage immer weniger.« Brydie schlang die Arme um sich, ihr fröstelte, wie sie so im Empfangsbereich des Seniorenheims stand. »Kann ich nicht irgendwas für sie tun?«

»Sie freut sich die ganze Woche lang auf Ihren und Teddys Besuch«, Dr. Sower nahm sich noch einen Keks aus der Dose, die mittlerweile auf dem Tresen stand. »Wenn sie heute aufwacht und es ihr besser geht, rufe ich Sie an und Sie können noch mal kommen.«

Enttäuscht war Brydie mit Teddy nach Hause gefahren und hatte all ihre Energie ins Backen gelegt. Sie hatte Weihnachtsmusik laufen, das erinnerte sie an die Baumschule aus ihrer Kindheit. Sie wollte nicht an Mrs. Neumann oder an Nathan denken, auch nicht an Joe und Rosa und die Tatsache, dass die beiden ihr offenbar nicht verzeihen konnten.

Und so kam es, dass weder Platz in der Küche noch auf dem Esszimmertisch war und Brydie am 15. Dezember auf einer kalten Bank im Hundepark saß, die Arme voller Köstlichkeiten, die sie gebacken hatte und nicht wegwerfen wollte. Nach ihrer letzten Nachtschicht vor dem Urlaub hatte sie rote und grüne Zellophantüten gekauft und Verschlussdrähte, die aussahen wie Zuckerstangen. Am Morgen hatte sie in der Küche gewerkelt und alles eingepackt, die normalen Kuchen in rotes Zellophan, die Leckereien für die Hunde in grünes.

Es war natürlich risikoreich, in den Hundepark zu gehen. Jeden Moment konnte Nathan auftauchen. Selbst nachdem sie ihn jetzt schon mehrere Wochen kannte, wusste sie immer noch nicht über seine Schichten im Krankenhaus Bescheid. Allein der Gedanke, ihn zu sehen, und sei es aus der Ferne, verursachte ihr ein Magengrummeln.

Als sie an dem Morgen das Bistro verlassen hatte, dem Morgen, an dem Nathan sie kritisiert hatte wegen der Truhe und allem, was sie mit sich herumschleppte, wie er sagte, da hatte sie noch eine Weile im Auto gesessen und ihn durchs Fenster beobachtet, wie er lustlos sein Frühstück hinunterschlang. Sie war so verwirrt gewesen!

Als sie nach Hause gekommen war, hatte sie sich ins Bett gelegt und geschlafen, bis sie wieder zur Arbeit musste. Genau so waren die Tage bis zum Ende der ersten Dezemberwoche vergangen, bis sie kaum *noch mehr* schlafen konnte. Und dann war sie zum Backen übergegangen. Sie vermutete, dass sie und Teddy ein paar Pfund zugelegt hatten. Sein Geschirr saß jedenfalls verräterisch eng.

»Entschuldigung?«

Brydie fuhr aus ihren Gedanken hoch und sah auf. Vor ihr stand eine Frau in einem roten Mantel. »Oh, hallo«, sagte sie und lächelte die Fremde an. »Entschuldigen Sie, ich hab' Sie gar nicht gesehen.«

»Verkaufen Sie den Kuchen?« Die Frau sah auf die Schachteln neben Brydie.

»Was?« Plötzlich erinnerte sich Brydie daran, warum sie überhaupt in den Park gekommen war. »Nein, die sind nicht zu verkaufen.«

Das Lächeln auf dem Gesicht der Frau erstarb.

»Die gibt's nämlich gratis«, fügte Brydie hinzu. »Ich hab's

dieses Jahr ein wenig mit dem Backen übertrieben. Die Schachtel links ist voll mit Hundekuchen. Bedienen Sie sich! Nehmen Sie aus beiden Kartons, so viel Sie wollen.«

»Wirklich?«, fragte die Fremde und sah sie ungläubig an.

»Die sind nicht vergiftet oder so.« Brydie lachte nervös. »Ich arbeite bei ShopCo in der Bäckerei. Davor hatte ich meine eigene Bäckerei. Ich backe einfach für mein Leben gern.«

Die Frau öffnete mit ihrer behandschuhten Hand die rechte Schachtel. »Und das sind …?«

»Kürbiskuchen«, sagte Brydie. »Genau.«

Die Frau öffnete eine der roten Zellophantüten und roch an dem Kuchen, bevor sie zaghaft abbiss. Dann biss sie noch mal ab und noch einmal. Nachdem sie eine Weile bedächtig gekaut hatte, nuschelte sie: »Das ist köstlich!« Sie trat näher heran und sagte: »Die sind sogar besser als die von meiner Großmutter, Gott habe sie selig.«

Brydie strahlte. »Greifen Sie zu!«

Gierig griff die Frau noch mal in die Schachtel und angelte sich noch einen in Zellophan gewickelten Kürbiskuchen. Dann drehte sie sich um, hielt eine Hand an den Mund und rief: »Melanie! Komm mal her!«

Kurz darauf erschien eine Frau in einem ähnlichen Mantel in einem ähnlichen Rotton. Sie hatte zwei kleine Französische Bulldoggen dabei.

»Du musst diesen Kürbiskuchen probieren«, sagte die erste Frau. »Er ist köstlich und kostet nichts!«

Die Frau, die Melanie, hieß, rümpfte die Nase. »Du weißt doch, dass ich Kürbiskuchen nicht mag, Alicia.«

Alicia verdrehte die Augen und wandte sich wieder an Brydie. Die Hunde beschnupperten Teddy, der sich auf den Rücken drehte und sich totstellte. »Was haben Sie noch?«

»Ich habe«, fing Brydie an und stand auf, »zum Beispiel in dieser Schachtel Hundekuchen, falls Ihre Hunde das dürfen.« Sie deutete auf die grünen Zellophantüten.

»Sie dürfen. Aber nur glutenfreie.« Melanie zuckte mit den Schultern, als wolle sie sagen: Und das haben Sie sowieso nicht.

»Dann haben sie Glück.« Brydie lächelte. Sie wühlte in der Schachtel und holte zwei Tüten mit roten Schleifen daran hervor. »Ein paar hab' ich noch davon.«

»Echt?«, fragte Alicia und zog die Augenbrauen hoch. »Da werden sich Roscoe und Rufus aber freuen.«

Roscoe und Rufus mussten die zwei Französischen Bulldoggen sein, die gerade an Teddys Ohren knabberten. Brydie fragte aber nicht danach, sondern sagte stattdessen: »Vielleicht hab' ich noch mehr glutenfreie Hundekuchen, in der Schachtel ganz unten. Ich guck' mal nach.«

Als Brydie eine Minute später aufblickte, hatte sich eine kleine Menschentraube um sie versammelt. Die Leute nahmen sich Tüten und Kuchen aus den Schachteln. Und schon bald mampften alle vor sich hin. Viele der Parkbesucher baten sie um ihre Visitenkarte, stattdessen gab Brydie ihnen ihre Telefonnummer. Dabei machte sie sich eine mentale Notiz, dass sie endlich mal neue Visitenkarten drucken lassen musste, sie hatte nur noch die alten. Zu ihrer Überraschung wollten einige Leute gleich vor Ort eine Bestellung aufgeben, für beide Sorten von Kuchen.

Eine Stunde später waren beide Schachteln leer, wie Brydie zufrieden feststellte. Teddy allerdings war müde vom Toben mit den beiden mehr als lebhaften Französischen Bulldoggen und versteckte sich hinter ihren Beinen. Hin und wieder spähte er hervor, um zu gucken, ob die Luft rein war.

Brydie wollte gerade alles einpacken und nach Hause gehen, als sie ein wild hechelndes Fellknäuel auf sich zuspringen sah, das ihr bekannt vorkam. Es war Sasha. Die Leine hing ihr lose am Hals. Brydie beachtete sie nicht, stattdessen sah sie sich schnell nach Nathan um und seufzte erleichtert, als sie Myriah auf sich zukommen sah, die mit ihrer Bommelmütze winkte wie mit einer Friedensfahne.

»Ich ... es ...«, keuchte Myriah, außer Atem. »Es tut mir leid. Sie ist weggerannt. Wahrscheinlich hat sie deine Stimme gehört. Plötzlich ist sie losgedüst, quer durch den Park!«

Brydie musste lachen. Myriah hatte sich auf die Knie gestützt und schnappte nach Luft. Sie sah Sasha so strafend an, wie es einer Frau nur möglich war, die gebatikte Leggins und ein Hello-Kitty-Sweatshirt trug.

»Ist ja gut gegangen«, sagte Brydie. »Nichts passiert.« Und sie streichelte Sasha den Kopf.

»Oh.« Myriah seufzte und streckte sich. »Ich wollte nicht ... also ... Ich weiß nicht, ob Sie überhaupt mit uns reden wollen.«

Sie wusste es also.

Brydie wandte sich ab und stapelte die Schachteln ineinander. »Es macht mir nichts aus, dass ihr hier seid«, sagte sie, wobei sie Myriah den Rücken zuwandte. Das stimmte. Es machte ihr nichts aus. Fast nichts.

»Sicher?«

Brydie wusste nicht, was sie darauf sagen sollte. Natürlich regte sie sich auf. Der beste Beweis dafür waren die Tonnen von Gebäck, die sie gerade verschenkt hatte. Aber das konnte sie Myriah nicht sagen. Sie sollte das Nathan sagen. »Sicher«, wiederholte sie nur. Und weil sie einfach nicht anders konnte, fragte sie: »Und, wie geht's Nathan?«

Es entstand eine Pause. Lang genug, dass Brydie sich umdrehen konnte, bevor Myriah antwortete. »Ich hab' ihn in letzter Zeit nicht so oft gesehen. Er arbeitet echt viel. Manchmal schiebt er Doppelschichten. Manchmal schläft er sogar im Krankenhaus und duscht dort.«

»Das heißt, du warst die ganze Zeit bei Sasha?«, sagte Brydie und lächelte.

»Ohne Unterbrechung«, sagte Myriah. »Nathan meinte, er würde heute nach Hause kommen. Ich will für ihn kochen. Und dann wollen wir den Weihnachtsbaum aufstellen. Es sieht schon richtig weihnachtlich aus.«

Brydie glaubte, Hoffnung in Myriahs Stimme zu hören. Sie dachte an die Nacht mit dem Hochwasser zurück, als Myriah ihr ihre Gefühle für Nathan gestanden hatte. Sie hatte das ganz vergessen, bis jetzt, sie hatte sich zu wohl und zu sicher in der erblühenden Beziehung zu Nathan gefühlt. Und mittlerweile konnte sie an nichts anderes mehr denken.

»Nett.« Ihr fiel nichts anders ein. »Ich muss dann mal.« Sie bückte sich, um Teddy die Leine anzulegen. Sasha nutzte die Gelegenheit und leckte ihr über das Gesicht. Aus einem unerfindlichen Grund hätte sie am liebsten geweint.

»Ciao!«, rief Myriah ihr hinterher.

Am liebsten hätte Brydie sich die leeren Schachteln über den Kopf gestülpt und wäre bis Neujahr weitergewandert. Wenn sie sich beeilte, konnte sie bei ShopCo mit ihrer Mitarbeiterkarte noch vier Dutzend Eier und zwölf Kilo Zucker kaufen und sich damit in der Küche abreagieren. Dann würde sie noch vor der Abenddämmerung wieder einen klaren Kopf bekommen.

37. Kapitel

Brydie stand vor dem Weihnachtsbaum und schloss erst das eine Auge, dann das andere. Sie blinzelte und neigte den Kopf. »Ich weiß nicht …«, sagte sie schließlich und sah Elliott an. »Sieht irgendwie schief aus.«

»Das hab' ich Leo auch gesagt«, erwiderte Elliott und wedelte mit den Händen in der Luft. Sie saß auf dem Sofa, mit dem Rücken zur Armlehne, die Füße auf einen Stapel Kissen gelegt. »Er meint, ich gucke schief.«

Brydie lächelte. »Klingt ganz nach Leo.«

»Nicht wahr?« Elliott verlagerte ihr Gewicht und drehte sich ächzend auf die Seite. »Wie auch immer. Jedenfalls freu' ich mich, dass du gekommen bist und beim Schmücken hilfst. Unglaublich, dass wir so lange damit gewartet haben! Sonst stellen wir den Baum immer am Ersten auf.«

»Na ja, du bist ja selbst eine Weihnachtskugel«, erinnerte Brydie ihre Freundin. »Außerdem arbeitet ihr beide, du und Leo.«

»Er arbeitet viel zu viel«, nörgelte Elliott. »Er hat mir versprochen, dass er heute zu Hause bleibt und mir hilft. Stattdessen jagt er schon wieder wie wild neuen Mandanten hinterher.«

»Er wär' bestimmt nicht begeistert, wenn er das hören könnte«, sagte Brydie. »Er mag 's nämlich nicht, wenn man ihm unterstellt, er wäre auf Mandantenjagd und würde unnötig Prozesse führen.« Brydie räusperte sich und sagte mit Grabesstimme: »Meine Damen, ich bin Fachanwalt für Persönlichkeits- und Schadensrecht.«

»Apropos Persönlichkeit«, sagte Elliott, »wann erzählst du mir, was da zwischen dir und Nathan lief?«

Brydie seufzte. »Da gibt's nichts zu erzählen. Wir passen einfach nicht zusammen. Das ist alles.«

»Ach, komm schon«, drängelte Elliott. »Du hast mir heute haufenweise Erdnusskrokant mitgebracht. Und Hundekekse mit Erdnussbutter, in Form eines Knochens! Dabei hab' ich gar keinen Hund. Du bist offensichtlich völlig durch den Wind.«

»Ist doch egal«, murmelte Brydie.

»Mir ist es nicht egal.«

Brydie ließ den Weihnachtsbaum Weihnachtsbaum sein und sah Elliott an. »Glaubst du, dass ich meine Vergangenheit nicht hinter mir lassen kann?«

Elliott machte große Augen. »Hat er das zu dir gesagt?«

»Wir haben uns vor ein paar Wochen zum Frühstück in einem Café getroffen«, erzählte Brydie und setzte sich zu Elliott ans Fußende des Sofas. »Ich hatte schrecklich schlechte Laune. Ich war bei der Arbeit eingeschlafen, obwohl ich vorn an der Theke hätte aufpassen sollen. Eine Kundin kam und hat Lillian angeschrien. Und ich hab' geschlafen und es nicht mitbekommen.«

»Oh, Süße!«

Brydie schloss die Augen. Sie wollte nicht weinen. Da spürte sie Elliotts Hand an ihrer Schulter.

»Brydie? Brydie!«

Sie öffnete die Augen.

»Brydie, oh Gott, ich glaub, meine Fruchtblase ist geplatzt!«

»Was?«, fragte Brydie ungläubig. »Die Fruchtblase? Aber das ist doch zu früh!«

Elliott hielt sich den Bauch, mit der anderen Hand gestikulierte sie. »Geh und hol Mia. Ich hol' meine Tasche.«

Brydie rannte die Treppe hoch und zu Mias Zimmer. Sie griff ein paar Kleider zum Wechseln für das Kind und stopfte sie in eine Tasche, die glücklicherweise an einem Schrank hing. Dann hob sie die schlafende Mia hoch und ging mit ihr auf den Armen wieder nach unten zu Elliott.

»Ich habe Leo angerufen«, schnaufte Elliott und gab Brydie die Schlüssel. »Wir treffen ihn im Krankenhaus.«

»In welchem denn?«, fragte Brydie, die keine Ahnung hatte, wohin sie Elliott bringen sollte.

Elliott wankte schon nach draußen. »Was? Ach ja, ins Baptist Memorial.«

Eigentlich hatte Brydie nicht damit gerechnet, den Abend im Wartesaal der Geburtsstation zu verbringen. Mia verhielt sich allerdings vorbildlich. Sie waren vor gerade fünf Minuten angekommen, als Leo auch schon eintraf und in den Kreißsaal geschickt wurde. Elliotts Eltern waren auf dem Weg von Jonesboro hierher, Leos würden erst morgen aus Missouri angereist kommen. Bis einer von ihnen kam, hatte deshalb Brydie die Aufgabe übernommen, auf Mia aufzupassen.

In Wahrheit machte es ihr nichts aus. Sie machte sich nur ein bisschen Sorgen um Teddy, der sicherlich gerade daheim vor der Tür auf und ab tigerte und auf sein Abendbrot wartete. Er würde ihr die Hölle heiß machen, sobald sie zurück war. Sie hoffte nur, dass er sich nicht wieder über den Mülleimer hermachte.

Brydie sah sich in dem kleinen Raum um. Zwei Fernsehgeräte waren oben an der Wand angebracht, und es gab eine Spielecke für Kinder – Mia hatte sie erfreut in Beschlag genommen. Die Fenster zum weiß getünchten Flur waren mit Kunstschnee besprüht, und jemand hatte einen Schneemann darauf gemalt. In einer Ecke stand ein Weihnachtsbaum mit blinkenden Lichtern, darunter eine Krippe, zum Glück gab es einen Kaffeeautomaten und Packungen mit Kaffeeweißer.

Es war gleichzeitig tröstlich und beunruhigend, dass das Krankenhaus so festlich und weihnachtlich geschmückt war. Brydie war sich sicher, dass es meist fröhlich auf der Geburtsstation zuging. Sie fragte sich allerdings, wie es sein musste, die Nachricht vom Tod eines Angehörigen zu erhalten, wenn ein engelsgleicher Weihnachtsmann im Hintergrund winkte. Ob es das Ärzten wie Nathan erschwerte oder eher leichter machte, derartige Nachrichten zu überbringen?

»Bryyydie?« Brydie wachte aus ihrem Tagtraum auf, als sich zwei kleine Hände auf ihre Beine legten. »Brydiiiie?«

»Mia, was gibt's?«, fragte sie aufgeschreckt. »Musst du aufs Klo?«

Die Kleine schüttelte den Kopf. »Ich hab' Hunger.«

Brydie sah auf die Uhr, die über dem Weihnachtsbaum hing. Sie saßen jetzt schon seit vier Stunden hier herum. »Gut«, sagte sie und stand auf. »Komm, wir gehen in die Cafeteria und essen was.«

Das Mädchen nahm Brydies Hand, als sie aus dem Wartezimmer gingen. Am Schwesternzimmer wollte Brydie sich nach Elliott erkundigen, aber sie überlegte es sich anders und wollte erst auf dem Rückweg nachfragen. Vielleicht waren dann schon Elliotts Eltern hier und konnten sich erkundigen. Da sie keine Familienangehörige war, durften ihr die Schwestern sowieso nicht viel sagen, so viel hatten sie ihr immerhin mitgeteilt. Und so eine Geburt konnte lange dauern. Als sie noch mit Allan verheiratet gewesen war, hatte sie so viele Bücher wie möglich über das Thema gelesen. Brydie wusste mit Sicherheit, dass sie auf den Geburtsvorgang als solchen bestimmt nicht neidisch war. Es war im besten Fall anstrengend, im schlimmsten eine Tortur. Und einige Frauen, wie Pauline, mussten sogar ohne ein Kind nach Hause gehen.

Die Vorstellung ließ Brydie erschaudern, und sie verdrängte die Gedanken. Elliotts Baby war zwar früh dran, aber es würde ihm schon gut gehen – sehr gut. Der Junge würde bestimmt perfekt werden.

»Ich will Cornflakes«, flüsterte Mia ihr zu, als sie die praktisch menschenleere Cafeteria betraten.

Es war stockdunkel draußen, und es überraschte Brydie, dass die Cafeteria überhaupt geöffnet hatte. Sie lächelte Mia an und setzte sie an einen der Tische. »Du wartest hier«, sagte sie. »Was für Cornflakes möchtest du denn?«

»Mommy sagt, ich darf keine Lucky Charms essen, weil da Zucker drin ist«, sagte Mia, ballte die Hände zu Fäustchen, rieb sich die Augen und gähnte verschlafen. »Aber Lucky Charms sind meine Lieblingscornflakes.«

»Dann hole ich dir die«, sagte Brydie und zwinkerte ihr zu. »Aber sag's deiner Mutter nicht. Sonst krieg' ich Ärger.«

Mia nickte und schenkte Brydie das typische Lächeln eines Kindes, das im Begriff war, etwas Verbotenes zu tun. »Okay.«

Brydie nahm zwei Schüsseln von dem Stapel am Frühstücksbüffet, das bereits für den nächsten Morgen vorbereitet war. Eine füllte sie mit Lucky Charms und eine mit Frosties. Sie drehte sich um, um zwei Tüten Milch zu nehmen – und prallte gegen Nathan.

»Huch, Achtung!« Nathan fing eine Schüssel auf, die ihr aus der Hand rutschte. »Ich helfe dir.«

Brydie machte den Mund auf, um ihn zu fragen, was er hier machte, und schloss den Mund wieder. Sie wusste genau, was er hier machte. Er arbeitete hier. Sie ging zu Mia und stellte die Schüssel vor ihr ab. »Ich gehe und hole die Milch«, sagte sie.

»Brydie, ich muss mit dir reden«, sagte Nathan und stellte die Schüssel ab. »Ich hab' Neuigkeiten ...«

Brydie stockte das Herz. »Ist alles in Ordnung? Wie geht's Elliott? ... Und dem Baby?«

»Nein, nein, das mein' ich nicht«, sagte Nathan. »Soweit ich weiß, ist bei Elliott und dem Baby alles in Ordnung.«

»Worum geht es dann?«, fragte Brydie.

»Um Mrs. Neumann.« Nathan sah sie an. »Ich glaube, Dr. Sower hat versucht, dich anzurufen.«

»Ich hab' mein Handy bei Elliott vergessen«, erklärte Brydie und goss im Stehen Milch über Mias Cornflakes. »Was ist denn?«

Nathan zog Brydie von der Kleinen weg. »Es steht nicht gut um sie. Dr. Sower meint, wenn du sie noch mal sehen willst ...« Er hielt inne, nahm seine Lesebrille ab und steckte sie in seinen weißen Kittel. »Wenn du sie noch ein letztes Mal sehen willst, solltest du so schnell wie möglich zu ihr fahren.«

Brydie schlug die Hand vor den Mund. »Bist du sicher? Ist sich Dr. Sower sicher?«

Nathan nickte. »Sie würde nicht anrufen, wenn sie sich nicht sicher wäre.«

»Ich kann Mia nicht allein lassen«, sagte Brydie tonlos.

»Ich hab' zuerst im Wartezimmer nachgesehen«, erklärte Nathan. »Als ich dich auch dort nicht erreicht habe, hab' ich aus einem Bauchgefühl heraus die Geburtsstation angerufen. Elliotts Eltern sind da.«

»Mia, Süße ...« Brydie ging zurück zu dem Tisch, an dem das Kind begonnen hatte, Cornflakes in sich hineinzuschaufeln. »Wir müssen wieder nach oben.«

»Ich esse noch!«

»Oma und Opa sind oben«, begann Brydie.

»Okay«, sagte Mia mit leuchtenden Augen. »Kann ich die Lucky Charms mitnehmen?«

Brydie sah Nathan an.

»Klar«, antwortete Nathan. »Ich wüsste nicht, was dagegen spräche.«

Nathan folgte den beiden in den Fahrstuhl und begleitete sie ins Wartezimmer, wo Brydie Mia ihren Großeltern übergab, die sie mit offenen Armen empfingen.

»Hast du schon was gehört?«, fragte Brydie.

Elliotts Mutter nickte. »Leo kam vorhin kurz 'raus und sagte, dass sie Elliott in den OP bringen und einen Kaiserschnitt machen. Es kann noch dauern, bis wir wieder was hören«, sagte sie und wischte Mia den Milchbart vom Mund.

»Ich muss kurz weg«, murmelte Brydie. »Ich komme zurück, sobald ich kann.«

»Gut, Brydie.« Elliotts Mutter ließ sich neben Mia auf den Boden sinken, um aufzupassen, dass Mia keine Milch auf den Teppich goss. »Das ist okay. Wir kommen hier zurecht.«

Brydie nickte und eilte zum Fahrstuhl. Sie merkte nicht, dass Nathan ihr folgte, bis er sich räusperte und fragte: »Brydie?«

Sie drehte sich um. »Ja?«

»Ich fahr' dich hin.«

»Das brauchst du nicht«, sagte Brydie.

»Ich möchte aber.« Nathan bestand darauf. »Du warst die ganze Nacht auf.«

»Daran bin ich gewöhnt.«

»Ich auch.«

Eine typische Pattsituation. Sie starrten sich an, unsicher, was sie als Nächstes sagen oder tun sollten. »Dafür hab' ich jetzt keine Zeit«, presste Brydie schließlich hervor, und das Ringen des Fahrstuhls rettete sie.

»Lass mich dich fahren«, bat Nathan. »Ich will sie doch auch noch mal sehen.«

Brydie seufzte. Sie wollte sich nicht anmerken lassen, wie sehr sie sein Wunsch berührte. »Gut, okay.«

38. KAPITEL

Schweigend fuhren sie zum Altenheim. Unter anderen Umständen hätte Brydie sich unwohl gefühlt, doch jetzt musste sie zu sehr an Pauline denken. Als der Wagen auf dem Parkplatz stand, machte Nathan keine Anstalten, auszusteigen. Er zog bloß den Zündschlüssel und blieb sitzen.

»Ich wollte dich anrufen«, murmelte er.

Brydie sah ihn an. »Warum?«

»Mir gefällt nicht, wie wir auseinandergegangen sind.«

»Mir auch nicht.«

»Ich hatte nur so viel zu tun, hier und im Krankenhaus«, fuhr er fort. »Ich hab' keine Zeit, viel weniger Zeit, als ich dachte. Keine Zeit, um …«

»Um was?«

»Brydie …«

»Schon okay«, erwiderte Brydie. »Du musst mir nichts erklären.«

»Ich möchte es dir aber erklären.« Nathan saß stocksteif da und schien sich am Lenkrad festhalten zu wollen. »Aber ich weiß nicht, wie!«

»Ich will jetzt zu Pauline«, sagte Brydie. »Sie braucht mich.«

Nathan führte sie direkt zum Zimmer von Mrs. Neumann. Er sagte noch nicht einmal am Empfang Bescheid. Im Zimmer war es stiller, als Brydie gedacht hatte. Eine Schwester bewachte die alte Dame, die auf dem Bett lag, die Bettdecke bis unters Kinn gezogen. Ihr Atem kam kurz und stoßweise.

Die Schwester, die auf dem Stuhl saß, lächelte Brydie und Nathan an. »Dr. Reid«, sie stand auf. »Ich sage Dr. Sower Bescheid, dass Sie hier sind.«

»Ich habe heute keinen Dienst«, sagte er.

»Sie will es bestimmt trotzdem wissen«, entgegnete die Schwester. Sie wandte sich an Brydie. »Sie verliert immer wieder das Bewusstsein.«

Während Nathan und die Schwester hinausgingen und kurz darauf mit Dr. Sower im Flur diskutierten, setzte sich Brydie auf den Stuhl neben Paulines Bett und rieb sich die schwitzigen Hände an der Jeans ab. Sie wusste nicht, was sie sagen sollte. Was konnte sie schon sagen? Wortlos nahm sie die linke Hand der alten Dame in ihre und versuchte zu lauschen, was draußen besprochen wurde.

Abgesehen von der Atmung machte Pauline keinen kranken Eindruck. Sie war blass, ja, aber sie schlief friedlich. Ihre Augenlider waren geschlossen, die Lippen leicht geöffnet.

»Ich bin hier, Pauline«, brachte Brydie schließlich hervor. »Ich sitze jetzt bei Ihnen. Teddy ist zu Hause. Aber im Geiste ist er auch hier bei Ihnen. Es tut mir leid, dass ich ihn nicht mitgebracht habe. Ich musste ihn zu Hause lassen, weil meine Freundin Elliott im Krankenhaus ist und in den Wehen liegt.« Sie meinte zu spüren, dass Pauline ihre Hand drückte, und sprach weiter: »Ich war gerade bei ihr und hab— ihr beim Schmücken des Weihnachtsbaums geholfen. Der Stichtag ist erst in gut drei Wochen, aber die Fruchtblase ist schon geplatzt.«

Paulines Lider flatterten. Und sie murmelte etwas.

Brydie stand auf und neigte ihren Kopf zu Pauline. »Wie bitte? Was sagen Sie?«

»M...m...m... mein ...«

»Ich bin's, Brydie«, sagte Brydie.

»Mein ...«, hauchte Pauline. Brydie verstand sie kaum. »Mein Baby!«

Brydie stockte der Atem. »Was ist mit Ihrem Baby?«

»Mein Baby«, flüsterte Pauline. »Elise!«

»Ich weiß.« Brydie drückte ihr die Hand. »Ich weiß von Ihrem Baby, von Elise.«

Mit flatternden Lidern öffnete Pauline die Augen. Sie waren glasig, der Blick aber war klar. »Sie war mein Baby«, seufzte sie. »Unser Baby. Meins und Bills.«

»Ja.«

»Sie ist gestorben.«

»Ja.«

»Ich werde sterben.«

Brydie konnte ein Schluchzen nicht länger unterdrücken. Sie hatte einen Kloß im Hals, Tränenbäche rannen ihr die Wange herab und tropften auf die Decke. »Sie ... Sie werden nicht sterben«, brachte sie hervor. »Das lasse ich nicht zu!«

»Meine Zeit ist gekommen«, flüsterte Pauline matt.

»Nein!« Brydie schüttelte den Kopf. »Noch nicht!«

»Es wird Zeit, dass ich meine Elise sehe.«

»Ich ... ich weiß.«

»Werden Sie sich um Teddy kümmern?«

Brydie nickte. Sie strich der alten Dame übers schlohweiße Haar. »Das werd' ich«, sagte sie. »Versprochen.«

Pauline lächelte zaghaft und schloss die Augen. Sie atmete ein, und mit einem Seufzen entwich ihr der letzte Atemzug.

Weiter weg, nur ein paar Meilen entfernt, holte ein Neugeborenes in diesen Minuten zum ersten Mal Luft. Eine Krankenschwester wickelte den Jungen in ein weiches Tuch und legte ihn in die Arme seiner Mutter.

39. Kapitel

Eigentlich hatte Brydie das Haus nicht weihnachtlich schmücken wollen. Sie sah dafür keinen Grund, vor allem wenn sie an Heiligabend sowieso nicht zu Hause war. Aber an dem Tag nachdem Pauline gestorben war, war Brydie zur Arbeit gefahren und hatte tonnenweise Deko besorgt, um das Haus festlich herzurichten. Sie fühlte sich irgendwie besser, wenn alles um sie herum weihnachtlich aussah.

Als der Baum aufgestellt war, bat sie Mia, ihr bei den Lichtern und Girlanden im Haus zu helfen. Leo war begeistert, dass er Mia bei Brydie lassen konnte. Er brachte sie vorbei, Elliott und das Neugeborene lagen noch im Krankenhaus. Das Kind hatte per Kaiserschnitt geholt werden müssen, wie schon Mia.

Drei Tage später stand Brydie vor dem Kleiderschrank und suchte nach einem passenden Outfit für Paulines Beerdigung. Auf Wunsch der alten Dame sollte es nur eine kurze Andacht auf dem Friedhof geben, Brydie wollte anschließend alle zu sich auf Kaffee und Kuchen einladen. Das ist das Mindeste, was ich für sie tun kann, dachte sie und ging ins Bad, um erst einmal zu duschen.

Das Haus schien zu spüren, dass seine Besitzerin gestorben war, die Atmosphäre der Trauer war fast schon unheimlich. Es knarzte an Stellen, wo es sonst nie knarzte, dafür aber nicht mehr an Stellen, an denen es sonst immer geknarzt hatte. Es war, als sei eine Veränderung über das Haus gekommen und als warte es mit angehaltenem Atem darauf, dass jemand, irgendjemand, sagte, wie es weiterging.

Teddy schien auch zu spüren, was vor sich ging. Als Brydie am frühen Morgen aus dem Altenheim nach Hause gekommen war, hatte er direkt an der Haustür auf sie gewartet. Sie hatte erwartet, dass der Küchenboden voller Müll und der Teppich voller verdächtiger nasser Flecken sein würden. Aber nichts davon war passiert. Stattdessen war Teddy ihr auf dem Fuß gefolgt und hatte sich still zu ihr ins Bett gelegt, wo er den ganzen Tag mit ihr verschlief. Er hatte noch nicht einmal gebellt, als er seinen Nachmittagssnack nicht bekam. Seitdem folgte er ihr überall hin.

Er wartete auch jetzt vor der Dusche und dackelte ihr dann zum Kleiderschrank hinterher. Sie bückte sich, um ihn zu streicheln. Zwischen zwei Decken unten im Schrank ragte etwas hervor. Das Fotoalbum aus dem Keller. Sie hatte es ganz vergessen, nachdem sie die fehlenden Fotos gefunden hatte. Jetzt zog sie es unter den Decken hervor und setzte sich aufs Bett, wo sie durch das Album blätterte. Als sie die leeren Seiten aufschlug, hatte sie eine Idee. Sie stand auf, wickelte das Handtuch fester um sich, und ging wieder zum Schrank, wo sie aus dem obersten Regal die Tupperdose mit den Fotos hervorzog.

Mit großer Sorgfalt blätterte sie die Schutzfolien auf den Seiten um und steckte die Fotos in die Klebetaschen. Sie wusste nicht, ob Pauline das gewollt hätte, aber aus unerklärlichen Gründen fühlte es sich richtig an. Nach all den Jahren war das Album wieder mit den Fotos befüllt, und der Kreis schloss sich. Selbst wenn sie der einzige Mensch war, der von dem Album wusste und von Elise. Sie hatte Pauline versprochen, dass sie die Erinnerung an Elise wachhalten würde. Und genau das wollte sie tun.

Brydie seufzte und sah sich um. Sie konnte kaum glauben, dass sie erst vor drei Monaten eingezogen war. Das hier war ihre letzte Rettung gewesen, und Elliott hatte sie gedrängt, einzuziehen. Sie hatte es getan, weil sie keine Alternative gehabt hatte. Wenn sich eine andere Möglichkeit geboten hätte, so hätte sie sich sicherlich für diese entschieden. Und jetzt, jetzt wollte sie auf keinen Fall mehr ausziehen. Sie wollte sich auch nicht von Pauline verabschieden.

Der Himmel war klar, die Luft frisch. Die Sonne schien, ein schöner Dezembertag. Und der kleine Friedhof von Germantown lag friedlich, geradezu freundlich da, als sie mit Teddy im Schlepptau dort ankam. Sie vermutete, dass einige Besucher es unangemessen fanden, einen Hund auf eine Beerdigung mitzubringen. Umso erleichterter war sie, als sie Fred und Arlow entdeckte und daneben Mary Ann und Thor.

»Hallo, Brydie«, begrüßte Fred sie leise, als sie zu ihm trat. »Und hallo, Mr. Roosevelt.«

Mary Ann zog ein Taschentuch aus der Tasche ihrer dunkelroten Strickjacke und betupfte sich die feuchten Augen. »Ich hab' Fred erst gesagt, dass es respektlos ist, Hunde auf den Friedhof zu bringen.«

»Aber Pauline hätte gewollt, dass wir sie mitbringen«, sagte Fred. »Ihr hätte das gefallen.«

Brydie lächelte »Sie haben recht. Ich konnte Teddy auch nicht zu Hause lassen. Nicht heute.«

Hinter ihnen stiegen einige Trauergäste aus ihren Autos und kamen zu ihnen ans Grab. Einige der Leute kannte Brydie, einige waren ihr unbekannt. Erstaunlicherweise hatten viele von ihnen ihre Hunde dabei.

»Wir haben allen Bescheid gesagt«, sagte Mary Ann. »Wir wollten sie anständig verabschieden, Fred und ich.«

»Sie war unsere Freundin.« Fred sah sie an. »Genau wie du jetzt.«

Brydie biss sich auf die Lippe, ein hilfloser Versuch, die Tränen zurückzuhalten. Sie hob den Blick, da sah sie Nathan und Sasha auf sie zukommen.

Nathan sagte nichts und stellte sich wortlos zwischen sie und Fred. Aber sie spürte seine Blicke auf sich, während sie stur geradeaus blickte auf den Priester, der sich auf seine Rede vorbereitete. Nathan und sie hatten kein Wort mehr miteinander gewechselt seit der Nacht, als sie sich von Pauline verabschiedet hatte. Selbst da hatten sie auch kaum ein Wort gewechselt. Brydie war viel zu aufgewühlt, zu erschöpft gewesen, um mit ihm über irgendetwas anderes zu reden als über Pauline. Die Luft zwischen ihnen war zum Schneiden dick, voll mit allem, was unausgesprochen blieb.

»Liebe Gemeinde, wir haben uns heute hier versammelt, um Pauline Elizabeth Neumann zu gedenken ...«

Brydie schloss die Augen. Sie ließ die Worte an sich vorüberziehen. Sie wollte nichts mehr, als sich auf den kühlen Boden zu setzen und die Beine auszustrecken. Sie wollte weinen und dass Teddy auf ihrem Schoß saß. Sie wollte wieder bei Pauline in dem kleinen Zimmer im Heim sitzen und deren Geschichte von Thanksgiving hören.

Sie öffnete die Augen erst wieder, als sie eine Hand auf ihrem Oberarm spürte. Sie drehte sich um und sah Rosa neben sich stehen, die sie mitfühlend anlächelte. Neben Rosa stand Joe mit stoischer Gelassenheit. »Woher ...?«, fragte Brydie lautlos.

Rosa deutete mit einer Kopfbewegung zu Nathan. »Er hat's uns gesagt«, antwortete sie. »Er kam am Abend danach zu uns in den Laden, als du dich um die Formalitäten gekümmert hast«, flüsterte sie. »Er wollte uns wissen lassen, dass es dir gerade nicht so gut geht.«

Joe wandte sich an Rosa, räusperte sich und ließ mit einem Nicken in Richtung des Pfarrers ein »Pst!« ertönen. Rosa verdrehte die Augen, hielt aber den Mund. Ihre Hand lag immer noch auf Brydies Arm, den sie leicht streichelte.

Als sie das letzte Gebet sprachen, sagte der Priester: »Und nun möchte Brydie Benson noch einige Worte an Sie richten, bevor wir an diesem schweren und doch sonnigen Tag auseinandergehen.«

Brydie holte tief Luft und reichte Teddys Leine an Rosa. Sie stellte sich neben den Priester und versuchte, die versammelte Trauergemeinde anzulächeln. »Wie die meisten von Ihnen wissen, wohne ich in Paulines Haus. Ich lebe dort seit drei Monaten und kümmere mich um das Haus und um Teddy, ihren Hund. Ich möchte Sie alle zu mir einladen, Pauline ein letztes Mal zu feiern. Haustiere sind herzlich willkommen. Und es gibt etwas zu essen.«

Als Brydie ihre Ansprache beendet hatte, gab Rosa ihr die Leine zurück. »Liebes, es tut mir leid, dass es zuletzt auf der Arbeit so viel Ärger gab«, sagte Rosa. »Das war nicht deine Schuld. Es gehört nicht zu deinen Aufgaben, auf Lillian aufzupassen.«

»Es gehört aber auch nicht zu meinen Aufgaben, während der Arbeit einzuschlafen«, entgegnete Brydie. »Mir tut's auch leid.«

»Gut, wenn das jetzt geklärt ist«, unterbrach Joe die beiden. »Mein aufrichtiges Beileid, Brydie.«

Brydie war gerührt und dankte ihm. Diese offene Herzlichkeit war untypisch für ihn.

»Und ich hab' mit dem Big Boss geredet«, fuhr er fort. »Du kriegst nach Weihnachten eine Vollzeitstelle, wenn du willst.«

»Wirklich?«

Joe nickte.

»Danke! Danke! Danke!« Brydie umarmte ihn. »Ich verspreche, dass ich nie wieder einschlafe.«

»Das hoffe ich doch«, sagte er. »Rosa und ich wissen zwar, dass du nicht für ewig bei uns arbeiten wirst, wir hoffen aber, dass du lange genug bleibst, um deine Nachfolgerin einzuarbeiten.«

Brydie erinnerte sich an das Ladengeschäft in Downtown Memphis, und sie musste lächeln. »Danke, Joe. Das wird aber hoffentlich noch eine Weile dauern.«

»Ms. Benson?«

Brydie drehte sich um. Vor ihr stand ein glatzköpfiger Mann in einem schwarzen Trenchcoat. »Ja?«

»Mein Name ist Jacob Dwyer, ich bin der Grundstücksverwalter und Anwalt von Mrs. Pauline Neumann. Kann ich Sie kurz sprechen, auch wenn die Örtlichkeit ... nun ja ...?«

»Klar«, sagte Brydie schnell. Und an Rosa und Joe gewandt, flüsterte sie: »Ich rede besser mit diesem Mann. Er ist Anwalt.«

»Ich muss eh zurück. Ich hab' Lillian bei der Nachbarin

gelassen, und sie wird unruhig, wenn ich zu lange wegbleibe«, entgegnete Rosa.

Brydie verabschiedete sich von den beiden und wandte sich an den Mann. »Also: Worum geht's?«

»Mrs. Neumann hat mich vor einigen Wochen kontaktiert. Sie wollte Änderungen an ihrem Testament vornehmen lassen«, begann Herr Dwyer. »Sie wollte Sie bedenken.«

»Wie bitte?«

»Ihr ging es vor allem um ihren Hund«, fuhr er fort. »Sie wollte, dass Sie ihn nach Möglichkeit behalten.«

Brydie sah auf Teddy herab. Er sah von ihr zu dem Anwalt und neigte den Kopf schief.

»Kurz vor ihrem Tod hat sie mich gebeten, mich weiter um Teddy zu kümmern«, sagte Brydie.

»Sicher. Aber für den Fall, dass Sie ihn nicht behalten wollen, hat sie dafür gesorgt, dass er in einem Heim für Möpse in Memphis unterkommt. Es ist da alles arrangiert, sollte das der Fall sein.«

Brydie griff fester um die Leine. »Nein«, erwiderte sie mit Bestimmtheit. »Ich will nicht, dass er in ein Tierheim kommt. Ich will ihn behalten!«

Der Mann nickte.

»Ich würde ihn nie ...«, sagte Brydie mit brechender Stimme, »... ich würde ihn nie weggeben!«

»Gut«, er nickte kurz. »Dann hätten wir das geregelt.« Er langte in seine Manteltasche und überreichte Brydie einen versiegelten Umschlag. »Sie wollte, dass ich Ihnen dies hier gebe.«

Brydie nahm verdutzt den Umschlag entgegen.

»Mrs. Neumann hat mich gebeten, Ihnen das zu geben, sofern Sie von sich aus einwilligen, den Hund in Pflege zu nehmen«, erklärte er. »Sie hat ausdrücklich angeordnet, dass Sie den Umschlag nicht vor Heiligabend öffnen.«

Brydie drehte den Umschlag in der Hand. Er roch entfernt nach Lavendel und Vanille. »Ich verstehe das nicht.«

»Es steht alles in dem Brief«, sagte der Anwalt. »Wir sprechen uns noch mal nach den Feiertagen.« Er lächelte ihr freundlich zu und klopfte ihr auf die Schulter, bevor er ging. Mit jedem Schritt raschelte das welke Laub unter seinen Sohlen.

Brydie stand einige Minuten mit dem Umschlag in der Hand da. Sie wollte ihn am liebsten sofort aufreißen. Sie wollte wissen, was Pauline so wichtig gewesen war, dass sie ihren Anwalt angerufen hatte und ihm das Versprechen abgerungen hatte, ihr zu sagen, dass sie noch eine Woche warten sollte, bis Weihnachten. Sie seufzte, steckte den Brief in ihre Tasche und warf einen letzten Blick auf Paulines Sarg, der bereits in die Erde gelassen worden war. Einige Trauergäste standen noch dort versammelt.

Dann drehte sie sich um und rief Teddy, ihr zu folgen. »Jetzt gibt's nur noch uns beide, dich und mich, Kumpel«, raunte sie ihm zu.

Als sie den Friedhofsweg entlangging, sah sie einen Mann unter einer der großen Eichen stehen. Erst dachte sie, es sei der Anwalt, Dwyer, aber als sie näher kam, erkannte sie, dass der Mann viel älter sein musste, gewiss schon über achtzig. Er trug dunkle Wollhosen und ein Jackett mit runden Lederflicken an den Ellbogen. Er kam ihr irgendwie bekannt vor, obwohl sie nicht sagen konnte, woher. Als er Brydie erblickte, drehte er sich um und ging eilig zum Ausgang.

»Entschuldigen Sie«, rief Brydie ihm nach. »Mister, warten Sie doch!«

Als er sie hörte, blieb der Fremde stehen und drehte sich zu ihr um. »Ja?«, sagte er.

»Entschuldigen Sie«, keuchte Brydie. Sie hatte Teddy auf den Arm nehmen müssen, um dem Mann zu folgen. »Wollten Sie auf die Bestattung von Pauline Neumann?«

»Ja«, antwortete der Mann.

»Tut mir leid, Sie haben die Beerdigung gerade verpasst«, sagte sie. »Kannten Sie sie?«

»Ja.« Der Mann sah traurig zu Boden.

Brydie dachte schon, dass das alles war, was der alte Mann sagen konnte. Sein Gesicht war faltig und alt, aber seine Augen waren hell und klar. Sie hatte diese Augen schon einmal gesehen, ganz bestimmt ... »Ich habe ihre Freunde zu mir nach Hause eingeladen.« Sie grübelte weiter, woher sie ihn kannte. »Sie sind auch eingeladen. Wenn Sie kommen möchten, gebe ich Ihnen die Adresse.«

»Nein, nein, danke.« Der Mann schien sich unwohl zu fühlen. »Ich wollte nur ... ich wollte Polly nur die letzte Ehre erweisen.« Er drehte sich um und ging zu seinem Wagen.

Etwas an der Art, wie er »Polly« sagte, und seine Stimme machten Brydie stutzig. Er musste sie sehr lange gekannt haben, in einem anderen Leben. Niemand, den sie kannte, nannte Pauline Polly. Da traf sie die Erkenntnis. Die Augen. Seine markanten Gesichtszüge. Die Art, wie er sprach. Sie wusste, wer er war. Sie wusste, wer er war, weil sie ihn schon einmal gesehen hatte ... eine jüngere Version von ihm, auf den Fotos.

»Entschuldigen Sie«, rief Brydie und eilte ihm hinterher, Teddy noch immer auf dem Arm.

»Ja?«

»Es tut mir leid, wenn ich Sie noch mal störe. Aber Sie sind ... Kann es sein, dass ... Heißen Sie Bill?«

Erstaunen huschte über das Gesicht des Mannes. Nach einer langen Weile sagte er: »Ja.«

»Sie waren mit Pauline verheiratet, stimmt's?«

»Ja. Vor langer Zeit.«

Brydie legte ihm eine Hand auf den Arm. Ihre Finger berührten den weichen Lederflicken auf seinem Ellbogen. »Kommen Sie doch, bitte«, sagte sie. »Kommen Sie mit zu ihr nach Hause. Ich hab' etwas, von dem ich glaube, dass es Ihnen gehört.«

»Wie bitte?« Der Mann zog die buschigen Augenbrauen zusammen. »Etwas ... das mir gehört?«

»Ja, genau. Es dauert nur ein paar Minuten, das Haus ist nicht weit weg.«

Der Mann zögerte. Offensichtlich versuchte er, die Frau vor sich, die einen runden Mops im Arm hatte, irgendwie in Paulines Leben einzuordnen. Schließlich willigte er ein.

»Danke.« Brydie setzte Teddy auf den Boden. »Vielen, vielen Dank.«

40. Kapitel

Fast alle waren nach der Grabrede mit in Paulines Haus gekommen. Das Wohnzimmer und die Küche waren voller Leute, voller Hunde. Brydie war froh, dass sie die ganze Nacht lang in der Küche gestanden hatte.

»Brydie«, sagte Mary Ann und trat auf sie zu, noch bevor Brydie ihren Mantel abgelegt hatte. »Ich möchte Ihnen jemanden vorstellen. Marshall Good, ihm gehört der kleine Laden für Geschenkartikel in Midtown.«

Marshall streckte Brydie seine Hand entgegen »Es ist ein Geschenkartikelfachgeschäft und eine Bäckerei«, plapperte er drauflos. »Anfang des Jahres wollen wir uns vergrößern. Mary Ann hat erzählt, dass Sie außerordentlich köstliche Hundekuchen für Thor backen.«

»Genau«, sagte Mary Ann. »Die sind köstlich! Thor kann gar nicht genug davon bekommen.«

»Ich mache das nur in meiner Freizeit.« Brydie errötete. »Und Thor schmecken sie jedenfalls.«

»Wenn Sie Ihre Meinung ändern sollten …«, sagte Marshall und gab ihr eine Visitenkarte. »Dann rufen Sie mich an.

Ich würde die Hundekuchen gern in mein Sortiment nehmen.«

»Danke.« Brydie war baff. Aus den Augenwinkeln sah sie, wie Bill das Haus betrat. Als er sie sah, winkte er ihr unsicher zu. »Ich werde Sie anrufen. Jetzt entschuldigen Sie mich bitte, ich muss mich um einen Gast kümmern. Schön, Sie kennengelernt zu haben.«

Sie legte die Visitenkarte auf den Esstisch, neben ihr Schlüsselbund. Dann ging sie zu Bill. »Hallo schon wieder«, sagte sie. »Schön, dass Sie gekommen sind.«

»Sie haben mich neugierig gemacht, muss ich zugeben.«

Brydie bedeutete ihm, ihr zu folgen. »Es ist hier drin.«

Brydie führte ihn ins Schlafzimmer, wo das Fotoalbum noch auf dem Bett lag. Sie ging zum Kleiderschrank und holte die Tupperdose mit der Babydecke und der Geburtsurkunde hervor. Dann setzte sie sich aufs Bett.

Bill stand unschlüssig in der Mitte des Raumes und sah sich um. Er ging zu den dunkelroten Vorhängen und berührte sie leicht. »Das Haus erinnert mich an Polly«, sagte er.

»Das hier ist, was ich Ihnen zeigen möchte«, Brydie hielt die Dose und das Album hoch. »Ich glaube, dass Pauline gewollt hätte, dass Sie das bekommen.«

Bill setzte sich neben sie, legte sich die Dose auf seinen Schoß und das Fotoalbum auf die Dose. Er öffnete das Album und sah auf die erste Seite. »Ich ... ich habe das seit sehr langer Zeit nicht mehr angesehen«, murmelte er. »Das ist wirklich sehr lange her.«

»Es war im Keller«, erzählte Brydie. »Da lag es schon sehr lange. Ich hab' die Fotos und die Dose vor ein paar Wochen in einer Truhe da unten gefunden, als es Hochwasser gab und

Wasser in den Keller gelaufen ist. Die Truhe war verschlossen.« Sie sah auf ihre Hände. »Ich habe die Scharniere abgeschraubt.«

»Das sieht Polly ähnlich«, sagte Bill leise und blätterte die Seite um. »Ganz die alte Polly.«

»Neben der Truhe stand ein Stuhl«, fuhr Brydie fort. »Ich glaube, sie ist oft nach unten gegangen ... als sie das noch konnte.«

Bill sah sie an. »Nachdem wir unser Kind verloren hatten«, begann er, »nachdem wir Elise verloren hatten, hat Polly alle Fotos aus dem Haus entfernt. Alle. Sie hat sie weggepackt und gesagt, wenn es keine Bilder von unseren Kindern in dem Haus geben wird, dann sollen gar keine Bilder im Haus hängen.«

»Das muss unvorstellbar schwer gewesen sein.«

»Ja«, er strich mit dem Daumen über ein Foto von Pauline. »Das kann man sich nur vorstellen, wenn man selbst ein Kind verloren hat.«

»Und ich dachte immer, kein Kind zu bekommen ist das Schlimmste, was mir passieren kann«, gestand sie.

»Sie ist nie darüber hinweggekommen«, sagte Bill. »Sie war nie mehr ganz die Alte. Ich war nicht mehr der Alte. Wir hätten's noch mal versuchen können, aber davon wollte sie nichts wissen. Sie hat mich ein halbes Jahr später verlassen. Ich hab' immer gehofft, dass sie glücklich werden würde.«

»Sind Sie denn noch mal glücklich geworden?«

Jetzt lächelte Bill. »Auf meine Art, ja. Ich hab' die Tochter des Blumenhändlers in unserem Ort geheiratet. Wir haben drei Mädchen bekommen.«

»Wie schön!«

»Ja. Meine Töchter sind wunderbar. Sie kümmern sich gut

um ihren alten Vater. Aber es hat sich immer angefühlt wie Verrat. Als würde ich Polly und Elise verraten. Weil ... weil ich nie jemandem erzählt habe, dass ich nicht drei Töchter, sondern eigentlich vier Töchter habe.«

Brydies Brust zog sich zusammen. »Ich bin sicher, dass beide gewollt hätten, dass Sie glücklich sind.«

»Ich hab' sie so geliebt«, flüsterte Bill. »Polly war meine große Liebe.«

»Sie hat mir von Ihnen erzählt«, sagte Brydie und tätschelte ihm den Arm. »Ich habe die letzten Monate hier gelebt und mich um das Haus und ihren Hund gekümmert. Sie lebte in einem Altenheim, aber sie war bis zum Schluss eine rüstige Dame, und sie hatte wirklich Schneid. Sie hat mir von ihrer Ehe mit Ihnen erzählt. Davon, wie sie an Thanksgiving Ihr Haus in Brand gesetzt hat.«

Bill lachte. Ein tiefes, kehliges Lachen. »Die Geschichte hat sie immer gern erzählt. Vor allem weil meine Mutter damals so entsetzt war.«

»Das hat sie auch gesagt.«

Bill schloss das Album. »Danke, dass Sie mir das gezeigt haben.«

Brydie nickte. »Lassen Sie sich ruhig Zeit, bleiben Sie ein bisschen hier sitzen.« Sie stand auf. »Kann ich Ihnen was zu trinken oder essen bringen?«

»Sie haben mir schon so viel gegeben. Vielen Dank.«

Brydie ließ den alten Mann allein, während er sich die Bilder von früher ansah. Sie ging zurück ins Wohnzimmer, wo sich alle versammelt hatten. Jemand war mit den Hunden durch die Schiebetür nach draußen auf die Terrasse gegangen. Brydie konnte Teddy und Sasha sehen, die gerade Thor hinterherjagten.

Wenn Sasha hier ist, dachte Brydie, dann kann Nathan auch nicht weit sein.

Doch sie konnte ihn nicht entdecken. Vielleicht war Myriah mit Sasha gekommen. Aber sie verwarf den Gedanken wieder. Das ergäbe keinen Sinn, Nathan war ja mit Sasha auf dem Friedhof gewesen. Und sie hatte alle zu Pauline nach Hause eingeladen. Sie hatte nur nicht damit gerechnet, dass er kam.

Sie ging zur Küche und nahm die benutzten Pappteller und -becher mit. Nach einer Beerdigung schien das womöglich seltsam zu sein, aber sie wollte, dass ihre Gäste sich wohlfühlten. Sie hoffte, dass sie gute Gespräche über Pauline in angenehmer Atmosphäre führten. Sie holte die Erdnussbutter-Bällchen aus dem Kühlschrank und legte sie auf ein Tablett, auf dem sie den Snack im Wohnzimmer servieren wollte.

»Brydie?«

Brydie drehte sich mit einem Erdnussbutter-Bällchen in der Hand um. »Hi!«

Nathan lächelte sie an und schob die Hände in die Hosentaschen. »Ich hab' dich gesucht.«

»Ehrlich?«

»Ehrlich«, sagte Nathan. »Entschuldige, wenn ich dich überfalle. Vielleicht willst du mich gar nicht hier haben.«

»Alle sind willkommen.« Brydie wandte sich wieder dem Tablett mit den Erdnussbutter-Bällchen zu. »Ich hab' alle eingeladen.«

»Ich weiß«, sagte Nathan. »Ich wollte dir so viel sagen, nachdem Pauline gestorben ist. Aber zum ersten Mal in meinem Leben wusste ich nicht, was ich jemandem sagen sollte, der trauert.«

Das Bällchen in Brydies Hand begann zu schmelzen, und

ein Stückchen Schokolade rann ihren Daumen entlang. »Das ist in Ordnung«, gab sie kühl zurück. »Vielleicht gibt es nichts mehr zu sagen.«

Nathan erwiderte nichts. Und Brydie sah ihm nach, als er Sasha holen ging, die Leine befestigte und durch die Hintertür verschwand. Während sie noch da stand, spürte sie eine Hand auf ihrer Schulter. Es war Bill. Er hielt das Album und die Dose, die sie ihm gegeben hatte, an seine Brust gedrückt.

»Danke, dass Sie mir das alles gegeben haben.« Mit der freien Hand berührte er Brydie an der Schulter. »Das bedeutet mir mehr, als Sie ahnen.«

»Das freut mich«, sagte Brydie. »Sie hätte gewollt, dass Sie das bekommen.«

»Meine Tochter wartet draußen. Ich glaube, ich sollte jetzt gehen.«

»Sie hätte doch reinkommen können«, sagte Brydie. »Warten Sie, ich gebe Ihnen ein paar Cookies für sie mit.«

»Das ist sehr freundlich von Ihnen«, entgegnete Bill. »Maura versteht, dass ich heute herkommen musste. Und auch, dass ich allein sein will. Sie ist meine Jüngste. Und ihrem Vater sehr ähnlich.«

»Ich freue mich, dass ich Sie kennengelernt habe«, sagte sie und reichte ihm wenig später einen Pappteller mit verschiedenen Cookies. »Auch wenn das unter diesen unerfreulichen Umständen sein musste.«

Bill schenkte ihr ein breites, volles Lächeln. Er sah jetzt genauso aus wie der junge Mann auf den Fotos in dem Album, das er sich an die Brust drückte. »Diese Art Umstände sind alles, was einem alten Mann wie mir noch bleibt.«

Brydie begleitete ihn zur Tür und hielt sie auf, während er die Stufen hinabging. »Passen Sie auf sich auf«, sagte sie.

Auf der untersten Stufe drehte sich Bill zu ihr um. Seine Tochter, die aus dem Auto gestiegen war, ging ihm entgegen. »Die Erinnerungen hier drinnen sind ...«, er deutete auf das Fotoalbum, »... sie sind genauso schön wie vor sechzig Jahren und genauso schrecklich. Sie sind ein Teil meiner Geschichte, aber sie bestimmen nicht mein Leben. Damals nicht und heute auch nicht.« Seine Stimme zitterte kaum merklich. »Verstehen Sie, was ich meine?«

Brydie nickte. »Ich glaube, ja.«

»Ah, Maura, danke«, sagte er zu seiner Tochter und nahm ihre Hand.

Brydie sah den beiden nach, wie sie Hand in Hand zum Auto gingen, Vater und Tochter.

41. Kapitel

23. Dezember

Brydie war bei Elliott zu Hause und hielt das Baby im Arm, Oliver Joseph. »Er ist wunderschön.« Sie lächelte ihre Freundin an.

»Ja, nicht wahr?«, sagte Elliott. »Er war den Kaiserschnitt wert und die tausend Stiche, mit denen ich genäht wurde.«

Brydie kräuselte die Nase. »Wie geht's dir? Hast du die Tage im Krankenhaus gut überstanden?«

»Irgendwie fühlt sich alles wund an«, sagte Elliott, »aber ich bin überglücklich.«

»Eine tolle Gefühlskombination.«

Elliott trank einen Schluck Apfelsaft aus ihrer Tasse und sagte: »Tut mir leid, dass ich nicht auf der Beerdigung sein konnte.«

Brydie löste den Blick von Oliver. »Hey, das macht nichts«, sagte sie. »Ich weiß, dass du gekommen wärst, wenn du gekonnt hättest.« Oliver fing an zu weinen. »Ich glaub', er hat Hunger.« Sie stand auf und trug ihn zu seiner Mutter.

»Ah, mein Süßer«, säuselte Elliott. »Schon gut. Gleich gibt es was Leckeres.« Sie entblößte eine Brust, und der Kleine begann sofort, gierig zu saugen.

Brydie schnappte sich ihr Sweatshirt und zog es sich über. »Ich glaub', ich muss los.«

»Okay«, sagte Elliott abwesend. Ihre ganze Aufmerksamkeit galt dem Baby.

»Ich komme nach Weihnachten wieder und besuche euch«, rief Brydie und ging zur Tür. »Sag Mia, dass ich ihr dann ihr Geschenk gebe.«

»Brydie?«

»Ja?« Elliott war ihr nachgekommen.

»Ist ... alles in Ordnung?«

Brydie blieb an der Tür stehen und drehte sich um. »Ja, alles in Ordnung.« Sie versuchte, zu lächeln. »Ich mach' mir nur Sorgen, was mit dem Haus geschieht, jetzt, da Pauline nicht mehr lebt. Und darum, was aus Teddy und mir wird.«

»Das Haus wird zum Verkauf angeboten, aber du kannst da so lange wohnen bleiben, wie du willst – bis es verkauft ist. Das weißt du doch«, sagte Elliott. »Aber wie geht's dir? Du und Pauline, ihr standet euch recht nahe. Außerdem ist die Sache mit Nathan nicht gut ausgegangen.«

Brydie wollte nicht darüber reden. Sie wollte nur das wunderschöne Baby ansehen. »Dann weißt du ja eigentlich alles.«

»Na gut.« Ihre Freundin verdrehte die Augen. »Du brauchst nichts zu erzählen. Aber ruf jederzeit an, wenn du reden willst. Ich hab' immer ein offenes Ohr für dich.«

»Ich weiß. Danke!«, sagte Brydie.

»Du fährst über Weihnachten also nach Hause?«

»Ja. Eigentlich wollte ich morgen los. Aber ich hab' heute

frei. Also dachte ich, ich schnapp' mir Teddy und fahre schon heute Abend.«

»Freut mich, dass du dich besser mit deiner Mutter verstehst«, sagte Elliott. »Scheint dir gutzutun.«

»Ja. Erstaunlich, oder?«

»Nathan kriegt sich wieder ein. Du wirst schon sehen.«

Brydie tat gleichgültig. »Da bin ich mir nicht so sicher. Aber selbst wenn nicht – dann macht mir das nichts aus. Ich hab' Teddy und einen Job und dich und Leo. Mir geht's gut. Okay?«

»Ja, okay.« Elliott sah von ihrem Baby auf. »Dir geht's gut.«

42. Kapitel

24. Dezember

BRYDIE SAH ZU, wie ihre Mutter Roger eine zweite Portion auf den Teller schaufelte. Die zwei saßen dicht nebeneinander, obwohl ausreichend Platz am Esstisch war. Ruth lachte über etwas, was Roger sagte. Er schenkte ihrer Mutter Wein nach.

Es war Heiligabend. Und sie war entsetzt gewesen, als sie in der Nacht zuvor angekommen und das Haus nicht geschmückt gewesen war.

»Wir wollten auf dich warten«, hatte ihre Mutter gesagt.

Heute Morgen waren sie zu der Farm mit der Baumschule gefahren und hatten eine der letzten zerfransten Tannen mitgenommen. Den restlichen Tag hatten sie mit Schmücken, Backen und dem Singen von Brydies Lieblingsweihnachtsliedern verbracht. Zu ihrer Überraschung und Freude kannte Roger die meisten Lieder.

Sie sah auf den Umschlag, der neben ihrem Teller lag. Eigentlich hatte sie ihn schon morgens öffnen wollen, es dann aber doch vor sich hergeschoben. Sie wusste nicht, warum – vielleicht wartete sie auf den richtigen Zeitpunkt.

Als sie zu Ende gegessen hatten und Roger im Wohnzimmer den Kamin anfachte, begannen Brydie und ihre Mutter, den Tisch abzuräumen.

»Sitzt der Mops immer so neben dir, wenn du isst?«, fragte ihre Mutter. »Als ob er darauf wartet, dass du ihm was abgibst?«

»Roger hat ihm die Hälfte seines Steaks abgegeben«, sagte Brydie. »Er saß gar nicht neben mir.«

»Er liebt Hunde.« Ihre Mutter lächelte. »Er hat eine Französische Bulldogge. Wusstest du das?«

»Im Ernst?«

Ihre Mutter nickte. »Er heißt Winston.«

»Was für ein toller Name!«

»Er ist noch schlimmer als dein Hund. Er schnarcht und furzt, und manchmal ist er so aufgeregt, dass er sich mitten in Rogers Wohnzimmer erbricht!«

»Mir macht's nichts, dass Teddy schnarcht«, gab Brydie zu. »Wenn er pupst und sich irgendwo erbricht, bin ich allerdings nicht begeistert.«

»Du magst ihn trotzdem, oder?«, fragte ihre Mutter.

»Ja, sehr.«

»Roger und ich«, sagte Ruth Benson, »wir haben uns überlegt, und wohlgemerkt nur überlegt, ob wir zusammenziehen.«

Brydie war dabei, die Teller aufeinanderzustapeln, und hielt inne. »Wirklich?«

»Er hat vor Jahren sein Haus verkauft und lebt zurzeit in einer Mietwohnung. Eigentlich wollte er ein neues Haus bauen. Aber es kommt uns irgendwie nicht sinnvoll vor, dass er eins für sich baut, wenn wir doch langfristig zusammenbleiben wollen.«

»Du glaubst, ihr bleibt zusammen?«

»Ja, Brydie, das glaube ich.« Ruth strahlte.

Es war lange her, dass sie ihre Mutter so glücklich erlebt hatte. Genau genommen konnte Brydie sich überhaupt nicht daran erinnern, sie jemals so glücklich gesehen zu haben. »Das freut mich für dich, Mom.«

»Ja, wirklich?«

»Ja, wirklich«, sagte Brydie. Sie stellte den Teller ab und ergriff beide Hände ihrer Mutter. »Roger ist wirklich sympathisch. Und dann hab' ich noch einen Hund, für den ich backen kann.«

Ruth lachte und schloss ihre Tochter in den Arm. »Sein Hund ist allerdings ein bisschen gewöhnungsbedürftig.«

»Ich werd' ihn bestimmt lieben lernen«, presste Brydie unter der Umarmung hervor. »Da bin ich sicher.«

Die Haustür wurde zugeschlagen, und ein frostiger Luftzug wehte durchs Haus. Brydie drehte sich um. Da stand Roger mit einem Sack voller Geschenke und ... da war noch etwas ... noch jemand.

»Ich hab' ihn draußen aufgegabelt«, sagte Roger. »Er tigerte vor dem Haus auf und ab. Ich sagte ihm, er soll besser 'reinkommen, bevor er sich eine Lungenentzündung holt und sich womöglich noch selber verarzten muss.«

Nathan stand neben Roger, er sah völlig verfroren aus. Verstohlen sah er Brydie an. »Ich wollte gerade klopfen.«

»Nathan?«, rief Brydie und ging auf ihn zu. »Was machst *du* hier?«

Er sah von Brydie zu Roger zu Ruth und zurück zu Brydie. »Kann ich mit dir reden?«

»Ja, klar«, antwortete Brydie und krauste die Stirn. »Lass uns, äh, in mein Zimmer gehen.«

»Entschuldige, dass ich hier so reinplatze. Aber bei dir zu Hause war niemand.«

»Woher weißt du, wo ich bin?«, fragte Brydie ihn, als sie oben in ihrem Zimmer standen.

»Ich war bei ShopCo«, begann er. »Da du nicht zu Hause warst, dachte ich, du bist vielleicht bei der Arbeit. Als ich da aufschlug, sagte Joe mir, du hättest Urlaub. Was ihn übrigens nicht sehr erfreut hat.«

»Stimmt.« Brydie lächelte breit.

»Er hat mir jedenfalls erzählt, dass du über Weihnachten nach Hause fahren wolltest. Dann hab' ich Elliotts Nummer aus der Krankenhausakte 'rausgesucht und sie angerufen ...«

»Darf man das? Ist das erlaubt?«

»Na ja, ganz korrekt ist das wohl nicht«, sagte Nathan. »Aber ich musste dich finden. Ich wollte dich heute unbedingt sehen.«

»Warum? Was ist so wichtig, dass es nicht warten kann?«

Nathan sah sich in ihrem Kinderzimmer um. »Das hatte ich mir in der Tat anders vorgestellt.«

»Du hast versucht, dir mein *Kinderzimmer* vorzustellen?«

»He, N'Sync, im Ernst?« Er deutete auf das Poster an der Wand über ihrem Bett. »Du hast zu der Sorte Mädchen gehört?«

Brydie verschränkte die Arme vor der Brust. »Dr. Reid, was wollen Sie hier?«

Nathan wandte den Blick von dem Poster ab und sah Brydie an. »Ich bin ein Idiot«, murmelte er. »Ich kann nicht aufhören, an dich zu denken. Ich weiß nicht, warum ich dir nicht sagen kann, was ich dir sagen will. Wahrscheinlich hab' ich Angst.«

»Wovor?«

Nathan tat einen Schritt auf sie zu. »Ich bin Arzt. Ich heile Menschen. Das ist mein Beruf. Ich weiß, dass du keine Patientin bist. Das weiß ich. Aber trotzdem will ich immer heilen, was in deinem Leben kaputt ist. Weil du mir so viel bedeutest! An dem Morgen in dem Café hab' ich dich wie eine Unbekannte behandelt. Ich hab' mit dir geredet, als würde ich dich nicht so kennen, wie ich dich kenne.«

Brydie machte auch einen Schritt auf ihn zu.

»Beziehungen sind kompliziert«, sagte er. »Und unvorhersehbar. Deshalb halte ich mich an die Medizin. Mit der Medizin kann ich Ordnung schaffen. Verstehst du das?«

»Ordnung ist nicht überall das Richtige.«

Nathan zog sie an sich. »Können wir's nicht noch mal versuchen?«

Noch bevor sie etwas erwidern konnte, berührten seine Lippen die ihren. Brydie spürte, wie alle Anspannung, all die Einsamkeit, all das Verlorensein sich auflösten, wie der Knoten sich löste und sie sich endlich, endlich von aller Last befreite.

Jemand klopfte an die Zimmertür. Dann hörte sie ein Grummeln, dann, wie etwas durch die Gegend raste. Ihre Mutter rief: »Brydie!«

Sie löste sich von Nathan und öffnete die Tür. »Was ist denn, Mom?«

»Der Hund«, keuchte Ruth. »Der Hund, ich kann ihn nicht fangen!«

»Was hat er denn angestellt?«

»Er hat deine Handtasche vom Sofa geschnappt und irgendwas daraus hervorgezogen. Jetzt rennt er herum wie ein Schwerverbrecher auf der Flucht!«

Brydie rannte ins Wohnzimmer. Teddy saß vor dem Kamin, den Umschlag im Maul. »Teddy!«, rief Brydie. »Aus! Gib mir das!«

Augenblicklich ließ der Mops den Umschlag fallen. Er landete fast vor ihren Füßen, und Brydie hob ihn auf. »Ein Glück«, sagte sie, »er ist nicht zerrissen.«

»Was ist das?«, fragte ihre Mutter.

»Keine Ahnung! Er kommt von Pauline. Ihr Anwalt hat ihn mir auf der Beerdigung gegeben. Er hat gesagt, ich soll ihn nicht vor Heiligabend öffnen.«

»Jetzt ist Heiligabend«, sagte Ruth. »Du hast ihn immer noch nicht geöffnet?«

»Nein, Mom.«

»Worauf wartest du?«

»Ich ... ich weiß nicht.«

»Dann mach schon auf!«

Brydie setzte sich aufs Sofa. Nathan, der nun auch mit heruntergekommen war, und ihre Mutter setzten sich neben sie. Teddy, der sich verausgabt und alle Energie eines ganzen Tages verbraucht hatte, rollte sich zu ihren Füßen ein. Sie riss den Umschlag auf, vorsichtig, um den Inhalt, ein gefaltetes Blatt, nicht zu beschädigen. Sie zog einen Bogen Briefpapier heraus, in der Kopfzeile stand der Name des Altenheims. Das hier war ein Brief von Pauline! Sie begann zu lesen.

Brydie,

ich vermute, Sie lesen diesen Brief in der nächsten Zeit. Das weiß ich, weil die Ärzte mir das angedeutet haben und ich es in den Knochen spüre. Wenn Sie diese Zeilen lesen, haben Sie sich bereit erklärt, Teddy in Obhut zu nehmen. Ich möchte Ihnen meine Dankbarkeit ausdrücken, dafür, dass Sie im richtigen Moment in unser Leben getreten sind. Seit ich Sie kennengelernt habe, mache ich mir keine Sorgen mehr um meinen Teddy.

Diesem Brief liegt ein Schlüssel bei. Er gehört zu einem Haus in Downtown, das ich geerbt habe. Der Vorbesitzer war mein letzter Ehemann, es war jahrelang im Besitz seiner Familie. Ich möchte, dass Sie es bekommen. Eines Tages, wenn Sie so weit sind, können Sie dort Ihr Geschäft eröffnen – vielleicht eine Bäckerei, so hoffe ich jedenfalls. Falls nicht, verkaufen Sie's. Machen Sie mit dem alten Kasten, was Ihnen gefällt.

Brydie, wir kennen uns zwar nicht lange, nur wenige Monate. Aber in Ihnen sehe ich vieles, was ich mir für meine Tochter gewünscht hätte – Sie sind eine starke und schöne Frau und auf perfekte Art unperfekt. Geben Sie nie auf, glauben Sie an sich! Hören Sie nicht auf, an sich zu glauben, nur weil ein Teil Ihres Lebens nicht so ist, wie Sie es sich erhofft hatten. Die Stärke fürs Leben findet man immer im Leben selbst.

In Liebe
Pauline

EPILOG

Ein Jahr später

BRYDIE BLICKTE ÜBER die Auslagentheke der Bäckerei auf die Menschen, die auf dem Gehweg Schlange standen. Seit sie vor einer Stunde geöffnet hatte, riss der Strom an Kunden nicht ab. Eine ihrer vier Spezialitäten war bereits ausverkauft.

»Rosa!«, rief sie. »Die Pupcakes sind alle!«

»Gib mir zehn Minuten«, erscholl es von hinten zurück. »So lange müssen die eben warten.«

Brydie lächelte den Mann vor sich an. »Es dauert nur ein paar Minuten«, sagte sie. »Darf ich Ihnen solange einen Sugar Cookie und einen Kaffee bringen?« Sie griff in die Auslage und holte ein Plätzchen in Form eines Weihnachtsbaums hervor. »Und ein Rentierknochen für Ihren kleinen Freund. Geht aufs Haus.«

Der Mann nahm dankend den Hundekuchen entgegen und gab ihn seinem Yorkshire-Terrier, den er auf dem Arm trug. »Theo liebt Ihre Pupcakes«, gestand er. »Wir warten natürlich, vielen Dank.«

»Diese Bäckerei ist wunderbar«, mischte sich die Frau ein, die hinter ihm in der Schlange stand. »Ich hätte nicht gedacht, dass das funktioniert: eine Bäckerei für Hunde und Menschen. Wann haben Sie eröffnet?«

»Vor vier Monaten«, antwortete Brydie. »Aber es kommt mir wie eine Ewigkeit vor.«

»Und wann genau ...?«, fragte die Frau und deutete mit dem Kopf auf Brydies Bauch, über den sich die Schürze wie ein Zelt spannte.

»Am zweiten Februar.«

Während die Frau weitersprach und die Schlange weiterwuchs, sah Brydie, wie Nathan um die Ecke bog, Teddy ging vor ihm, Joe direkt neben ihm. Sie unterhielten sich angeregt über irgendetwas, wahrscheinlich hatte es mit Joes neuestem Rezept zu tun: eine neue tolle Gebäck-Kreation für Hunde und ihre Besitzer. Nathan konnte sich nicht vorstellen, dass es so etwas gab, wie er erzählt hatte.

»Entschuldige, wir sind spät dran, Chefin.« Joe schlängelte sich an der Menge vorbei. »Wir sind im Stau stecken geblieben. Es ist Heiligabend.«

»Ich weiß«, sagte Brydie.

Nathan neigte sich zu ihr und gab ihr einen Kuss. Eine Hand legte er auf ihren Bauch.

»Rosa ist schwer am Schuften da hinten. Sieh mal nach, ob sie Hilfe braucht«, bat sie.

»Mist, die Pupcakes, die hatte ich ganz vergessen«, fluchte Joe und zog sich hastig die Schürze über. »Wir wollten doch gestern die dreifache Menge backen!«

»Mist sagt man nicht«, ertönte eine Stimme von hinten aus der Backstube.

»Ich muss ins Krankenhaus«, sagte Nathan. »Kann ich

noch etwas für dich tun, bevor ich gehe?«

Brydie ließ den Blick über die lachenden Leute schweifen, die Kaffee tranken und Scones aßen, über Kinder und Hunde, die hier spielten, und über das Schild, das am Eingang prangte:

Pauline's: A Place for People and Pets

Sie seufzte zufrieden. »Nein«, sagte sie und lächelte zuckersüß. »Ich habe alles, was ich zu meinem Glück brauche.«

DANKE

Mein aufrichtiger Dank und meine Bewunderung gelten:

Priya Doraswamy, die so viel mehr ist als nur meine Agentin. Du bist meine Freundin, und dafür danke ich dir.

Lucia Macro, die an mich glaubt und auch in dem schweren letzten Jahr Geduld mit mir hatte.

Luke und Taryn England dafür, dass sie Emilias Eltern sind.

Meinem Ehemann, der mit mir vor seinen »World-of-Warcraft«-Kumpels angibt.

Meinem Sohn, der mir jeden Tag etwas Neues beibringt.

Meiner Mutter und meinem Vater, die mich bedingungslos lieben.

Brittany Carter Farmer für ihre Freundschaft seit achtzehn Jahren.

Den »Liberal Lassies«, die mir Halt geben und auch Kritik, danke ich vor allem dafür, dass sie mir Freunde waren, als ich es am meisten brauchte.

REZEPTE

Thors glutenfreie Erdnussbutter-Kürbis-Kekse

ZUTATEN:

350 g Kokosmehl (zusätzlich etwas Kokosmehl zum Ausrollen des Teiges)
100 g Erdnussbutter (Bio)
3 Eier
100 ml Kokosöl, geschmolzen, leicht abgekühlt
200 g Kürbispüree

ZUBEREITUNG:

Ofen auf 175 Grad vorheizen.
Alle Zutaten in einer Schüssel vermengen.
Teig vorsichtig auf einem Schneidebrett etwa 2 cm dick ausrollen.
Mit beliebigen Ausstechförmchen ausstechen.
Backblech mit Backpapier auslegen.
Kekse vorsichtig auf das Backblech legen.
13–15 Minuten backen.
Die Kekse sind fertig, wenn der Rand goldbraun ist.
Auskühlen lassen.
Die Kekse halten in luftdichten Behältern bis zu drei Wochen.

Teddys Apfel-Zimt-Kekse

ZUTATEN:
1 kg Weizenvollkornmehl
100 g Maismehl
1 Teelöffel Zimt
2 Eier
2 Esslöffel Pflanzenöl
1 kleinen Apfel, gerieben
250 ml Wasser

ZUBEREITUNG:
In einer Schüssel Mehl, Maismehl, Zimt, Eier und Öl verrühren.
Den Apfel reiben und zufügen. Wasser hinzufügen.
Verrühren, bis der Teig glatt ist.
Den Teig auf eine mit Mehl bestäubte Fläche legen, gut kneten und etwa 1 cm dick ausrollen.
Teig waagerecht und senkrecht einritzen, sodass etwa 2 cm große Quadrate entstehen.
Vorsichtig ritzen! Den Teig dabei nicht durchtrennen.
Backblech leicht einfetten.
Teig auf das Backblech legen.
1 Std. bei 170 Grad backen.
Auskühlen lassen.
In Frischhaltedosen oder verschließbaren Gefrierbeuteln im Kühlschrank aufbewahren.

Sashas Frozen-Joghurt-Leckerlis

ZUTATEN:

1 kg Joghurt (Naturjoghurtzubereitung oder auch fettreduziert)
100 g Becher Erdnussbutter
2 Esslöffel Honig
1 reife Banane, zerdrückt

ZUBEREITUNG:
Erdnussbutter in Mikrowelle etwa 30 Sek. schmelzen.
Zutaten in einen Mixer geben, mixen und glatt rühren.
In Eiswürfelform oder Stieleisform geben.
Einfrieren.

Arlows Valentinsplätzchen

ZUTATEN:
200 ml Wasser
1½ Teelöffel Trockenhefe
100 g Johannisbrotmehl
100 ml Pflanzen- oder Olivenöl
300 g Weizenvollkornmehl
100 g Maismehl
200 g Mehl, Type 405

ZUBEREITUNG:
Wasser und Hefe mischen.
Johannisbrotmehl und Öl zufügen.
Nach und nach das Weizenvollkornmehl zugeben.
Teig mit mehlbestäubtem Nudelholz etwa 1 cm dick ausrollen.
Herzförmige Plätzchen ausstechen und diese auf ein gefettetes Backblech oder eine Silikonbackmatte legen.
Bei 135 Grad 55 Min. backen.

Pupcakes

ZUTATEN:
Muffins:
450 g Karotten, geraspelt
3 Eier
100 ml Apfelmus, ungesüßt
2 Teelöffel Zimt
100 gr Haferflocken
700 gr Weizenvollkornmehl

Kuvertüre:
200 gr Frischkäse
60 gr Apfelmus, ungesüßt

ZUBEREITUNG:
Muffins:
Ofen auf 175 Grad vorheizen.
Muffin-Förmchen leicht einfetten (am besten mit einem Back-Spray).
Karotten, Eier und Apfelmus verrühren. Beiseitestellen.
In einer zweiten Schüssel Zimt, Haferflocken und Mehl vermengen.
Mehl-Haferflocken-Zimt-Mischung zu der Karotten-Eier-Apfel-Mischung geben und gut verrühren.
Löffelweise in gefettete Muffin-Förmchen geben.
Ggf. den dickflüssigen Teig mit nassen Fingern in die Form drücken.

Der Hunde-Cupcake geht kaum auf. Förmchen daher großzügig befüllen.
25 Min. backen.
Auf einem Backgitter gut auskühlen lassen.

Kuvertüre:
Frischkäse und Apfelmus verquirlen.
Mischung in Spritzbeutel füllen und Pupcake dekorieren.

Informationen zu unserem Verlagsprogramm, Anmeldung zum Newsletter und vieles mehr finden Sie unter:

www.harpercollins.de